Sara Douglass
Die Glaszauberin

Zu diesem Buch

Im Reich Ashdod errichtet eine Kaste von Magiern eine gewaltige Pyramide, die ihnen als Brücke in die Unendlichkeit dienen soll. Jahrzehntelang haben die Sklaven für dieses Bauwerk ihr Leben gelassen. Nun ist die Pyramide fast vollendet. Da begegnet Boaz, der skrupellose und machtgierige Meister der Magier, der Glaskünstlerin Tirzah. Zunächst sieht er in ihr lediglich einen willkommenen Zeitvertreib. Doch bald spürt er, daß sich in Tirzah eine magische Kraft verbirgt. Denn sie kann das Wispern des Glases hören, mit dem die Pyramide gebaut wird, und weiß um ein furchtbares Geheimnis: Ein uraltes mächtiges Wesen wartet in der Unendlichkeit auf seine Stunde – und diese wird kommen, wenn der letzte Stein der Pyramide gesetzt und der Weg für die Vernichtung Ashdods frei ist. Doch wird Tirzah die Katastrophe verhindern können?

Sara Douglass wurde 1957 in Penola im Süden Australiens geboren und promovierte in Historischen Wissenschaften. Inzwischen lebt sie als freie Schriftstellerin in einem viktorianischen Cottage in Bendigo – unter einem Dach mit ihrem Hausgeist Hanna Wolstencroft. Seit ihrem Zyklus »Unter dem Weltenbaum« und dem Roman »Der Herr des Traumreichs« gehört sie zu den international erfolgreichsten Fantasy-Autorinnen. Weiteres zur Autorin: www.saradouglass.com

Sara Douglass

DIE GLASZAUBERIN

DIE MACHT DER PYRAMIDE 1

Aus dem australischen Englisch
von Andreas Decker

Piper München Zürich

Von Sara Douglass liegen in der Serie Piper vor:
Die Sternenbraut. Unter dem Weltenbaum 1 (6523)
Sternenströmers Lied. Unter dem Weltenbaum 2 (6524)
Tanz der Sterne. Unter dem Weltenbaum 3 (6525)
Der Sternenhüter. Unter dem Weltenbaum 4 (6526)
Das Vermächtnis der Sternenbraut. Unter dem Weltenbaum 5 (6527)
Die Göttin des Sternentanzes. Unter dem Weltenbaum 6 (6528)
Die Glaszauberin. Die Macht der Pyramide 1 (6560)

FSC

Dieses Taschenbuch wurde auf FSC-zertifiziertem Papier gedruckt. FSC (Forest Stewardship Council) ist eine nichtstaatliche, gemeinnützige Organisation, die sich für eine ökologische und sozialverantwortliche Nutzung der Wälder unserer Erde einsetzt (vgl. Logo auf der Umschlagrückseite).

Deutsche Erstausgabe
September 2005

Titel der australischen Originalausgabe:
»Threshold 1«, Voyager / Harper Collins Australia, Pymble 1997

Umschlagkonzept: Büro Hamburg
Umschlaggestaltung: Nele Schütz Design, München
Autorenfoto: Stephen Malone
Satz: Satz für Satz. Barbara Reischmann, Leutkirch
Papier: Munken Print von Arctic Paper Munkedals AB, Schweden
Druck und Bindung: Clausen & Bosse, Leck
Printed in Germany
ISBN-13: 978-3-492-26560-7
ISBN-10: 3-492-26560-X

www.piper.de

Dieser Roman ist Karen Brooks gewidmet, als kleiner Dank dafür, daß sie während der besten und der schlimmsten Jahre meines Lebens eine so gute Freundin war.

Mein Dank gilt auch Rodney Blackhirst für seine begeisterten Ausführungen über die Eins (und die faszinierende Bruchrechnung des Körpers), Terry Mills für seine interessanten Assoziationen in bezug auf die Unendlichkeit und einen Big Mac, sowie Roger Sworder für die erhellende und erfrischend offene Diskussion über Platons »Paarungszahlen«. Es hat sehr viel Freude gemacht, Jungs, aber ich wette, ihr wünscht euch jetzt, mir nie die Tür geöffnet zu haben.

Mit der tief empfundenen Bitte um Nachsicht bei Pythagoras, Platon und Euklid …

So ist's ja besser zwei als eins; denn sie genießen doch ihrer Arbeit wohl. Fällt ihrer einer, so hilft ihm sein Gesell auf. Weh dem, der allein ist! Wenn er fällt, so ist keiner da, der ihm aufhelfe. Auch wenn zwei beieinander liegen, wärmen sie sich; wie kann ein einzelner warm werden?

Prediger Salomo, IV, 9–11.

1

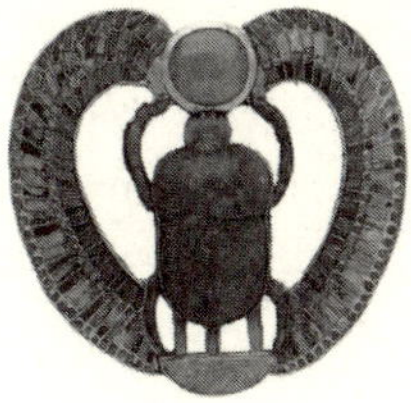

Viland ist ein kaltes, hartes Land, aber dort wuchs ich auf und liebte es, auch wenn es manchmal abweisend war. In den Wintern, die gut neun Monate andauern, hämmert das mitleidslose Meer gegen felsige Häfen. Das sind die Monate, in denen sich alles um die Feuerstellen drängt, eingehüllt in gutgelaunten Bier- und Zwiebeldunst, und endlose Geschichten von Abenteuern am anderen Ende der Harpunen erzählt. In der kurzen Blütezeit des Sommers bessern die Vilander ihren Lebensunterhalt mit den Walen auf, die in Scharen durch die eiskalten Küstengewässer strömen, indem sie das Fleisch, das Öl, die Haut und die Knochen der großen Tiere an alle verkaufen, die dafür zu zahlen bereit sind. In manchen Jahren sind das nur wenige. Aber in den Jahren, in denen die Wale hohe Preise erzielten, verdiente mein Vater genug mit seinen Aufträgen, um uns auch durch schlechte Zeiten zu bringen.

Aber zu unserem Leidwesen konnten wir niemals viel auf die Seite legen.

Trotz der Kälte und der ewig drohenden Armut waren mein Vater und ich glücklich, zufrieden. Bis zu dem Tag, an dem Gedankenlosigkeit und immerwährender Kummer uns beide vernichteten.

Meine Mutter war früh gestorben, schon bevor ich zwei Jahre alt war. Statt eines Kindermädchens kümmerte sich mein Vater selbst um mich und nahm mich mit in seine Werkstatt, und meine frühesten Erinnerungen bestehen aus der faszinierenden Welt der im Halbdunkel liegenden Ecken unter seiner Werkbank. Hier spielte ich den ganzen Tag lang glücklich inmitten von abgeschliffenen Glasscherben und weggeworfenen Schmelzglasklumpen, schob die hellen Scherben zu Haufen zusammen und ließ sie durch meine Finger gleiten, die noch zu klein und dick waren, um meinem Vater von Nutzen sein zu können. Die Tischplatte beschützte mich vor der schlimmsten Hitze des Schmelzofens und den meisten Problemen der Welt dort oben, und wenn der Arbeitstag vorüber war, nahm mich mein Vater auf seine starken Arme und trug mich in unser kaltes, mutterloses Zuhause zurück.

Ich sehnte mich immer nach dem Morgen und der Wärme der Werkstatt.

Als ich fünf und zu neugierig war, um noch gern unter der Werkbank zu sitzen, entschied sich mein Vater, mir sein Handwerk beizubringen. Ich mußte lernen, welche Zutaten man miteinander vermengte, wie man sie schmolz und das Glas bearbeitete, genauso, wie ich die allgemein gültige Handelssprache lernen mußte, sowie einige andere Sprachen. Jeder Handwerker muß mit Kaufleuten sprechen können, die möglicherweise den Auftrag für ihn haben, der das Verhungern einen oder zwei Monate hinausschiebt.

Ich war jung und von schneller Auffassungsgabe, und ich lernte Sprachen und Handwerk mühelos. Im Alter von zehn Jahren waren meine Hände schlank und gut dafür geeignet, einige der Feinarbeiten zu übernehmen, die mein Vater zusehends zu schwierig fand, und ich konnte mit flinker Zunge mit den Händlern aus Geshardi oder Alaric plaudern, die es gelegentlich in unsere Werkstatt verschlug. Es machte mir nichts aus, meine Tage an der Werkbank zu verbringen und ein Handwerk zu erlernen, anstatt an den wilden Straßenspielen meiner Altersgenossen teilzunehmen. Mein Vater und das Glas waren die einzige Welt, die ich brauchte, und wenn er öfter schwieg als er sprach, fand ich die von mir ersehnte Gesellschaft in den sich oft verändernden Farben des Glases.

Das Glas erzählte mir viele Geschichten.

Als ich achtzehn war, überließ mein Vater mir oft die abschließende Gravur eines Kelches oder auch die Abschlußarbeiten für die Glasnetze, während er spazierenging und alte Freunde besuchte, mit denen er ein paar Stunden verbrachte. Zumindest hatte ich das immer angenommen, bis die Büttel kamen. Ich hatte keine Ahnung gehabt, daß die Trauer meines Vaters um meine Mutter Erleichterung im Glückspiel gefunden hatte. Aber das Glück ließ ihn genauso im Stich wie meine Mutter. Mein gedankenloser, liebevoller Vater verlor unsere Freiheit dadurch, daß er auf den falschen Hahn gesetzt hatte, einen Kampfhahn mit gebrochenem Flügel.

Ich stand an der Werkbank, als sie kamen.

Die Vase in meinen Händen war das Resultat von vier Wochen unermüdlicher Arbeit und näherte sich ihrer Vollendung. Mein Vater hatte die Form geschaffen, die Mischung für die Glasmasse hergestellt und geschickt Metalle und Gold hinzugefügt. Dies ergab die exquisit geäderten Vasenwände, die nur ein Meister herstellen konnte. Dann hatte er am Brennofen gesessen, wo die Flammen geduldig seine Schöpfung zur Welt brachten. Es war das beste Werk der letzten sechs Monate, und er hatte es kaum über das Herz gebracht, es an mich weiterzureichen, damit ich das Glasnetz aus der Vase schleifen konnte.

Aber meine Arbeit würde uns das ganze nächste Jahr ernähren können, und er konnte diese Feinarbeit seinen Händen nicht länger anvertrauen.

Es war eine unserer besten Arbeiten. Ich hatte einen der Lieblingsmythen der Vilander aus dem Glas geschnitten – Gorenfer, der dem schrecklichen Dschungel von Bustian-Halle entkommt.

Die Werkstattür wurde mit Gewalt aufgestoßen, und ich wirbelte auf meinem Hocker herum, die Vase in den Händen.

Mein Vater platzte herein, gefolgt von fünf Männern, die ich vom Sehen und deren Ruf ich kannte. Augenblicklich, fast instinktiv erfaßte ich den Grund für seinen ungehobelten Auftritt.

Einer der Schuldeneintreiber rief mit rotem und verschwitztem Gesicht meinen Namen, die Hände in einer fordernden Geste ausgestreckt.

Entsetzt und von einer Furcht ergriffen, die größer war, als alle Furcht zuvor, ließ ich die Vase fallen – ihr Todesschrei ließ den Schrecken um mich herum noch eisiger werden.

Die Vase hätte uns retten können, sie hätte alle Schulden meines Vaters bezahlen können, aber ich ließ sie in tausend Stücke zersplittern.

Danach konnte ich meinem Vater niemals mehr Vorwürfe machen. Denn obgleich er schuld an unserer Armut war, hatte er auch ein Kunstwerk erschaffen, das uns wieder hätte retten können.

Aber ich ließ es fallen ... und verurteilte uns zur Sklaverei.

Weder das Flehen meines Vaters noch meine Tränen konnten diese fünf hartherzigen Männer bewegen. Es gab Schulden, und sie mußten bezahlt werden. Auf der Stelle. In unserem armseligen Haus gab es nun nichts mehr, das man hätte zu Geld machen können – außer uns.

Man übergab uns ohne viel Federlesens dem örtlichen Sklavenhändler, der uns den gröbsten Staub aus den Kleidern klopfte, von Kopf bis Fuß inspizierte und nachdenklich einen Schritt zurücktrat.

Ich hatte das Handwerk meines Vaters gut gelernt. Aus diesem Grund ließ uns der Sklavenhändler zusammen, obwohl ich als recht hübsche Neunzehnjährige einen vernünftigen Preis erzielt hätte, hätte er mich allein an einen verwöhnten Reichen verhökert oder einen Adligen, den seine Frau langweilte. So wurde ich vor dem Bett eines dickwanstigen Magnaten gerettet, und mein Vater behielt sein Werkzeug und mich als die letzte lebende Erinnerung an seine Frau. Nach anfänglichen Tränen und Protesten fügten wir uns in unser Schicksal. Es war bedauerlich, aber nicht ungewöhnlich; in den vergangenen drei Jahren hatte ich miterlebt, wie drei Handwerker sich und ihre Familien verkauften, um dem Hungertod zu entgehen. Wir konnten noch immer unser Handwerk ausüben, wenn auch den Wünschen unseres Herrn folgend und nicht mehr unseren eigenen.

Und wir würden auch weiterhin zusammen sein.

Wir blieben nicht mehr lange in Viland. Skarp-Hedin, der Sklavenhändler, entschied, daß wir den besten Preis in den uns unbekannten Reichen des heißen Südens erzielen würden.

»Sie haben dort genug Sand für euch, den ihr schmelzen könnt«, sagte er, »und den Adel, der sich eure Waren leisten kann. Dort werdet ihr das Fünffache von dem einbringen, was ihr hier in diesem erbärmlichen Land erzielt.«

Mein Vater senkte den Kopf, aber ich starrte den Sklavenhändler empört an. »Aber Viland ist unser …«

»Ihr habt kein Zuhause!« brüllte der Mann. »Und keine Heimat, abgesehen von diesem Marktplatz!«

Im Verlauf des Tags brachte man uns im Bauch eines Walfängers unter, um uns billig nach Süden zu transportieren. Sechs Wochen lang wurden wir in dieser abscheulichen Höhle durchgeschüttelt, mein Vater klammerte sich an sein Handwerkszeug, und mich packte jedesmal der Ekel über das halb verdorbene Essen, das uns die Mannschaft gab. Wir waren aneinandergekettet – dabei habe ich nie in Erfahrung bringen können, ob jemand ernsthaft glaubte, wir würden in die spiegelglatten grauen Wasser des Nordmeeres entfliehen wollen –, und die Ketten fraßen sich in unsere Knöchel, bis sie eiterten und nur noch aus Schmerzen bestanden.

Endlich legte der Walfänger an. Mein Vater und ich kauerten im Lagerraum, versuchten die Schmerzen zu ignorieren und lauschten den gedämpften Lauten eines geschäftigen Hafens. Im Verlauf der letzten zehn Tage war das Wetter wärmer geworden, so daß das Innere des Lagerraums Tag und Nacht von einer drückenden Hitze erfüllt wurde. Das Walfleisch stank verfault, und ich fragte mich, zu was es jetzt noch gut war. Nach einer Stunde betrat die Mannschaft den Lagerraum und begann mit der unerfreulichen Arbeit, das Walfleisch in Ladenetze zu schaufeln, damit es von Bord gebracht werden konnte. Bei der vierten Ladung fiel einem von ihnen ein, das auch wir irgendwo in dem dunklen Lagerraum angekettet waren; kurz darauf wurden wir zusammen mit dem übelriechenden Fleisch in das Netz geworfen und an Land geschwenkt.

Das grelle Sonnenlicht draußen traf meine Augen völlig unvorbereitet. Mein Vater versuchte mich zu trösten, aber seine undeutlich gemurmelten Worte konnten mein Entsetzen nicht lindern. Ich fühlte, wie das Netz hoch oben durch die Luft schwang und hätte mich beinahe übergeben, klammerte mich an den rauhen Seilen fest und versuchte, einen festen Halt zu finden, der mir helfen konnte, falls das Netz riß. Neben mir hörte ich das Werkzeug in seinem Beutel klappern, als mein Vater es enger an die Brust preßte.

Im nächsten Augenblick erfolgte ein übelkeitserregender Ruck, als das Netz auf der Pier landete. Ich verlor den Halt, und mein Vater und ich rutschten über einen Haufen glitschigen Walfleisches und landeten in einem Durcheinander von Ketten und Tauen und fettigen, verwesenden Fischen auf den Balken des Piers.

»Kus! Sieht so deine Ware für mich aus, du gottverdammter Walfänger? Sieh sie dir doch bloß an!« Der Mann sprach in der allgemein gültigen Handelssprache.

Er bückte sich, sein Gewand aus schimmerndem grünen Leinen lag lose und kühl an seinem Körper. Er nahm das Netz und rüttelte es los, während Männer herbeieilten, um die Ladeketten zu lösen. Dann ergriff er mich am Oberarm und riß mich auf die Füße.

Ich stolperte, meine Fußketten verhedderten sich in Tauwerk und Walstücken.

Der Mann sog scharf die Luft ein, dann half er meinem Vater auf die Beine.

»Nehmt ihnen die Ketten ab. Sofort!« Und Männer eilten los, um seinen Befehl auszuführen.

Ich weinte vor Erleichterung, als die widerwärtigen Eisenstangen und Kettenglieder fielen.

Unser Retter war ein Mann mittleren Alters, mit dunklem Haar und Augen wie Ebenholz, mit dunkelbrauner Hautfarbe, die sich über ein grobknochiges Gesicht spannte. Sein Gewand hing bis zu seinen in Sandalen steckenden Füßen hinab. Er sah sauber und kühl und sehr selbstbewußt aus. Ich konnte das schon lange nicht mehr von mir sagen.

Er untersuchte sorgfältig meine Hände, dann die meines Vaters.

»Nun, wenigstens sind eure Hände unbeschädigt, und das ist alles, was zählt.« Er griff unter mein Kinn und hob meinen Kopf hoch. »Und du hast unter all dem Dreck und stinkenden Öl doch ein hübsches Gesicht.« Dann hoben seine Finger eine der schlaff herabhängenden Strähnen meines Haares. »Ich wette, du bist blond, das würde zu deinen blauen Augen paßen.«

Seine Stimme war jetzt leiser, nachdenklicher, und ich konnte sehen, wie er in Gedanken alle Möglichkeiten erwog. »Skarp-Hedin hat mich wissen lassen, daß ihr Glaskünstler seid. Ist das wahr?«

»Ich bin seit über zwanzig Jahren Handwerksmeister«, sagte mein Vater, »und meine Tochter hat noch mehr Talent als ich.« Er zögerte. »Keiner mischt die Farben so wie ich, oder schnitzt die Formen oder bläst das Glas. Und meine Tochter macht Glasnetze, als sei sie von den Göttern gesegnet.«

Die Augen des Mannes blickten nun sehr scharf, und sie richteten sich wieder auf mich. »Du bist noch sehr jung«, sagte er.

»Ich habe an der Seite meines Vaters gearbeitet, seit ich fünf bin«, erwiderte ich trotzig. Wie lange würde er uns noch in dieser schrecklichen Sonne stehen laßen? »Und ich stelle Glasnetze her, seit ich zehn bin.«

»Nun«, sagte er, »ihr kommt von Skarp-Hedin, und ich habe von ihm bis jetzt immer nur das Beste bekommen. Ich werde ihm also auch diesmal vertrauen. Seht ihr diesen Karren da?« Er deutete mit dem Kopf in die Richtung. »Dann folgt mir und steigt ein.«

Er ging voran, und wir taten, wie er uns geheißen.

Als sein Kutscher die Maultiere antrieb, erklärte uns der Mann, sein Name sei Hadone, und er arbeitete gelegentlich mit dem vilandischen Sklavenhändler zusammen, der uns in den Süden geschickt hatte. Sie würden die Profite unseres Verkaufs teilen, aber Hadone beabsichtigte keinesfalls, uns in unserem derzeitigen Zustand auf dem Markt feilzubieten. Vom Pier fuhren wir mitten in die Stadt hinein – die Adab hieß, wie Hadone mir erzählte, als ich über den Rand des Karrens spähte, zu zermürbt, um gerade sitzen und Ausschau halten zu können.

»Und das ist das Reich En-Dor.« Wieder musterte er mein Gesicht und die Haare, als er sich auf dem Sitz neben dem Kutscher umdrehte. »Auch wenn sich Glaskünstler hier gut verkaufen lassen, frage ich mich, ob ich nicht in Ashdod einen besseren Preis für euch erzielen würde.«

Mein Vater bemerkte Hadones Tonfall und die Richtung seines Blickes. »Skarp-Hedin hat gesagt, wir sollen zusammen verkauft werden. So arbeiten wir. Zu zweit.«

»Natürlich«, sagte Hadone und wandte sein Gesicht wieder der Straße zu. »So will ich euch auch verkaufen. Zu zweit.«

Mein Vater und ich wechselten einen Blick, dann widmeten wir uns wieder dem ungewohnten Anblick um uns herum.

In den mit Unrat übersäten Straßen drängten sich Männer und Frauen, die wie Hadone gekleidet waren – in hellbunte Gewänder, die lose bis zu den Füßen hinunterreichten. Viele hatten lange weiße Stoffbahnen um den Kopf geschlungen, und die mit Quasten verzierten Enden hüpften und tanzten um ihre Schultern.

Wir waren umgeben von Lehmziegelläden und Wohnhäusern, die entweder weiß oder hellrosa getüncht waren, mit flachen Dächern und Segeltuchmarkisen, die weit in die Straßen hinausreichten und den Passanten Schatten spendeten.

Zwischen all den Menschen führten Leute Esel, die auf

ihrem Rücken Lasten trugen oder die Karren zogen so wie den, in dem wir saßen. Gelegentlich drängte sich ein Reiter auf einem zartgliedrigen Pferd, das stets ein Grauschimmel war, durch die Menge; seidene Gewänder mit Juwelen und kostbares Zaumzeug mit Perlenschnüren zeichneten sie aus.

Tausende von dahineilenden Menschen hatten Staub aufgewirbelt, und über allem hing der berauschende Duft von Gewürzen und Wohlgerüchen, der meinen Magen nicht eben beruhigen konnte.

Alles war so seltsam, so ganz anders, als ich es von Viland her kannte, und die Sonne brannte mit mörderischer Glut. Ich drückte mich so nahe an die Karrenwände, wie es mir möglich war, und versuchte sowohl der Sonne als auch der Fremdartigkeit zu entkommen. Mir gegenüber beugte sich mein Vater über den Beutel mit seinem Handwerkszeug. Er sah elend aus.

»Wir sind gleich da«, sagte Hadone, und ich schloß die Augen und legte meinen Kopf auf die Arme, fast überwältigt von der Freundlichkeit in seiner Stimme.

Wenige Minuten später bogen wir in eine schattige Seitengasse ein und dann in einen kühlen Hof. Ich hörte, wie Hadone vom Karren sprang, und ich setzte mich auf und schaute mich um. Der geräumige Hof wurde auf zwei Seiten von Hadones Haus begrenzt, und auf den anderen beiden Seiten von Ställen, Lagerhäusern und einer Sklavenunterkunft, die groß genug für mehrere Dutzend ihrer Bewohner war. Die Gebäude waren alle sauber und in gutem Zustand, und der Hof selbst war gepflastert und sauber gefegt.

Einer von Hadones Männern – ich habe seinen Namen nie erfahren – half uns von dem Karren herunter, dann übergab uns Hadone an einen Mann und eine Frau, die mich und meinen Vater in die getrennten Sklavenunterkünfte der Frauen und Männer begleiteten.

Ich blickte meinem Vater etwas unglücklich hinterher, denn ich mochte nicht von ihm getrennt werden, aber ich ließ mich dennoch von Omarni, der Frau, in einen kühlen Raum bringen. Dort badete sie mich, behandelte die eitrigen Wunden an meinen Knöcheln und überredete mich, etwas Obst zu essen und ein wenig Milch zu trinken.

Trotz meiner Ängste schlief ich in dieser Nacht besser als seit Wochen, und mein Schlaf war traumlos. Wir wurden acht Tage lang in Ruhe gelassen, während sich die offenen Stellen schloßen, sich an unseren Knöcheln Narben bildeten und unsere Gesichter wieder voller wurden. Aber am Abend des neunten Tages schickte Hadone nach mir.

Sein Bediensteter brachte mich zu seinem Haus. Hadone musterte mich von oben bis unten und betastete mein nun sauberes und glänzendes Haar. »In etwa einer Woche werde ich dich und deinen Vater zum Markt bringen«, sagte er, »und bis dahin wirst du nachts eine oder zwei Stunden in meinen Räumen verbringen. Du wirst wegen deinen Fertigkeiten in der Glasherstellung verkauft, nicht wegen deiner Jungfräulichkeit.«

Und er machte sich daran, mich zu entkleiden.

Er war kraftvoll und schmerzhaft, dabei aber nicht absichtlich entwürdigend, und um ehrlich zu sein, ich hatte gewußt, daß Vergewaltigung früher oder später zu einem unausweichlichen Teil meiner Versklavung werden würde. Nun, ich hätte eben die Vase nicht fallen lassen sollen. Aller Schmerz wird durch Schmerz zurückgezahlt.

Als es vorbei war, schickte er mich zurück in das Sklavenquartier, und Omarni gab mir eine Tasse mit einem dampfenden, dicken Kräutertrunk.

»Es wird deinen Bauch davor bewahren, sich mit einem Kind zu füllen«, sagte sie nüchtern, und ich begriff, daß sie dieses Gebräu schon Dutzenden Sklavinnen vor mir gegeben hatte.

Es schmeckte bitter und verursachte Magenkrämpfe, aber ich trank es dankbar. Ein Leben in Knechtschaft anzutreten, belastet mit dem Balg eines Sklavenhändlers, war das letzte, was ich wollte.

Eine Woche später wurden wir zum Markt gebracht – ich um ein paar Erfahrungen und Fertigkeiten reicher als zu dem Zeitpunkt, an dem ich in einem Haufen aus stinkendem Walfleisch auf der Pier gelandet war.

Wer würde uns kaufen? Würde es ein rücksichtsvoller Herr sein oder ein brutaler Schinder? Und, fragte ich mich weiter, würde er ein zufriedener Ehemann sein oder ein Mann, der unter den gesammelten Früchten seiner Sklaven nach Zerstreuung suchte?

Wie sich herausstellen sollte, traf nichts von beidem zu.

Der Markt war voller Händler, die Obst, Stoff, Geschirr und Menschen verkauften. Eine Stelle war nur für den Menschenhandel reserviert, und dort führte uns Hadone zu drei anderen Männern, die er verkaufen wollte. Wir wurden bewacht, aber nicht besonders streng, denn keiner von uns hätte irgendwohin fliehen können.

Die Wächter führten die drei Männer nun direkt zu den anderen Sklaven, die in einer Reihe standen und darauf warteten, von ihren zukünftigen Besitzern wie Ware geprüft zu werden. Meinen Vater und mich brachte Hadone jedoch zu einer Bretterbude gleich dahinter.

Dort erhob sich ein hochgewachsener, sehr dürrer Mann, der genauso dunkel wie Hadone war, von seinem Hocker und verbeugte sich leicht. Sein Blick war so scharf wie sein Gesicht spitz, und ich wußte augenblicklich, daß ich ihn nicht leiden konnte.

Hadone erwiderte die Verbeugung viel tiefer, als ich gedacht hätte. Als er sprach, hielt er die Hände über dem Herz zusammengelegt und den Blick in den Staub gerichtet. »Kamish. Mögen deine Söhne Ruhm ernten und deine Töchter reiche Gatten finden.«

Kamishs dünne Lippen zuckten spöttisch. »Ich habe keine Kinder, Hadone. Das weißt du.«

»Ich wollte lediglich höflich sein«, sagte Hadone und richtete sich endlich auf, und mir wurde klar, daß auch er Kamish nicht besonders gut leiden konnte.

»Das sind die beiden, über die du mir geschrieben hast?«

»In der Tat«, sagte Hadone. »Der Mann ist in vielen Ländern berühmt für seine Kunstfertigkeit im Mischen und Formen, und seine Tochter« – er machte eine kleine Pause – »ist gut ausgebildet worden. Zusätzlich zu ihren vielen Fertigkeiten beherrscht sie auch die Glasnetzherstellung.«

»Sie kann Glasnetze machen?« Das Funkeln in Kamishs Augen wurde heller. »Meine Auftraggeber ...«

»Würden sicherlich gut für die Fertigkeiten dieser beiden zahlen. Ich glaube, deine Herren suchen in allen Ländern nach Leuten wie ihnen.«

»Und sie kann Glasnetze machen«, wiederholte Kamish. Ich wartete auf das unweigerliche »Sie ist zu jung«, aber es kam nicht.

»Glasnetze«, sagte er erneut.

Hadones Mund verzog sich in vorgetäuschtem Bedauern. »Und bei solchen Fähigkeiten, Kamish, muß ich, so sehr es mich schmerzt, um eine angemessene Bezahlung bitten.«

Kamish hatte zu viel von seinem Interesse verraten, um

nun noch gut verhandeln zu können. Und so hatte innerhalb weniger Minuten Hadone einen Preis für sich und Skarp-Hedin erzielt, der nicht nur unsere Schulden begleichen, sondern auch beide Sklavenhändler zu reichen Männern machen würde – und mein Vater und ich standen dabei, während man unser Leben verschacherte.

Als Kamish hinausstürmte und nach seinen Männern brüllte, wandte sich Hadone meinem Vater und mir zu. »Ich wünsche euch alles Gute«, sagte er, und unsere Blicke trafen sich.

Es erstaunte mich, in seinen Augen eine Spur Bedauern zu lesen.

Aber dann ließ er die Münzen in seiner Tasche klimpern, und das Bedauern erlosch, und er wandte sich ab.

Ich sah ihn nie wieder.

2

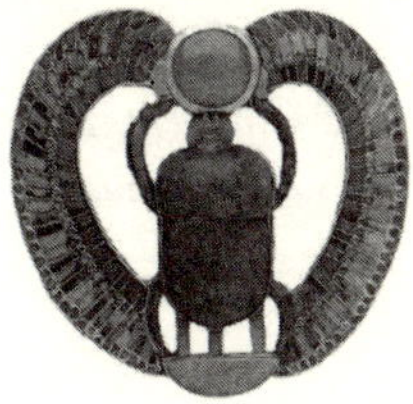

Kamish ließ uns wieder in Ketten legen, wenn auch in leichte Ketten, und nicht aneinandergefesselt. Diese scheuerten nicht zu sehr auf den Narben und waren nicht so schwer wie die vorherigen.

Er hieß uns zu einem Wagen gehen, den er bereitgestellt hatte. Er war größer als Hadones Gefährt und wurde von vier stämmigen Maultieren gezogen. Darin warteten bereits fünf andere Sklaven: zwei Steinmetze, ein Zimmermann, ein Metallarbeiter und ein weiterer Glasmacher.

Mein Vater freute sich, als wir ihre Handwerke erfuhren.

»Also eine Baustelle«, sagte er, als der Wagen anfuhr. »Und eine große dazu«, fügte er hinzu, als er sich die Summe in Erinnerung rief, die Kamish für uns bezahlt hatte.

Seine Finger umklammerten den Werkzeugbeutel, er senkte die Stimme. »Geht es dir gut?« fragte er mich. »Hat er dir weh getan?«

Ich zuckte zusammen, denn ich hatte angenommen, er wisse nicht Bescheid, und dann errötete ich. »Es war nicht schlimm«, sagte ich in der Hoffnung, daß das reichen würde.

»Du hast einen hohen Preis für meine Dummheit gezahlt, Tochter«, sagte er und wandte den Kopf ab.

Und hätte ich nicht diese Vase zerbrochen, dachte ich düster, würde ich noch immer zu Hause sein und dummen romantischen Träumen über einen zukünftigen Ehemann nachhängen. Ich konnte meinem Vater keine Schuld geben, vor allem nicht wegen des Verlustes meiner Freiheit oder meiner Jungfräulichkeit, und ich legte ihm beruhigend die Hand auf den Arm und hoffte, er würde verstehen.

Aus den engen Gassen Adabs reisten wir auf das offene Land hinaus – ein Gebiet mit niedrigen, sanft gewellten Bergen, die in eine Ebene ausliefen. Ich sah nach dem Stand der Sonne – wir reisten weiter nach Süden.

»Wir fahren nach Ashdod«, sagte einer der Metallarbeiter, der meinen Blicken gefolgt war. »Kamishs Herren kommen aus Ashdod, und dort reisen wir jetzt hin.«

Wir verbrachten eine Stunde damit, in der allgemeinen Händlersprache Informationen auszutauschen. Von den Fünfen waren drei durch Schulden in die Sklaverei geraten, während die anderen beiden ihr Leben lang nichts anderes gekannt hatten; schon ihre Mütter waren Sklavinnen gewesen.

Niemand wußte etwas Genaues über das südlich gelegene Reich von Ashdod; es war lediglich bekannt, daß seine Einwohner gern unter sich blieben und daß in den vergangenen fünfzehn Jahren eine ständig wachsende Zahl von Einkäufern wie Kamish auf den Märkten erschienen waren und viel Geld für Handwerker für eine Baustelle ausgaben.

Und die höchsten Preise zahlten sie für Glasmacher. Liebevoll strich mein Vater über seinen Werkzeugbeutel.

Bald brannte die Sonne über uns in ihrer vollen mittäglichen Hitze, und Kamish ließ anhalten.

»Wir verbringen die nächsten Stunden im Schatten dieser Palmen«, sagte er und gab den sechs Männern, die als Wächter mit uns ritten, ein Zeichen, uns vom Wagen zu helfen. »Wir werden jeden Tag in der Morgendämmerung aufstehen, bis mittags reisen, uns in der Hitze des Tages ausruhen und dann weiterfahren, bis die Sterne am Himmel stehen.«

»Und wie lange wird unsere Reise dauern?« wagte ich zu fragen.

»Lange genug«, erwiderte Kamish, »lange genug.« Er wandte sich ab und wollte nichts mehr dazu sagen.

Und sie dauerte wirklich lange genug. Nach zwei Tagen schlossen wir uns einer Handelskarawane an, einer Reihe schwer beladener Kamele und Maultiere, die von etwa zwanzig Männern begleitet wurden. Die Händler wiesen uns das Ende des Zuges zu; ihre Münder verzogen sich vor Ekel bei dem Gedanken, daß sich ihnen ein Sklavenkonvoi anschloß. Aber Kamish hatte sechs Wächter, und auf offenem Gelände, wo Räuber lauerten, wogen die zusätzlichen Wächter die Beleidigung, die sieben Sklaven darstellten, wieder auf.

Je weiter wir nach Süden vordrangen, desto heißer wurde es. Mein Vater und ich trugen leichte Gewänder, die Hadone uns gegeben hatte, aber bald wurden selbst diese zu warm, und eines Mittags trennten wir die Ärmel ab, rissen den Stoff der Kleider auf der Höhe des halben Oberschenkels ab und schlangen den gewonnenen Stoff um unsere Taillen und anstandshalber zwischen die Beine. Nur anstandshalber, denn so etwas wie Schamgefühl hatte ich schon längst hinter mir gelassen, auf einer Reise, bei der ich die einzige Frau unter mehreren Dutzend Männern war. Aber auch unter Sklaven gibt es einen gewissen, allgemein gültigen Respekt, und keiner von ihnen unternahm jemals den Versuch, mich anzufassen, während Kamish, die Wächter und die Händler mich wie Luft behandelten.

Nach einer Woche Reise über unfruchtbare Ebenen, die nur gelegentlich von einer um eine Quelle oder einen Brunnen wachsenden Gruppe von Dattelpalmen unterbrochen wurde, kamen wir zu einer zerklüfteten rot- und sandfarbenen Bergkette. Ich hatte noch nie etwas so Wildes und Schönes gesehen, und auch wenn die Gipfel und Abhänge völlig kahl waren, so waren die Schluchten doch voller Quellen und Farne. Jeder nutzte das reich strömende Wasser, um sich und seine Kleidung zu waschen, und Kamish befahl sogar, daß man uns die Ketten abnahm, da er der Meinung war, daß wir weit genug fernab jeder Zivilisation waren, um einen Fluchtversuch zu unternehmen.

Das Fehlen der Ketten versklavte uns mehr als ihr Vorhandensein. Mit dem Befehl, sie uns abzunehmen, hatte uns Kamish zu verstehen gegeben, daß es seiner Meinung nach für uns keine Hoffnung mehr gab.

Zwölf Tage lang reisten wir so durch die Berge, dann kamen wir in eine steinige Wüste, die die Kraft von Mensch und Tier gleichermaßen aussaugte. Wir reisten in der Nacht; die Tagesstunden verbrachten wir reglos unter aufgespannten Segeltuchplanen, die die Sonne von uns abhielt. Doch staute sich die Hitze unter ihnen, und zahllose Fliegen quälten uns und hielten uns vom Schlaf ab. Das Wasser wurde genau eingeteilt, und wir versuchten unseren Durst auch mit den Datteln und Feigen zu stillen, die man uns zu Sonnenaufgang und Sonnenuntergang zu essen gab.

Meinem Vater wurde sein Werkzeugbeutel immer wichtiger, während er sich gleichzeitig von mir entfernte, so als hätte seine Schuld an unserer Zwangslage einen tiefen Abgrund zwischen uns geschaffen. Obwohl wir nachts Hüfte an Hüfte in dem Wagen fuhren, kam es mir manchmal so vor, als würde die Unendlichkeit der Wüste zwischen uns stehen, und ich betrauerte die wachsende Entfremdung zwischen uns auf eine Weise, wie ich den Verlust meiner Freiheit nie betrauert hatte.

Nach zahllosen Tagen ließen wir die Wüste hinter uns, und es wurde etwas kühler. Wir kamen durch Länder, die man mit Bewässerungskanälen fruchtbar gemacht hatte. Genau abgemessene rechteckige Felder erschienen – weite Flächen aus Korn, Gras und Hülsenfrüchten –, die von dunkelhäutigen, schwarzhaarigen Männern und Frauen bearbeitet wurden, während kleine nackte Kinder um sie herumsprangen und spielten.

»Wir sind in Ashdod«, bemerkte Kamish, »dem Land der Eins.« Und er trieb sein Pferd an.

Ich sah meine Mitsklaven an, aber sie zuckten nur mit den Schultern. Die wochenlange, kräftezehrende Reise hatte jegliche Neugier gedämpft.

Schließlich erreichte die Karawane einen breiten Fluß, dessen Wasser träge und grün dahinströmte und von Ufern mit dickem Schilfgras eingegrenzt wurde. Hier trennte sich Kamish nach kurzem Abschied von den Händlern.

Der Fluß werde Lhyl genannt, erzählte mir einer der Wächter, während wir am Kai warteten, und er stelle das Lebensblut von Ashdod dar.

»Entspringt weit im Nordwesten, in Bergen, in denen es so kalt ist, daß angeblich sogar die Luft gefriert.«

Der Wächter hielt inne, als versuche er, sich dies bildlich vorzustellen, aber dann fuhr er fort: »Der Lhyl fließt viele Wochen lang nach Süden, bis er in einen großen See namens Juit mündet.«

Er sprach die Sprache seiner Heimat Ashdod, aber ich hatte keine Schwierigkeiten, ihn zu verstehen. Ich war es gewohnt, fremde Sprachen zu lernen, und ich hatte unterwegs bei jeder sich bietenden Gelegenheit aufmerksam den Unterhaltungen der Wächter zugehört.

»Es heißt, dieser See sei von Flammen und Geistern umgeben. Das glaube ich allerdings nicht.« Er spuckte in den Fluß, und der anmutige Lhyl blieb völlig unbeteiligt.

Kamish verschwendete keine Zeit und mietete auf der Stelle ein Fahrzeug, und kurz darauf scheuchte er uns auf ein Schiff aus zusammengebundenem Schilf mit von der Sonne ausgeblichenen Segeln.

Wir segelten zwei Wochen lang – Wochen, in denen ich das sanfte Schaukeln des Schiffes, die kühle Luft und den melodischen Chor der Frösche am Abend und Morgen genoß –, bis wir zu einer gewaltigen Stadt kamen. Als Kamish ihrer ansichtig wurde, wurde er plötzlich sehr lebhaft, und er deutete auf sie.

»Seht ihr? Dort liegt Setkoth, die größte Stadt der Welt. Sie beherbergt Hunderttausende, und in ihrem Herzen befindet sich der prächtige Palast des großen Chad Nezzar, dem Chad von ganz Ashdod.«

»Werden wir dort arbeiten?« fragte einer der Steinmetze.

»Nein«, sagte Kamish. »Leute wie ihr werdet niemals sein königliches Antlitz schauen und nicht sein königliches Haus zu sehen bekommen. Ihr seid für noch mächtigere, heiligere Arbeit bestimmt.«

Danach verstummte er ärgerlicherweise, und wir blieben uns selbst überlassen und starrten schweigend und mit offenem Mund auf Setkoth, das nun vollständig in Sicht kam. Die Stadt bestand aus der gleichen dicht zusammenstehenden Ansammlung von weißen und rosafarbenen Häusern aus Lehmziegeln und mit flachen Dächern und Segeltuchmarkisen wie Adab, aber zwischen den Häusern erhoben sich große Gebäude mit Kuppeldächern, einige mit Minaretten und Türmen, die hoch in den Himmel ragten – alle um einen Punkt gruppiert, bei dem es sich um das Herz der Stadt handeln mußte. Es gab auch Türme, die so dünn waren, daß ich mir nicht vorstellen konnte, warum sie nicht umkippten, und anmutig geschwungene Brücken, die den Fluß und unzählige Kanäle überspannten, die die Stadt durchzogen.

Die Mannschaft machte unser Schiff an einem Steinkai fest, hinter dem eine schmucklose Ziegelmauer mit einem schweren Holztor in der Mitte in die Höhe wuchs. In die Mittelplatte war ein seltsames Symbol eingebrannt, das an eine geschwungene, liegende Acht erinnerte.

Kamish schien mit einem Mal unruhig und ängstlich zu sein, und er verkrallte die Hände in seinem Gewand. Seine Stimmung war ansteckend, und ich glättete den um meinen Körper gewickelten Stoff so gut es ging, und wünschte, ich hätte mein Gewand nicht zerrissen, und daß ich Gelegenheit gehabt hätte, mich wenigstens etwas vom Reisestaub zu säubern.

Die Wächter drängten uns auf den Kai, dessen Steinboden sich heiß unter unseren Füßen anfühlte. Kamish inspizierte uns flüchtig, während wir von einem Fuß auf den anderen traten, runzelte dann die Stirn, als würde ihm zum ersten Mal bewußt, daß wir die Gewänder so kurz wie nur möglich gemacht hatten, dann sprach er mit dem Kapitän des Flußschiffes.

»Wir sind vermutlich in einer Stunde oder weniger wieder da. Warte auf uns, denn vor uns liegt noch ein ganzes Stück Wegs.«

Der Mann betrachtete die Mauer, dann richtete er den Blick auf uns. »Nach Gesholme, zweifellos?«

Kamish nickte kurz angebunden. »Zweifellos.«

Dann klopfe er an das Tor. Es öffnete sich augenblicklich, als hätte der Diener dahinter auf uns gewartet. Kamish winkte uns vorwärts, und wir traten nacheinander in einer Reihe und mehr als nur etwas ängstlich über die Schwelle.

Vor uns breitete sich ein etwa einhundert Schritt langer und fast dreißig Schritt breiter, außergewöhnlicher Garten aus. Es gab beschnittene Bäume mit hellen Blüten und dunklen Blättern und sauber geharkte Wege zwischen sorgfältig angelegten Beeten, in denen Blumen in ordentlichen Reihen und geometrischen Mustern angeordnet waren. Sie erinnerten mich an die säuberlichen rechteckig angelegten Felder auf dem Land. Hier hatte alles seinen ihm zugewiesenen Platz, und es wurde nicht gestattet, sich darüber hinaus auszubreiten.

Alles war mit größtmöglicher Genauigkeit geordnet, wie ich erkannte.

»Hier entlang«, sagte Kamish, wandte sich einem der Wege zu, und die Wächter bedeuteten uns, ihm zu folgen.

Er führte uns zu der gefliesten Veranda eines Hauses und ließ uns in ihrem Schatten anhalten. »Seid still«, befahl er, dann verschwand er in der dunklen Öffnung einer Tür.

Er blieb mehrere Minuten lang in dem Haus, kam mit einem unterwürfigen Lächeln auf dem Gesicht zurück und rieb sich scheinbar verlegen und kriecherisch die Hände.

»Eure Exzellenzen«, murmelte er und bedeutete den ihm folgenden, die Sklavenreihe zu inspizieren.

Zwei Männer traten aus der Tür, ihre Erscheinung rief Gänsehaut bei mir hervor. Der eine war mittleren Alters, der andere zehn oder fünfzehn Jahre jünger. Beide hatten das schwarze Haar und die dunkle Haut aller Südländer, die ich seit der Ankunft in Adab gesehen hatte, auch wenn der Jüngere graue Augen statt der üblichen schwarzen hatte.

Die Farbe war das einzige, was sie mit allen anderen gemein hatten. Ihre Gewänder waren aus dem feinsten Leinen, die Untergewänder weiß und mit einer Schärpe von schimmerndem Kobaltblau gebunden, das darüberliegende Gewand war von strahlendem Blau und fiel lose herab. Ihre zierlichen aber kräftigen Hände waren vor ihnen gefaltet. Beide trugen das Haar zurückgebunden und im Nacken zu mehreren Zöpfen geflochten. Alles an ihnen verriet Selbstsicherheit und Autorität.

Aber es waren ihre Gesichter, die meine Aufmerksamkeit besonders fesselten. Beide waren sehr eindrucksvoll, hatten aber gleichzeitig etwas Raubtierhaftes, und der Blick ihrer Augen war grausam und scharf und strahlte übernatürliche Macht aus – wie sie eher im abartig Bösen ihren Ursprung hat als eine Macht, die aus Verständnis und Weisheit geboren wurde.

»Zauberer!« flüsterte mein Vater.

»Magier!« knurrte Kamish. »Auf die Knie mit euch!«

Wir warfen uns auf die Knie.

Die Magier zeigten sich ungerührt durch das gedankenlose Flüstern meines Vaters, wenn sie es überhaupt gehört hatten, und schritten unsere Reihe gemessenen Schrittes ab. Macht umgab sie wie ein erstickender Duft. Ich wandte schnell das Gesicht ab, als sie an mir vorbeikamen.

»Und was hast du uns dieses Mal gebracht, Kamish?« fragte der ältere Magier mit gefährlich ruhiger Stimme. Er bediente sich der Händlersprache.

»Zwei Steinmetze«, erwiderte Kamish wieder ölig und unterwürfig. »Einen Zimmermann, einen Metallarbeiter und drei Glasmacher.«

Die Magier wechselten einen Blick.

»Und wieviel von unserem Reichtum hast du für sie ausgegeben?« fragte der Jüngere.

»Einhundertundfünfundsiebzig Sequentien, Euer Exzellenz.«

Die Magier schienen bestürzt, aber bevor einer von ihnen das Wort ergreifen konnte, fuhr Kamish fort.

»Diese beiden da haben den Preis in die Höhe getrieben, Exzellenzen«, erklärte er und zeigte auf meinen Vater und mich. »Sie sind Glasmacher von hohem Ansehen. Der Mann mischt und macht Formen wie kein zweiter – und ihr wißt, wie dringend ihr solche Talente braucht –, und die Frau ...«

Er hielt inne, dann warf er dramatisch die Hände in die Luft. »Die Frau kann Glasnetze herstellen!«

Die Magier starrten ihn an, dann mich, dann wieder ihn.

»Narr!« brüllte der jüngere Magier. »Die Maden in den Kadavern von Dungkäfern sind schlauer als du!« Und er trat vor und schlug Kamish mit voller Kraft ins Gesicht. Der Einkäufer fiel zu Boden, sein Gesicht traf mit einem übelkeitserregenden Knirschen auf. Ich zuckte zusammen, in dem festen Glauben, die nächste zu sein, die geschlagen werden würde.

Aber der Magier konzentrierte sich auf Kamish. Er bückte sich und packte den Mann bei seinem Gewand – das feine Gewebe war jetzt mit Blut aus seiner Nase beschmutzt.

»Boaz«, murmelte der ältere Magier. »Es ist sicherlich nicht nötig, sich die Hände so schmutzig zu machen.«

Doch Boaz hörte nicht auf ihn. Er riß Kamish auf die Füße und schüttelte ihn, bis der Mann gequält wimmerte.

»Wie kannst du in meiner Gegenwart überhaupt wagen, zu atmen«, sagte Boaz mit leiser und unheilverkündender Stimme. »Sich sie dir an! Niemand, der so jung und unerfahren ist ...«

»Ich kann Glasnetze schleifen, Herr«, sagte ich so respektvoll, wie ich nur konnte.

Boaz ließ Kamish fallen, der sich mit einem Gewandzipfel verstohlen die Nase abwischte. »Also hat sie eine Stimme, mit der sie lügen kann«, sagte Boaz. »Steh auf.«

»Sie stammt von den nördlichen Völkern ab«, bemerkte der ältere Magier, als ich stolpernd auf die Füße kam und mir

Ich sah meinen Vater flehend an, aber im nächsten Augenblick packte Boaz meinen Arm und zerrte mich zu dem Tisch hinüber. Beinahe wäre ich gestolpert, aber ich schaffte es, mich auf den Hocker zu setzen.

»Bearbeite das Glas!« sagte er, nahm den Werkzeugbeutel meines Vaters und warf ihn auf dem Tisch.

Ich fing ihn auf, kurz bevor er das Glas zerschmettern konnte. Eine unwillkommene Erinnerung an die Vase, die ich hatte fallen lassen, stieg in mir auf, und ich konnte sie nur mit größter Anstrengung unterdrücken.

»Es ist ... es ist schlechtes Glas, Herr«, murmelte ich.

»Schlechtes Glas oder nicht, es ist das einzige, mit dem du arbeiten wirst. Schleife!«

Ich holte tief Luft, preßte die Hände zusammen, um ihnen das Zittern zu nehmen, dann starrte ich das Glas an, versuchte zu erkennen, was ich damit machen konnte. Aber ich spürte nur die Augen des Magiers, die sich in meinen Rücken bohrten.

Ich räusperte mich. »Ich brauche Öl. Feines Öl.«

Stille, dann sprach Gayomar. »Kamish. Auf dem Regal neben der Tür steht ein Krug mit Linoferöl. Und bring das Tuch mit, das gefaltet daneben liegt. Wir wollen doch nicht, daß sie die Tischplatte genauso ruiniert wie das Glas.«

In seiner Stimme lag ein höhnischer Unterton, und tief in meinem Inneren regte sich Wut.

Ich hob den Kopf und drehte mich auf dem Hocker um, starrte Boaz in die Augen. »Was darf ich für Euch anfertigen?«

»Etwas, das dein Leben, das Leben deines Vaters und das dieses Narren Kamish rettet«, erwiderte er, dann trat er zurück, verschränkte die Arme und wartete.

Und so tat ich, was ich konnte, während die Sklaven – die mittlerweile von allen vergessen waren –, die beiden Magier, der totenbleiche Kamish und mein Vater zusahen.

Ich ließ die Hände einige Minuten lang über das Glas wandern, befühlte es, tastete nach seiner leisen Stimme, fragte es, was ich mit ihm tun dürfte und was nicht. Es war grobes, weggeworfenes Glas, von einem graustichigen, milchigen Blau. In den Abfall geworfen wegen seiner Myriaden winziger Sprünge und den Luftblasen, die es enthielt. Der Versuch, es zu bearbeiten ...

Ich fragte mich, welches Motiv den Magiern gefallen würde, welches Motiv mein Leben retten könnte. Ich wußte nichts über ihre Kultur oder welche Muster ihnen gefielen. Würde einer der Mythen Vilands ihnen zusagen? Nein, das glaubte ich kaum.

Ich drehte das Glas immer wieder in meinen Händen hin und her, hörte zu, als es endlich zu mir sprach, und ich traf meine Entscheidung.

Ich stellte das Glas wieder hin und öffnete den Werkzeugbeutel. Ich nahm mehrere verschieden große Zangen heraus, ein kleines Hämmerchen, einen noch feineren Meißel, einen Bohrer, zwei Glasschneider, einen Wachsstift und ein kleines, weiches kugelförmiges Säckchen mit einem kleinen Stutzen – dies füllte ich zur Hälfte mit dem Linoferöl. Es war nicht das beste Öl zur Glasbearbeitung, aber es würde reichen müssen.

Ich nahm den Wachsstift und skizzierte schnell ein Muster auf die rechteckige Fläche der Vorderseite und dann auf die beiden schmalen Seiten.

Ich hörte, daß Boaz tief Luft holte, und ich wurde ruhiger, war beinahe erleichtert. Das hier war ein Land ohne Wasser, und der Fluß Lhyl war die Quelle allen Lebens. Die Kultur war genau wie Setkoth selbst zweifellos flußorientiert, und so hatte ich die Umrisse von Flußschilf und zwei Fröschen gezeichnet, die sich daran festklammerten. Es war ein einfaches Muster, aber gerade darum rein und entzückend.

Mit einem der Glasschneider ging ich über die Wachsmarkierungen und schnitt dünne Aufrisse in die Fläche. Ich gab mir große Mühe, die Oberfläche dieses empfindlichen und gesprungenen Glases kaum zu verletzen, und als ich fertig und das Wachs weggewischt war, waren die Aufrisse nur als Lichtstreifen sichtbar, die über die Fläche verliefen.

Ich konnte jetzt wieder freier atmen und lächelte, verstand das Glas und wußte, daß es für mich sein Bestes geben würde.

»Hier ist kein Schraubstock«, sagte ich und sah meinen Vater an. »Ich brauche jemanden, der das Glas hält, während ich bohre. Vater, würdest du ...«

»Ich werde es tun«, sagte Boaz, und Kamish eilte davon, um noch einen Hocker zu holen.

Er setzte sich mir gegenüber hin, nahm das Glas in beide Hände. Mein Selbstvertrauen war mit einem Mal beinahe wieder verschwunden, ich zögerte, dann schob ich seine Hände etwas zurecht, damit die Glasfläche leicht schräg vor mir stand.

Er schien meine zögernde Berührung nicht bemerkt zu haben. Seine Augen blieben ungerührt auf mein Gesicht gerichtet.

Mit dem Bohrer versah ich die Oberfläche des Glases mit zwei Dutzend winzigen Löchern, mied dabei die Bruchlinien und betete lautlos, daß das Glas mein Eindringen entschuldigen und nicht zersplittern möge. Als das erledigt war, bohrte ich tiefer, schwächte mit dem Linoferöl die Erschütterung ab, die das Eindringen des Bohrers verursachte, lauschte dem Lied des Glases, während er sich immer tiefer hineingrub, nahm mehr Öl, jedesmal, wenn sein Lied rauher wurde.

Dann nahm ich Hammer und Meißel und klopfte zart die Teile des Glases heraus, die von den Bohrlöchern geschwächt worden waren. Ich hielt den Atem an, als das Glas, das der empfindlichsten Bruchlinie am nächsten war, sich sauber herauslöste, dann griff ich nach der feinsten Zange und legte vorsichtig knipsend die Umrisse der Frösche und des Schilfrohrs frei, bis sich die Figuren von dem dahinterliegenden Glas abhoben.

Ich blickte auf und sah Boaz an.

An diesem Punkt mußte er begriffen haben, daß ich wie der beste Handwerksmeister mit dem Glas umgehen konnte, aber es war noch immer nicht genug. Denn ich mußte die Figuren jetzt von der hinter ihnen befindlichen Glaswand befreien – mußte das Glasnetz erschaffen.

Glasnetze waren traditionellerweise für Gefäße gedacht. Aus einem dickwandigen Rohling schliff man ein äußeres Muster, das Glasnetz genannt wurde, und löste es dann fast vollständig von der glatten, darunter liegenden Becherwand. Danach hielten nur noch wenige, beinahe unsichtbare Stege das Außenmuster – so verwandelte es sich in ein Netz, das die schmucklose, glatte Becherwand umgab.

Hier handelte es sich aber um einen Block aus flachem Glas, das voller Fehler und Betrübnis war. Es würde sich nicht gut bearbeiten lassen, falls es mit dem Schleifen überhaupt einverstanden war. Aber ich konnte mich zumindest bemühen. Ich drehte das Glas in Boaz' Händen, bis es mir beinahe seine Seite zuwandte, dann griff ich wieder nach dem Bohrer.

Jetzt war seine Benutzung mehr als gefährlich. Normalerweise hätte ich das Glas geduldig mit Meißel und Zangen, Pinzetten und leisen Worten bearbeitet, aber dieser Prozeß würde Tage, wenn nicht Wochen, in Anspruch nehmen, und so viel Zeit stand mir nicht zur Verfügung.

Ich schloß kurz die Augen, schickte ein Gebet an die Götter und eine sanfte Weise an das Glas, um es zu beruhigen, dann machte ich mich an die Arbeit.

Das Glas schrie beinahe sofort auf, und ich zuckte zusammen, aber ich beschwichtigte es, so gut ich konnte, murmelte leise Worte, flehte es an, und schließlich gab es nach. Es war tapferes Glas, und seine Tapferkeit trieb mir die Tränen in die Augen.

Die Bohrlöcher verliefen quer hinter den Umrissen des Schilfs und der Frösche, und trotz meiner Bemühungen kreuzten eine oder zwei davon direkt die Bruchlinien.

Ich legte Bohrer und Ölsäckchen zur Seite, griff nach einer Zange und klopfte sacht mit einem der Griffe gegen das Glas.

Abschnitte zersprangen, zerbröckelten und fielen dann auf den Tisch.

Dann nahm ich das Glas selbst in die Hände, wiegte es an meiner Brust, pochte und klopfte immer wieder, benutzte Bohrlöcher und Bruchlinien zu meinem Vorteil, murmelte wortlos, beschwichtigend, beruhigend.

Um mich herum herrschte absolute Stille, und ich konnte die Blicke der Sklaven und der Magier spüren, die gebannt an meinem Gesicht und meinen Händen hingen, aber das war mir egal. Es gab nur mich und mein Glas und der wachsende Berg aus Scherben und Staub auf meinem Schoß und dem Tisch.

Das Netzwerk kam nun zum Vorschein, und mit ihm trat die verborgene, wahre Farbe des Glases hervor. Als nichtgewollter und weggeworfener Klumpen war das Glas eher grau und verschwommen gewesen, jetzt leuchtete es in einem tiefen, lebhaften Blau. Die meisten Luftblasen und Bruchlinien waren herausgemeißelt worden, und trotz meiner ursprünglichen Bedenken war das Glasnetz fast vollständig von der Innenwand befreit.

»Laß mich sehen«, sagte Boaz. Seine Stimme klang auf eine seltsame Weise angespannt, aber ich schüttelte den Kopf, die Augen noch immer auf das Glas in meinen Händen geheftet.

»Nein. Wartet. Laßt mich noch …« Mit der geriffelten Innenseite der feinsten Zange glättete ich die rauhen Netzmaschenkanten, so gut es ging. Das Glas hätte viele Stunden lang geduldig mit Sand geschliffen werden müssen, um den Feinschliff wirklich hinzubekommen, aber in weniger als einem Nachmittag hatte ich etwas Wundervolles aus einem Stück Glas erschaffen, das sich selbst für nichts wert gehalten hatte.

Schließlich holte ich tief Luft und inspizierte es. Das ineinanderverschlungene Schilf stand völlig frei von der Innenwand des Glases. Zwei Frösche sprangen verspielt darin umher, ihre Hinterbeine dienten als Stege, um das Glasnetz an der ihr Halt verleihenden Innenwand zu verankern.

Es war wunderschön.

Mit zitternden Händen hob ich es hoch, damit alle es sehen konnten.

Das schwindende Sonnenlicht – wie viele Stunden hatte ich gearbeitet? – fing sich in dem blauen Glas und funkelte, und Frösche und Schilf tanzten im schimmernden Licht hin und her.

Boaz stand langsam auf, der Hocker schrammte über den Boden, und er hob das Glas aus meinen Händen.

»Sie verfügt über ein erstaunliches Talent«, sagte Gayomar in der Sprache von Ashdod. »Erstaunlich.«

Boaz' Miene verhärtete sich. »Vielleicht … spricht das Glas zu ihr, Gayomar. Vielleicht ist sie eine … Elementistin?« Sein Blick glitt an mir herab, die ihm innewohnende Macht suchte und prüfte, und ich sah schnell und schuldig nach unten. Elementistin? Was war das?

»Nun«, sagte Boaz zu Gayomar, »ich kann Ta'uz vor ihr warnen, aber er wird nicht auf mich hören. Er glaubt, daß alle Elementisten schon vor Generationen verschwunden sind. Bah! Alle Glasmacher sollten unter Beobachtung stehen. In dieser Hinsicht ist Ta'uz von jeher zu nachsichtig gewesen. Wäre ich der Herr der Baustelle ...«

Seine Finger spannten sich um das Glas. »Wie heißt du, Mädchen?« fragte er, nun wieder in der Händlersprache.

Ich sagte es ihm, dann sagte ich ihm den Namen meines Vaters.

Boaz ließ mich nicht aus den Augen. »Eure Namen sind so schwerfällig und schwierig wie eure Sprache. Du gehörst jetzt Ashdod und den Magiern, und von jetzt an werdet ihr Namen tragen, die uns gefallen. Dein Name« – er zeigte auf meinen Vater – »ist Druse, ein guter Arbeitername. Und du« – er richtete den Blick wieder auf mich – »sollst Tirzah genannt werden.«

Gayomar zuckte überrascht zusammen, sagte aber nichts.

Ich war nicht so zurückhaltend. Ich stand wütend auf. »Nein! Mein Name ist ...«

»Dein Name ist Tirzah!« brüllte Boaz. »Hast du verstanden?«

Mein Mund klappte zu, aber mein Blick war keinesfalls weniger wütend und aufgebracht.

»Dieses Glas ist sehr schön«, sagte er, und sein Blick war härter, als ich ihn je zuvor gesehen hatte, »und seine Schönheit bewegt die Herzen aller, die es betrachten. Aber ich besitze es genauso, wie ich deine Seele besitze, und es wird genau wie du das tun, was ich will. Hast du verstanden?«

Ich stand noch immer stumm da, mein ganzer Körper war erstarrt und gleichzeitig aufgebracht.

Sein Blick richtete sich wieder auf das Glas, und ich glaubte, ihn besiegt zu haben. Seine Hände strichen darüber, und ich konnte sehen, wie sanft diese Geste war, wie sehr sie es liebkosten.

Ich war auf einmal ganz ruhig. Er fand es wunderschön, und seiner Schönheit wegen würde er mir meinen eigenen Namen lassen.

Dann ergriff er das Glas mit einer Hand, erwiderte meinen Blick und öffnete die Finger.

Das Glas zersprang auf den Fliesen in tausend Stücke, und ich vernahm seinen Todesschrei, so wie ich mich an den Todesschrei der Vase erinnerte, die ich hatte fallen lassen.

In diesem Augenblick haßte ich Boaz, und ich wußte, daß ich diesen Haß hüten und ihn schüren würde, bis ich ihm die Demütigung meiner Sklaverei und meiner Vergewaltigung und die Todesqual dieses tapferen Glases tausendfach zurückzahlen konnte.

»Und so wird es dir ergehen, Tirzah, sollte es mir in den Sinn kommen. Hast du verstanden?«

»Ja, Exzellenz, ich habe verstanden.«

3

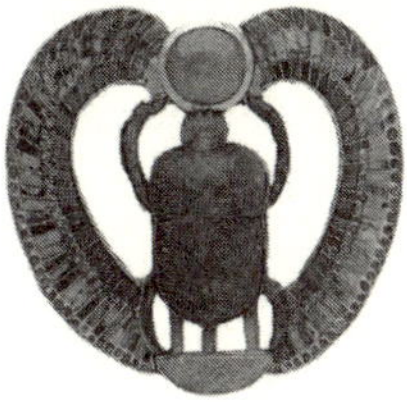

Kamish trieb uns zurück durch den Garten. Seine Erleichterung, mit dem Leben davongekommen zu sein, brach sich Bahn als Wut – vor allem auf mich, und als ich das Flußschiff bestieg, zeigten sich auf meinen Armen bereits die ersten blauen Flecken.

»Gesholme!« brüllte Kamish dem Kapitän zu.

Wir drängten uns in die Mitte des Schiffes, um den Ruderern nicht im Weg zu sein, die Arme meines Vaters waren schützend um meinen Leib geschlungen. Er hatte eine Ahnung davon, was ich fühlte, wenn auch nicht genau, denn er hatte das Glas nie auf die gleiche Weise zu ihm sprechen gehört wie ich. Die anderen Sklaven betrachteten uns schweigend, dann streckte Mayim, der andere Glasmacher, die Hand aus und berührte meinen Arm.

»Das war wundervoll«, sagte er. »Ich fand das Glas unrettbar gesprungen, und doch hast du aus ihm etwas Schönes gemacht. Du mußt Magie in deinen Fingern haben, Tirzah.«

Ich musterte ihn aufmerksam, wunderte mich über seine Wortwahl, dann kam ich zu dem Schluß, daß es sich bloß um ein Lob handelte. Nichts weiter. Ich nickte dankbar, dann schmiegte ich mich enger an meinen Vater. Druse.

Ich dachte an meinen neuen Namen – Tirzah. Er war hübsch und rollte mit einem eigenen, melodischen Klang von der

Zunge. Aber ich würde ihn immer mit Boaz in Verbindung bringen, und mit meiner Versklavung.

Eines Tages würde ich ihn abwerfen.

Aber nicht jetzt. Heute nacht wollte ich mich nur so dicht wie möglich an meinen Vater schmiegen, und die Augen schließen und so tun, als würde nichts von all dem hier Wirklichkeit sein.

Und während ich vor mich hindöste, verging die Zeit.

Mir war vage bewußt, daß wir Setkoth verließen, denn der Lärm der Stadt wurde leiser, und der Flußgeruch verwandelte sich, die verfaulenden Pflanzen und der menschliche Abfall wich der süßen Sauberkeit des offenen Landes und der dichten Schilfbänke. Der Wind wurde kalt, aber dicht bei meinem Vater war es warm, und zu unseren Füßen lag Segeltuch, in das sich unsere kleine Gruppe hüllen konnte, um sich gegen die beißende Nachtkälte zu schützen.

Ich fragte mich kurz, wo dieses Gesholme wohl lag und was es war, aber der Fluß und das gleichmäßige Rudern lullten mich ein, und so versank ich in einen tiefen Schlaf.

Stunden später weckte mich ein Ruf. Die Nacht war dunkel und still, und die Schiffbesatzung hatte die Ruder aufgenommen. Von der Mannschaft kamen Rufe, und vom Ufer ertönten Antworten, während Taue geworfen und festgemacht wurden. Das Schiff schaukelte, dann kam ein Ruck, als es gegen den Kai stieß. Mittlerweile war es kalt, und ich zitterte in meiner dünnen Kleidung und schlang die Arme um mich.

»Aufstehen!« brülle Kamish, und wir kämpften uns auf die Füße und strengten in der Dunkelheit unsere Augen an.

Am westlichen Flußufer erstreckte sich weit nach Westen und Süden eine Siedlung. Sie war von hohen Mauern umgeben und wurde streng bewacht; Wächter standen auf Türmen und Wehrgängen.

Also eine Sklavensiedlung.

Im Nordwesten schien es ein weiteres Lager zu geben, ebenfalls von einer Mauer umgeben, aber seine Gebäude waren zu niedrig, um von hier aus gesehen werden zu können.

Dahinter erhob sich ein gewaltiger Bau, der die Dunkelheit und die Sterne zu verschlingen schien. Ich konnte weder seine genauen Umrisse oder Ausmaße erkennen. Die Kälte wurde schlimmer, und die Blutergüsse auf meinen Armen pochten wieder.

Einer der Matrosen beugte sich vor, um mir beim Aussteigen zu helfen. Er bemerkte die Richtung meines Blickes, hielt den seinen aber sorgfältig abgewendet.

»Die Pyramide«, sagte er.

Eine Abteilung Wächter kam aus der Siedlung, um uns durch das Tor zu eskortieren. Kamish überreichte ihnen eine kleine Schriftrolle, auf der unsere Namen und unsere Fertigkeiten verzeichnet standen, dann stieg er wieder auf das Schiff.

»Ich wünsche euch alles Gute«, rief er, als die Mannschaft das Schiff zurück in die Strömung stieß und dann langsam wendete, aber ich wußte, daß er uns alles andere als das wünschte, und glaubte das Schimmern von Zähnen zu sehen, als die Ruderer schließlich nach Setkoth aufbrachen.

Die Mauer der Siedlung bestand aus Sandstein und war mindestens fünf Schritt breit und fünfzehn hoch, die Tore waren aus mit Eisen verstärktem Holz und mit von der Sonne gehärtetem Mörtel bedeckt.

Einer der Wächter oben auf der Mauer beugte sich vor, als wir durch das Tor gingen. »Willkommen in Gesholme«, rief er und geisterhaftes Gelächter folgte uns die schmale Straße entlang.

Zu beiden Seiten ragten Wohnblöcke in die Höhe, einige davon waren vier oder fünf Stockwerke hoch. Aus mit Läden verschlossenen Fenstern und Türen drang gelegentlich Licht heraus. In regelmäßigen Abständen mündeten Seitenstraßen auf den Hauptweg, und ich erkannte, daß die Siedlung – Gesholme – viel größer war, als sie vom Fluß aus erschienen war. Hier mußten viele Tausende Menschen leben.

Die Mauern und die dicht nebeneinander stehenden Gebäude ließen keinen Windhauch hindurch, und die Luft war stickig und schwül. Eben noch hatte ich mich fester in meine Sachen eingehüllt, jetzt war mir auf einmal viel zu warm und ich schlug nach Hunderten kleiner, stechender Insekten, die über unserer Gruppe schwebten.

Der Anführer der Wächter ließ anhalten. Vor uns erhob sich eine weitere Mauer, diesmal aber mit einem kleineren Tor, und die beiden Wächter, die dort standen, hatten elegantere Uniformen als unsere Eskorte.

»Neuankömmlinge«, sagte der Anführer, und einer der Männer am Tor grunzte, inspizierte uns und winkte uns durch. In eine andere Welt.

Hier gab es keine Straßen, sondern großzügige Alleen. Die Gebäude waren niedrig und in gehörigem Abstand voneinander errichtet. Pastelfarbene Lichter funkelten, nicht nur in Fenstern, sondern auch an Dattelpalmen aufgehängt und über kühle Teiche gespannt.

Hier hab es keine stechenden Insekten – es waren keine mit uns durch das Tor gekommen.

»Die Siedlung der Magier«, sagte einer der Wächter. Dann ließ ihn die Furcht in unseren Augen lächeln. »Anscheinend seid ihr ihnen schon begegnet. Nun, hier werdet ihr euch an ihre Anwesenheit gewöhnen müssen.«

Wir blieben stehen, während er in ein besonders schönes Gebäude ging, das von einer Säulenveranda umgeben war, die mit Blumenranken voller blutroter und purpurner Blüten bewachsen war. Aus einem Raum drang gedämpftes Licht und Stimmengemurmel, dann kam der Wächter in Begleitung von zwei Magiern zurück.

Wir fielen ohne jede Aufforderung sofort auf die Knie, während die Wächter die Köpfe senkten und mit den Speeren salutierten. »Exzellenzen!« riefen sie.

»Exzellenzen!« murmelten wir schnell.

Die beiden strahlten die gleiche Macht wie Gayomar und Boaz aus, und sie waren auch ähnlich gekleidet. Ihre schwarzen Haare waren ebenfalls zu mehreren Zöpfen gebunden, und scharf blickende Augen musterten uns wie Geier, die sich besonders gütlich tun wollten.

Einer überflog die Schriftrolle, die Kamish dem Wächter gegeben hatte. »Von Boaz höchstpersönlich«, murmelte er, dann schnitt er eine Grimasse und verdrehte die Augen, als er weiterlas. »Elementisten? Der Mann hat zu viele Märchen gelesen. Aber er schickt uns drei Glasmacher, und das ist gut.« Er hob den Kopf. »Druse, Mayim und Tirzah. Ihr begleitet mich. Mein Name ist Ta'uz, und ich bin der Herr dieser Baustelle. Habt ihr verstanden?«

»Wir haben verstanden, Exzellenz.«

»Gut. Die anderen vier« – er las die Namen vor – »werden Edohm begleiten. Kommt.«

Er ließ die Schriftrolle energisch zusammenschnappen und winkte meinen Vater, Mayim und mich heran. Wir sprangen auf und eilten hinter ihm her.

Die anderen vier Sklaven sah ich danach immer nur aus der

Ferne, das seltene, flüchtige Erscheinen freundlicher Gesichter innerhalb der Mauern der Pyramide, und ich weiß nicht, was später aus ihnen wurde.

Ta'uz führte uns zurück durch das Tor der Magier-Siedlung, bog dann scharf nach links ab und scheuchte uns auf ein Viertel im nördlichen Teil von Gesholme zu. Schließlich blieb er vor einem der Wohnhäuser stehen und wandte sich an uns. »Mayim, du wirst in Izzalis Werkstatt arbeiten. Druse, du und Tirzah arbeitet in Isphets Werkstatt. Ihr dürft euch tagsüber sehen, aber nachts sind Männer und Frauen getrennt voneinander untergebracht. Habt ihr verstanden?«

»Wir haben verstanden, Exzellenz.«

»Gut. Das ist Yaqobs Haus, und hier werden Druse und Mayim leben.« Er winkte einen der Wächter herbei. »Du wartest hier mit dem Mädchen.«

Nachdem einer der Wächter laut angeklopft hatte, öffnete sich die Haustür, dann verschwanden Ta'uz, mein Vater, Mayim und fünf Wächter im Inneren. Ich wollte meinem Vater eine gute Nacht wünschen – das war seit Wochen das erste Mal, daß wir getrennt waren –, aber ich kannte mich mittlerweile genug aus, um den Mund zu halten. Ich war zufrieden, daß wir wenigstens in derselben Werkstatt arbeiten würden.

Ich schaute zu den Sternen hoch. Bei den Göttern! Das würde in nur wenigen Stunden sein! Ich war schrecklich müde und wünschte nichts mehr, als eine ganze Nacht in einem Bett schlafen zu können – doch nicht ausgerechnet hier.

Der Wächter stand aufmerksam und stumm da, er ließ mich keinen Augenblick lang aus den Augen, und ich starrte zu Boden und trat unbehaglich von einem Fuß auf den anderen. Ich mußte an Hadone denken und zitterte.

Plötzlich war Ta'uz wieder da, gefolgt von den Wächtern,

und die Haustür fiel mit einem lauten Knall hinter ihm ins Schloß.

»Jetzt zu dir«, sagte er und marschierte voraus.

Obwohl ich von Wächtern umgeben war, fühlte ich mich so allein wie nie zuvor in meinem ganzen Leben.

Er führte mich zu einem anderen Haus, das fast identisch mit dem war, wo er meinen Vater und Mayim zurückgelassen hatte, und befahl dem Wächter, zu klopfen.

Bis auf ein leises Scharren im Inneren erfolgte keine Antwort, und Ta'uz trat selbst zur Tür, schlug hart dagegen und brüllte einen Befehl.

Schritte ertönten, und die Tür öffnete sich einen Spalt, dann wurde sie weit aufgerissen, als die Person im Inneren sah, wer draußen war.

Mir stockte der Atem. Selbst im flackernden Fackelschein war die Frau, die jetzt vor mir stand, die vollkommenste Frau, die ich je gesehen hatte. Sie war etwa Anfang dreißig, hatte glänzendes schwarzes Haar, und in ihren mandelförmigen dunklen Augen leuchteten Intelligenz und Weisheit. Ihr Gesicht war erstaunlich – es war streng und schön zugleich.

»Ja?« sagte sie.

Ta'uz erwiderte ihren Blick, dann fluchte er. »Glaubst du, ich würde es nicht wissen, Isphet?« fragte er, als er sich an ihr vorbeidrängte.

Sie drehte sich um, um ihm zu folgen, aber in diesem Augenblick ergriff einer der Wächter meinen Arm, um mich ebenfalls hineinzuzerren. Ich schrie auf, da sich seine Finger in die Blutergüsse krallten, die Kamish mir zugefügt hatte, und Isphet wandte sich wieder in meine Richtung.

»Oh, bei den Göttern«, flüsterte sie, »du hast ein ausgesprochen schlechtes Gefühl für den richtigen Zeitpunkt, Mädchen.«

Wir betraten einen Raum voller Blut und Schmerzen, Geburt und Tod. Eine Frau lag auf einer Pritsche an der Wand, mit schmerzerfülltem, schweißüberströmten Gesicht. Ein winziges Kind, ein Mädchen, lag auf ihrem Bauch, der Stumpf seiner Nabelschnur zitterte traurig im Dämmerlicht.

Ta'uz beugte sich zu ihnen hinab und ergriff das Kind; es stieß einen schwachen Laut aus, und die Mutter keuchte. Isphet trat mit ausgestreckten Händen vor, aber sie blieb stehen, als Ta'uz mit wutverzerrtem Gesicht zu ihr herumwirbelte.

»Hast du wirklich geglaubt, das vor mir geheimhalten zu können, Isphet? Ich wußte, daß sie schwanger war, daß sie nichts begriffen hat. Hier pflanzt sich nichts fort bis auf die Eins. Nichts. Ist das klar?«

Isphet öffnete mit ängstlichem Blick den Mund, aber Ta'uz ließ ihr keine Zeit zu einer Antwort. Mit einer einzigen brutalen Geste brachte er das Kind zum Schweigen.

Dann warf er es der Mutter auf den Bauch.

»Ich erwarte dich morgen früh bei deiner Arbeit, Raguel«, sagte er zu der Mutter, die entsetzt das Kind anstarrte, das er ihr genommen hatte. Ta'uz Blicke durchdrangen erst Isphet, dann mich.

»Sie heißt Tirzah, Isphet. Sie macht Glas. Sie und ihr Vater Druse arbeiten ab morgen in deiner Werkstatt.« Dann schritt er aus der Tür.

Sie fiel laut hinter ihm ins Schloß, und einen Augenblick lang herrschte lähmende Stille.

Mein Herz klopfte rasend, meine Kehle war wie zugeschnürt, und ich war einer Ohnmacht nahe. Ich wünschte, ich hätte die Augen schließen und vergessen können, was ich gesehen hatte, aber es war so klar in mein Bewußtsein eingebrannt, daß ich wußte, daß ich die nächsten Wochen Alpträume haben würde.

Die Götter allein wußten, welche Alpträume die arme Mutter haben würde.

Wie konnte das geschehen?

Ich fühlte eine Hand meinen Arm umklammern, und irgendwo in meinem Alptraum wünschte ich, die Leute würden aufhören, meine Blutergüsse zu quetschen.

Isphet.

»Setz dich hier in die Ecke und halte den Mund, Mädchen.« Und sie zwang mich, mich hinzusetzen und ging.

Das war ungerecht, denn ich hatte seit meiner Ankunft keinen Laut von mir gegeben. Aber ich saß trotzdem schweigend da, dankbar, nicht mehr stehen zu müssen, und sah zu, wie Isphet und ihre Gefährten sich nach allen Kräften bemühten, das Grauen zu vertreiben, das alle überkommen hatte.

Isphet ging mit der Mutter so unverblümt um, wie mit mir. »Du bist eine Närrin gewesen, Raguel, und das hast du auch genau gewußt. Ta'uz hätte das Kind niemals am Leben gelassen, und du kannst nur den Soulenai danken ...«

Soulenai?

»... er hat es dir nicht aus dem Leib gerissen, während es heranwuchs. Das hätte auch dich umgebracht.«

»Aber er hat es doch gezeugt!«

Isphet schlug Raguel ins Gesicht, und das Klatschen übertönte mein eigenes empörtes Aufstöhnen.

»Raguel, es reicht! Hättest du von Anfang an auf mich gehört, wäre es gar nicht so weit gekommen, und Ta'uz hätte keinen Grund, meine Werkstatt unter solche Beobachtung zu stellen. Und jetzt, deiner Dummheit wegen, werden wir keine Gelegenheit haben, ...«

Plötzlich fiel ihr meine Anwesenheit wieder ein, und sie sah mißtrauisch in meine Richtung. Sie zögerte, dann wandte sie sich wieder Raguel zu und nahm ihr den kleinen leblosen

Körper ihrer Tochter aus den Händen, um ihn einer anderen jungen Frau zu überreichen.

»Kiath, nimm das hier und wickle es ein, bis wir es den Flammen übergeben.«

Wieder herrschte Schweigen, jeder starrte die Leiche in Kiaths Händen an.

»Aber jetzt noch nicht«, sagte Isphet dann. »Lieber an einem Tag, wenn die Wächter nicht so genau hinsehen. Kiath, versteck die Leiche in einem Krug und verschließe ihn gut, damit keiner etwas merkt. Saboa?« Isphet winkte ein Mädchen in meinem Alter heran. »Nimm die hier«, sagte sie und zog mehrere beschmutzte Tücher unter Raguels Rücken hervor, was die Frau schmerzerfüllt stöhnen ließ. »Wickel sie um einen Brotlaib. Wir werden klagen und trauern und es am Morgen verbrennen, wie der Brauch es will und keiner wird etwas darüber erfahren. Du!«

Ich zuckte zusammen. Ich wollte nichts lieber als in meiner Ecke zu kauern und unbemerkt zu bleiben.

»Du ... Tirzah? Komm her und hilf mir, es Raguel bequemer zu machen. Komm schon. Wenn du schon mein Haus und meine Werkstatt mit mir teilst, dann kannst du dir auch genauso gut deine Hände an diesem kleinen Skandal schmutzig machen. Und bring das Wasser da mit.«

Ich wagte es nicht, länger sitzenzubleiben; ich hatte nicht den geringsten Zweifel, daß mich Isphet hinschleifen würde, wenn ich mich nicht in Bewegung setzte.

In der Mitte des Raumes wurde ein großer Krug Wasser auf einer kleinen Kohlenpfanne erwärmt. Ich hob ihn vorsichtig hoch und ging hinüber.

»Gut«, murmelte Isphet, ohne mich eines Blickes zu würdigen, und fing an, Raguel zu waschen. Dabei sprach sie in einem leisen, sanften Ton, der mich überraschte. »Dich trifft keine Schuld an dieser Katastrophe, Tirzah. Ta'uz hätte dieses Kind irgendwann sowieso getötet, selbst wenn wir die Geburt vor ihm hätten verheimlichen können. Vielleicht war es auf diese Weise erträglicher, bevor Raguel Gelegenheit hatte, sie zu lieb zu gewinnen.«

Isphet drückte mir einen nassen Lappen in die Hand. »Hilf mir, Raguel zu waschen und ihr Bettzeug zu wechseln.«

Ich tat, um was sie mich gebeten hatte, und als Raguel gewaschen war und auf sauberen Laken lag, ergriff Isphet meine Hände. »Ein rauhes Willkommen für dich, Tirzah.« Sie musterte mich. »Du gehörst nicht zu unserem Volk, Mädchen. Wo kommst du her?«

»Aus dem fernen Norden. Aus einem Land namens Viland.«

Isphet schüttelte den Kopf. »Davon habe ich noch nie gehört. Aber du sprichst unsere Sprache gut, wenn auch mit schwerem Akzent. Wie kommt das?«

»Mein Vater und ich sind viele Wochen lang mit Wächtern aus diesem Land gereist, Isphet. Ich habe sie von ihnen gelernt.«

»Und dein Name? Du trägst den Namen einer Prinzessin unseres Reiches. Wie kommt das?«

Ich war verblüfft. Der Magier hatte mich nach einer Prinzessin benannt? Ich erzählte ihr etwas über meine Begegnung mit den Magiern Gayomar und Boaz.

Isphet riß die Augen auf. Gayomar hatte sie immer nur in Gesholme gesehen, und Boaz kannte sie überhaupt nicht, und sie strich ihn so schnell aus ihrem Gedächtnis, wie sie mein Heimatland aus ihrem Gedächtnis gestrichen hatte. Sie vergaß sogar das Geheimnis meiner Namensgebung, als sie die Geschichte über meine Glasnetzarbeit hörte. Ihre Hände griffen fester zu. Sie waren sehr warm.

»Du bist ein interessantes Mädchen, Tirzah. Du scheinst mit dem Glas eins werden zu können.« Sie lächelte, als habe sie einen bitteren Scherz gemacht, den nur sie allein verstehen konnte. »Wir werden uns noch darüber unterhalten, du und ich, aber nicht jetzt. Ich habe genug Fragen gestellt. Du mußt auch welche haben.«

Ich sah zu Raguel herüber. Sie hatte den Kopf zur Wand gedreht. »Ich verstehe das alles nicht«, sagte ich etwas hilflos, und merkte sofort, wie unzureichend meine Worte waren.

Aber Isphet störte sich nicht daran und wußte, was ich gemeint hatte. »Komm«, sagte sie und trat von Raguel fort, die versuchte, mit ihrem Elend fertig zu werden. Sie führte mich zu einer Pritsche auf der anderen Seite des einfach eingerichteten Raumes und zog mich zu sich herab. »Was weißt du über die Magier?«

»Nichts, nur, daß sie grausam sind.«

»Und über die Pyramide?«

»Noch weniger.«

»Abgesehen von ihrer Grausamkeit, hättest du sagen sollen«, bemerkte Isphet, aber dann tätschelte sie meine Hand. »Nun, wo soll ich anfangen? Ich glaube, am besten mit den Magiern, denn du hast schon eine Ahnung, was ihre Besonderheit ausmacht. Die Magier sind ...«

»Zauberer. So hat mein Vater sie genannt. Sind sie vielleicht Priester?«

»Zauberer in gewisser Weise, das mit Sicherheit, aber keine Priester, so wie du es vermutlich meinst. Die Magier sind Mathematiker, und einst waren sie nicht mehr als das. Aber sie haben die Eigenschaften und Beziehungen von Zahlen und geometrischen Formen entschlüsselt und dadurch Macht erlangt, grausame Macht. Sie beherrschen die Macht von Zahl und Form.«

Ich fing an zu verstehen. »Ich habe die gleichmäßige Form der Felder und Gärten gesehen.«

»Ja. Wenn es nach den Magiern ging, würde alles in Ashdod streng nach den reinen Prinzipien von Mathematik und Geometrie ausgerichtet werden. Bis zu einem gewissen Grad haben sie es mit der Form von Feldern und Gärten geschafft, wie auch mit Straßen und vielen Gebäuden. Sie haben großen Einfluß auf den Monarchen Chad Nezzar, und vieles, was sie wünschen, wird durch königliche Erlasse bestätigt.« Sie seufzte. »Aber Ashdod ist groß, und man kann nicht alles dem Diktat der Mathematik unterordnen. Nur hier hatten die Magier auf ganzer Linie Erfolg ... mit der Pyramide.«

»Ich habe die Pyramide gesehen, wenn auch nicht richtig. Sie ... sie schien den Himmel aufzufressen.«

Wieder musterte Isphet mich scharf. »Die Pyramide ist der sichtbar gewordene Ausdruck einer reinen mathematischen Formel – oder wird es vielmehr sein. Die Magier überwachen ihren Bau schon seit vielen Generationen, und es wird noch immer ein Jahr bis zu ihrer Vollendung dauern.« Sie lächelte grimmig. »Die Pyramide ist ein Ungeheuer von allesverzehrender Gier. Sie frißt buchstäblich Ashdod auf. Alles, was Ashdod produziert, trägt zu der Vollendung der Pyramide bei. Doch es reicht bei weitem nicht aus. Du selbst bist der Beweis, daß die Magier nun in weit entfernten Ländern nach den Arbeitern suchen müssen, die die Pyramide braucht.«

Ein langes Schweigen trat ein. »Isphet«, sagte ich schließlich, »was hat Ta'uz damit gemeint, daß sich hier bis auf die Eins nichts fortpflanzt?«

»Ach, die Magier haben sich ganz der Mathematik verschrieben, und sie beten die Zahl Eins an. Sie lehren, daß die Eins die Zahl ist, aus der alle anderen Zahlen entspringen, und in der alle anderen Zahlen wieder enden. Schöpfung und

Untergang, alles ist Eins.« Sie schüttelte den Kopf über ihren schlechten Witz. »Auch alle Formen entspringen und enden in der Eins, denn die Magier glauben, daß sich geometrische Formen allein aus den Eigenschaften von Zahlen zusammensetzen. So steht die Eins für Geburt und Tod. Unendlichkeit. Die Magier beziehen ihre Macht aus der Meditation über die Eins und der Meditation über die Geheimnisse von Zahlen und Formen. Sie suchen ständig die vollständige Vereinigung mit der Eins ... und das ist Raguel zum Verhängnis geworden.«

Sie fröstelte, und jetzt waren es meine Hände, die sich fester um die ihren legten. »Die Magier suchen auf viele verschiedene Weisen die Vereinigung mit der Eins, Tirzah – ich glaube, die Pyramide wird schließlich für die letztendliche Vereinigung sorgen, auch wenn die Magier nie darüber sprechen. Bis die Pyramide vollendet ist, müssen sich die Magier niedere Arten der Vereinigung zu Nutzen machen. Gelegentlich holt sich ein Magier eine Frau ins Bett, um die Eins zu berühren.«

Wieder hielt sie inne, und ich begriff, daß sie nicht Raguels Erfahrung durchlebte, sondern ihre eigene.

»Im Augenblick des körperlichen Höhepunktes während des sexuellen Aktes behaupten die Magier, eine intensive aber kurze Vereinigung mit der Eins zu erleben ... mit der Unendlichkeit. Die Frau, die sie dazu benutzen, diesen Augenblick der Vereinigung zu erreichen, spielt dabei keine Rolle.« Isphet zwang ein humorloses Grinsen auf ihr Gesicht, aber es verschwand gleich wieder. »Ich weiß nicht, warum sie keine Ziegen nehmen ... Ziegen wären viel problemloser. Frauen dürfen bei diesem Akt nicht schwanger werden, denn dadurch würde sich die Eins teilen, würde sich ihre Macht teilen. Ich weiß nicht, wie Raguel es geschafft hat, trotzdem schwanger zu werden – für gewöhnlich nehmen die Magier die größten Mühen auf sich, um eine Schwangerschaft zu verhindern –, aber darum hat Ta'uz so gewalttätig reagiert, und darum hat er das Kind auf der Stelle getötet. Es hat die Eins entweiht, hat sie geteilt. Ihr Leben war ein Greuel. Und deshalb mußte das wunderschöne kleine Mädchen sterben.«

Ich legte die Arme um sie, und Isphet weinte.

4

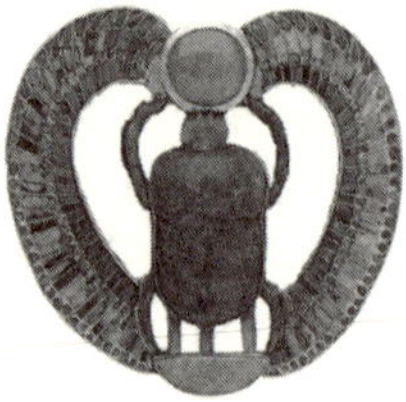

Schließlich legten wir uns alle für ein paar Stunden nieder – ich teilte Saboas Pritsche –, schliefen jedoch sehr unruhig und standen in der Morgendämmerung zum Chorgesang der Frösche in den Schilfbänken am Ufer des Lhyl auf.

Ich half Saboa, die Fensterläden zu öffnen und betrachtete mein neues Zuhause, während die anderen das Feuer schürten und Töpfe aufsetzten. Die Wände des rechteckigen Raumes bestanden aus grob verputzten Backsteinen. Der Raum selbst war groß, wenn auch schmucklos. An den Wänden standen Pritschen, auf Regalbrettern waren Kleidung, Töpfe und Krüge gestapelt. Weitere Krüge waren im Boden eingegraben, um ihren Inhalt kühl zu halten. Neben der Kohlenpfanne in der Raummitte standen drei Holzstühle mit geflochtenen Schilfsitzen, ein niedriger Tisch sowie mehrere Schilfmatten; von den Deckenbalken hingen Öllampen herab. Das war es eigentlich auch schon. Selbst unsere kleine Behausung in Viland war wohnlicher gewesen.

Die beiden Fenster wiesen in eine Gasse hinaus. Eine Tür führte zur Straße, eine andere in einen kleinen Lagerraum, und eine dritte zu einem Waschraum in einem winzigen Innenhof, der allen Wohnungen dieses Gebäudes auch zur Verrichtung der Notdurft diente. Es waren keine Innentreppen zu sehen, aber auf dem Hof führte eine außen zu den höheren Stockwerken.

Isphet hatte Raguel nach draußen zum Waschraum geholfen, und jetzt kehrte diese wieder zurück; ihr Gesicht war grau, und das Leid hatte Furchen hineingegraben. Sie setzte sich ans Feuer und nahm schweigend einen Napf mit warmem Haferbrei entgegen, rührte ihn geistesabwesend mit dem Löffel um.

Isphet betrachtete meine von der Reise mitgenommene Kleidung und schickte mich hinaus, damit ich mich reinigen konnte. Als ich fertig war, gab sie mir ein großes Stück hellen Baumwollstoffes mit schmalen grünen Streifen und zeigte mir, wie man sich darin einwickeln mußte, um es in ein praktisches Kleidungsstück zu verwandeln, das Beine und Arme unbedeckt ließ. Alle Frauen trugen solche Wickelgewänder.

»An diesem Ort wirst du nicht viel mehr brauchen, Tirzah. Anmutige Gewänder sind nur noch Teil deiner Vergangenheit. Und binde dein Haar zurück; in meiner Werkstatt dulde ich kein loses Haar.«

Sonst sagte niemand ein Wort, und jeder versuchte zu überhören, daß Raguel die ganze Zeit leise in ihren Napf weinte. Ich aß etwas von dem warmen Haferbrei, aber mein Magen hatte sich noch immer nicht von den Ereignissen der vergangenen Nacht erholt, und nach einigen Minuten stellte ich den Napf zur Seite.

Als Kiath die Kohlen abdeckte und Saboa die Laken auf den Pritschen ordnete, nahm Isphet den mit den beschmutzten Tüchern eingewickelten Brotlaib und gab ihn Raguel. Ihre Stimme war streng, aber der Blick in ihren Augen war sanft. »Nimm es, Raguel, und lege es in den Ofen, wenn die Wächter hinsehen. Schau mich nicht so an, es ist bloß Brot.«

Das konnte schon sein, aber in welchem Krug lag das tote

Kind? Und warum wollte Isphet es aufbewahren? So schlimm der Tod ihres Kindes auch war, sicherlich würde das Wissen, daß ihr Kind in der Nähe war, Raguel nicht helfen.

Ich hoffte, Kiath hatte den Krug gut versiegelt.

»Auf zur Arbeit«, sagte Isphet.

Die Werkstatt befand sich in der Nähe, was gut war, denn ich konnte mir nicht vorstellen, daß Raguel zu einem weiten Weg stark genug gewesen wäre. Wie sich herausstellte, mußten Kiath und Saboa sie dann bei den letzten Schritten stützen.

Auf dem Weg durch die Gassen konnte ich die Gegenwart der Pyramide spüren, aber ich konnte sie wegen der hohen Wohngebäude noch immer nicht sehen.

Isphet sah, wie ich mir den Hals verrenkte. »Du wirst bald schon mehr von der Pyramide sehen, als dir lieb ist, Tirzah. Geduld.«

Und dann hatten wir die Werkstatt erreicht.

Ich trat ein und blieb erstaunt stehen. In Viland hatten mein Vater und ich in einer winzigen Werkstatt gearbeitet, die gerade unseren Bedürfnissen entsprach, und die Arbeitsstätten der benachbarten Handwerker waren ähnlich klein gewesen. Aber Isphet leitete eine Werkstatt von gewaltigen Ausmaßen, die leicht mehr als einem Dutzend Handwerker Platz geboten hätte. In einer Ecke warteten drei Öfen darauf, von uns für die Arbeit angeheizt zu werden. An einer Wand standen breite Gestelle mit Hunderten von Glasplatten. An der anderen Wand standen auf Regalen Dutzende von Töpfen und Krügen mit den Pulvern und Metallen unseres Handwerks. Anderswo lagen sorgsam geordnet Werkzeuge, die die Werkzeuge meines Vaters im Vergleich wie unbedeutendes Kinderspielzeug aussehen ließen. In der Werkstatt verteilt standen die Werkbänke und Geräte, die für die Glasherstellung nötig waren. Eine Wendeltreppe führte zu einer zweiten Etage, wo die Feinarbeit erledigt wurde, die gutes Licht und starke Konzentration brauchte. Würde ich dort arbeiten?

Kiath versetzte mir einen sanften Stoß, und so schwieg ich und betrat die Werkstatt. Sieben oder acht Männer waren bereits da, unter ihnen mein Vater, und ein junger Mann stellte ihn Isphet vor.

Seine Vorstellung war sehr knapp, denn er hatte Raguel und das traurige Bündel gesehen, das sie an die Brust drückte.

»Bei der Zuflucht im ...«

»Vorsicht!« zischte Isphet. »Es sind Neue unter uns!«

Da beherrschte er sich und fragte ruhig: »Was ist geschehen?«

Isphet erzählte es ihm kurz, das heißt, sie erzählte ihm, daß das Kind von Ta'uz entdeckt worden war, als er mich bei Isphet abgeliefert hatte, und von diesem dann getötet wurde.

Die Lippen des Mannes wurden schmal, und er betrachtete mich abschätzend. Er sah gut aus, war vielleicht sieben oder acht Jahre älter als ich, mit kurz geschnittenem schwarzem Haar, das nachlässig nach hinten gestrichen war, mit intelligenten braunen Augen und einem großzügigen, sinnlichen Mund, der, als die Anspannung nachließ, ein warmes und freundliches Lächeln zeigte.

»Mein Name ist Yaqob, und du bist Tirzah. Druse hat mir erzählt, wie gut du Glasnetze schleifen kannst.« Er ergriff kurz meine Hand, und ich versuchte zu lächeln.

»Das mag schon sein«, sagte Isphet. »Aber wie alle Neuen fängt sie an den Mahltischen an, bis sie lernt, wie es in meiner Werkstatt zugeht. Yaqob, du bringst das Mädchen und ihren Vater zu Yassars Tisch und versorgst sie mit Arbeit.«

Glas mahlen? Das war eine Aufgabe für einen Lehrling im ersten Jahr, aber ich sagte nichts und begleitete Yaqob, der mich in der Werkstatt vorstellte und mir erklärte, wie hier alles vonstatten ging.

Als ich mich an Yassars Tisch setzte, neben meinen Vater, der die Mahlstößel vor uns mit einem Ausdruck äußersten Widerwillens ansah, flog die Tür auf, und die ganze Werkstatt erstarrte.

Ta'uz.

Mehrere Wächter standen neben ihm, und zwei weitere waren weit in die Werkstatt vorgedrungen.

Ta'uz starrte zu den Öfen hin, und alle Blicke folgten ihm.

Raguel stand in der Nähe der offenen Tür einer der Öfen, das umwickelte Bündel im Arm. Sie starrte zu Ta'uz hinüber, und ich fragte mich kurz, wieviel Haß sie ihm entgegenbringen mußte, aber dann schüttelte sie sich sichtbar und warf das Bündel mit einem Ruck in die Flammen, bevor es sich jemand zu genau ansehen konnte.

Dann wandte sie sich mit zuckenden Schultern ab und wollte weder den Magier noch den Ofen anschauen.

Ta'uz ging wortlos hinaus, aber die beiden Wächter blieben.

Ich spürte eine Hand auf der Schulter, und Yaqob ging vor meinem Schemel in die Hocke. »War das das Kind?« fragte er leise, die Augen noch immer auf Raguel gerichtet.

Ich zögerte. »Nein.«

Jetzt sah Yaqob mich an. »Aber es ist doch wohl tot?«

»Ja.«

Er schwieg einen Augenblick lang. »Also hat Isphet es auf die Seite geschafft.«

»Ja.«

Er nickte knapp. »Gut.« Seine Hand drückte kurz zu, dann stand er auf und ließ meine Schulter los. »Tirzah, du wirst heute und morgen an diesem Tisch arbeiten, aber dann wird Isphet mir bestimmt das Privileg einräumen, dir unsere kleine Welt zu zeigen.«

Dann ging er.

Mein Vater sah Yaqob hinterher, dann sah er mich an und lächelte.

Ich gewöhnte mich schnell ein. Zwei Tage lang zermahlten mein Vater und ich Glasscherben zur Herstellung von Emaille, dann rettete uns Yaqob wie versprochen und wies uns anspruchsvollere Aufgaben zu.

Das war Isphets Werkstatt, aber sie schien damit einverstanden, daß Yaqob sich in den ersten Wochen um uns kümmerte. Ich sah sie abends, wenn sie mich über meinen Arbeitstag befragte, aber ich glaube, sie wollte nicht zu sehr mit meiner Arbeit in Verbindung gebracht werden, solange die Wächter uns noch ihre ganze Aufmerksamkeit widmeten.

Davon abgesehen war Isphets Fachgebiet genau wie das meines Vaters das Mischen und Brennen von Glasmasse, und sie blieb bei den Öfen. Nicht nur, um das Schmelzen und Brennen zu überwachen, sondern auch um sicherzugehen, daß Raguel nicht in ihrer Trauer dem in Tücher gewickelten Bündel hinterhersprang. Raguel sagte kaum ein Wort, und während sie sich körperlich von der Geburt ihrer Tochter erholte, erkrankte ihre Seele.

Drei Tage nach meiner Ankunft führte Yaqob meinen Vater in die Ecke der Werkstatt, wo die Glasmasse gemischt und geformt wurde, und übergab ihn Isphet, dann kam er zu mir und lächelte. »Hier entlang.«

Er führte mich in die obere Etage, wo zwei Männer an einem Tisch saßen; ein breiter Strahl Sonnenlicht fiel durch Glasscheiben in der Decke. Der Raum war sauber und luftig, und ich holte tief Luft. Ich war entzückt. Beide Männer stellten Glasnetze her.

Sie schauten von ihrer Arbeit auf und grinsten über meine unverhohlene Freude.

»Die Wächter kommen nur selten her«, sagte Yaqob. »Dir wird die Arbeit gefallen, und ich kann kaum erwarten zu sehen, wie gut du bist. Die Geschichte über deine Arbeit in Setkoth hat sich in fast ganz Gesholme verbreitet.«

Sicherlich log er, aber er gab sich immerhin Mühe, und mein Lächeln vertiefte sich. »Wird die Werkstatt immer so scharf bewacht?«

»Nein. Ta'uz bestraft uns für den Versuch, Raguels Schwangerschaft vor ihm verborgen zu haben. Er wird es bald leid sein und die Wächter abziehen. Normalerweise stellen die Magier die Wächter um Gesholme herum auf sowie in und um die Pyramide – wo man uns manchmal zur Arbeit ›ermuntern‹ muß. Gelegentlich besuchen die Magier uns, aber auch sie halten sich lieber in der Nähe der Pyramide auf.«

»Yaqob ...« Ich sah nach draußen. Eine offene Tür führte auf einen Balkon, und ich konnte einen gewaltigen Schatten sehen, der über Gesholme fiel.

Ich hatte nur einen kurzen Blick auf die Pyramide werfen können, aber sie beherrschte jede Nacht meine Träume.

»Hab Geduld, Tirzah.« Yaqobs Stimme hatte sich zusammen mit meiner Stimme verfinstert. »Sieh dir zuerst an, woran Orteas und Zeldon arbeiten.«

Keinem von ihnen schien der Gedanke Unbehagen zu bereiten, daß sich eine solch junge Frau zu ihnen gesellen würde – vielleicht hatte sich die Geschichte von dem Glasnetz, das ich für Gayomar und Boaz gemacht hatte, tatsächlich herumgesprochen. Wir plauderten höflich ein paar Minuten lang, während ich ihre Arbeit neugierig betrachtete.

Die Männer arbeiteten an flachen Platten, die so beschaffen waren, daß sie in große Verschalungen hineinpassen würden. Das Glas leuchtete golden – es war großartig gemischt und gebrannt worden.

»Isphets Arbeit«, murmelte Yaqob und strich mit den Fingern über Zeldons Glas. »Niemand kommt an ihre Fertigkeiten heran, die Glasschmelze herzustellen. Sie verfügt über eine Liebenswürdigkeit, die selbst die sturste Mischung beschwatzt.«

Orteas und Zeldon starrten Yaqob schweigend an, dann richteten sie die Blicke wieder hastig auf ihre Arbeit.

Mir war der Blickwechsel nicht entgangen, aber ich zog es vor, darüber hinwegzusehen, da ich von dem Muster so fasziniert war. Ich trat näher an Zeldon heran und zeigte auf seine Arbeit. »Yaqob, was ist das?«

Seine Züge verhärteten sich. »Das ist ein Teil dessen, das die Magie der Pyramide ausmacht. Gefährliche Magie. Siehst du? Diese Kurven bilden Teile von Zahlen, und dieses Stück hier ist das untere Segment von einem Schriftzug.«

»Warum ist das gefährlich?«

Yaqob holte tief Luft. Ihm war offensichtlich unbehaglich zumute. »Du weißt über die Magier und ihre Faszination für die Mathematik Bescheid?«

»Ja, Isphet hat es kurz angedeutet.«

»Kurz ist schon zu lang, aber du mußt Bescheid wissen. Tirzah, kannst du lesen oder schreiben?«

»Ich kann etwas rechnen und Zahlen schreiben. Alle Glasmacher müssen das können, vor allem, um Pulver und Metalle abmessen zu können. Aber von Alphabeten und Worten verstehe ich nichts.«

»Dann sei froh drum. Die Magier beherrschen die Macht der Zahlen und geometrischen Formen, aber dadurch haben sie das Alphabet verdorben. Für sie ist jeder Buchstabe des Alphabetes mit einer Zahl verbunden, so daß, wenn sie schreiben, wenn sie Worte und damit Sätze bilden, das Geschriebene eine zweite, dunklere Bedeutung annimmt. Ist dir klar, worauf ich hinauswill?«

»Ja, ich glaube schon. Jedesmal, wenn ein Magier Worte schreibt, dann sind das zugleich Berechnungen und Formeln. Zaubereien.«

»Alles an ihnen ist gefährlich, Tirzah, und böse. Nimm dich vor ihnen in acht, und vor allem hüte dich vor ihren Schriften.«

Er war jetzt wütend, und ich nickte schnell.

»Laß niemals zu, daß einer von ihnen versucht, dir Buchstaben beizubringen, Mädchen, denn mit jedem Wort, das du schreibst, wird er deine Seele verzaubern wollen. Lauf schreiend davon, denn wenn du nicht läufst, wirst du ihrem Zauberwerk verfallen.« Er brachte ein kleines Lächeln zustande, auch wenn es nicht seine Augen erreichte. »Und dann wirst du nicht länger das liebenswerte Mädchen sein, das gerade vor mir steht.«

»Yaqob, ich schwöre, daß ich nicht die Absicht habe, jemals schreiben zu lernen. Ich werde mich nicht einfangen lassen, und ich werde auch dich nicht einfangen.«

»Gut.«

Das Versprechen stellte ihn schließlich zufrieden, und er fuhr fort, das Glasnetz zu erklären. »Die Magier brauchen Handwerker, die Glasnetze schleifen können, für zwei Bezirke der Pyramide. Der erste ist die Zentralkammer, die man die Kammer zur Unendlichkeit nennt, wo diese Gläser schließlich eingesetzt werden. Alle Wände und der ganze Boden sollen mit Glasnetzen ausgekleidet werden, die die Worte und Beschwörungen der Formeln darstellen.«

»Und die Decke?«

»Es gibt keine Decke, Tirzah. Nein, warte, du wirst es irgendwann selbst sehen. Du wirst deine Arbeit dort hineinbringen müssen, damit sie eingepaßt wird.«

»Und der zweite Bezirk, der Glasnetze braucht?«

Er verstummte und sah hinaus. »Der Schlußstein.«

»Schlußstein?«

Yaqob lächelte, aber es war ein trauriges Lächeln, und er ergriff meine Hand und drückte sie sanft. »Es ist Zeit, dich die Pyramide sehen zu lassen, Tirzah. Dann kann ich es dir erklären.«

Wie ich bald herausfinden sollte, nahmen die Glasmacher einen hohen Rang in dem Sklavenlager von Gesholme ein, und vielleicht war das der Grund, warum Isphets Werkstatt über einen großzügigen Balkon verfügte. Oder vielleicht sollte ja auch die sichtbare Anwesenheit der Pyramide dafür sorgen, daß sie ihren Einfluß leichter in einer ihrer wichtigsten Werkstätte verbreiten konnte.

Draußen war es heiß und schwül, aber ich achtete nicht darauf, als ich schließlich die Holzbohlen betrat und nach Norden starrte.

Die Pyramide war über einhundertfünfzig Schritt weit entfernt, aber sie wuchs so hoch in den Himmel, daß ich den Kopf in den Nacken legen mußte, um alles sehen zu können. Ihr Schatten schnitt sauber über die Wände der Werkstatt.

Yaqob stand tröstend nah, seine Hand auf meiner Schulter fühlte sich warm und vertraut an. »Das ist sie also.«

Es war eine massive Steinpyramide, aber sie hatte trotzdem keinerlei Ähnlichkeit mit denen, von denen man mir als Kind erzählt hatte. Ich runzelte die Stirn, dann deutete ich mit der Hand auf sie.

»Yaqob, was ist das? Warum hat man sie nicht ausgefüllt? Muß das noch getan werden?«

Auf den beiden Seiten der Pyramide, die ich sehen konnte, klafften überall Lücken in den Wänden. Auf jeder Seite mehrere Dutzend, in regelmäßigen Abständen, und ich vermutete, daß die beiden Seiten, die sich meiner Sicht entzogen, ähnliche Lücken aufwiesen. Männer wimmelten überall auf dem Bauwerk, und ich erkannte, daß in einer Wand ein großes schwarzes Loch gähnte. Es war der Eingang. Während ich hinsah, traten drei Magier heraus, die den Kopf über eine große Schriftrolle beugten.

Yaqob starrte die Pyramide lange Zeit an, bevor er schließlich antwortete.

»Was du dort siehst, ist das steinerne Kernhaus, das mehr Jahre und Leben verschlungen hat, als wir auch nur ahnen können. Jetzt erhöhen die Magier die Zahl der Glasmacher auf der Baustelle, denn unsere Arbeit ist entscheidend.«

Er machte eine Pause. »Die Magier wollen die Pyramide am Ende völlig mit Platten aus blaugrünem Glas bedecken.«

Mir stockte der Atem; ich starrte ihn an, dann wieder die Pyramide. Es würde wunderschön sein!

»Der Schlußstein kommt auf die Spitze, Tirzah, und er wird aus dem gleichen goldenen Glasnetz bestehen, an dem du Orteas und Zeldon arbeiten gesehen hast. Und die Lücken im Stein? Sie werden gefüllt werden, aber nicht mit Stein. Das sind Schachtöffnungen, die letztlich in die Kammer zur Unendlichkeit führen; der Schlußstein wird den großen Zentralschacht abdecken. Alles bis auf den Zentralschacht wird mit den blaugrünen Glasplatten verkleidet sein. Entlang der Schächte gibt es Tore, die die Lichtmenge regulieren können, die in die Kammer zur Unendlichkeit fließt. Die Magier befehlen die Gerätschaften, die die Ausleuchtung der Kammer bestimmen. Ich schätze, es wird möglich sein, jeden Schacht zu öffnen und die Unendlichkeit mit Licht zu fluten.«

Wir standen lange Zeit schweigend dort, starrten die Pyramide an, starrten das Ungeheuer an, das auf der Lauer lag und wartete.

Wartete. Beobachtete.

Der Schatten wurde dunkler.

5

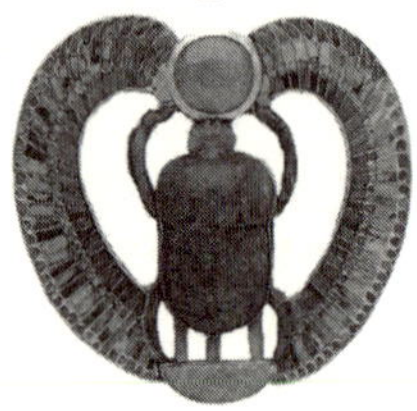

Nach zwei Wochen verschwanden die Wächter, und ein jeder in der Werkstatt atmete auf, wenn auch nur ein wenig. Ich glaube, das lag an den beiden Fremden – an meinem Vater und mir. Zwar begegneten uns alle freundlich, aber sie zeigten auch eine Zurückhaltung, hinter der sich Wachsamkeit verbarg. Große Wachsamkeit.

Ich fragte mich, welche Geheimnisse sie hüteten, aber in diesen ersten paar Wochen war ich einfach nur erleichtert, in einer Umgebung arbeiten zu können, die ich verstand, und zusammen mit Leuten, die ich mochte. Orteas und Zeldon waren viel erfahrener als ich, und sie zeigten mir viele neue Techniken und Werkzeuge, die mir in der Kunst des Glasnetzschleifens nützlich sein konnten.

Wir arbeiteten nach den Plänen, die die Magier uns schickten, die sorgfältig gezeichnet und ausgemessen waren. Keines ihrer Muster ergab einen Sinn für mich, nicht nur, weil ich nicht lesen und schreiben konnte, sondern auch weil jedes Teil, das wir schnitten, nur ein Ausschnitt einer ganzen Platte war, und es enthielt nur Fragmente von Zahlen, Worten oder Symbolen, die sie schließlich bilden würden. Das freute mich, denn ich konnte mir nicht vorstellen, daß Fragmente mir schaden konnten.

Orteas und Zeldon unterrichteten mich, aber sie beobachteten mich auch, fast so sorgfältig wie Isphet. Nachdem die Wächter gegangen waren, verbrachte sie jeden Tag viel Zeit in dem oberen Arbeitsraum, in dem wir Glasnetze herstellten. Manchmal plauderte sie, manchmal stellte sie Fragen, manchmal erzählte sie mir Geschichten über Gesholme und über die Magier, aber immer beobachtete sie mich dabei.

»Du kannst sehr gut mit Glas umgehen«, sagte sie eines Tages überraschend zu mir, und unterbrach damit ihre Geschichte von dem Tag, an dem der Lhyl über die Ufer trat und die Mauern beinahe zum Einsturz gebracht hätte, die Gesholme umgaben. »Fast, als könntest du mit ihm sprechen.«

Ich hielt den Kopf gesenkt, fühlte das Erschauern des Glases unter meinen Fingern. Isphet stellte wunderbares Glas her – tatsächlich war es sogar außergewöhnlich. Noch nie zuvor hatte ich solches Glas bearbeitet.

Sie wartete auf eine Antwort, und so zuckte ich schließlich mit den Schultern und schützte Desinteresse vor. Wenn sie mir nicht sagen wollten, warum sie mich beobachteten, dann würde ich ihnen auch nicht meine Geheimnisse verraten. »Ich bin stolz auf meine Arbeit, Isphet. Das hat mir mein Vater beigebracht.«

Sie schwieg, und schließlich konnte ich es nicht mehr ertragen und hob den Blick. Isphet starrte mich an. »Ich war vor vier oder fünf Tagen in Izzalis Werkstatt, Tirzah. Ich habe Mayim kennengelernt, der zusammen mit dir den Fluß heruntergekommen ist. Er war erstaunt über die Geschicklichkeit, mit der du das Glas vor den Magiern bearbeitet hast. Er meinte, er könne sich nicht vorstellen, daß selbst ein sehr guter Handwerker jemals so etwas zustande bringen würde, was du geschaffen hast. Er sagte, es wäre fast so gewesen, als hättest du Magie in den Fingern. ›Magie‹, Tirzah?«

Ihr Blick ließ mich nicht los, doch ich schwieg.

»Niemand kann solches Glas bearbeiten, solches Glas dazu bewegen, sich seinem Willen zu beugen, es sei denn, sie kann ...« Zeldon verstummte, als Isphet ihn scharf ansah.

»Ich habe ein gutes Ohr für das Pochen des Meißels und das Bohren ins Glas, Isphet«, sagte ich. »Das ist alles. Du mußt doch wissen, daß jeder, der Glas bearbeitet, ein Gehör für das ›Singen‹ entwickelt, wenn der Bohrer sich hineinarbeitet. Melodisches Singen bedeutet, daß das Glas gut zermahlen wird, aber wenn das Glas kreischt oder schreit, dann muß man mehr Öl nehmen, um das Eindringen des Bohrers zu erleichtern. Ich benutze keine andere Magie als ein gutes Ohr, ein sicheres Gespür dafür, wann ich einer Bruchlinie zu nahe komme, und die Erfahrungen einer jahrelangen Geduld. Vielleicht ist Mayim von meinem Geschick übertrieben beeindruckt.«

»Vielleicht«, erwiderte Isphet leise, »aber ich frage mich, ob dein Talent für das Glas nicht mehr als reine Technik ist.« Sie stand auf. »Nun, ich sollte wieder hinuntergehen. Ich freue mich darauf, unser Gespräch heute abend fortzusetzen, Tirzah.«

Ich wurde der Ausflüchte müde, aber ich hielt mich zurück. Ich hatte begriffen, daß die Handwerker in dieser Werkstatt etwas vor mir verbargen, aber ich hatte auch begriffen, daß sie von meiner Vertrauenswürdigkeit überzeugt sein mußten, bevor sie es enthüllen konnten.

Gerade, als Isphet den Raum verließ und ich mich wieder über die Arbeit beugte, trat Yaqob ein.

Hinter ihm kam ein Magier.

Wir drei erstarrten, die Werkzeuge in unseren Händen wie festgefroren. Ich starrte den Magier an. Ich hatte ihn noch nie zuvor gesehen; seine dicke Nase hätte ihn lustig aussehen lassen, hätte nicht die Macht der Eins in seinen Augen gebrannt.

Yaqobs Benehmen war untadelig. Hätte ich nicht bei zahllosen Gelegenheiten seinen Haß auf die Magier gesehen, hätte ich ihn jetzt für einen ihrer glühendsten Bewunderer gehalten.

Er verbeugte sich tief, während er sprach, seine Stimme war leise und respektvoll. »Exzellenz Kofte hat darum gebeten, daß Orteas oder Zeldon ihn und mich in die Kammer zur Unendlichkeit begleiten, um das Einfügen mehrerer Glasnetztafeln zu überwachen.«

»Ihr kennt die Belastung, die solches Glas verträgt, besser als alle anderen«, sagte Kofte träge und spazierte zu unserem Tisch. »Es wäre sehr schade, es jetzt, wo es endlich ausgelegt wird, zu zerbrechen.«

Er war hinter meinem Stuhl stehen geblieben, und der sanfte Luftzug seiner Bewegungen ließ ein paar lose Haare in meinem Nacken wehen. Oder war es die flüchtige Berührung von Fingern?

Ich starrte Yaqob flehend an, aber es gab nichts, das er sagen oder tun konnte. Sein freundlicher Gesichtsausdruck geriet nicht ins Schwanken, und er wartete mit leicht gesenktem Kopf und gefalteten Händen auf den Befehl des Magiers.

»Du bist neu hier«, sagte Kofte plötzlich.

»Ja, Exzellenz«, schaffte ich hervorzustoßen.

»Dein Name?«

Ich öffnete den Mund, aber mein Entsetzen hatte mir Hals und Mund so ausgetrocknet, daß ich keinen weiteren Ton mehr hervorbrachte.

»Ihr Name ist Tirzah, Exzellenz«, sagte Yaqob, und ich warf ihm einen dankbaren Blick zu.

Kofte beugte sich über meine Schulter, sein Arm strich über meine Haut, und er drückte das Glas, das ich in der Hand hielt, ein wenig zur Seite, um es besser sehen zu können.

Ich war davon überzeugt, daß er das Zittern meiner Finger durch das Glas fühlen konnte, und ich war davon überzeugt, daß er lächelte, als er es fühlte.

»Du schleifst das Glasnetz mit großem Geschick, junge Tirzah«, sagte er. »Kennst du dich mit der Spannung solcher Gläser aus?«

Ich entdeckte dankbar, daß meine Stimme zurückgekehrt war. »Ja, Exzellenz.«

»Gut.« Koftes Tonfall war jetzt energisch. »Hast du das Innere der Pyramide bereits gesehen, Tirzah?«

»Nein, Exzellenz.«

»Dann wirst du es jetzt. Orteas, Zeldon, ihr dürft bei eurer Arbeit bleiben. Tirzah wird mich zur Pyramide begleiten.«

Ich war hin- und hergerissen zwischen Unbehagen und Aufregung. Ich war nicht einmal in der Nähe der Pyramide gewesen, geschweige denn in ihrem Inneren ... aber die letzte Person, die ich mir als Begleiter wünschte, war ein Magier.

Aber Yaqob würde da sein, und seine Anwesenheit würde mir helfen.

Wir verließen die Werkstatt und folgten der Gasse nach Norden; Yaqob und ich blieben ein Stück hinter Koftes schleppenden Schritten zurück. Yaqob riskierte es, mir ein kleines Lächeln zuzuwerfen, und ich wurde ein bißchen entkrampfter, entschlossen, seine Gesellschaft zu genießen.

Die Gasse führte zu einer schmalen Straße, die von dem Lärm und Gestank der Metallwerkstätten erfüllt war, und diese wiederum führte zur Hauptdurchgangsstraße der Baustelle der Pyramide.

Ich warf einen Blick auf die Siedlung der Magier, als wir an ihren Toren vorbeikamen. Im Gegensatz zu der heißen Enge Gesholmes war die Siedlung der Magier geräumig, ihre von

Palmen beschatteten Alleen wurden von vom Fluß gespeisten Kanälen und Teichen gekühlt.

Ich hoffte, dort niemals wieder einen Fuß hineinsetzen zu müssen.

Die Pyramide erhob sich im Osten über Gesholme und die Siedlung der Magier. Genau wie bei den beiden Siedlungen wurde auch die Baustelle von einer Mauer umgeben, aber sie war nicht so massiv und diente hauptsächlich dazu, die Werkzeuge und das Baumaterial zu schützen, das nachts dort lag.

Niemand verbrachte nach Sonnenuntergang mehr Zeit auf der Baustelle, als unbedingt notwendig war.

Kofte führte uns durch die Straße zur Pyramide, dann durch das breite, offenstehende Tor. Ein wahrer Strom von Arbeitern bahnte sich hier seinen Weg: Steinmetze, Zimmermänner, Architekten, Ingenieure, eine große Anzahl von Trägern, die Glasplatten trugen – vermutlich für die Innenwände, denn Yaqob hatte mir erzählt, daß man die äußere Glasschicht zuletzt anbringen würde – und ein paar Glasmacher, denen Yaqob stumm zunickte. Jeder Arbeiter war wie Yaqob und ich so luftig gekleidet wie möglich. Frauen trugen Wickelkleider und Männer Lendenschurze.

Zwischen den Arbeitern bewegten sich die Magier. Sie schienen überall zu sein. Manche überprüften Pläne und Berechnungen unter schattigen Segeltuchmarkisen. Andere standen an Ecken oder auf Balkonen und musterten die Passanten. Einige saßen auf Stühlen im Schatten breiter Palmblätter und machten sich Notizen auf Papyrus, während sie beobachteten, wer wohin ging und warum.

Als wir uns der Pyramide näherten, sah ich auch mehrere Magier, die sich als Silhouette vom Horizont abzeichneten, die bewegungslos auf den Mauern der Pyramide standen und etwas für mich Unsichtbares anstarrten.

Als wir uns dem Eingang näherten, blieb Kofte plötzlich stehen. Yaqob und ich wären beinahe in ihn hineingelaufen. Wir traten hastig ein paar Schritte zurück.

Er breitete die Arme aus und legte den Kopf in den Nacken, als er übertrieben tief Luft holte.

»Könnt ihr es fühlen?« fragte er und drehte sich um, und ich konnte sehen, wie in seinen Augen der Wahnsinn leuchtete.

»Sie hört nie auf, mich zu erstaunen und zu inspirieren, Exzellenz«, murmelte Yaqob, und ich murmelte etwas Ähnliches.

Dann fühlte ich ihren Schatten. Das war seltsam, denn wir hielten uns nun schon seit einiger Zeit im Schatten der Pyramide auf. Aber in genau diesem Augenblick fühlte ich sie tatsächlich. Doch sie erstaunte und inspirierte mich nicht; statt dessen erfüllte sie mich mit Furcht und dem schrecklichen Gefühl eines solch gewaltigen Verlustes, daß ich glaubte, davon überwältigt zu werden.

Ein Wimmern entfuhr mir, und Yaqob griff nach meinem Arm, als ich schwankte.

»Es ist für sie das erste Mal, Exzellenz«, sagte er, und ich spürte, wie sich seine Finger um meinen Ellbogen schlossen. »Tirzah, Mut!« flüsterte er.

Es gelang mir, mich aufzurichten, und irgendwie zwang ich ein Lächeln auf mein Gesicht. »Sie ist ein Wunder, Exzellenz«, krächzte ich.

Kofte starrte mich an, und ich fragte mich, ob er wußte, wie ich mich fühlte. Aber schließlich drehte er sich um und ging weiter … in die Pyramide hinein.

Yaqob ließ mich los, aber flüsterte mir aufmunternd zu, und meine Beine gehorchten mir wieder und trugen mich weiter.

Die Öffnung befand sich in der Südseite, war etwa zehn Schritt breit, fünf hoch und lag dreißig Schritt über dem Boden der Pyramide. Eine Rampe führte zu ihrem Rachen hinauf (irgendwie habe ich diesen Eingang von Anfang an als Rachen betrachtet), und als wir in die Höhe stiegen, senkte ich den Kopf und versuchte, mich nicht noch einmal vom Schatten der Pyramide überwältigen zu lassen. Er hatte mich einmal überrascht, und hatte sie wissen lassen, welche Angst ich hatte, aber ich war entschlossen, daß mir das nie wieder passieren sollte.

Die Rampe wurde waagerecht, das Licht verblaßte, und wir waren drinnen.

Ich hob meinen Blick.

»Kommt, kommt«, sagte Kofte ungeduldig, der auf uns wartete, und führte uns auf dem Hauptgang in die Pyramide hinein. Zwanzig Schritt lang verlief er flach, dann kam eine sanfte Steigung hinzu, die sich wie die Wendeltreppen wand, die ich auf Vilands Walfängern gesehen hatte. Die Steigung nahm zu, die Biegungen wurden schmaler, und ich atmete schneller, während meine Beine immer stärker schmerzten.

Leichte Echos wehten über die gewundenen Wände, aber ich verschloß Augen und Herz dagegen. Ich war der festen Überzeugung, daß ich bei genauerem Zuhören von Panik überwältigt werden würde und hinausliefe. Also wappnete ich mich gegen sie, und sie verschwanden beinahe.

Von dem Hauptgang zweigten Schächte und weitere Gänge ab, aber sie wurden seltener mit zunehmender Höhe, und die Zahl der Arbeiter und Magier nahm ebenfalls ab, bis nur noch Kofte, Yaqob und ich in das Herz der Pyramide stiegen.

Das Herz. Ob es wohl schlug, wie ein warmes, menschliches Herz?

In dem Augenblick, in dem mir dieser Gedanke kam, schalt

ich mich eine Närrin. Was befürchtete ich eigentlich? Das war ein Gebäude wie jedes andere auch, oder nicht? Gebaut für die Ewigkeit, würde es wohl kaum in dem Augenblick einstürzen, in dem ich sein Herz betrat, oder?

Oder doch?

Die Echos wurden stärker; sie griffen störend in meine Gedanken ein, und ich mußte mir auf die Lippen beißen, um sie von mir fernzuhalten.

Yaqob hatte mein wachsendes Unbehagen bemerkt, denn jetzt sprach er wieder, gab mir den Trost einer menschlichen Stimme, an die ich mich klammern konnte.

»Exzellenz, Tirzah interessiert sich für das Licht. Wollt Ihr es ihr erklären? Ich ... das liegt jenseits meiner geistigen Möglichkeiten.«

Beinahe hätte ich gelächelt, in diesem Moment liebte ich ihn für seine Rücksichtnahme und seine amüsante Schmeichelei dem Magier gegenüber. Sicherlich würde der Mann Yaqobs Worte auch als eine solche erkennen?

Doch anscheinend war das nicht der Fall. Kofte nahm Yaqobs Bemerkung für bare Münze und sprach über die Schulter, während er weiter in die Höhe stieg.

»Ich will versuchen, meine Worte so zu wählen, daß auch du sie verstehst«, fing er an, und Yaqob blinzelte mir fröhlich zu. Ich mußte mich anstrengen, ein ernstes Gesicht zu machen.

Obwohl ich sehr belustigt war, hörte ich auf einmal gebannt zu, denn mir war noch gar nicht bewußt geworden, daß das Innere der Pyramide vom sanften Licht der Sonne wie bei einem Sonnenaufgang erhellt wurde.

»Von außen scheint die Pyramide aus solidem Stein zu bestehen, aber das stimmt nicht. Sie ist eher luftig als massiv, und mehr Licht als Dunkelheit. Dutzende, wenn nicht Hunderte von Schächten durchbohren sie, nicht nur von der Außenwand zu den Innenkammern, sondern auch Schächte, die solche Gänge wie diesen hier mit anderen verbinden, und kleinere Schächte, die wiederum miteinander verbunden sind. Am Ende wird alles mit Glas verkleidet sein und einander spiegeln ...«

Ich schaute mir das Mauerwerk zu meiner Linken an. Ja, da waren kleine Spalten im Mörtel, in denen sich das Glas in seiner Fassung verankern ließ.

»... und viele der kleineren Schächte sind das bereits. Sie leiten das Licht von draußen ins Innere. Siehst du?« Seine Hand deutete in die Höhe, und mein Blick folgte ihr. Die winzige Öffnung über uns war keine Schachtöffnung, sondern eine Lichtquelle, sie leuchtete.

»Und hier.« Seine Hand wies auf ein ähnliches Leuchten an der Wand rechts von uns. Jetzt, da ich wußte, wonach ich Ausschau halten mußte, entdeckte ich noch weitere. Ihre Leuchtkraft war so gering, daß es fast unmöglich war, sie zu erkennen, bis man auf sie aufmerksam wurde.

»Dann wird die Pyramide vor Licht pulsieren, wenn sie eines Tages fertig ist, Exzellenz«, sagte ich unvorsichtigerweise, aber noch immer fasziniert von dem System, das für ein solches Licht sorgen konnte.

Kofte blieb ruckartig stehen und fuhr herum. »Was meinst du damit?«

»Nichts, Exzellenz«, sagte ich mit klopfendem Herzen. Warum hatte ich nicht den Mund halten können? »Ich dachte bloß ... mit diesen vielen ... und dem Glas ...«

Er starrte mich noch einen Augenblick lang an, dann kam er zögernd zu dem Schluß, daß ich es nicht böse gemeint hatte. »Wir sind fast da«, sagte er kurz angebunden. »Yaqob, ich hoffe, du hast nicht vergessen, dein Maßband mitzubringen.«

Yaqob tätschelte die Werkzeugtasche, die von einem Gürtel um seine Hüften baumelte. »Ja, Exzellenz.«

Kofte war bereits um die nächste Biegung verschwunden, und Yaqob und ich eilten ihm hinterher. Ich hielt meinen Blick wieder gesenkt, nicht ganz so ängstlich wie zuvor, aber sicherlich wachsamer.

Mir blieb aber keine Zeit für weitere Überlegungen, denn vor mir öffnete sich die Kammer zur Unendlichkeit, und die vorige Vorahnung von einem kommenden Verlust kehrte zurück und steigerte sich zu unendlicher Trauer und Verzweiflung.

Trotz der Intensität dieser Gefühle konnte ich mich jetzt besser beherrschen und dachte nicht daran, mich davon überwältigen zu lassen. Ich atmete mehrmals tief durch und starrte auf Yaqobs Rücken, als wir die Zentralkammer betraten.

Dann nahm ich allen Mut zusammen, den ich hatte, hob den Kopf und sah mich um.

Die Kammer zur Unendlichkeit war selbst wie eine Pyramide geformt. Vier Wände strebten vom Boden schräg auf einen Zentralschacht zu, der, wie mir klar wurde, zur Spitze der Pyramide führte, wo schließlich der Schlußstein liegen würde. Das hatte Yaqob also mit der Bemerkung gemeint, die Kammer habe keine Decke. Der Boden maß ungefähr fünfzehn Schritt im Quadrat, und von seiner Mitte bis zum Scheitelpunkt der Wände waren es weitere fünfzehn. Ich betrachtete den Boden genauer. Er bestand aus einer einzigen massiven Glasplatte, und ich konnte sehen, daß darunter Platz für die später folgenden goldenen Glasnetze gelassen worden war – denn niemand konnte über diese zerbrechlichen Gebilde gehen.

Ich betrachtete die Wände. Etwa ein Fünftel davon waren mit Orteas' und Zeldons Arbeit bedeckt, und jetzt konnte ich erkennen, daß die kleinen Tafeln, an denen sie – und seit kurzem auch ich – gearbeitet hatten, zu einer komplizierten Rechenformel aus Zahlen, Worten und geometrischen Symbolen zusammengesetzt worden waren.

Übelkeit schoß plötzlich in mir hoch, und ich glaube, ich muß sämtliche Farbe aus dem Gesicht verloren haben, denn Yaqob machte einen besorgten Schritt auf mich zu.

»Yaqob!« bellte der Magier, und ich winkte Yaqob, er solle stehenbleiben.

»Es war nur der Aufstieg ... keine Luft ...«

Er konnte mir die Lüge vom Gesicht ablesen, aber er wandte sich wieder Kofte zu und holte das Maßband heraus. Yaqob war einer der geschicktesten Glasschneider der Baustelle, und ich sah, daß Kofte ihn brauchte, um einige feine Verbindungsplatten aus schlichtem Goldglas auszumessen, die Verbindungen zwischen den Hauptflächen aus Glasnetzen herstellen sollten.

Während sie ausmaßen, trat ich näher an eine der fertigen Flächen heran. Ich hob die Hand und berührte sie, obwohl meine Finger so sehr zitterten, daß ich Angst hatte, das Glas womöglich zu zerbrechen.

Sofort wurde ich bis ins Mark von der Macht des Bösen getroffen. Das Glas schrie, flehte, schluchzte – gefangen in einer Welt ohne Leben, die schlimmer als der Tod war.

»Hilf uns«, rief es, »hilf uns, bitte!«

Ich rang verzweifelt nach Luft und verlor endlich das Bewußtsein.

6

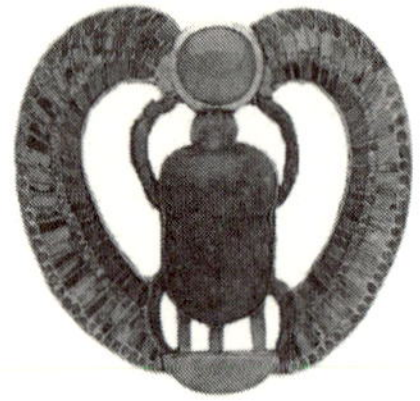

Als ich wieder zu mir kam, lag mein Kopf in Yaqobs Schoß und ich hörte, wie er versuchte, sich für den Magier alle möglichen Entschuldigungen für meine Ohnmacht einfallen zu lassen.

»Sie ist jung und muß sich noch immer von der harten Reise nach Gesholme erholen, Exzellenz. Der Aufstieg in die Kammer ist für die stärksten Männer anstrengend und war zu viel für sie. Vielleicht ist es auch die Aufregung. Sie wollte die Kammer zur Unendlichkeit schon seit Wochen sehen, und jetzt wurde sie einfach überwältigt. Vielleicht hat sie ihr monatliches Übel, und ...«

Die Erklärungen klangen zusehends dünner, also schlug ich die Augen auf, bevor er noch detaillierter in die Details weiblicher Schwächen vordringen konnte.

»Endlich, Tirzah. Was ist passiert?«

Aber sein Blick flehte mich an, alles andere zu sagen, als die Wahrheit.

Ich setzte mich auf. Yaqob hatte mich in den Gang vor der Kammer zur Unendlichkeit gezogen, wofür ich dankbar war. Trotzdem erreichte mich die Verzweiflung des Glases noch immer in deutlich wahrnehmbaren Wellen. Kofte stand an der Seite, sein Gesicht war vor Ärger verzerrt, der sich jetzt zu echtem Zorn auswuchs.

»Der Aufstieg«, stammelte ich, »und die Aufregung ... die Schönheit ...« Ich hoffte, daß das reichte.

Kofte öffnete den Mund, um etwas zu sagen, aber Yaqob kam ihm schnell zuvor. »Ich habe die nötigen Maße notiert, Exzellenz, und wenn ich Tirzah nach draußen bringe, kann ich sogleich Zeldon oder Orteas schicken, damit sie den Einbau des Glases überwachen.«

Kofte verzog das Gesicht, und ich konnte die Macht sehen, die unter seiner Haut pochte. Voller Angst, er könne die Macht der Eins auf mich herabschwören, stöhnte ich und schloß die Augen.

»Exzellenz!« bettelte Yaqob. »Sie ist zu wertvoll, um sie zu verlieren, zu geschickt im Glasnetzschleifen!«

Jetzt konnte ich die Furcht in seiner Stimme hören, und das machte mir noch mehr Angst. Ich kniff die Augen zusammen und bereitete mich auf den Tod vor.

Aber Yaqob hatte es geschafft, Koftes Zorn abzulenken. »Dann schaff sie weg!« schnauzte ihn der Magier an. »Und schick Zeldon. Aber schnell! Ich kann nicht den ganzen Tag hier verbringen.«

Yaqob murmelte überschwengliche Dankesbezeugungen, nahm mich auf seine Arme und brachte mich so schnell wie möglich von den gequälten Rufen fort.

Er hielt mich fest an sich gedrückt, lief so schnell er konnte den Gang hinunter, und mit jedem Schritt konnte ich fühlen und hören, wie die Rufe leiser wurden. Ich wurde langsam ruhiger, mein Entsetzen ließ zusammen mit dem des Glases nach, und ich ließ mich von Yaqobs Nähe wärmen und trösten.

Schließlich blieb er stehen und drückte mich noch enger an sich. »Tirzah. Wir nähern uns den belebteren Teilen der

Pyramide. Es wäre besser, wenn du von jetzt an selbst gehen würdest. Schaffst du das?«

Ich nickte zögernd, und er erkannte den Grund meines Zögerns, und ein Grinsen lag um seine Mundwinkel. »Dir geht es wirklich besser. Komm jetzt, stell dich hin.« Und der Griff seiner Arme lockerte sich.

Und so stand ich wieder auf eigenen Füßen, ordnete mein Wickelgewand und fuhr mir durchs Haar. Yaqob nickte, dann ging er voraus, vergewisserte sich aber, daß ich ihm folgte.

Wir erreichten das Riesenmaul der Pyramide ohne weitere Zwischenfälle. Die Wächter sahen uns neugierig an, aber wir senkten die Köpfe und schlurften an ihnen vorbei, und schließlich beachteten sie uns nicht länger und hielten nach Sklaven Ausschau, die eher nach verbotenen Dingen aussahen als wir beide.

Am Fuß der Pyramide trafen wir zwei Handwerker aus unserer Werkstatt. Yaqob nahm einen von ihnen zur Seite, sagte schnell etwas zu ihm, und der Mann eilte den Weg zurück, den er gekommen war.

»Er soll Zeldon holen«, erklärte Yaqob leise. »Wir sollten Kofte nicht noch mehr verärgern, als wir es bereits getan haben.«

»Yaqob, es tut mir leid ...«

»Nein. Sag nichts. Nicht hier.«

Ich wußte, was er meinte; nicht nur gab es hier viele aufmerksame Wächter, hier war der Schatten der Pyramide auch am dunkelsten. Mich fröstelte.

»Ich kenne einen Ort, an dem wir ein paar Minuten ungestört sein können, ohne Verdacht zu erregen. Wir müssen unbedingt miteinander sprechen.«

Wir gingen zurück durch das Tor der Baustelle, dann die Hauptstraße entlang, die nach Gesholme führte. Wir kamen an einem Hang vorbei, und Yaqob nahm meinen Arm und zog mich in eine dunkle Nische. Dickes Segeltuch verbarg uns vom Kopf bis zu den Füßen vor der Sonne und den Schatten der Pyramide.

Wir standen nahe beieinander, ohne uns zu berühren.

»Nun?«

»Ich ... das Glas ...«

»Tirzah, was ist passiert, als du das Glas berührt hast?«

Ich holte tief Luft, der ewigen Geheimnisse leid, und dann strömten die Worte nur so aus mir heraus. »Es hat mich angefleht in seiner Not, Yaqob. Es war gefangen, weinte, bat. Seine Seele ist krank, beschmutzt, aber es kann nicht sterben. Dabei will es sterben. Es will entkommen.«

Er starrte mich an. Sein Blick war in dem Dämmerlicht schwer zu deuten. »Du hörst das Glas sprechen? Habe ich dich richtig verstanden?«

»Ich ...« Ich hatte das meinem Vater gegenüber nur einmal erwähnt, da war ich acht Jahre alt gewesen. Er hatte nachsichtig gelächelt und die Worte als Phantasien eines jungen Mädchens abgetan. »Das Glas spricht schon sehr lange Zeit mit mir, und ich mit ihm. Nur darum kann ich es bearbeiten.«

»Und was spricht noch mit dir, Tirzah?«

»Manchmal Tonwaren, aber nicht so wie Glas. Kein Holz. Kein Stoff.« Ich strich über das Material meines Gewandes, benutzte das als Vorwand, meine Augen von den seinen zu lösen.

»Und?«

»Und Metall, vor allem bearbeitete Edelmetalle – ein Goldreifen« – so wie Hadones Armreifen, der die Zeit mit ihm für mich erträglich gemacht hatte – »und die Silber-, Kupfer- oder Jaderinge an den Händen derjenigen, die ich berühre.«

Ich hielt wieder inne, aber nicht aus dem Wunsch heraus, wieder auszuweichen. Ich brauchte etwas Zeit, um zu versuchen, das, was ich mein ganzes Leben lang gefühlt hatte, in Worte zu fassen. »Und manchmal höre ich Echos in oder zwischen Gebäuden oder während ich über gepflasterte Straßen gehe, aber sie sind sehr schwach.«

»Hier auch?«

»Nein. Hier gibt es keine Echos. Gesholme ist inwendig kalt und tot.«

Er starrte mich an. »Und die Pyramide?«

Ich zitterte ein wenig und wünschte, er würde den Arm um mich legen. »Ich habe dir gesagt, daß das Glas in der Kammer zur Unendlichkeit gerufen hat und geschrien, und in der Pyramide gab es auch Echos.«

»Echos wovon?«

»Yaqob!« flehte ich ihn an, aber er gab nicht nach.

»Was für Echos?«

»Klagen voll Schmerz und Furcht und Verzweiflung über Hilflosigkeit und Gefangenschaft.« Und von Verlust, wollte ich hinzufügen, tat es aber nicht. Ich fragte mich, ob es Yaqob war, den ich verlieren würde.

»Und Isphets Werkstatt?« Jetzt war seine Stimme sehr leise.

Ich fing an zu weinen. »Isphets Werkstatt ist lebendig und warm, Yaqob. Ich liebe sie. Ich will wieder dorthin. Bitte.«

Endlich legte er die Arme um mich und hielt mich fest und beruhigte mich. Ich wollte ihn niemals loslassen.

»Bitte, Tirzah, laß mich nur noch eine oder zwei Fragen stellen. Ich muß das wissen. Was ist mit Druse und Mayim?«

»Mayim? Er ist nicht einmal ein besonders guter Handwerker, und er hört mit Sicherheit nicht auf das, was das Glas ihm zuflüstert. Mein Vater ... für ihn gilt dasselbe. Er hört das Glas nicht, und ich glaube auch nicht, daß er die anderen Stimmen hören kann.«

Ich fühlte oben auf meinem Kopf, daß Yaqob leicht nickte. »Ja«, sagte er, fast wie zu sich selbst. »Das haben wir uns auch schon gedacht. Izzali sagte, Mayim hat nicht viele Fertigkeiten, also glaubte ich auch nicht, daß er ein ...« Er verstummte. »Druse ist gut, sehr gut, aber er fühlt das Glas nicht auf die gleiche Weise wie du.« Eine seiner Hände strich über meinen Oberarm.

Ich lehnte mich zurück. »Du kannst es auch hören, ja?«

Langsam breitete sich ein Lächeln auf seinem Gesicht aus, in seinen Augen leuchtete ein sanftes Funkeln. »Ja. Und Isphet und Orteas und Zeldon und Raguel, die arme Raguel. Wie noch viele andere in Isphets Werkstatt und auch an anderen Orten in diesem erbärmlichen Lager.«

»Aber warum kann ich es? Ich stamme aus dem Norden.«

»Die Fähigkeit, Glas hören zu können, hat nichts mit der Herkunft zu tun. Es ist nur so, daß unser Volk diese Fähigkeit in größerem Ausmaß entwickelt hat als andere. Ich vermute, einige der besten Handwerker im Norden verfügen über diese Fähigkeit – selbst wenn ihnen nicht klar ist, was sie eigentlich bedeutet.«

»Mein Vater gehört nicht zu ihnen.«

»Tirzah, können wir deinem Vater vertrauen?«

Ich mußte daran denken, wie mich mein Vater ausgelacht hatte, als ich versucht hatte, ihm zu erklären, was ich hörte. Ich zögerte mit meiner Antwort, und ich glaube, es war dieses Zögern, das Yaqob verriet, was er wissen mußte.

»Mein Vater ist ein guter Mann und würde nicht absichtlich euer Vertrauen mißbrauchen.«

»Aber er hat Schwächen, die ihn dazu verleiten könnten.

Er hat mir eines Abends verraten, daß seine Spielsucht euch zu Sklaven gemacht hat.«

Es war traurig, es so in Worte gefaßt zu hören. »Ja. Yaqob, wer sind die Soulenai?«

Ich fühlte, wie er zusammenzuckte.

»Wo hast du diesen Namen gehört?«

»In der Nacht, in der ich eintraf, als Raguel ... Nun, Isphet war aufgebracht und daher unvorsichtig. Sie hat Raguel gesagt, sie solle den Soulenai danken, daß Ta'uz sie nicht genau wie ihr Kind getötet hat.«

Yaqob legte den Kopf in den Nacken und lachte, aber leise, um niemanden auf uns aufmerksam zu machen. »Seit dein Vater und du zu uns gekommen seid, hat uns Isphet ständig eingeschärft, in eurer Nähe vorsichtig zu sein. Keine Bemerkung ... nun, vorsichtig zu sein. Und jetzt erzählst du mir, daß Isphet selbst dir den Namen Soulenai verraten hat. Ja, ja.«

»Was bedeutet das, Yaqob?«

Er wurde wieder ernst. »Die Stimmen, die du hörst, die Echos, das sind die Stimmen der Elemente. Manches Flüstern könnte sogar von den Soulenai selbst stammen, die von der Zuflucht im Jenseits nach dir rufen. Nein, warte. Das hier ist nicht der richtige Ort. Wir brauchen Ruhe und viel Zeit. Vielleicht heute nacht, wenn Isphet einverstanden ist.« Er ließ mich los und trat zurück. »Und jetzt müssen wir von hier verschwinden, bevor uns die Wächter entdecken und sich fragen, ob wir uns in diesem Versteck nicht zu sehr amüsiert haben.«

Als wir die Werkstatt betraten, warf uns Isphet einen Blick zu und kam herüber.

»Ich habe gehört, daß Tirzah in der Kammer zur Unendlichkeit ohnmächtig geworden ist«, sagte sie und sah Yaqob mit zusammengekniffenen Augen an. »Zeldon hat versucht, Kofte zu beschwichtigen.«

»Sie kann mit ihnen sprechen und sie verstehen«, sagte Yaqob einfach, und Isphets Augen wanderten zu mir herüber. Unvermittelt drückte sie mir einen Glasbecher in die Hand.

»Was sagt er dir, Tirzah?«

Das war genauso eine Prüfung wie Yaqobs Fragen, und ich konnte spüren, daß sich in der Werkstatt viele Blicke auf uns richteten, obwohl nur Yaqob und ich Isphets Frage hatten hören können. Ich drehte den Becher in den Händen. Es war ein schlichtes Gefäß, das dazu diente, unseren Durst zu stillen, wenn die Hitze der Brennöfen zu groß wurde.

»Er sagt mir, daß er lebt, aber daß er lieber anderswo leben würde. Es gibt hier eine Dunkelheit, die ihm nicht gefällt.«

Isphet starrte mich an, dann nickte sie ruckartig. »Sehr gut. Yaqob, komm heute abend in mein Quartier. Wird das gehen?«

»Ich bin so geschmeidig und unsichtbar wie eine Katze auf dem Dach, Isphet. Kein Wächter wird mich sehen.«

»Nun, sei trotzdem vorsichtig, Yaqob. Wir können es uns nicht leisten, dich jetzt zu verlieren.«

Wenn die Ereignisse des Tages meine Welt aus den Angeln gehoben hatten, dann veränderten die Enthüllungen der Nacht mein ganzes Leben.

Am Abend deckten wir die Glut in den Öfen ab, und ich ging in vertrautem Schweigen zusammen mit den Frauen aus Isphets Haushalt durch die Abenddämmerung zu unserem Quartier. Wir ließen Türen und Fenster offen, um die kühle Abendluft hereinzulassen, während wir aßen, aber sobald das Essen vorbei und das Geschirr gespült und weggeräumt war, ordnete Isphet an, daß die Fenster verriegelt und alle Türen bis auf die zum Hof zugesperrt wurden.

Dann warteten wir. Saboa und ich spielten lustlos eine Partie Tebente, warfen abwechselnd die mit Punkten markierten Stäbchen und ließen unsere Lehmfigürchen über das hölzerne Spielbrett wandern. Aber unsere Herzen waren nicht dabei, und wir zuckten jedesmal zusammen, wenn ein Insekt in eine der beiden Lampen flog, die ausnahmsweise brannten.

Yaqob kam eine Stunde nach Einbruch der Dunkelheit, und er brachte einen Glasmacher aus unserer Werkstatt mit, Yassar. Sie waren über die Dächer gekrochen, lautlos und langsam, und hatten gewartet, wenn gelegentlich eine Patrouille unter ihnen vorbeikam. Sobald sie das Dach unseres Hauses erreicht hatten, waren sie die Treppe zum Hof hinuntergestiegen.

»Und was ist mit Druse und Mayim?« fragte Isphet, als sich Yaqob und Yassar setzten.

»Sie werden diese Nacht gut schlafen, Isphet. Nein, Tirzah, es ist schon in Ordnung. Ich habe ihnen bloß ein Schlafmittel ins Abendessen getan. Dein Vater wird morgen früh erfrischt aufwachen und nicht wissen, daß er betäubt wurde.«

»Wir mußten es tun«, sagte Yassar.

»Ja«, erwiderte ich. »Ich weiß.«

»Gut«, sagte Isphet. »Ich werde jetzt ein wenig erzählen. Und du wirst zuhören. Auch wenn du Fragen hast, Tirzah, wirst du warten, bis ich fertig bin. Aber zuerst will ich dich warnen. Wenn du uns an die Magier verrätst, dann wirst du sterben, selbst wenn keiner von den hier Anwesenden mehr leben sollte, um Rache zu nehmen. Hast du das verstanden?«

Die Drohung in ihrer Stimme und ihrem Blick ließ mich auf meinem Hocker zurückweichen. Ich warf einen schüchternen Blick zu Yaqob hinüber, aber seine Augen waren ebenso unerbittlich wie Isphets. »Ja, Isphet.«

»Gut. Mit dem, was wir jetzt enthüllen, legen wir unser Leben in deine Hände.«

Sie holte tief Luft und begann.

»Vor vielen Generationen, lange vor dem Bau der Pyramide, war Ashdod ein Land, in dem die Menschen ein Leben mit den Stimmen der Elemente lebten – vor allem den Elementen von Metall und Edelsteinen. Die Künste und die Magie um diese Elemente wuchsen und gediehen ebenso wie die Verehrung der Soulenai. Die Soulenai sind gelehrte und magische Geister, die in einer Region leben, die wir nur als die Zuflucht im Jenseits kennen. Sie sprechen durch die Elemente zu uns – sie haben von jeher eine Vorliebe für Metall und Edelsteine – und leihen uns ihre Kräfte für unsere Arbeit und unsere Künste. So kannst du in Glas oder Metall oder den Edelsteinen, die du bearbeitest, nicht nur die Stimme des jeweiligen Elementes hören, sondern auch manchmal die Stimmen der Soulenai, als Echos aus der Zuflucht im Jenseits.«

Ich blinzelte. Manchmal waren die Stimmen in dem von mir bearbeiteten Glas viel stärker und lebhafter als gewöhnlich. Das war auch der Fall gewesen, als ich für die beiden Magier das Glas in Setkoth bearbeitet hatte. Waren das die Soulenai gewesen, die durch das Glas zu mir gesprochen hatten, und nicht das Glas selbst?

Isphet beobachtete mein Gesicht, dann fuhr sie fort. »Glasmacher – wie wir hier in diesem Raum – sind besonders empfänglich für die Stimmen der Elemente und ihre Magie; das liegt an den Metallen, die bei der Herstellung und Einfärbung des Glases verwendet werden. Diejenigen, die die Stimmen der Elemente hören und mit ihnen sprechen oder künstlerisch mit ihnen umgehen, nennt man der Einfachheit halber Elementisten. Einst gab es unter uns große Magier, die Elementenmeister, von denen viele von den Soulenai selbst abstammten. Die Elementenmeister gewannen eine Macht, die gewöhnlichen Elementisten den Atem verschlug; die Elementenmeister standen nur eine Stufe unter den Soulenai in ihrem Können und Geschick. Aber sie sind verschwunden, und wir geringeren Elementisten müssen nun sehen, wie wir damit zurechtkommen.«

Isphet schaute Yaqob sanft an. »Yaqob verfügt über großes Talent, und ich hoffe, daß er irgendwann die Kunstfertigkeit eines Elementenmeister erreicht. Ich bete, daß er es schafft, falls wir eines Tages Lehrer für ihn finden können ...«

Sie verstummte gedankenverloren, dann gab sie sich einen Ruck und fuhr fort. »Unter den anderen Handwerkern in Gesholme gibt es Elementisten in den Reihen der Metallarbeiter, wie du dir denken kannst, und ein paar Edelsteinschleifer sind ebenfalls Elementisten, die bei der Arbeit noch immer auf die Stimmen der Elemente und der Soulenai hören. Aber über sie wird Yaqob später sprechen.

Ashdod war ein Land voller Wunder, als noch viele Menschen die Elemente sprechen hören konnten, als die Soulenai sprechen und lachen konnten, wie sie wollten, als noch die großen Elementenmeister unter uns waren und uns mit ihren Wundern erfreuen konnten. Die Menschen Ashdods wandten sich an die Elementenmeister und Soulenai um Rat, oder sie erbaten ihre Gunst oder Hilfe. Wir haben die Soulenai nicht wie Götter angebetet, aber wir begegneten ihnen mit Achtung und nahmen Rat und Hilfe an, die sie uns gewährten. Das Handwerk blühte, und im Handwerk war die Magie der Elemente am stärksten.

So war es in Ashdod Hunderte von Jahren lang. Aber dann kam es zu einer Veränderung. Die höhere Kaste der Gesellschaft hatte von jeher eine Vorliebe für die Kunst der Philosophie und war daher wenig geneigt, auf die Stimmen der Soulenai zu hören.« Isphet zuckte leicht mit den Schultern. »So gesehen war die Magie der Elemente immer stärker bei den niedrigeren Kasten verbreitet als beim Adel. Im Lauf der Zeit hatte sich eine Gruppe von Adligen der Mathematik verschrieben, und aus dieser Gruppe war eine Kaste entstanden. Sie bestand nur aus Männern, die behaupteten, Frauen würden nicht über die nötigen Geisteskräfte verfügen, um die unendliche Komplexität von Zahlen und geometrischen Formen zu verstehen. Wie ich dir schon in deiner ersten Nacht hier erzählte, Tirzah, finden die Magier, wie man diese Mathematiker bald nannte, um sie von den Elementenmeistern zu unterscheiden, in der Meditation über die Eins und alle Zahlen und Formen, die der Eins entspringen, zu ihrer Macht.

Ihre Macht und ihr Einfluß nahmen allmählich zu. Die Magier verabscheuten die Magie der Elementisten; sie behaupteten, sie sei unberechenbar, gründe sich auf Zufall und Launen der Soulenai.« Isphets Stimme wurde hart und brüchig. »Ihre Magie, so behaupteten sie, war wegen ihrer Berechenbarkeit mächtig und weil sie, sobald man ihre Regeln und Parameter verstand, nach den Bedürfnissen der Magier gehandhabt werden konnte. Sie wirken ihre Magie nach festgelegten Regeln. Tabellen! Parameter! Kannst du dir das vorstellen?

Ihr Einfluß beim Adel und auf die Monarchen stieg, und vor acht oder neun Generationen wandten sie sich gegen uns, wollten die Magie der Elemente zerstören. Das Leben wurde geregelt – du hast die Felder und Gärten gesehen, die in strenge geometrische Formen gepreßt sind, deren Längen und Winkel dem Diktat der Magier unterworfen sind – und jeder Elementist, den man bei der Ausführung seiner Kunst ertappte, war des Todes.

Tirzah, laß die Magier niemals wissen, daß du das Glas singen hören kannst, denn sie würden dich auf der Stelle töten.«

Ich nickte.

Isphet machte eine allumfassende Handbewegung. »Und deshalb widmen wir uns ihr nur im geheimen. Die meisten Magier sind zwar der Ansicht, daß alle Elementisten ausgelöscht worden sind, aber trotzdem müssen wir auf der Hut sein. Falls auch nur ein Verdacht aufkommt …«

Ich mußte an den Magier Boaz denken – er glaubte noch immer an die Existenz der Elementisten und hatte mich im Verdacht, die Kunst zu beherrschen. Ich schloß kurz die Augen, dankbar, daß er in Setkoth und nicht hier war, dann fragte ich mich, ob ich etwas sagen sollte. Aber als ich die Augen wieder öffnete und sprechen wollte, fuhr Isphet fort.

»Jetzt will ich dir berichten, was ich über die Pyramide weiß. Vieles davon ist geheim und auf die Kreise der Magier beschränkt, aber wir haben im Lauf der Jahre davon erfahren, durch unvorsichtige Bemerkungen und halbe Sätze und was wir mit eigenen Augen gesehen haben; die Magier sind nicht immer so undurchschaubar, wie sie glauben. Vor acht Generationen erschuf ein Kader der Magier eine mathematische Formel, die so perfekt und in ihrer Perfektion so mächtig war, daß viele Magier die Ansicht vertraten, sie erst einmal ganz hinten in eine Schublade zu tun. Aber die, die für ihre Anwendung waren, setzten sich durch. Die Formel bestand – besteht – aus der Konstruktion eines Bauwerkes, das die perfekte mathematisch-geometrische Form verkörpert.«

»Die Pyramide«, sagte ich.

»Ja, die Pyramide. Ihr Bau frißt Ashdod seit Generationen auf, so wie er auch uns verzehren wird. Gesholme entstand neben der Pyramide, um die Arbeiter zu beherbergen, die man zu ihrem Bau benötigte. Das Lager war einst viel größer, als man noch Zehntausende für die Bauarbeiten brauchte; jetzt umfaßt es nur noch ein Drittel seiner ursprünglichen Größe. Einst waren die Arbeiter frei und wurden für ihre Arbeit bezahlt. Das ist nicht mehr so. Alle in diesem Raum – ausgenommen du und ich – wurden in die Sklaverei hineingeboren.

Der Nutzen der Pyramide – der Nutzen der Formel – ist uns nicht genau klar, aber einige Dinge können wir uns denken. Das Herz der Pyramide ist die Kammer zur Unendlichkeit.« Jetzt sah Isphet mich aufmerksam an. »Die Eins.«

Ich muß wohl verwirrt ausgesehen haben, denn Isphet hob zu einer Erklärung an. »Die Magier glauben, daß die Eins in sich Geburt und Tod verkörpert, denn sie ist die Zahl, aus der alle anderen Zahlen und Formen geboren werden und in die sie sich schließlich zerlegen lassen und in die sie enden.«

»Und so steht sie für die Unendlichkeit«, sagte Yaqob ganz leise. »Die Magier bemühen sich immer um die vollständige Vereinigung mit der Eins. Mit der Unendlichkeit.«

Seine Unterbrechung ließ Isphet gereizt die Stirn runzeln. »Die Tatsache, daß die Pyramide als Gebäude und mathematische Formel ein Herz hat, das Kammer zur Unendlichkeit heißt, führt uns zu der Annahme, daß sie dazu gebaut wird, um den Magiern schließlich die vollständige Vereinigung mit der Eins zu ermöglichen.«

Ein langes Schweigen folgte.

»Wir glauben«, sagte Isphet schließlich sehr leise, »daß die Pyramide nach ihrer Fertigstellung den Magiern die Möglichkeit geben wird, die Unendlichkeit zu betreten.«

Sie ließ mich einen Augenblick lang darüber nachdenken, dann sprach sie weiter. »Ehrlich gesagt, wenn sie die Unendlichkeit betreten wollen und dieses Land auf diese Weise von ihrer Gegenwart befreien, dann wäre ich darüber nicht allzu betrübt. In der Nacht, in der sie hinüberwechseln, würde gefeiert und gelacht. Aber mit der Pyramide stimmt etwas nicht. Das haben wir alle gefühlt. Der Schatten der Pyramide fällt auf uns alle, selbst in der Nacht können wir sein Gewicht in unseren Träumen spüren. Mit jedem Tag wächst das Gefühl, daß mit ihr etwas Ungutes heranwächst. Jeder, der die Kammer zur Unendlichkeit besucht hat, weiß, wie sehr sich dieses Gefühl verstärkt hat. Tirzah, du weißt, wovon ich spreche.«

Ich nickte erneut, nicht sicher, ob ich überhaupt hätte reden können, auch wenn ich es gewollt hätte.

»Ja«, sagte Isphet, »wir alle wissen es, aber keiner kann uns genau sagen, worin dieses Ungute besteht. Das Glas in der Kammer zur Unendlichkeit bittet um Hilfe ... aber warum? Haben sich die Magier verrechnet? Ist die Formel fehlerhaft? Niemand weiß es, und niemand wagt es, die Magier darauf anzusprechen. Yaqob, ich möchte, daß du jetzt fortfährst.«

Er starrte uns der Reihe nach an. »Wir sind hier, versklavt, gegen unseren Willen in der Monströsität der Pyramide, eingesperrt von verachtenswerten Dungläusen, die sich selbst Magier nennen.«

Die Bitterkeit in Yaqobs Stimme ließ meinen Kopf hochfahren. Ich wußte, daß er sie verabscheute, aber ich hatte nicht gewußt, wie sehr.

»Am Ende wird sie uns umbringen. Und wenn es die Pyramide nicht tut, dann bin ich davon überzeugt, daß es die Magier tun werden, sobald sie fertig ist. Wir wissen zu viel über die Pyramide und ihre Geheimnisse.«

Plötzlich sprang Yaqob auf die Füße und ging unruhig auf und ab.

»Aber ich will leben, so wie jeder von uns. Ich will frei sein. Ich will, daß meine Kinder frei sind und in reinem Sonnenlicht aufwachsen, weit weg von diesem verderbten Schatten.

Ich will, daß wir alle unser Handwerk ausüben können, ohne in ständiger Angst leben zu müssen. Seit Monaten sind Yassar, Isphet und ich und Dutzende anderer Elementisten in dieser verfluchten Formel eines Lagers schon damit beschäftigt, Schritte in diese Zukunft zu unternehmen. Es dauert lange, ist mühselig, und wir müssen vorsichtig sein, aber wir werden es schaffen. Wir hoffen, innerhalb eines Jahres einen ausreichenden Vorrat an Waffen und genügend Unterstützung bei den anderen Sklaven zu bekommen, um die Wächter und die Magier zu überwältigen – jeden einzelnen zu töten! Und dann zu fliehen und frei zu sein!«

Sein Zorn machte mir Angst, und ich mußte wegsehen. Die Wächter überwältigen? Die Magier? Wie?

Aber zu fliehen ... So etwas hatte ich nicht zu hoffen gewagt. Frei? Oh, wieder frei zu sein!

»Ich werde euch helfen«, sagte ich leise, aber mit fester Stimme.

»Ja«, sagte Yaqob, »das wirst du. Du hast jetzt keine andere Wahl mehr, nachdem du in dieser Nacht alles gehört hast.«

Er musterte mich aufmerksam, war jedoch beruhigt von dem, was er in meinem Gesicht las. »Wir haben dir lange Zeit nicht vertraut. Wir leben in der ständigen Furcht, daß die Magier Spione bei uns einschleusen. Und deine Ankunft in der Nacht, in der Raguel niederkam, erschien außergewöhnlich zufällig.«

Raguel starrte auf ihren Schoß, das Gesicht abgewandt. Die Tage verbrachte sie stumm und wortlos, die Nächte warf sie sich in unruhigem Schlaf hin und her. Wenn sie bei uns war. In den vergangenen zwei Wochen hatte Ta'uz gelegentlich für ein paar Stunden in der Nacht nach ihr geschickt.

»Aber kein Spion der Magier würde das Glas so gut verstehen können, wie du es kannst. Bis wir sicher waren, daß du eine Elementistin bist, nun, so lange konnten wir dir nicht vertrauen.«

»Wie sieht dein Plan aus, Yaqob?« fragte ich. »Und wo können wir nach der Flucht hingehen? Was wird uns danach erwarten?«

»Es ist nicht nötig, daß du jetzt schon alle Einzelheiten unserer Pläne kennst, und je weniger du weißt, desto sicherer für dich. Und wo wir hingehen, wenn wir frei sind ... nun, Isphet?«

»Ich bin in Freiheit geboren«, sagte Isphet, und ihr Blick war in die Ferne gerichtet. »In Freiheit. Weit im Südosten, jenseits einer großen, unfruchtbaren Ebene, erhebt sich eine niedrige Bergkette, die ein großartiges Geheimnis birgt. Tief im Inneren dieses Geheimnisses lebt eine Gemeinschaft ganz für sich allein, die sich dem Studium und der Entwicklung der Magie der Elemente und dem Dienst an den Soulenai verschrieben hat. Die Ältesten unter ihnen sind mächtiger als ich es je sein könnte; sie leben in einer solchen Abgeschiedenheit, daß nur wenige von uns sie jemals zu Gesicht bekommen. Wir nennen sie die Weisen wegen der Abgeklärtheit, die ihnen ihr Wissen und ihre Macht verleiht. Aus diesen Bergen komme ich, und ich hoffe, daß wir dorthin fliehen können.

Nun, Tirzah, ich weiß, daß du Fragen haben mußt, aber ich hätte gern, daß du darüber eine Nacht vergehen läßt, das sich setzen läßt, was du gehört hast. Ich oder Yaqob werden dir gern alles beantworten – aber frage nur, wenn du sicher sein kannst, nicht belauscht zu werden.«

»Ja, Isphet. Danke.« Und über den in meinem Kopf herumwirbelnden Gedanken und Fragen lag ein Gefühl stiller Freude. Sie vertrauten mir.

»Gut«, sagte Isphet. Sie streckte den Arm aus und ergriff

meine Hand. »Morgen früh werde ich mit deiner Unterweisung beginnen. Druse und die anderen drei in der Werkstatt, die nicht zu uns gehören, werden mit einem langen und komplizierten Auftrag in eine andere Werkstatt geschickt werden müssen, denke ich. Raguel?«

Diese schaute mit toten Augen von ihrem Schoß hoch.

»Raguel, ich werde dich morgen früh brauchen, und ich glaube, Yaqob auch.«

Isphets Miene wurde traurig.

»Es ist Zeit, sich von dem Geist von Raguels Kind zu verabschieden und ihm alles Gute zu wünschen. Yaqob, deine Anwesenheit wird der Zeremonie Kraft und Stärke verleihen und Tirzah auch, denn sie hört die Stimmen deutlich und könnte sich vor dem fürchten, was sie morgen erleben wird.«

7

In dieser Nacht machte ich kaum ein Auge zu. Ich hatte mittlerweile meine eigene Pritsche, aber ich bin davon überzeugt, daß mein ständiges Herumwälzen alle anderen in dem Raum gestört haben mußte. Ich hatte die Stimmen gehört, so lange ich zurückdenken konnte. Als kleines Kind unter der Werkbank meines Vaters hatten mich die Glasscherben, die durch meine Finger rieselten, verzaubert. Nicht nur ihre Farben, obwohl sie allein schon prächtig gewesen waren, sondern auch ihre leisen Rufe und ihre Worte. Als ich alt genug war, um Glas zu bearbeiten, folgte ich ihren Anweisungen, um mir die Arbeit zu erleichtern. Jetzt wußte ich, warum ich die Kunst der Glasnetzarbeit in so jungen Jahren schon beherrscht hatte: meine Stimme formte das Glas ebenso wie meine Werkzeuge, und ich hörte auf das, was das Glas mir sagte, was es ertragen konnte und was nicht.

Wer jedoch waren die Soulenai? War es in erster Linie gar nicht die Stimme des Glases, die ich gehört hatte, sondern die Stimmen dieser seltsamen Geister, die manchmal aus ihm heraussprachen?

Ich erinnerte mich, daß ich vor Boaz gesessen und das Glas geformt hatte und dabei den Stimmen gefolgt war, die mir helfen konnten. Er hatte nur einen Schritt weit entfernt gesessen, die Hände auf dem Glas, gelegentlich hatten seine

Finger die meinen berührt. Unempfindlich und unempfänglich für die Schönheit und die Musik unter seinen Fingern.

Magier?, dachte ich und legte die ganze Verachtung, die Yaqob mir beigebracht hatte, in diesen Gedanken.

Dank der Soulenai hatten die hier anwesenden Magier kein besonderes Interesse an mir gezeigt. Ich hatte zwar kurz Koftes Aufmerksamkeit erregt, aber das war nur ein flüchtiges erotisches Interesse gewesen, das in dem Augenblick gestorben war, in dem ich in der Kammer zur Unendlichkeit in Ohnmacht fiel. Vielleicht verlangten die Magier von ihren Frauen, daß sie sich während ihrer Vereinigung mit der Eins beherrschten.

Meine Gedanken wandten sich wieder dem Glas zu. Warum hatte Isphet gesagt, ich würde mich fürchten? Sicherlich würde es nichts so Schreckliches sein wie das, das mich in der Kammer zur Unendlichkeit berührt hatte?

Nun, wie dem auch sein sollte, es würde gut sein, Yaqob dabei zu haben. Ich lächelte in die Dunkelheit hinein, drehte mich um und verbrachte die restlichen Stunden der Nacht damit, in Träume über Yaqob hinein- und wieder hinauszugleiten.

Mein Vater war sehr fröhlich am nächsten Morgen und sah sehr frisch aus. Er hatte sehr gut geschlafen, wie er erzählte, und beschwerte sich nicht, als Isphet ihn zusammen mit mehreren anderen losschickte, um in einer anderen Werkstatt auszuhelfen.

Sie würden für den Rest des Tages beschäftigt sein.

Wir arbeiteten fast bis Mittag an den uns zugewiesenen Aufgaben weiter, und dann kam Yaqob, um Orteas, Zeldon und mich zu holen.

»Sind wir sicher?« fragte Orteas.

»Ja. In der Gasse und entlang der Hauptstraße haben wir Posten aufgestellt. Es sind weder Wächter noch Magier in der Nähe.«

Später wurde mir klar, daß wir und die Elementisten in allen Werkstätten ein ausgeklügeltes Wachsystem einrichteten, wenn sie ihre Künste ausübten. Aber jetzt folgten wir Yaqob erst einmal die Treppe hinunter.

Die Arbeit war eingestellt worden. Die meisten Arbeiter standen stumm an den Wänden, in der Mitte des Raumes hatten Isphet und Raguel vor einem kleinen Tisch Aufstellung genommen.

Genau in seiner Mitte stand eine große Schale mit geschmolzenem Glas.

»Die anderen werden zusehen«, sagte Yaqob leise, »aber sie werden an dieser Zeremonie nicht teilnehmen.«

Isphet nickte mir zu, als ich mich neben sie stellte, und ich bemerkte, daß sie und Raguel ihr Haar gelöst hatten.

»Laß deines auch herunter«, sagte Isphet, und ich beeilte mich, der Anweisung nachzukommen und schüttelte es über meinen Schultern aus. »Wären wir frei, würden wir den Soulenai in unseren besten Kleidern und blumenbekränzt gegenübertreten. Das ist hier unmöglich. Das Lösen des Haares von den Ketten, die es binden, ist das einzige, was wir tun können. Die Soulenai wissen, wie wir hier leben und schätzen unsere Bemühungen.

Du hast die Stimmen im Glas und in vielen anderen Elementen gehört. Manche der Stimmen sind die Stimmen der Elemente selbst, manche sind die Stimmen der Soulenai. Aber was wir in unserem täglichen Leben durch Elemente wie Glas oder Metall hören, ist bloß ein Widerhall ihrer Stimmen. Heute werden wir sie selbst berühren und uns von ihnen berühren lassen. Beim ersten Mal ist das eine furchteinflößende Erfahrung, und teilweise auch der Grund dafür, daß ich Yaqob gebeten habe, an deiner Seite zu stehen. Du vertraust ihm bereits, und heute wirst du lernen, ihm noch mehr zu vertrauen.«

Ich fragte mich, wieviel sie von meinen wachsenden Gefühlen für Yaqob ahnte – ahnte Yaqob selbst etwas davon? –, dann kam ich zu dem Schluß, daß es keine Rolle spielte.

»Schau Tirzah.« Isphet fuhr mit der Hand über die große Schale mit geschmolzenem Glas. Ich schaute hinein. Das Glas glühte vor Hitze, war aber sonst völlig farblos. Ich fragte mich, was sie getan hatte, damit es in dieser geschmolzenen Form blieb, denn normalerweise kühlt Glas sehr schnell ab, und das hier stand schon geraume Zeit auf dem Tisch.

»Hör auf meine Stimme, Tirzah. Tu, was sie dir sagt. Und folge den Bewegungen meiner Hand.«

Ihre Hand fuhr wieder über die Schale, und ich erkannte, daß sich das darin enthaltene Glas zu drehen begann. Immer schneller. Ich fühlte, wie es mich in seinen Bann zog.

Wieder fuhr Isphets Hand über die Schale, und diesmal warf sie Pulver hinein, Metallpulver, und Farbe blitzte auf und wirbelte in dem kreisenden Glas umher. Helles Blau. Wieder fuhr ihre Hand über die Schale, und jetzt leuchtete ein Rot aus der wirbelnden Spirale und vermengte sich mit dem Blau, dann gesellte sich Gold hinzu.

»Beobachte die Farben, Tirzah. Fühle sie. Hör ihnen zu … hör zu … kannst du fühlen, wie auch wir das tun? Kannst du mich fühlen? Kannst du Raguel fühlen? Kannst du Yaqob fühlen?«

Ich wollte schon sagen, daß ich das nicht konnte, aber mein Blick war starr auf die wirbelnden Farben in der Schale gerichtet. Wieder strich Isphets Hand darüber, und die Bewegung machte mich schwindelig. Nun wirbelte dort auch Grün.

»Ja«, flüsterte ich, und ich konnte es tatsächlich. Ich konnte sie neben mir fühlen, aber ich konnte sie auch in mir fühlen. Raguel war nur undeutlich als blasses Pastell wahrzunehmen, aber Isphet und Yaqob waren stark und lebhaft, sie waren selbst Grundfarben. Ich konnte sie zusammen mit dem Regenbogen im Glas umherwirbeln fühlen. Waren sie dort drinnen? War ich dort drinnen?

»Meine Freunde!« Isphets Stimme klang sehr warm, melodisch, so wie ich sie noch nie zuvor gehört hatte. Ich versank tiefer in den wirbelnden Farben, lauschte den fließenden Tönen ihrer Stimme, die sowohl in mir als auch um mich herum ertönte. Yaqobs Gegenwart verriet mir, daß Isphet nicht länger zu uns sprach, es waren ihre verflüssigten Gedanken.

»Meine Freunde. Ich spreche zu euch voll Freude und auch Trauer. Freude, weil ich euch heute jemanden vorstelle, mit der ihr bereits leise gesprochen habt, aber die eure wahre Schönheit noch nicht kennt. Ihr Name ist Tirzah.«

Tirzah.

Ich schwankte unbehaglich, denn eine Stimme aus unvorstellbarer Macht hatte mich durchdrungen. Sie war nicht zu hören gewesen, ich hatte sie nur gefühlt.

Tirzah.

Ich glaube, ein Schluchzen kam über meine Lippen. In meinem ganzen erbärmlichen Leben hatte ich noch nie eine solche Macht erlebt und noch nie eine solche Harmonie.

Tirzah.

Und ich wäre in Panik geraten, hätte ich nicht Yaqobs Gegenwart gespürt, die Stärke, Wärme, Trost und Sicherheit vermittelte, und ich nahm sie dankbar an.

Hör ihnen zu Tirzah. Gib dich ihrer wilden Schönheit hin und ihrer Magie.

Er zeigte mir, wie er in ihre Stimmen eingetaucht war, und

dann fühlte ich Isphet, und sie zeigte mir, wie sie sich ihrer Macht hingegeben hatte. Weder Yaqob noch Isphet hatten sich durch diese Hingabe erniedrigt, sondern bereichert.

Vereinige dich mit uns, riefen sie, und ich tat es.

Die Soulenai hüllten mich ein, brannten durch mich hindurch. Die Farben wirbelten in einer unvorstellbaren Geschwindigkeit, und ihr wirbelnder Sog bannte mich genauso wie die Anwesenheit der Soulenai.

Sie erzählten mir von unvorstellbaren Dingen, von Leben und Erfahrungen jenseits allem Denkbaren. Und sie waren so sanft. Eine solche Sanftheit hatte ich nicht erwartet, solche Zärtlichkeit. Sie berührten mich und erforschten mich und ermunterten mich, sie zu berühren und zu erforschen. Meine ersten zögerlichen Versuche ließ sie leise lachen, und ich schrie auf vor Überraschung und in einer weit entfernten Welt fühlte ich, wie Yaqob mich stützte und hielt.

Tirzah, du bist uns willkommen. Nähre uns, und wir werden dich nähren. Diene uns, und wir werden dir dienen.

Ja, rief ich, und sie nahmen mich an.

Meine Freunde. Das war wieder Isphet, die da sprach. *Heute kommen wir aber auch voll Trauer zu euch. Unsere Freundin und eure Dienerin Raguel …*

Raguel, flüsterten sie.

Vor vielen Wochen wurde Raguel ihr Kind weggenommen. Doch erst heute wagen wir es, uns an euch zu wenden und um eure Hilfe zu bitten, das Kind auf seinen Weg zu der Zuflucht im Jenseits zu bringen.

Ihre Trauer durchfuhr mich, aber ich gewöhnte mich an ihr Eindringen in meinen Körper und meinen Geist, und diesmal schrie ich nicht auf. Ich fühlte, wie Yaqob, der so sanft wie die Soulenai war, Freude ausstrahlte, weil ich ihre Berührung zuließ.

Dann trat wieder eine Änderung ein. Isphets Hände fuhren über das wirbelnde Glas, doch diesmal warf sie kein Metall hinein, sondern duftendes Harz, und als es auf das kreisende Glas auftraf, fing es an zu qualmen, und berauschender Rauch hüllte uns ein. Ich atmete tief ein, meine Hände bewegten sich aus eigenem Antrieb und fächelten das Räucherwerk meinem Gesicht zu.

Und durch den Rauch erhaschte ich einen Blick auf die Zuflucht im Jenseits.

Was ich sah, kann ich kaum in Worte fassen. Die Zuflucht war ein weites Land und bot dennoch Wärme und Nähe. Es wurde von einem so allumfassenden Frieden erfüllt, daß Wut, Eifersucht und Krieg nicht einmal mehr als Worte existierten. Sie waren unbekannt geworden, unvorstellbar. Ich sehnte mich danach, dieses wunderbare Land betreten zu können.

Gebt uns das Kind.

Wieder veränderte sich etwas, aber diesmal waren es Raguel und Yaqob, der den Druck seiner Hände um mich verstärkte.

Ich sah alles wie in einem Traum, gefangen vom Räucherwerk und der Hingabe an die Soulenai.

Raguel bückte sich, hob etwas vom Boden auf.

Ein trauriges, kleines, fest eingewickeltes Bündel. Es war nur eine kleine Geste, eine schnelle Bewegung, aber mich durchfuhr eine unaussprechliche Traurigkeit, als das Bündel auf das geschmolzene Glas traf. Die Farben spritzten auf – allein die Anwesenheit und die Gunst der Soulenai verhinderten, daß uns Tropfen trafen.

Das Bündel flammte auf. Im nächsten Moment war es verschwunden, vergangen – aber dann hörte, fühlte ich das kleine Mädchen.

Sie war jetzt bei uns, berührte uns, wie es die Soulenai taten, ihre Gegenwart war ein sanftes Gefühl des Staunens.

Ich weinte, und ich wußte, daß Raguel ebenfalls weinte, und die Soulenai trösteten uns beide, und das Kind lachte, und alles war wieder gut.

Sie blieb nicht lange. Die Soulenai nahmen sie mit in die Zuflucht. Als sie fort waren, empfand ich einen solch überwältigenden Verlust in mir, daß ich aufstöhnte, die Augen schloß und gefallen wäre, wenn Yaqob mich nicht aufgefangen hätte.

Lange Zeit bewegte sich oder sprach niemand.

Schließlich fühlte ich, wie Isphet mein Gesicht in ihre Hände nahm, und ich schlug die Augen auf. Sie lächelte.

»Willkommen bei uns, Tirzah. Du bist eine geborene Elementistin, und jetzt bist du von den Soulenai aufgenommen worden. Was wir heute getan haben, war einfach, nur eine erste Annäherung. In den kommenden Monaten werde ich dich tiefer in die Magie der Elemente einführen. Ich glaube, du bist zu Großem ausersehen, denn deine Fähigkeiten sind erstaunlich, und wenn wir die Pyramide und all das Böse besiegen wollen, was in ihr ist, dann glaube ich, daß wir dich dringend brauchen.«

8

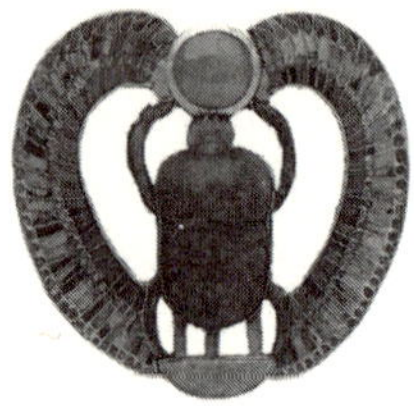

Acht oder neun Monate vergingen. Kurz nach meiner Einführung in die Künste der Elementisten wurde ich zwanzig, und ich ließ das wenige, das von meiner Kindheit und meinem früheren Leben übriggeblieben war, weit hinter mir zurück. Ich entfernte mich weiter von meinem Vater. Das bedauerte ich zwar, aber als Isphet ihren Unterricht weiter ausdehnte und ich mich an die Gegenwart der Soulenai mehr gewöhnt hatte, entdeckte ich, daß ich meinen Vater immer weniger brauchte. Und er wußte nichts von den Geistern der Elemente unter uns. Er wußte nicht, daß an manchen Tagen, an denen das Glas hell leuchtete, die Stimmen der Soulenai durch die Werkstatt hallten, während unsere Hände und Herzen im Einklang mit ihren Worten arbeiteten.

Ich fragte mich oft, wie es wohl für die Nicht-Elementisten war, die mit uns zusammenarbeiteten. Fragte mich, ob ihnen jemals bewußt war, daß eine Freude in der Werkstatt herrschte, an der sie nie teilhaben würden, nicht teilhaben konnten.

Jetzt flüsterten auch Tonwaren und Metallkrüge und sangen auch zu mir, manchmal gaben sie auch die Worte der Soulenai wieder, wenn auch nie so stark wie das Glas. Doch nach der Freude über die Entdeckung der Kunst der Elemente kam die Ernüchterung. Nichts in Gesholme war gut, wenn der Schatten der Pyramide auf uns lag wie ein giftiges Geschwür, das darauf wartete, sich über uns zu ergießen.

Ich arbeitete weiter an Orteas' und Zeldons Seite und schliff Isphets wunderbares goldenes Glas zu Glasnetzen. Wir waren stolz auf unsere Arbeit und verloren uns in ihr, in der Verwandlung des Glases, aber es war uns auch bewußt, daß unsere Arbeit für die Kammer zur Unendlichkeit bestimmt war.

Ich lernte, die Verabscheuungswürdige zu betreten, nicht mehr in Ohnmacht zu fallen und mir auch nicht mehr mein Entsetzen anmerken zu lassen. Die Macht der Soulenai war so groß, daß sie mir noch Trost inmitten der Schreie des an die Wand genagelten Glases spenden konnten und mich baten, doch herauszufinden, was es war, das das Glas so schreien ließ ...

Ich versuchte es, und die wenigen von uns, die ihre Arbeit in die Kammer zur Unendlichkeit führte, versuchten es ebenfalls, aber wir konnten die Ursache für ihr Entsetzen nicht entdecken.

In der Zwischenzeit wuchs die Pyramide. Orteas, Zeldon und ich schnitten unter der Aufsicht und nach den Plänen der Magier die Glasnetze, und nach einigen Monaten bedeckte unsere Arbeit ein volles Drittel der Kammer zur Unendlichkeit. Wann immer einer von uns hineinging – und wir versuchten, zu zweit zu gehen, denn das half uns, es besser zu ertragen –, betrachteten wir das Muster der vollendeten Flächen und fürchteten den Zauber, den die seltsamen Symbole, Schriftzeichen und Zahlen bewirkten, sehnten uns aber zugleich danach zu begreifen, was hier geschah, damit wir den Soulenai helfen konnten. Es war immer ein Magier anwesend – kein Sklave durfte die Kammer betreten ohne einen Magier als Wächter –, und wir wagten nicht, zu große Neugier zu zeigen oder gar Fragen zu stellen. Aber in den Nächten unterhielten wir uns über das, was wir gesehen hatten, und versuchten es zu verstehen. Versuchten es und scheiterten jedesmal aufs neue.

Nicht nur in der Kammer zur Unendlichkeit ging die Arbeit schnell voran. Viele der Schächte und Gänge waren nun schon vollständig mit Glas ausgekleidet, und an manchen Tagen schimmerte das Innere der Pyramide in einem harten Licht. Manchmal – ganz egal, ob wir uns der Pyramide durch die Hauptstraße näherten oder von dem Balkon unserer Werkstatt auf sie blickten – konnten wir die Schachtöffnungen an den Außenwänden kurz hell aufleuchten und dann sich wieder verfinstern sehen.

Die Pyramide zog das Licht nicht nur in sich hinein, sondern warf es auch wieder hinaus.

Als sich das Innere der Vollendung näherte, gaben die Magier den Sklaven den Befehl, die Außenwände zu verkleiden.

Unsere Werkstatt wie auch alle anderen in Gesholme arbeitete achtzehn Stunden am Tag, wir mischten und brannten die Platten aus blaugrünem Glas, die die Pyramide bedecken sollten. Trotzdem würde diese Arbeit noch ein ganzes Jahr in Anspruch nehmen, wenn nicht sogar noch länger.

Ich hatte Glück, denn der Umfang meiner Arbeit nahm nicht besonders zu, aber Isphet arbeitete hart, genau wie mein Vater und Yaqob und viele andere auch.

Gelegentlich bekam ich flüchtig mit, wie Yaqob kurz und verstohlen mit Yassar und anderen Männern sprach, die nichts mit unserer Werkstatt zu tun hatten, die meiner Meinung nach aber an der geplanten Revolte teilnehmen würden. Yaqob sprach nur selten davon, er teilte nur mit, daß Klinge um Klinge genügend Waffen versteckt werden sollten, um jeden Magier zweimal zu erstechen. Solches Gerede machte mich nervös. Ich hatte Angst, daß nicht einmal halbwegs vernünftig bewaffnete Sklaven Wächter und Magier gleichermaßen würden überwältigen können. Ich mußte auch an die Vorahnung eines großen Verlustes denken, die ich an dem Tag gehabt hatte, an dem ich mich der Pyramide das erste Mal genähert hatte, und ich beobachtete Yaqob und machte mir meine Gedanken.

Yaqob. Yaqob und ich mußten uns einfach ineinander verlieben! Es war eine Werbung, die größtenteils unter den wohlwollenden Augen der ganzen Werkstatt stattfand, darum aber nur um so bedeutungsschwerer und schöner war. Wir mußten vorsichtig sein, denn obwohl Beziehungen – und sogar Eheschließungen – unter den Sklaven nicht von den Magiern verboten waren, wurden sie auch nicht gefördert. Alles, was einen Sklaven von seinen Pflichten der Pyramide gegenüber ablenken konnte, wurde mißbilligt, und es war sicherer, unsere Liebe vor den Magiern zu verbergen, als sie zur Schau zu stellen.

Keiner von uns wollte den Magiern – oder der Pyramide – etwas in die Hand geben, mit dem sie uns schaden konnten.

Und so mußten wir sehr umsichtig sein, aber in dieser Umsichtigkeit genossen wir unsere Liebe, so gut das eben möglich war. Doch in einer Welt, in der Zeit für zwei Liebende der größte Luxus war, war das trotzdem schwierig. Und außerdem teilten wir jeder unser Quartier mit vier oder fünf anderen, und keiner von uns fand den Mut, sie zu bitten, draußen zu warten, damit wir uns unserer Liebe hingeben konnten.

Es gab zwar Dächer, die schwer einzusehen waren und nur selten von Wachen kontrolliert wurden, aber der Schatten der Pyramide war immer gegenwärtig, selbst nachts, und wir sahen uns genötigt, uns genauso davor zu verbergen wie vor den Magiern.

Und so stöberten Yaqob und ich als Liebende in Gesholme

jede mit Segeltuch abgedeckte Nische auf, jeden dunklen Lagerraum und jede dunkle Ecke zwischen oder unter oder über Schränken und Regalen.

Und wenn wir dann endlich einen Ort gefunden hatten, wie eng oder unbehaglich er auch sein mochte, blieben uns nur höchstens wenige Augenblicke während der Arbeit oder bevor wir woanders sein mußten oder bevor ein Magier oder eine Patrouille vorbeikam oder jemand auf der Suche nach Material in einem Lagerraum oder Regal herumstöberte. Wir hatten nie die Zeit, mehr als das drängendste und ungezügeltste Verlangen zu stillen – eine flüchtige Vereinigung, eine plötzliche, unzureichende Erfüllung, dann gingen wir unsere getrennten Wege, ordneten verstohlen unsere Kleider und gaben uns das Versprechen, beim nächsten Mal ... beim nächsten Mal ...

Und wir waren verkrampft, weil Yaqob jedesmal, wenn er mich besaß, Angst hatte, ein Kind zu zeugen, und das war etwas, das er nicht wollte, bis wir frei waren, bis wir selbst über unser Leben entscheiden konnten.

Er näherte sich dem Höhepunkt, und ich verbarg das Gesicht an seiner Schulter und murmelte: »Es ist in Ordnung, Yaqob, es ist in Ordnung.«

Er holte tief Luft, erbebte, dann ließ die Anspannung nach und er zog sich aus mir zurück, strich mit den Händen über meinen Körper.

»Bist du sicher?« Er zog mein Gewand herunter, dann richtete er seinen Lendenschurz.

»Ich habe nicht vor, das durchzumachen, was Raguel durchmachen mußte.« Omarni hatte mir erzählt, welche Kräuter sie mir gegeben hatte, als ich in Hadones Sklavenpferch gewesen war, und die meisten gab es auch hier. Isphet hatte Beziehungen zu den Wasserträgern, und sie pflückten am Flußufer die Blätter für mich. Bis jetzt hatten sie anscheinend gewirkt, und wenn nicht ... nun, es gab andere Methoden, meinen Körper schnell von jedem Kind zu befreien, denn ich war genauso fest wie Yaqob entschlossen, keine Sklaven für die Magier in die Welt zu setzen.

Er küßte mich schnell auf die Wange. »Vielleicht morgen ...«

»Vielleicht.« Aber ich war nicht übermäßig begeistert. Ich genoß die Augenblicke mit Yaqob allein wegen der gefühlsmäßigen Nähe, die sie mit sich brachten. Körperlich war der kurze, hektische Liebesakt grundsätzlich unbehaglich und ließ meinen Körper schmerzen und meine Nerven vor Enttäuschung zittern. Ich beneidete Yaqob, daß er es schaffte, bei unseren Zusammenkünften einen gewissen Grad an körperlicher Erfüllung zu finden.

»Pst!« Er drückte einen Finger auf meine Lippen und lauschte angestrengt. In der Gasse näherten sich Schritte, entfernten sich jedoch wieder.

»Komm«, sagte er. »Ta'uz wird sich fragen, wo wir hin sind.«

Wir waren in die Kammer zur Unendlichkeit befohlen worden: Ich mußte mich davon überzeugen, daß die Glasnetzarbeiten so wenig wie möglich Belastungen ausgesetzt waren; Yaqob mußte die nächsten Verbindungsplatten ausmessen.

Wir hätten uns Zeit lassen können, denn Ta'uz wartete nicht ungeduldig auf uns, sondern eilte uns statt dessen bereits entgegen.

Er warf uns einen wütenden Blick zu, und wir senkten die Blicke und murmelten »Exzellenz!« und dann hatte er die Spitze übernommen, und wir versuchten, uns seinem ungeduldigen Schritt anzupassen. Wir bemühten uns, einander nicht anzusehen, denn dann hätten wir gelächelt; es kam nur selten vor, daß die Magier sich anders als in gelassener Hoheit zeigten.

Aber Ta'uz war offensichtlich abgelenkt, und als wir uns der Pyramide näherten, blieb er tatsächlich stehen und starrte zur Spitze der Pyramide hinauf.

Auch wenn das Einsetzen des Schlußsteins noch ein Jahr oder länger vor uns lag, waren auf der Pyramidenspitze bereits Arbeiter mit den Vorarbeiten beschäftigt. Es waren fünf Steinmetze; sie alle waren mit Seilen gesichert, sie alle bewegten sich mit langsamen aber sicheren Bewegungen. Ich beneidete sie nicht um ihre Aufgabe.

Ta'uz war von dem Anblick wie gebannt, und jetzt sahen Yaqob und ich uns an, und jeder Drang zu lächeln war verflogen.

»Ah«, murmelte Ta'uz, und wir versuchten seiner Blickrichtung zu folgen.

»Da«, raunte Yaqob mir zu und zeigte verstohlen nach oben. Ta'uz starrte einen kleinen Steinstapel neben einem der Arbeiter an; sie verwendeten die Steine, um einen Rand zu bauen, auf dem der Schlußstein ruhen würde.

Das Sonnenlicht war hell und die Entfernung groß, aber was dann geschah, konnte ich so deutlich sehen, als hätte ich bloß drei Schritt von der Spitze entfernt gestanden. In diesem Augenblick war keiner der Arbeiter auch nur in der Nähe des Steinstapels, sie alle schienen in ein Problem vertieft. Aber irgendwie ... irgendwie löste sich ganz langsam der oberste Stein von dem Stapel, schwebte dort scheinbar unentschieden – als würde er eine eigene Wahl treffen können –, schoß dann dem Boden entgegen, unglaublich schnell, zu schnell, nur ein Schemen, und grub sich in den Kopf eines Sklaven, der gerade aus dem Riesenmaul der Pyramide trat.

Er traf ihn mit einer solchen Wucht, daß er das Gesicht und den Schädel des Mannes in eine Fontäne aus Blut verwandelte, und hatte dann noch immer genug Wucht, um seinen Nacken zu spalten und sich zwischen seine Schulterblätter einzugraben.

Der Schatten der Pyramide flackerte kurz.

Einen Augenblick lang war die ganze Baustelle wie erstarrt, dann stieß Ta'uz einen Schrei aus und rannte zu der auf dem Bauch liegen Gestalt oben auf der Rampe. Yaqob und ich waren nur einen Schritt hinter ihm.

Ta'uz warf sich neben dem Toten auf die Knie – im Umkreis von zwei Schritten war alles mit Blut und Gehirn bespritzt – und streckte die Hand aus. Sie zitterte. Doch kurz bevor er die Schulter des Mannes berührte, hielt er inne. Die Kante des Steins ragte deutlich zwischen seinen zerschmetterten Wirbeln hervor.

Mir war übel und ich machte einen Schritt zurück, im selben Moment, in dem Ta'uz sein Gesicht zur Pyramide erhob und voll Entsetzen und ohne begreifen zu können flüsterte: »Warum?«

9

Ta'uz gewann nur Augenblicke später seine Beherrschung wieder. Er befahl, den Toten wegzuschaffen, dann winkte er Yaqob und mir ungeduldig zu und ging hinein, um die Kammer zur Unendlichkeit zu inspizieren.

Es war schlimm, viel schlimmer als gewöhnlich. Normalerweise schrie das Glas hier gequält, aber an diesem Tag war es gefügig gemacht. Vor Angst erstarrt. Was auch immer die Pyramide getan hatte, es hatte auch das Glas fast völlig zum Schweigen gebracht, und als Ta'uz wissen wollte, warum mir Tränen die Wangen hinunterliefen, behauptete ich, es sei wegen des Sklaven, der erschlagen worden war.

»Albernes Mädchen«, fauchte er. »Leben ist dazu da, damit von uns und der Pyramide darüber nach Gutdünken verfügt werden kann. Paßt das Glas gut?«

»Es paßt gut, Exzellenz. Die Belastung ist minimal und es sitzt richtig.«

»Gut.« Er hielt inne. »Du teilst deine Unterkunft mit Raguel, nicht wahr?«

»Ja, Exzellenz.«

»Dann richte ihr aus, sie solle bei Sternenaufgang in meinen Gemächern sein. Und sag ihr, sie soll sich vorher säubern.«

»Wie Ihr wünscht, Exzellenz.«

Er grunzte und wandte sich Yaqob zu, um ihm zu befehlen, sich mit seinen Messungen zu beeilen.

Der Zwischenfall hatte die Stimmung auf der ganzen Baustelle gedämpft. Zu viele Menschen waren Zeugen von dem Tod des Sklaven gewesen, als daß jemand die Geschichte seiner Hinrichtung durch den Willen der Pyramide als Erfindung oder Einbildung hätte abtun können.

Niemand aus unserer Werkstatt hatte den Sklaven gekannt, aber wir erfuhren bald, daß er ein einfacher Arbeiter namens Gaio gewesen war – und ein Elementist. Es gab keinen Grund, warum die Pyramide ausgerechnet ihn hätte töten sollen. Es war Zufall gewesen. Es hätte jeder von uns sein können.

Der Tote war schnell fortgeschafft worden, aber irgendwie hielt sich der Flecken von Gaios Blut noch wochenlang auf den Steinen um den Eingang zur Pyramide, trotz der angestrengten Bemühungen, ihn zu entfernen. Allein die darüber hinwegschreitenden Füße ließen ihn verblassen, jedoch nur allmählich, denn die meisten gaben sich große Mühe, einen Bogen um ihn zu machen.

Falls die Magier beunruhigt waren, verbargen sie es gut. Sie stolzierten hochmütig wie immer durch alle drei Lager, die Gesichter maskenhaft starr, in den Augen das Funkeln der Macht, und sie verrieten nichts von ihren innersten Gedanken oder Sorgen – falls sie sich überhaupt welche machten.

Nur Ta'uz war verstört. Es gab Augenblicke, in denen ihm seine Besorgtheit anzusehen war. Nach ein paar Wochen kamen Isphet und Yaqob auf die Idee, Raguel über ihn auszufragen, und sie berichtete, daß er abwesend war, manchmal sogar so abwesend, daß er sie wieder fortschickte, ohne sie bei ihren Treffen zu besitzen.

»In der Nacht von Gaios Tod befahl er mir, mich auf das Bett zu legen, und ich gehorchte. Aber dann ging er auf und ab, starrte aus dem Fenster zur Pyramide. Er murmelte etwas, aber ich konnte es nicht verstehen. Nach einiger Zeit drehte er sich um und zuckte zusammen, als sei er überrascht mich zu sehen. Trotzdem besaß er mich, allerdings glaube ich, daß er in dieser Nacht keine Vereinigung mit der Eins erreichte. Seitdem hat er mich fünfmal gerufen, aber nur einmal genommen.«

Das schien sie beträchtlich zu erleichtern, und ich konnte es ihr nicht verdenken. Seit wir ihre Tochter in die Zuflucht verabschiedet hatten, hatte Raguel wieder etwas von ihrer Lebhaftigkeit zurückgewonnen, und ich hatte entdeckt, daß sie eine amüsante Gefährtin sein konnte. Ich fragte mich, ob Ta'uz sie wirklich nur ständig zu sich befahl, um sich mit der Eins zu vereinigen.

»Wird er reden, wenn du ihn dazu verleitest?« fragte Yaqob.

Raguel sah ängstlich aus. »Du weißt, wie das mit den Magiern ist, Yaqob. Du richtest nie das Wort an sie, es sei denn, sie haben dich selbst angesprochen und dir eine direkte Frage gestellt. Ich will mir lieber nicht vorstellen, was er tut, wenn ich versuche, eine Unterhaltung anzufangen.«

»Trotzdem«, drängte Yaqob, und ich sah ihn irritiert an. Sicherlich konnte ihm doch nicht verborgen bleiben, wie sehr es Raguel widerstrebte? Und wie gefährlich es für sie sein würde?

»Trotzdem, wenn du ihn zu einer Unterhaltung darüber verleiten könntest, was ihm an der Pyramide Sorgen bereitet, dann könnten wir herausfinden, was mit ihr nicht stimmt. Und Ta'uz ist der Herr der Baustelle. Die Informationen, die du von ihm bekommen könntest, könnten unbezahlbar sein ...«

»Yaqob!« sagte ich. »Denk an Raguels Sicherheit ...«

Er beugte sich über den Tisch, packte mein Handgelenk und drückte wütend zu. »Tirzah, ich trage die Verantwortung dafür, daß mein Aufstand erfolgreich ist. Ich werde keine Gelegenheit auslassen, um das zu erreichen. Wenn Raguel Zugang zu Informationen über Wachablösungen, Waffen oder Lager hat, dann will ich das wissen!«

»Ich werde mein Bestes tun«, sagte Raguel leise.

»Gut«, erwiderte Yaqob, der mich noch immer mit seinen Augen durchbohrte, dann ließ er mein Handgelenk los. Ich rieb es, schaute ihn böse an, dann richtete ich den Blick auf Raguel.

Ihr Gesicht war starr vor Angst.

Fünf Wochen später ging ich in der kühlen Abendluft zu unserem Quartier zurück und unterhielt mich mit Raguel; Isphet, Saboa und Kiath folgten uns und sprachen leise über einen Brennvorgang, der am Morgen gescheitert war. Raguel war halbwegs fröhlich, obwohl Ta'uz sie am Abend zuvor zu sich befohlen hatte und es möglicherweise heute wieder tun würde.

»Ich weiß wirklich nicht, warum er immer wieder mich holt. Manchmal glaube ich, er wünscht sich einfach bloß Gesellschaft.«

»Spricht er mit dir?«

»Selten. Ich komme rein, er befiehlt mir, mich auf einen Hocker vor dem Bett zu setzen, als wüßte er nicht, was er mit mir anstellen soll, dann geht er ziellos auf und ab und stellt sich ans Fenster und starrt die Pyramide an. Doch bevor er das tut, löscht er immer zuerst die Lampen.«

Mich fröstelte. Wenn Ta'uz sich vor der Pyramide fürchtete ... »Aber er ...«

»Schläft mit mir?« Raguel lachte. »Nur gelegentlich. Ich danke den Soulenai, daß es nur gelegentlich passiert.«

Ich wußte nicht genau, wie ich die nächste Frage formulieren wollte. »Bereitet es kein ... Vergnügen?«

Raguel zog eine Grimasse. »Die Magier sind schnell und es tut weh und ist demütigend, Tirzah. Frag Isphet. Sie ist fast fünf Jahre lang auf diese Weise benutzt worden.« Ihre Stimmung hatte sich gebessert, und sie kniff mich spielerisch in den Arm. »Ich wünschte, ich hätte deinen Yaqob.«

Ich grinste zögernd. »Warum wolltest du dann ein Kind, Raguel?« Ich hatte noch nie zuvor gewagt, das zu fragen, aber sie war auch noch nie so offen gewesen.

»Weil ich jung und dumm war«, erwiderte sie schroff, »und weil ...«

Aber was auch immer sie sagen wollte, wurde von einem Ruf am Fluß unterbrochen, dem durchdringende Fanfarenstöße folgte.

Wir blieben stehen, und Isphet schloß zu uns auf.

»Es gibt Ärger«, murmelte sie. »Wo ist Yaqob?«

»Er ist noch immer in der Werkstatt«, sagte ich, »er schneidet Glas für die Platten, die morgen gebraucht werden. Isphet? Was ist los?«

»Ich bin mir nicht sicher ...« begann sie, dann erschollen die Fanfaren erneut, diesmal nur noch lauter.

»Schnell«, sagte sie und packte mich und Raguel beim Ellbogen. »Zurück in eure Unterkunft. Schnell!«

Sie gab uns keine Gelegenheit für weitere Fragen, drängte uns die Straße hinunter in die Gasse, die zu unserem Haus führte. Dort angekommen, drückte sie Raguel und mir einen leeren Kornkrug in die Hand und schnappte sich selbst einen. Kiath und Saboa schickte sie aufs Dach, damit sie von dort aus alles beobachten konnten.

»Kommt schon«, sagte sie. »Wir haben kein Korn mehr. Ein Besuch beim Getreidehändler ist fällig.«

»Aber wir haben doch noch genug ...«, fing Raguel an und verstummte, als sie den Ausdruck in Isphets Augen las.

»Schnell!« zischte Isphet.

Wir verließen das Haus und gingen so schnell, daß es fast schon ein Laufen war. Sobald wir in die Straße einbogen, die zum Getreidehändler führte, wurde mir klar, warum sie uns ausgerechnet hierher geführt hatte. Der Laden lag in der Nähe der Magiersiedlung, und die Straße, auf der wir gekommen waren, kreuzte sich mit der Hauptstraße, die nahe am Eingangstor vorbeiführte. Von dort aus würden wir sehen können, wer eingetroffen war.

Und da Fanfaren erklungen waren, war es mit Sicherheit kein neuer Sklaventransport. Ebensowenig Magier. Seit ich in Gesholme war, waren Magier gekommen und gegangen, aber es war nie ein solcher Aufwand betrieben worden.

Als wir uns der Kreuzung näherten, zwangen uns Wächter auf die Knie; ihre Blicke waren unruhig, ihre Hände zupackend.

»Wo wollt ihr hin?«

Mit der Stirn im Straßenstaub konnten wir nichts sehen, aber wir konnten den Tritt näher kommender Schritte fühlen. Rhythmisch, im Marschtempo, furchteinflößend.

»Wir holen Korn, Herr!« murmelte Isphet.

»Es ist die falsche Tageszeit, um ...«

Wieder erschollen Fanfaren, so nah, daß sie die Stimme des Wächters übertönten, und er fuhr auf dem Absatz herum.

Ich hörte, wie sich auch die anderen Wächter umdrehten, und ich wagte es, den Kopf ein winziges Stück zu heben.

Ein Trupp Wächter in Rüstungen war auf der Straße aufmarschiert und hatte dann auf beiden Seiten Aufstellung genommen. Ihr Anblick erstaunte mich. Sie trugen Lendenschurze aus schimmerndem Gold, und Brust und Rücken wurden von Bronze gepanzert, die spiegelblank poliert worden war. Nietenbeschlagenes Leder umgab Arme und Beine, scharlachrote und smaragdgrüne Federbüsche schmückten Bronzehelme und hingen in Quasten an ihren Speeren.

Obwohl sich diese Ehrenwache in dichten Reihen aufgestellt hatte, konnte ich zwischen den Beinen der beiden direkt vor meiner Nase hindurchblicken. Das Tor zur Magiersiedlung war weit geöffnet, und jetzt trat Ta'uz heraus, das Gewand genauso wohlgeordnet wie seine Miene, aber die Finger der vor seinem Körper gefalteten Hände klopften einen Rhythmus.

»Er ist außer sich vor Wut«, raunte Raguel.

Also war der Besuch unerwartet und unerwünscht, dachte ich. Aber wer mochte es sein?

Ich erhielt fast sofort die Antwort. Wieder erklangen die Fanfaren, diesmal so nah und durchdringend, daß ich die Augen zusammenkniff und mir die Finger in die Ohren steckte.

Als ich die Augen schließlich wieder öffnete, warf sich Ta'uz gerade vor einem dürren alten Mann der Länge nach in den Straßenstaub.

Ich holte tief Luft; in meinem ganzen Leben hätte ich mir nicht vorstellen können, jemals solchen Glanz, solche Herrlichkeit zu Gesicht zu bekommen. Der Mann wäre, glaube ich, nicht besonders bemerkenswert gewesen, hätte er nicht die Insignien der Macht getragen. Obwohl schon älter, war er noch immer voller Vitalität, mit einem glatten Gesicht, das von einer schnabelartigen Nase und einem schmalen Mund beherrscht wurde. Das grau werdende schwarze Haar war zu Hunderten winziger Zöpfe geflochten, die alle mit Golddraht gebunden und mit Rubinen und Diamanten geschmückt waren. Aber sein Haar war nicht das einzige, das mit Juwelen geschmückt war. Edelsteine, Gold und Silber ergossen sich fast obszön über seinen ganzen Leib – wir drei konnten sie flüstern und albern und geziert kichern hören. Sein goldener, juwelenbesetzter Kragen war so dick und breit, daß er sein Kinn in einen unnatürlichen Winkel zwang, während seine Ohrläppchen vom Gewicht der daran hängenden Juwelen in die Länge gezogen worden waren. Als Kleidung trug er lediglich einen knappen Lendenschurz, und ich glaube, selbst darin glitzerten Silber- und Goldfäden. Der Rest seines Körpers war über und über mit Gold, Silber und Edelsteinen jeder vorstellbaren Farbe und Größe behängt, durchstochen, umwickelt und beringt. Ich fragte mich, ob das, was der Lendenschurz verbarg, auf ähnliche Weise durchstochen und übersät war.

Er war offensichtlich kein Elementist, denn wäre er einer gewesen, hätte ihn das Flüstern und Geplapper der Edelsteine und des Metalls in den Wahnsinn getrieben.

»Großmächtiger«, sagte Ta'uz und erhob sich auf die Knie.

»Chad Nezzar?« formte ich lautlos in Isphets Richtung, und sie nickte kaum merklich.

Chad Nezzar wedelte mit der Hand in der Luft herum; die Sonnenstrahlen ließen die Juwelen aufblitzen. Er nickte Ta'uz gnädig zu.

»Mir ist in Setkoth langweilig geworden, und ich habe mich entschieden, mir mal anzusehen, wie der Bau voranschreitet. Mein Neffe sagte mir, daß die Bauarbeiten langsamer geworden sind.« Wieder wedelte die Hand, und ein Magier trat hinter Chad Nezzar hervor.

Ich weiß nicht, was Ta'uz erwiderte, denn meine ganze Aufmerksamkeit, mein ganzes Sein, war auf den Mann gerichtet, der vorgetreten war.

Es war Boaz.

Ich senkte mein Gesicht so tief in den Straßenstaub, daß ich ihn einatmete. Ich schaute nicht wieder auf. Man tauschte Höflichkeiten aus, der Etikette wurde genüge getan, und schließlich wurde die Straße geräumt, nachdem Chad Nezzar und sein Gefolge die Siedlung betreten hatten. Ich wagte erst wieder mich zu bewegen, als ich hörte, daß hinter ihnen das Tor zuschlug.

Ein Stiefeltritt landete mitten in meinem Kreuz.

Ich brach kurz erneut im Staub zusammen, bevor ich mich auf die Knie hochkämpfte.

»Vergeßt euer Korn für heute abend«, bellte einer der Wächter. »Geht zurück in eure Unterkunft und bleibt dort bis morgen früh!«

Wir gehorchten eilig. Niemand sagte ein Wort, bis wir zurück waren und die Tür sicher hinter uns verschlossen hatten.

»Nun«, sagte Isphet, »er ist seit acht Jahren nicht mehr hier gewesen. Ich frage mich, was ihn jetzt herführt.«

»Boaz?« fragte ich leise.

Isphet sah mich scharf an. »Chad Nezzar. Wer ist Boaz?«

»Der Magier, der hinter dem Chad hervortrat. Ich habe dir von ihm erzählt, Isphet. Er ist der Magier, für den ich in Setkoth das Glas bearbeitet habe.«

»Und warum hast du solche Angst vor ihm?«

»Ich fürchte mich vor allen Magiern.« Aber das reichte nicht, und nach einem Moment fuhr ich zögernd fort. »Er hat mich verdächtigt, Elementistin zu sein.«

Isphet kniff die Augen zusammen. »Du hast das Glas zu gut bearbeitet. Du hättest vorsichtiger sein sollen.«

»Ich habe nur versucht, mein Leben zu retten«, fauchte ich, »und ich hatte zu diesem Zeitpunkt weder eine Ahnung von den Elementen oder den Soulenai oder den Magiern.«

Kiath und Saboa gesellten sich nun auch zu uns.

»Es war Chad Nezzar«, informierte Isphet sie kurz. »Was habt ihr vom Dach aus gesehen?«

»Flußschiffe«, sagte Kiath. »Vierzig oder fünfzig. Mit Männern in Rüstung besetzt, vielleicht fünftausend. Chad Nezzar hat eine große Eskorte dabei. Seine Soldaten schwärmen in ganz Gesholme aus.«

»Erwartet er Schwierigkeiten?« murmelte Isphet. »Weiß er Bescheid? Kann er überhaupt Bescheid wissen?«

Mir drehte sich der Magen um. Hatte Chad Nezzar auf irgendeine Weise von unserer geplanten Revolte erfahren? Hatte ein aufmerksamer Wächter Yaqob und Yassar bei einem Gespräch belauscht? Hatte jemand das Versteck der Waffen gefunden?

Was auch immer: wir konnten nichts tun, da fünftausend Soldaten uns einen Besuch abstatteten.

Yaqob muß zornig sein, dachte ich und wünschte mir, er würde zu mir kommen.

Aber das war unmöglich. Nicht, wenn fünftausend Mann durch das Lager streiften. Nicht einmal die Dächer würden sicher sein.

In dieser Nacht schlief keiner von uns gut.

Am nächsten Morgen war die Stimmung in der Werkstatt sowohl gedrückt als auch von Spekulationen erfüllt. Die Nachricht von Chad Nezzars Anwesenheit hatte sich genauso schnell in Gesholme verbreitet wie seine Soldaten; jeder hatte eine Theorie, warum er gekommen war.

Da mehrere Arbeiter in der Werkstatt keine Elementisten und noch nicht in die Pläne für die Revolte eingeweiht waren, konnte keiner von uns offen über die Furcht sprechen, vielleicht ertappt worden zu sein.

Yaqob, dem seine Schlaflosigkeit anzusehen war, fauchte jeden gereizt an, auch mich. Das erste Stück Glas, das er anfertigte, zerbrach unter seinen Händen, und er fluchte und warf die Stücke in eine Ecke.

Ich zuckte zusammen, tauschte einen Blick mit Isphet und eilte in die erste Etage, um dort an meinen Glasnetzen weiterzuarbeiten. Zumindest Orteas und Zeldon würden ruhiger sein.

Ruhiger schon, aber ebenfalls angespannt. Ich trat auf den Balkon hinaus. Chad Nezzars Soldaten waren überall. Die meisten waren mit normalen Rüstungen ausgestattet und nicht mit dem Prunk der persönlichen Leibwache des Chad, aber sie alle waren schwerbewaffnet, jederzeit einsatzbereit und wachsam.

Ich ging wieder hinein und setzte mich. Yaqob hatte seine Pläne größtenteils darauf aufgebaut, daß die Wächter von Gesholme nach Jahren des Gehorsams und der Demut der Sklavenbevölkerung überheblich geworden waren.

Aber jetzt …

Ich nahm ein Stück Glas und malte mit einem Wachsstift die Umrisse des Musters auf. Ich mußte meine Linien mehrere Male abwischen, bevor ich sie richtig hinbekam, und Zeldon sah mich böse an.

Mir fiel auf, daß er ein Stück Glas mittlerweile so lange mit Sand geschliffen hatte, daß es in seinen Fingern zu zerbrechen drohte.

Von unten drang Lärm herauf. Rufe, dann das Gepolter einer großen Gruppe, die umherging. Isphets Stimme, ruhig aber unterwürfig. Orteas, Zeldon und ich hörten auf, so zu tun, als würden wir arbeiten, und starrten einander an.

Zeldon gab uns mit einer Geste zu verstehen, uns nicht zu rühren, legte sein Glas vorsichtig hin und ging zur Treppe. Er schaute ein paar Minuten vorsichtig nach unten und kam dann zurück zu unserem Tisch.

»Und?« wollte Orteas wissen.

Zeldon sah uns an. »Chad Nezzar. Und eine große Eskorte.«

»Was!« rief ich aus, und Zeldon packte meinen Arm.

»Ruhe!« zischte er.

»Was tun sie hier?« wollte Orteas wissen.

»Isphet zeigt dem Chad, wie die Brennöfen funktionieren.« Zeldons Lippen verzogen sich zu einem bösen Lächeln. »Und wenn Chad Nezzar noch näher herangeht, wird sein goldener Prunk direkt mit seiner Haut verschmelzen.«

Orteas fand das nicht so lustig. »Kommen sie hier herauf?«

Stimmen und Schritte auf den Stufen waren Antwort genug.

»Zurück an die Arbeit!« zischte Zeldon.

Meine Hände zitterten. Würde Boaz dabei sein?

Isphet betrat den Raum als erste und lud Chad Nezzar mit einer anmutigen Geste ein, näherzutreten. Entsetzt starrte ich wieder auf mein Glas, umklammerte es, um meine Hände am Zittern zu hindern.

Chad Nezzar blieb hinter Zeldon stehen und schaute ihm flüchtig über die Schulter.

»Gute Arbeit«, sagte er mit träger, gelangweilter Stimme. Selbst die wenigen Worte klangen so, als hätten sie eine große Anstrengung erfordert.

»Ich danke Euch, Großmächtiger«, sagte Zeldon.

Andere betraten den Raum. Ich wagte es nicht, aufzuschauen.

»Hier werden die Glasnetze für die Kammer zur Unendlichkeit hergestellt, Großmächtiger«, erklärte Isphet.

Chad Nezzar stand nun an der offenen Tür zum Balkon und

sah hinaus. Ich hörte, wie er sich umdrehte. »Nur drei tun diese Arbeit?«

»Glasnetze schleifen ist ein Meisterhandwerk, Großmächtiger«, hörte ich Ta'uz erwidern. »Wir suchen die Märkte nach jenen ab, die in dieser Kunst bewandert sind. Falls mehr Geld dafür bereitgestellt ...«

»Aber das Mädchen?« Chad Nezzar war jetzt näher gekommen.

»Das Mädchen ist für ihr jugendliches Alter außergewöhnlich talentiert«, sagte eine andere Stimme. Eine, an die ich mich erinnerte.

Und an den Haß erinnerte, der in mir gelodert hatte.

Eine Hand griff über meine Schulter hinweg und nahm mir das Glas ab. Eine jüngere Hand als die Chad Nezzars und unberingt.

Die Werkzeuge entfielen meinen Händen, als Boaz das Glas über meine Schultern hob und sich zu seinem Onkel umdrehte, der jetzt an seiner Seite stand. »Sieh, wie gut sie es bearbeitet.«

Ich schaute auf und starrte nach vorn. Direkt in Isphets beherrschten Blick. Nur Mut, flehten ihre Augen, und ich holte tief Luft und kämpfte darum, meine Schultern zu entkrampfen. War Yaqob im Raum?

Ja, da hinten, hinter ein paar Soldaten und Arbeitern. Seine Augen glommen vor unverhüllter Wut und Hilflosigkeit. Ich hoffte, daß er sein Temperament im Zaum halten konnte. Wenn er jetzt seine Beherrschung verlor ... Ich zwang mich, den Blick von seinem Gesicht abzuwenden, und mir wurde bewußt, daß Chad Nezzar mich angesprochen hatte.

»Woher kommt diese Kunstfertigkeit?«

»Mein Vater hat mich seit meinem fünften Lebensjahr ausgebildet, Großmächtiger. Ich liebte das Glas ...«

Isphets Blick flammte alarmiert auf, und ich versuchte hastig, mich zu korrigieren.

»Ich, äh, liebte es, mit Glas zu arbeiten. Es gab mir Zufriedenheit. Ich habe mich lieber damit beschäftigt, anstatt zu spielen.«

»Aha.« Das schien Chad Nezzar heiter zu stimmen. »Wie ich vermutet habe, Boaz. Den niederen Kasten gefällt nichts besser, als eine Arbeit zugewiesen zu bekommen.« Sein Gold und die Juwelen plapperten munter, von den Glasnetzen angeregt, die sie im Raum fühlen konnten. Ich fragte mich, wie überhaupt jemand nicht die Unterhaltungen der Elemente um uns herum hören konnte.

»Die Pyramide ist ein Geschenk für sie, Onkel.«

Ich wandte langsam den Kopf. Boaz stand jetzt genau neben mir.

Er hielt das Glas, an dem ich gearbeitet hatte, locker in seinen Händen; seine Finger streichelten es träge. Der Blick in seinen grauen Augen jedoch war erbarmungslos, zwang mich, mich zu erinnern.

Er spielte mit mir. Würde er es fallen lassen, es töten?

Das Glas glaubte, sterben zu müssen. Es schwankte zwischen stiller Angst und dem Wunsch zu schreien, und auch ich glaubte schreien zu müssen, wenn es es tat.

Aber Boaz stellte das Glas wieder auf den Tisch und wandte sich seinem Onkel zu. »Der beste Ort, dies in seiner ganzen Herrlichkeit zu sehen, ist die Kammer zur Unendlichkeit, Onkel. Außerdem ist es Zeit, uns anzusehen, wie gut oder schlecht die Arbeit vorangeht.«

Ta'uz' Gesicht lief rot an und er wollte etwas erwidern, aber der Chad kam ihm zuvor.

»Ja, natürlich. Diese Werkstatt fängt an mich zu langweilen. Wird uns die hübsche Isphet begleiten? Ich bin sicher, ich brauche jemanden, der mir die technischen Einzelheiten erklärt.«

Es gelang Isphet bewundernswert, ihren Abscheu zu verbergen. »Großmächtiger«, sagte sie und verbeugte sich.

»Und das Mädchen, Onkel. Es ist besser, jemanden dabeizuhaben, der sich mit Glasnetzen auskennt, um deine Fragen in der Kammer zur Unendlichkeit zu beantworten.«

»Wie du willst.« Chad Nezzar wedelte wieder mit der Hand, irgendwie schaffte ich es, aufzustehen – Isphet half mir dabei –, und wir brachen alle zusammen auf.

Draußen wurde der Alptraum etwas erträglicher. Isphet und ich waren die einzigen aus der Werkstatt, die die Gruppe begleiten mußten – und mittlerweile mußte sie genauso wie ich gemerkt haben, daß Boaz einen Verdacht hegte. Wir wurden an den Schluß unter die Obhut von Wächtern befohlen, während der Chad, die Magier und mehrere Angehörige der goldenen Ehrenwache vorausgingen.

Die frische Luft machte meinen Kopf wieder klar, und Isphet drückte ab und zu meine Hand und beruhigte mich. Ich sah zur Pyramide hoch, als wir näher kamen. Der Besuch des Chads ließ die Bauarbeiten etwas schneller vorangehen. Viele Arbeiter wimmelten wie Ameisen über die Außenwände der Pyramide. Die südliche und die westliche Fassade, die wir sehen konnten, wiesen inzwischen mit blaugrünem Glas verkleidete Flächen auf. Hauptsächlich in der Nähe der Spitze, denn es war einfacher, von oben nach unten zu verglasen. Gruppen von Arbeitern zogen umsichtig Glasplatten in die Höhe. Jede dieser Platten hatte viele Stunden Arbeit gekostet; sie hatten zusammengemischt und dann gebrannt werden müssen, dann waren sie eingekerbt und an den richtigen Stellen gebrochen worden. Jedesmal, wenn ich eine von ihnen in die Höhe gehievt werden sah, setzte mein Herz aus, und ich hoffte, daß die Arbeit und die Kunst von Stunden nicht durch einen Unfall oder einem Knoten im Seil zunichte gemacht würde.

In der Nähe der Spitze gab es noch immer mehrere Steinstapel, die auf den Tag warteten, an dem der Schlußstein eingefügt werden würde. Und ich sah schnell weg, den schrecklichen Tod des Sklaven Gaio immer noch vor Augen. Seitdem war niemand mehr umgekommen.

Als wir uns der Rampe näherten, befahl uns Ta'uz, oben mit mehreren Wächtern zu warten, während er, Chad Nezzar und Boaz um die Pyramide herumgingen. Sie alle legten den Kopf in den Nacken, während Ta'uz erklärte und gelegentlich gestikulierte, und ich ertappte mich bei der Hoffnung, daß die Pyramide zu dem Schluß kam, daß einer von ihnen ein besseres Opfer abgeben würde als ein einfacher Sklave.

Ich schaute wieder nach oben und fragte mich, ob ein Stein sich wohl langsam von dem Stapel lösen würde, um nach unten zu stürzen, dann richtete ich den Blick wieder auf den Chad und die beiden Magier.

»Kein Hund beißt die Hand, die ihn füttert«, bemerkte Isphet im Plauderton, da sie meinen Blick verstanden hatte, und ich nickte. Die Pyramide würde keinen von ihnen auswählen. Nur die, die ersetzbar waren.

Ich fragte mich, ob ich ersetzbar war, und wünschte mir, ich würde nicht gerade hier auf der Rampe stehen.

Nach einiger Zeit kamen der König und die Magier zurück. Dem Chad schien es in seinem schweren Schmuck unbehaglich zu sein; er zupfte gereizt an einer schweren, mit Juwelen überreich ausgestatteten Goldkette, die von seiner linken Brustwarze zu einem Ring in seinem Bauch führte. Ich fragte mich, ob er die Ketten abnehmen konnte, oder ob er in sie eingewickelt schlafen mußte.

Ein Soldat eilte herbei, um allen dreien Pokale mit Wasser zu reichen, und sie tranken durstig.

Ich betete, daß sie zu erschöpft waren, um weiterzugehen, aber nach einigen Minuten ließ die Gereiztheit des Chads nach und sein Interesse erwachte zu neuem Leben.

»Besuchen wir also die Kammer zur Unendlichkeit«, sagte Boaz und ging voraus.

Mir entging nicht, daß Ta'uz irgend etwas zu irritieren schien.

Wände und Decke des Hauptganges waren nun mit Glas verkleidet. Der Boden sollte bis zuletzt aufgespart werden – bis die Kammer zur Unendlichkeit vollendet war. Das Glas war aus einer ganz besonderen Mischung aus Metallpulvern hergestellt worden, so daß ihm keine Farbe zugeordnet werden konnte. Wenn das Auge darüber schweifte und sich das Licht änderte, wirbelten die Farben auf und veränderten sich ständig.

Es hätte wunderschön sein müssen, und es hätte zu mir und Isphet sprechen sollen – die Soulenai liebten solche Farbkräusel, aber das Glas war stumm. Tot. Hier lebte nichts.

Das war auf seine Weise genauso beunruhigend wie die Schmerzensschreie und Hilferufe, die ich, wie ich wußte, in der Kammer zur Unendlichkeit hören würde.

Wir erreichten die Kammer ohne Zwischenfälle. Isphet und ich stellten uns unauffällig in eine Ecke, während Boaz und Chad Nezzar die Wände begutachteten. Über ein Drittel des Innenraums war jetzt mit den goldenen Glasnetzen bedeckt, und vor allem Boaz brachte meiner Meinung nach übertrieben viel Zeit damit zu, die Symbole und Schriftzüge ganz genau zu untersuchen.

Schließlich nickte er kaum merklich und trat zurück.

»Das ist gute Arbeit«, sagte er zu Ta'uz. »Exakt.«

Ta'uz neigte leicht den Kopf. »Natürlich. Ich bin sehr gründlich vorgegangen.«

»Aber Ihr habt es nicht besonders eilig damit gehabt«, sagte Boaz. »Diese Kammer müßte mittlerweile fast völlig fertig sein.«

Ta'uz holte wütend Luft. Ich glaube, beide Magier hatten vergessen, daß sich noch andere in der Kammer befanden. »Es war Eure Aufgabe, für Arbeiter zu sorgen, Boaz. Ich brauche eigentlich zehn oder zwölf Glasmacher, die Glasnetze herstellen können. Was wir mit dreien vollbracht haben, ist außergewöhnlich.«

»Wir hinken hinter dem Zeitplan her!« sagte Boaz. »Und die Sicherheitsvorkehrungen sind unglaublich schlampig! Was habt Ihr Euch nur dabei gedacht?«

»Ich habe mein Bestes getan«, erwiderte Ta'uz leise aber mit äußerster Würde, »und bin nicht herumspaziert, um Gärten in Setkoth anzulegen.«

»Ich glaube, ich möchte das Glas und die Kammer genauer erklärt haben«, unterbrach sie da Chad Nezzar, bevor die Feindseligkeiten noch schlimmer werden konnten. »Nun, Ta'uz?«

»Großmächtiger. Wie Ihr sehen könnt, wird am Ende die ganze Kammer in Glasnetze gehüllt sein, selbst der Boden.«

»Es ist sehr gut gemacht.« Chad Nezzar drehte sich um und streckte mir die Hand entgegen. »Mädchen. Es sieht sehr zerbrechlich aus, wie bleibt es da oben?«

Ich ergriff zögernd seine Hand, konzentrierte mich auf das Gemurmel seiner Juwelen statt auf die Verzweiflung des Glases und erklärte, so gut ich konnte. »Schließlich werden die Platten von geschickt angebrachten Haken und Schrauben gehalten, Großmächtiger. Ich glaube, nicht einmal ein Erdbeben könnte sie lösen«, schloß ich meine Erläuterungen.

Boaz' Lippen zuckten, aber nicht vor Belustigung.

Chad Nezzar sah es und ließ meine Hand los; ich trat schnell zurück und gesellte mich zu Isphet. »Boaz, ich glaube, dieses Glas ist nach deinen Vorgaben entstanden?«

Boaz verbeugte sich. »Richtig, Großmächtiger. Ich habe Jahre damit verbracht, die Formeln für das Glas zu vervollkommnen.«

Ich spürte, wie sich Isphet überrascht bewegte. Sie war für das Mischen und das Brennen dieses goldenen Glases verantwortlich, aber sie tat es nach einer Formel der Magier. Boaz war dafür verantwortlich? Sicherlich brauchte man doch einen Meister der Glasmacher, um die richtige Mischung herzustellen?

Aber nein, anscheinend war das Glas das Produkt eines Verstandes, der von der Macht der Eins durchdrungen war.

»Von Glasmachern erfuhr ich alles über die Mengen an Metallpulver, die sie für die Glasherstellung brauchten«, fuhr er fort und bemerkte Isphets Überraschung, »und ich verfeinerte sie mit meinen eigenen Formeln, um diese Mischung zu bekommen. Eine kleine Vorführung, Onkel?«

»Ich glaube kaum, daß ...«, begann Ta'uz mit einem warnenden Blick in unsere Richtung.

»Daraus kann kein Schaden entstehen, Ta'uz«, sagte Boaz und trat vor das Glas. »Sie werden es sowieso nicht verstehen. Und jetzt sagt mir, die Schächte hinter dieser Wand sind fertiggestellt und verglast?«

Ta'uz nickte steif.

»Und sie können geöffnet und geschlossen werden?«

Wieder nickte Ta'uz.

»Nun denn«, sagte Boaz, und er fuhr langsam mit der Hand über eine bestimmte Stelle des Glases und drückte.

Ich runzelte die Stirn – was tat er da? Ich hatte mit eigenen Augen gesehen, wie man dieses Teilstück dort angebracht hatte, und dahinter befand sich nichts als solider Stein. Ich ...

Das Glas, das Boaz berührte, schrie vor solcher Angst auf, daß ich davon getroffen wurde und schwankte. Isphet, die genauso darunter litt wie ich, konnte sich jedoch beherrschen, und ihre Finger bohrten sich in meinen Oberarm.

Es reichte aus, daß ich meine Fassung wiedergewann, auch wenn ich davon überzeugt war, daß Boaz meine Reaktion nicht verborgen geblieben war.

Was geschieht hier? hörte ich die Soulenai durch Chad Nezzars Schmuck und Ringe rufen, als sie versuchten, das Glas zu erreichen.

Gebt acht, es gibt ein Unheil, erklang es wieder.

Hinter der Wand flutete Licht heran, und mir wurde klar, daß Boaz irgendwie einen Mechanismus berührt hatte, der die Zugänge, die Klappen, öffnete oder schloß, die wiederum die Menge und Richtung des Lichts bestimmten, das durch die Schächte zur Außenhaut der Pyramide floß.

Aber nicht die Tatsache, daß auf einmal Licht hereinflutete und das Glas erleuchtete, war so schrecklich, daß jeder in dem Raum aufschrie, ob nun begeistert oder furchterfüllt, sondern wie das Licht das Glas erhellte.

Irgendwie hatte Boaz eine Formel für das Glas entwickelt, daß die Innenwand in einem satten goldenen Farbton leuchtete, während die Netzmaschen davor das Licht in lebhaftes Scharlachrot umwandelten.

Auf der Stelle erwachten sämtliche Schriftzeichen, Symbole, Worte und Zahlen, die die Netzmaschen bildeten, zu flammendem Leben. Sie wallten über die Wände, als würden sie leben, wie Blut, als würden sie etwas suchen, und sie pulsierten mit der Macht der Eins.

Plötzlich erschien ein grausam deutliches Bild vor meinem inneren Auge, wie die Kammer nach ihrer Fertigstellung und voll beleuchtet aussehen würde – blutrote Buchstaben, die von bösartigem Leben erfüllt über Wände und Boden krochen, während die ganze Kammer mit der Macht der Eins pulsierte, die leibhaftig wurde.

Die Kammer würde nicht nur lebendig erscheinen, sie würde lebendig sein!

Was tut ihr da?, riefen die Soulenai, und ihre Stimmen hallten durch die Kammer, während die Schrift auf der Wand flackerte und sich wand und das Glas schrie und klagte, und ich schlug mir die Hände vors Gesicht und stolperte hinaus.

Isphet kam sofort hinter mir her und hielt mich fest. Ich verbarg mein Gesicht an ihrer Schulter und schluchzte.

»Zauberei«, sagte sie leise.

»Ja«, hörte ich Boaz hinter ihr sagen. »Zauberei. Die Macht der Eins.« Er klang amüsiert. »Die ihr beide hergestellt habt. Freut euch darüber.«

10

Chad Nezzar blieb noch drei weitere Tage, bis er dann verkündete, völlig gelangweilt zu sein und sich nach den Annehmlichkeiten seines Hofes in Setkoth zu sehnen. Am Mittag des folgenden Tages ging er von Fanfarenklang begleitet und mit majestätischem Winken an Bord.

Er ließ fünfhundert seiner Männer zurück – und Boaz.

Ta'uz und Yaqob waren gleichermaßen wütend – wenn auch aus unterschiedlichen Gründen. Welche Spaltung es auch immer unter den Magiern gab, Ta'uz und Boaz vertraten unterschiedliche Standpunkte, möglicherweise waren sie sogar die Anführer ihrer jeweiligen Seite. Beide auf der Baustelle zu haben, machte das Leben für alle unerträglich. Ta'uz blieb der Herr über die Baustelle, gleichsam als ältester Magier einer Kaste, in der es anscheinend kaum Ränge gab, aber Boaz' Anwesenheit untergrub jeden Tag seinen Führungsanspruch.

Wir erfuhren viel durch den Klatsch der Wächter, der von den Sklaven gehört und weiterverbreitet wurde. Boaz war nicht nur ein energischer und mächtiger Magier, er war auch der Lieblingsneffe von Chad Nezzar und der jüngere Bruder des Thronerben Prinz Zabrze. Auch wenn viele Magier sich insgeheim etwas anderes wünschten, behielt Chad Nezzar die vollständige Herrschaft über das Reich und Zabrze die Herrschaft über die Armee. Weder die Magier noch die Wachmannschaft wollten Boaz verärgern oder, durch ihn, Chad Nezzar und Zabrze, doch alle spürten, daß sich auf der Baustelle etwas veränderte.

Yaqob war wütend, weil er sehen konnte, wie sich seine sorgfältig geschmiedeten Pläne in Wohlgefallen auflösten.

»Wir müssen bald handeln!« sagte er und blickte herausfordernd um sich, ob jemand wagte, ihm zu widersprechen.

Yaqob konnte nicht länger nachts über die Dächer kommen – eine von Boaz' ersten Maßnahmen war es gewesen, unregelmäßig aber häufig Patrouillen einzusetzen –, und so hatten wir uns in dem oberen Raum von Isphets Werkstatt versammelt, was aber auch gefährlich war. Orteas, Zeldon und ich, weil das unser Arbeitsraum war und wir uns weigerten, vertrieben zu werden; Yaqob, Isphet, Raguel, Yassar, drei Männer aus anderen Werkstätten und ein großer, kräftiger Bursche namens Ishkur, einer der Hauptanführer unter den Arbeitern.

»Wenn wir noch lange warten, dann fürchte ich, daß dieser ... dieser Boaz« – und Yaqob sprach den Namen wie einen Fluch aus – »bald Ta'uz' Stellung einnehmen wird.«

»Der Mann würde ein sehr viel gründlicherer Herr der Baustelle sein«, bemerkte Ishkur.

»Genau das befürchte ich ja«, sagte Yaqob. »Ta'uz ... nun, Ta'uz ist übler als der Schleim, den die Flußfrösche fressen, aber er ist wenigstens berechenbar und kümmert sich nicht besonders um die Sicherheit. Verdammt! Unsere ganze Planung beruht auf der Annahme, daß Ta'uz weiterhin der Herr der Baustelle ist. Raguel? Irgendwelche Neuigkeiten?«

»Nicht viele, Yaqob. Seit Boaz hier ist, bin ich nur selten in Ta'uz' Haus gerufen worden. Aber wenn ich da bin, ist er nicht bei der Sache, aber nicht durch Boaz. Er sorgt sich auch wegen der Pyramide. Ich glaube ...«

»Ja?« fragte Yaqob ungeduldig, als Raguel verstummte.

»Ich glaube, daß Boaz zum Teil deswegen geblieben ist. Er macht sich Sorgen über die Fortschritte, aber er macht sich auch Sorgen wegen Ta'uz.«

»Warum sagst du das, Raguel?« Isphet und ich hatten von dem außergewöhnlichen Schauspiel in der Kammer zur Unendlichkeit erzählt, aber jede zusätzliche Information, die Yaqob von Raguel bekommen konnte, würde uns vielleicht dabei helfen Boaz verstehen und dann vernichten zu können.

»Es war vor zwei Nächten. Ta'uz war fertig mit mir, und ich stand hinter dem Bett und zog mich an, da kam Boaz herein. Es brannte nur eine Lampe, ich stand im Schatten, und Boaz sah mich nicht sofort. Ta'uz war außer sich über Boaz' Eintreten; der Magier hatte nicht geklopft und auch keine Zeit an Höflichkeiten verschwendet.«

Raguel erschauderte bei der Erinnerung. »Ich weiß nicht, wie sie es schafften, nicht aufeinander einzuschlagen, denn der Haß zwischen ihnen ist tief. Sie fingen an, sich über irgendeine verwaltungstechnische Kleinigkeit zu streiten, von denen Boaz glaubte, daß Ta'uz sie übersehen hatte – ich glaube, Boaz hatte kurz zuvor von einem der Schreiber davon erfahren. Dann warf Ta'uz außer sich vor Zorn einen Stapel Papyri zu Boden und schrie, daß verwaltungstechnische Kleinigkeiten das letzte seien, woran er denke, da doch die Pyramide ... Er verstummte mit einem Mal, und Boaz fragte ihn, wovon er spräche. Ta'uz erzählte ihm von dem Tod des Sklaven, dann sah er Boaz an.

Boaz schwieg eine Weile, dann meinte er, der Tod eines Sklaven sei bei einem Werk von dieser Größenordnung völlig unbedeutend. Ta'uz starrte ihn an und sagte, sie wüßten es doch beide besser.«

»Was hat er damit gemeint?« fragte Isphet.

Raguel breitete hilflos die Hände aus. »Ich weiß es nicht, leider. Mittlerweile war ich so tief in den Schatten gekrochen, wie ich nur konnte. Ich hatte Angst, daß … wenn Boaz mich sieht … selbst Ta'uz hatte mich vergessen … und ich dachte …«

Sie schüttelte sich und fuhr fort. »Boaz wollte das Thema wechseln, deutete an, Ta'uz würde sich vor Schatten fürchten, aber dann sagte Ta'uz: ›Das nächste Mal werden es drei sein, Boaz, und dann fünf, sieben, elf. Wir wissen beide, was diese Zahlen bedeuten.‹ Er sagte, daß die Pyramide gefressen habe.« Hier brach Raguels Stimme. »Und da sie einmal gefressen habe, würde sie auch weiterhin fressen müssen.

Boaz hatte es die Sprache verschlagen, dann öffnete er den Mund, als wollte er etwas sagen. Ta'uz ließ ihn jedoch nicht zu Wort kommen und sagte, man hätte die Pyramide niemals bauen dürfen. Er sagte, die Formel sei zu gefährlich und viel zu unberechenbar. Dann … dann glaube ich, drang ein Luftzug durch das offene Fenster und brachte die Vorhänge um das Bett in Bewegung, und als Nächstes wurde mir bewußt, daß Boaz mich anstarrte und mich dann anbrüllte, zu verschwinden.«

»Und Ta'uz?« fragte Isphet.

»Ta'uz hat mich nicht einmal angesehen. Er starrte aus dem Fenster auf die Pyramide. Als ich aus dem Raum floh, sagte er: ›Bei der Eins, sie beobachtet uns!‹«

Eine Zeitlang herrschte Schweigen.

»Wir schlagen zu, und zwar bald«, sagte Yaqob schließlich.

Ishkur schaute von seinen Händen auf; sie waren groß wie Schaufeln und voller Schwielen. »Wir sind noch nicht bereit.«

Yaqob holte tief Luft; er mochte es nicht, wenn man ihm widersprach. »Tausende sind bereit. Was ist, wenn Boaz die

Herrschaft an sich reißt und seinen Onkel bittet, noch ein paar seiner vergoldeten Speerträger zu schicken? Wir haben jetzt noch die Möglichkeit, die Wachmannschaft und die Soldaten zu überwältigen, aber nicht, wenn womöglich weitere Verstärkungen eintreffen.«

»Und was ist mit den Waffen?« fragte Isphet. »Ohne ...«

»Einige unserer Schmiedewerkstätten haben seit Monaten Klingen hergestellt und versteckt. Aber wir brauchen mehr – vor allem wegen der Soldaten, die Chad Nezzar zurückgelassen hat. Mit Glück können wir der Wachmannschaft welche stehlen – wir kennen ein paar ihrer Waffenlager.«

»Aber wenn wir sie bestehlen, dann wissen sie, daß eine Revolte geplant ist«, sagte ich, weil ich mich um Yaqob sorgte.

Er berührte meine Wange. »Keine Angst. Wir werden die Lager nicht anrühren, bis wir zuschlagen. Was meinst du, Ishkur?«

»Wenn wir Männer in der Nähe der Waffenlager unauffällig unterbringen, wenn wir das Signal für die Erhebung geben«, sagte Ishkur, »dann können sie einbrechen und sich die Waffen holen, bevor die Wächter merken, was passiert. Dann haben wir vielleicht eine Chance. Vielleicht.«

Es klang nach einer Chance, die mehr auf Hoffnung als auf Sicherheit setzte. Vielleicht.

»Ishkur, wir verlassen uns auf die Arbeiter als die größte Truppe unserer Kämpfer«, sagte Isphet. »Du besitzt ihre Loyalität und ihren Respekt. Aber werden sie auch kämpfen?«

»Ja«, sagte er. »Ja. Sie vertrauen mir, wo sie Yaqob möglicherweise nicht vertrauen.«

Yaqob gefiel das nicht, und Ishkur fuhr eilig fort. »Yaqob, du lebst hier als einer aus der Glasmacherelite. Du hast kaum Gelegenheit, dich unter den Arbeiter zu bewegen. Aber sie werden auf mich hören. Vertrau mir.«

»Ich verstehe«, sagte Yaqob. »Ich weiß ja, daß ich zum Aufstand dränge, und mir ist klar, daß einige von euch das für verfrüht halten. Wir hatten geglaubt, noch ein paar Monate Zeit für die Vorbereitungen zu haben.« Er sah sich im Raum um. »Aber es gäbe da noch eine andere Lösung, die verhindert, daß Boaz den Chad oder seinen Bruder überzeugen kann, hier noch mehr Soldaten zu postieren.«

»Und welche?« fragten mehrere Leute gleichzeitig.

»Wir können Boaz töten«, sagte Yaqob.

Alle starrten ihn an, und meine Lippen teilten sich langsam zu einem Lächeln. Boaz töten. Ja. Es gab nichts, das mir mehr gefallen hätte. Mein Lächeln wurde breiter, als ich Yaqob ansah, und er bemerkte es und grinste zurück.

»Boaz hat alle unsere Pläne gestört. Wenn er beseitigt ist, bleibt nur noch Ta'uz. Bösartig, aber berechenbar und eine bekannte Größe. Und wir haben Raguel, die oft zu ihm gerufen wird und, wie wir alle gehört haben, interessante Informationen besorgen kann. Informationen.« Er hielt inne. »Das bedeutet, wir können Boaz töten, ohne Angst vor Vergeltungsmaßnahmen haben zu müssen.«

»Wie stellst du dir das vor?« fragte ich.

»Ich glaube, wir sollten auf der Baustelle einen Unfall arrangieren«, sagte er. »Wir wissen, daß zumindest Ta'uz damit rechnet. Er glaubt, daß als Nächstes drei sterben werden. Nun, dann werden wir dafür sorgen. Boaz und zwei andere Magier – nicht Ta'uz. Ta'uz wird die Pyramide verdächtigen, nicht uns. Nun?«

Ishkurs Augen glänzten, und ich konnte sehen, daß auch ihm die Idee gefiel. »Wie sieht dein Plan genau aus, Yaqob?«

»Arbeiten deine Männer oben auf der Pyramide, Ishkur, und bereiten die Spitze für den Schlußstein vor?«

Ishkur nickte.

Yaqobs Gesicht und seine Augen waren eiskalt. »Wie ich gehört habe, ist das Glas da oben teilweise sehr locker, Ishkur. Es könnte einen schrecklichen Unfall verursachen, wenn es sich löst.«

11

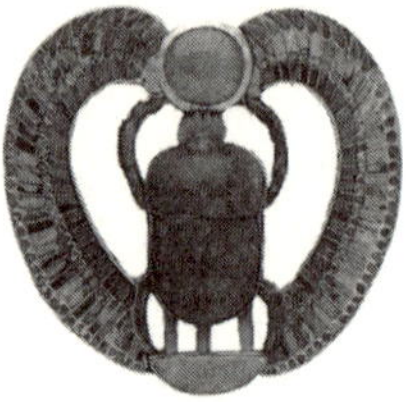

Boaz war in vielerlei Hinsicht unberechenbar, aber er verzichtete nie auf seinen frühnachmittäglichen Spaziergang um die Pyramide. Er umrundete sie einmal, dann begab er sich zur Rampe, wo er sich mit den verschiedenen Magiern unterhielt, die die Baustelle überwachten. Danach stand er einfach da, regungslos, den Blick auf Gesholme und dann weiter auf den Lhyl und die Schilfbänke gerichtet.

Niemand wußte, wonach er Ausschau hielt, und es interessierte auch niemanden. Es reichte uns, daß dieser eine Augenblick vorhersagbar war, und ausreichen würde, um ihn zu töten. Boaz stand sogar immer an derselben Stelle, Tag für Tag, die Stelle, an der Gaio getötet worden war, und hier würde auch er sterben.

Ich fragte mich, ob er schreien würde, so wie das Glas geschrien hatte, das er absichtlich hatte fallen lassen. Nun, heute würde das Glas seine Rache bekommen.

Wir waren alle da. Yaqob, Isphet und ich gaben vor, uns um eine zerbrechliche Platte kümmern zu müssen, die in die Pyramide transportiert wurde und unsere ganze Aufmerksamkeit erforderte, damit die Arbeiter nicht stolperten und sie zerbrachen. Ishkur, der an der einen Seite der Rampe stand, dirigierte seine Arbeitergruppe. Raguel gab vor, einige – leider vergessene – Werkzeuge zu den Glasmachern in der

Pyramide zu bringen. Andere standen in kleinen unauffälligen Grüppchen herum und täuschten Interesse und Probleme vor, wo es nur ein Interesse und ein Problem gab.

Boaz.

Er traf ein wie erwartet, heute in Begleitung von Ta'uz, und die Magier beeilten sich mit der Inspektion der Pyramide. Keiner wollte sich zu lange in der Gesellschaft des anderen aufhalten. Dann entfernte sich hocherhobenen Hauptes Ta'uz und überließ es Boaz, die Rampe zu erklimmen.

Boaz verschwendete nicht viel Zeit damit, sich mit den beiden Magiern zu unterhalten, die ihn erwarteten, denn wenige Minuten später hatte er sich umgedreht und stand reglos da, den Blick über Gesholme hinweg auf den Fluß gerichtet. Er war so konzentriert bei dem, was er tat, daß ich bezweifelte, daß er irgend etwas anderes um sich herum überhaupt wahrnahm.

Die beiden Magier standen nur ein Stück abseits von Boaz und erörterten Fragen der Berechnung.

»Gut«, flüsterte Yaqob. »Genau drei.«

Ich schaute mich um. Überall in der Menge der Arbeiter, die hier umherliefen, standen Wachen, aber sie sahen nichts Ungewöhnliches. Ta'uz war auch noch da, unterhielt sich aber angeregt mit einem der Hauptmänner der Wache; vielleicht versuchte er herauszufinden, ob der Mann ihm oder Boaz gegenüber loyal war.

Nun, in wenigen Minuten würde sich der Hauptmann nicht mehr entscheiden müssen.

Ich runzelte die Stirn. Raguel stand in Ta'uz' Nähe, und ich fragte mich, was sie dort tat. Hatte er sie zu sich gerufen?

Yaqob fing Ishkurs Blick auf, und der Mann nickte kaum merklich.

Dann ließ er den Hammer fallen, den er hielt, und bückte sich, um ihn aufzuheben.

Das war das Signal, auf das die Männer oben auf der Pyramide gewartet hatten. Mein ganzer Körper spannte sich wie eine Sehne, und Isphet erging es genauso. Yaqob murmelte etwas Unhörbares.

Keiner von uns wagte es, nach oben zu sehen, bis … bis …

»Das Glas!« schrie ein Wächter. »Exzellenz, das Glas!«

Unsere Köpfe fuhren in die Höhe, die Erleichterung, daß es endlich geschah, durchfuhr unsere Körper.

»Bei den Soulenai«, flüsterte Isphet, »laß es treffen.«

Eine große Platte aus blaugrünem Glas, die sorgfältig ausgesucht worden war, war gelöst worden. Die Südseite über der Rampe, auf der Boaz völlig reglos stand, war vom Wind geschützt, und die Platte sollte gerade fallen.

Wie ein Speer.

Und das tat sie auch.

Sie funkelte fröhlich in der lodernden Sonne, rutschte aus ihrer Befestigung, zuerst ganz langsam, dann immer schneller, während sie die Mitte der Südfassade hinunterstürzte. Dabei verursachte sie ein seltsames, pfeifendes Geräusch, und ich fragte mich, warum Boaz nicht aufschaute oder sich bewegte, obwohl die beiden Magier an seiner Seite im Rachen der Pyramide Deckung gesucht hatten und mehrere Wächter die Rampe emporstürmten, um ihn zur Seite zu stoßen.

Aber das Glas tötete, lange bevor sie Boaz erreicht hatten.

Zwanzig Schritt über der Rampe, als die Platte so schnell herunterschoß, daß sie nur noch ein Schemen war, schrie das Glas auf.

Jeder Elementist im Umkreis von zweihundert Schritt hörte diesen Aufschrei, denn er fuhr durch unsere Seelen hindurch und zerfetzte sie beinahe. Ich schrie auf, genau wie Isphet und Yaqob, aber unsere Schreie verloren sich in den Schreien der Menge, als das Glas …

... als ein Ruck durch das Glas ging, sich die Platte wie von einer riesigen Hand bewegt drehte. Sie überschlug sich in der Luft, traf den Mauersims über dem Eingang der Pyramide ...

Boaz lächelte. Ich sah es, und ich konnte es nicht glauben.

... und zerbrach zu zwei mörderischen Speeren. Einer schoß über Boaz hinweg, der Luftzug ließ die Falten seines Gewandes wehen, und traf Ishkur genau in der Mitte seines Kopfes und fuhr mit Gewalt in seinen Körper. Er spaltete ihn in zwei Teile, und die beiden traurig aussehenden Hälften sackten hilflos zu beiden Seiten des nun stummen, aus dem Boden ragenden Glasspeers herunter.

Ich hatte meinen Blick auf Boaz und dann auf Ishkur gerichtet, und einen Herzschlag lang blieb mir verborgen, was mit dem anderen Glasspeer geschehen war. Ich wandte den Kopf gerade noch rechtzeitig, um sehen zu können, wie das gezackte Stück sowohl Ta'uz als auch Raguel durchbohrte.

Sie hatte in seiner Nähe gestanden, so nahe, daß sie sein Schicksal teilte – aber vielleicht hatte die Pyramide auch schon immer beabsichtigt, sie auf diese Weise zu töten. Daß sie zusammen starben.

Völlige Stille kehrte ein.

Dann ...

»Nehmt die drei Sklaven«, sagte Boaz ruhig zu dem Hauptmann, mit dem sich Ta'uz unterhalten hatte, »und tötet sie.«

Ich glaubte, er habe Yaqob, Isphet und mich gemeint, und mein Magen krampfte sich so heftig zusammen, daß ich überzeugt war, mich übergeben zu müssen, aber dann sah ich, daß Boaz vage in Richtung von Ishkurs drei Männern auf der Spitze der Pyramide zeigte.

Der Hauptmann der Wache, dessen Loyalität nun feststand, beeilte sich, den Befehl des Magiers auszuführen.

»Drei«, sagte Yaqob ausdruckslos. »Drei. Tot. Die Pyramide hat gefressen. Wie es Ta'uz vorhergesagt hat.«

Isphet zerrte uns mit sich. »Weg hier, sofort! Bevor er uns sieht!«

Ich konnte mich erst nicht bewegen, aber Yaqob reagierte schnell auf Isphets Drängen und half, mich in eine Seitengasse zu ziehen. Wie betäubt stolperten wir zurück zur Werkstatt. Während wir auf die Rückkehr der anderen warteten, hielt mich Yaqob in den Armen und versuchte mich zu trösten, aber nach dem, was geschehen war, konnte kein Trost helfen.

An diesem Tag erkannten wir, wie bösartig die Pyramide wirklich war.

Boaz übernahm den Posten des Herrn der Baustelle schnell und gekonnt, in jeder Hinsicht. Ta'uz wurde mit den Ehren begraben, die jedem Magier zustanden, aber Raguels und Ishkurs Leichen warf man den großen Wasserechsen zum Fraß vor, die im Lhyl lebten.

Ich glaube, die drei Sklaven von der Pyramidenspitze warf man lebendig ins Wasser, sobald die Echsen sich rasend vor Gier über die Leichen hergemacht hatten.

Ta'uz war tot. Ishkur war tot. Raguel war tot. Zwei davon sehr betrauert.

Und Yaqobs Pläne für eine Revolte lagen ebenso zerschlagen im Staub von Gesholme, wie das Glas drei Leben zerschlagen hatte.

Er brauchte die Unterstützung aller Arbeiter, aber die meisten hatten nur Ishkur bedingungslos vertraut. Yaqob würde Monate brauchen – falls er soviel Zeit hatte, um jemanden von vergleichbarem Rang und derselben Vertrauenswürdigkeit zu finden, der die Arbeiter auf seine Seite bringen würde.

Und Raguel? Raguel war von vielen von uns geliebt worden, und die Magier hatten sie jahrelang schlecht behandelt. Sie auf diese Weise zu verlieren … und vor allem ihren Körper. Isphet hatte in dieser Nacht gewütet, hatte ihre Fingernägel in die Lehmwände gegraben, bis die Finger bluteten und ihre Trauer hinausgeschrien. Ohne ihren Körper konnte Raguel nicht in die Zuflucht im Jenseits verabschiedet werden. Sie und ihre Tochter würden für alle Ewigkeit voneinander getrennt bleiben.

Aber Raguel war auch eine Informationsquelle gewesen, und bedauerlicherweise betrauerte Yaqob ihren Tod vor allem deswegen.

Der größte Verlust war am Ende jedoch ausgerechnet Ta'uz. Jetzt hatte Boaz freie Hand, und nur wenige Stunden später bekamen wir alle seine Macht zu spüren.

In dieser Nacht wurde jedes Wohnhaus in Gesholme durchsucht.

Die Wachen kamen genau in dem Augenblick, in dem ich es endlich geschafft hatte, Isphet auf eine Pritsche zu ziehen, sie in den Armen wiegte und ihr leise zusummte. Das Ausmaß ihrer Trauer erschreckte mich, und mein leises Summen sollte mich genauso sehr trösten wie sie.

Es klopfte an der Tür. Saboa ging, um sie zu öffnen, fuhr aber zurück, als die Tür eingetreten wurde. Fünf Männer drängten sich an ihr vorbei, eine gemischte Gruppe aus Soldaten des Chad und der alten Wachmannschaft –, aber die alten Wächter zeigten eine neue Entschlossenheit, die ihre Hände und Augen stärkte.

Es war, als rissen sie den Raum in Stücke. Sie zerbrachen Krüge, rissen andere aus dem Boden, zerstörten unsere Pritschen, gossen das Öl aus Lampen, klopften die Wände nach

Verstecken ab. Auch uns durchsuchten sie mit groben und demütigenden Händen, dann stießen sie uns genauso rücksichtslos zur Seite wie zuvor die Krüge und Lampen.

Ich sandte ein stummes Dankgebet an die Soulenai, daß sich wenigstens nicht mehr Raguels Kind in einem der bodengekühlten Krüge hier befand; ich fragte mich wie betäubt, was Boaz daraus geschlossen hätte, hätte man es ihm triumphierend vor die Füße geworfen.

Sie suchten nach Waffen und anderen Beweisen für einen Fluchtplan. Der Plan ... ich hegte nicht den geringsten Zweifel, daß Boaz irgendwie seine Existenz entdeckt hatte, daß er wußte, daß es einen Plan gab.

Kalte Angst ergriff mich. Yaqob! Aber bestimmt würde er Verstand genug haben, nichts in seiner Unterkunft aufzubewahren, das ihn belasten konnte. Bestimmt.

Als wir am Morgen darauf zur Arbeit schlichen, entdeckten wir auf den Dächern postierte Wächter.

Die Leute nickten einander zu, als sie in der Werkstatt eintrafen, aber nur wenige sagten etwas. Ich sah mich aufgeregt um, bis ich endlich Yaqob in einer dunklen Ecke erspäht hatte, der Glas von einem Gestell herunterhob. Ohne auf irgendwelche Blicke Rücksicht zu nehmen, eilte ich zu ihm und schlang die Arme um ihn.

»Bist du in Ordnung?«

»Ja.« Er schaffte es, das Glas abzustellen. »Und du?«

Ich nickte, zu keinem Wort fähig, und vergrub mein Gesicht an seiner Brust.

Seine Hände strichen durch mein Haar, dann ergriff seine Hand mein Kinn und hob meinen Kopf in die Höhe.

»Sie haben die Klingen gefunden, die wir geschmiedet haben«, sagte er mit tonloser Stimme. »Und sie lösen die

Waffenlager der Wachen auf und verlegen sie. Wir haben verloren.«

Ich vergrub erneut mein Gesicht an seiner Brust, unendlich froh, daß ihm nichts geschehen war und daß, wenn seine Pläne für einen Aufstand zerstört waren, dies immerhin bedeutete, daß er noch eine Weile sicher sein würde.

»Wir haben verloren«, sagte er wieder. »Jedenfalls diesmal.« Dann schob er mich zur Seite und machte sich wieder an die Arbeit.

Unser Leben wurde weiterhin von unangekündigten Besuchen und willkürlichen Durchsuchungen gestört. Manchmal wurde eine Wache in der Werkstatt aufgestellt, manchmal nicht. Wir wußten nie, wann sie kommen würde.

Magier erschienen in größerer Zahl, und eine Woche nach Ta'uz' Tod luden Flußschiffe weitere zweitausend Soldaten aus, die Boaz nach Gutdünken einsetzen konnte.

Yaqobs Gesicht bekam harte Falten, und sein Benehmen wurde brüsk. Sogar mir gegenüber. Das Leben an diesem furchtbarsten aller Orte wurde noch grauer, und der Schatten der Pyramide noch größer.

Manchmal flackerte er.

12

Drei Wochen nach dem katastrophalen Attentatsversuch auf ihn kam Boaz zu Besuch.

Ich saß an diesem Morgen im Hauptarbeitsraum bei meinem Vater, während er gesiebtes Metallpulver für eine Mischung auswählte, die er am Nachmittag herstellen wollte.

Tatsächlich hielt sich jeder in der Werkstatt auf, keiner war bei der Pyramide, keiner holte Material oder half in einer anderen Werkstatt aus.

Boaz mußte das gewußt haben. Woher? Es war kein Wächter anwesend.

Ich plauderte mit meinem Vater. Er sah müde und erschöpft aus – das waren wir alle, aber Druse mehr als die anderen –, und ich sagte ihm wie sehr ich bedauerte, daß ich Yaqobs wegen nicht mehr so viel Zeit mit ihm verbrachte. Er war mein Vater, und er liebte mich und hatte mich großgezogen. Ich wollte nicht, daß er auf den Gedanken kam, ich würde mir nichts mehr aus ihm machen.

Aber Druse lächelte und sagte, er würde Yaqob mögen und respektieren, und daß es ihn nicht bekümmern würde.

An diesem Tag liebte ich meinen Vater sehr.

Ein Schatten verdunkelte die Türöffnung, und ich schaute nicht besonders neugierig auf.

Es war Boaz.

Er unterschied sich nicht von den anderen Magiern, aber da war etwas so unendlich Gefährliches, Grausames an ihm, daß ich davon überzeugt war, er hätte eine ganze Schar von Magiern einschüchterten können, von uns ganz zu schweigen.

Alle erstarrten.

Ein paar Wächter folgten ihm, aber Boaz schickte sie mit einer Handbewegung zurück auf die Straße und betrat die Werkstatt allein.

»Ja?« fragte Isphet.

Ich beneidete sie um das eine Wort. Genauso hatte sie Ta'uz in der Nacht begrüßt, in der er mich an ihrer Tür abgeliefert hatte.

Jetzt war sie genauso kühl und ruhig wie in jener Nacht, obwohl sie hier viel mehr Geheimnisse zu hüten und so viele Leben mehr zu beschützen hatte. Sie stand genau in der Mitte der Werkstatt, den Kopf leicht zur Seite geneigt, mit fragendem, herausforderndem Blick.

Das Glas um uns herum plauderte im Hintergrund, und die Metallkrüge auf den Regalen summten leise.

Ich verspürte das Verlangen, sie anzuschreien, sie sollten doch endlich ruhig sein.

Boaz ging dicht an Isphet vorbei und ignorierte sie einfach. Er ging zu den Brennöfen, betrachtete sie einen langen Augenblick, dann spazierte er gelassen in der Werkstatt umher. Gelegentlich hob er den Saum seines blauen Gewandes hoch, um einem Ölfleck oder Staub auszuweichen.

»Es scheint eine glückliche Fügung gewesen zu sein, daß ich genau zum richtigen Zeitpunkt hier eingetroffen bin«, sagte er dann ohne Vorwarnung. »Die Pyramide ist für Ashdod von lebenswichtiger Bedeutung, für all seine Einwohner, und dennoch, als ich eintraf, fand ich eine Baustelle vor, die nicht präzise, alles andere als ordentlich geführt wurde.«

Er blieb bei Yassars Werkbank stehen und fuhr mit einem Finger durch Glas, das für Emaille gemahlen worden war.

»So hübsche Farben«, bemerkte er, dann hob er den Kopf und starrte Isphet an.

»Was wollt Ihr?« fragte sie mit spröder Stimme.

»Respekt, Isphet, ist sehr wichtig«, sagte Boaz milde, und plötzlich wimmerte Isphet vor Schmerz auf, hielt sich den Leib und krümmte sich zusammen.

Yaqob bewegte sich unentschlossen.

»Was kann ich für Euch tun, Exzellenz?« stieß Isphet hervor und richtete sich langsam wieder auf. Aber ihr Blick war genauso furchterfüllt wie der meine und der aller anderen, die ich sehen konnte.

»Ich bin gekommen, um Ordnung, Berechenbarkeit und Pünktlichkeit wiederherzustellen.«

»Hier ist nichts mehr berechenbar«, sagte Yaqob und trat ins Licht. »Seitdem Ihr als Herr die Baustelle übernommen habt, herrscht das Chaos, Exzellenz.«

Boaz musterte Yaqob von oben bis unten, versuchte ihn einzuschätzen. »Du bist bloß ein Glasmacher, nicht geschult in Verstandesdingen. Ich werde dir deine Unterbrechung verzeihen.«

O Yaqob, betete ich und kniff die Augen kurz zusammen, verliere nicht die Beherrschung!

»Du weißt nicht, daß scheinbare Zufälligkeiten in Wirklichkeit einem Muster und Berechenbarkeit unterliegen«, fuhr Boaz fort. »Daß das Chaos strengen Regeln unterliegt. Du kannst das nicht erkennen, also gibt es das für dich auch nicht. Nun.« Er strich Yaqob aus seinen Gedanken und drehte sich um. »Mir sind seit meiner Ankunft gewisse Gerüchte zu Ohren gekommen. Gerüchte, über die ich zuerst gelacht habe, die mich aber mittlerweile ärgern.«

Er ging weiter in der Werkstatt herum, inspizierte ein paar der Glasregale. »Darum bin ich hier. Ich möchte diese Gerüchte, falls es Gerüchte sind, aus der Welt schaffen.«

Er drehte sich um, um uns alle anzustarren; sein Blick bohrte sich in jeden von uns, jeder Anschein von Geplänkel und Unbeschwertheit war verschwunden. Ich zitterte, als mich sein Blick traf, zögerte, dann über mich hinwegglitt.

»Es heißt, es gebe auf dieser Baustelle Wesen, die noch immer die Künste der Elemente ausüben. Ich würde das ja als albern bezeichnen, nur ist es möglicherweise ja wahr. Ich hatte gedacht, es sei uns gelungen, die niederen Kasten schon vor Generationen ausreichend zu bilden, daß sie nicht länger an diesen Unsinn mit den Elementen glauben. Doch ...«

Er trat näher an mich heran. Alles in mir spannte sich an, aber er setzte sich auf eine Ecke des Tisches, an dem mein Vater und ich saßen, und kehrte uns den Rücken zu.

»Ich erinnere mich«, sagte er sehr leise in die vollkommene Stille hinein, »daß Glasmacher der Verlockung der Kunst der Elemente seit jeher viel zugänglicher waren als andere. Ich erinnere mich, gehört zu haben, daß sie sich selbst in den wirbelnden Farben geschmolzenen Glases verloren und sich den bösen Stimmen von Geistern öffneten, die schon lange tot und vergessen hätten sein sollen. Ich erinnere mich, gehört zu haben, daß einige Glasmacher behaupteten, sie könnten das Glas sprechen hören und würden ihm antworten. Das sind natürlich Albernheiten.«

Das Glas um uns herum wisperte weiter, und ich war froh, daß Boaz nicht mehr mein Gesicht sehen konnte.

»Aber auf meiner Baustelle werde ich auch Albernheiten nicht dulden!« Seine Stimme war scharf wie eine Klinge. »Nichts davon! Wenn ich jemanden, irgend jemanden, dabei ertappe, daß er Elementargeister beschwört, werde ich ihn an Ort und Stelle hinrichten lassen. Habt ihr mich verstanden?«

»Wir haben verstanden, Exzellenz!« murmelten wir beinahe im Chor.

»Ich hoffe es für euch«, sagte Boaz und stand auf. Er ging zur Tür, und ich wagte schon, erleichtert aufzuseufzen.

»Ach«, sagte Boaz, als er an der Tür stand. Er drehte sich um. »Tirzah, steh bitte auf.«

Mein Herz pochte so heftig, daß ich glaubte, es würde aus meiner Brust springen.

»Steh auf!«

Ich gehorchte.

»Tirzah. Du wirst heute abend zu mir kommen. Ein Wächter wird dich von deinem Wohnhaus begleiten. Sieh zu, daß du dann in einem sauberen Zustand bist.«

Und er wollte gehen.

»Nein«, sagte ich.

Ich konnte einfach nicht glauben, daß ich das gesagt hatte.

»Hast du mich nicht verstanden?« Seine Stimme war sehr leise, sein Gesicht völlig ausdruckslos.

»Ich will nicht ...«

Ich schrie auf, von der Woge eines solchen Schmerzes ergriffen, daß ich zu sterben glaubte.

Neben mir hörte ich ein Geräusch – später sollte ich herausfinden, daß das Zeldon war, der Yaqob packte, um ihn daran zu hindern, Boaz anzugreifen.

»Hast du mich verstanden?«

»Ja!« Ich schluchzte. »Ja! Ich habe Euch verstanden!«

Der Schmerz hörte auf, und ich sackte in den Armen meines Vaters zusammen.

Ich wußte, daß die kommende Nacht die schlimmste meines Lebens werden würde.

13

Yaqob nahm mich auf seine Arme und trug mich die Treppen hinauf. »Isphet, Zeldon, Orteas, Yassar. Nach oben.«

Ich saß auf seinem Schoß und schluchzte, mir war egal, was ich gerade Boaz geantwortet hatte. »Ich kann nicht gehen! Yaqob, ich werde es nicht tun!«

»Ruhig, Liebste, ruhig. Ich ...«

»Ich kann nicht!«

Ich fühlte Isphet neben mir auf der Bank, und ihre Hand, die über mein Haar fuhr. »Tirzah ...«

Und plötzlich wußte ich, was sie alle sagen wollten. »NEIN!«

»Hör mir zu.« Yaqobs Stimme war sehr energisch. »Hör mir gut zu, Tirzah! Das wird die beste Chance sein, die wir je bekommen werden, um herauszufinden, was in dem Kopf dieses Mannes vorgeht. Tirzah, du mußt einfach gehen. Willst du denn niemals von hier entkommen? Willst du niemals frei sein?«

Ich konnte nichts sagen.

»Tirzah, du wirst uns den Schlüssel zu der Macht dieses Mannes verschaffen. Verdammt, wir brauchen diese Chance.«

»Aber ich habe Angst. Ich weiß, daß er mich verdächtigt, eine Elementistin zu sein. Was, wenn das eine Falle ist? Was ...«

»Dann mußt du vorsichtig sein, Tirzah. Sage kein Wort zu ihm. Er wird keine Unterhaltung erwarten. Geh auf seine Wünsche ein, hör zu, beobachte. Wir brauchen deine Augen und Ohren in der Nähe dieses Mannes.«

»Yaqob!« Ich lehnte mich zurück und starrte ihn mit tränennassem Gesicht an. »Ist dir das denn völlig egal? Ist dir dein Aufstand mehr wert, als ich es bin?«

Er nahm mein Gesicht zwischen die Hände, und ich konnte sehen, daß es ihm nicht egal war, ja, daß es ihm keineswegs egal war. »Tirzah, ich werde ihn für das töten, was er mit dir machen wird«, sagte er leise. »Glaube mir.«

Und ich glaubte ihm.

Isphet drängte die Männer aus dem Raum und unterhielt sich lange mit mir. Sie sagte mir, was ich zu erwarten hatte, und sie verlieh mir den Mut, es zu ertragen. Am späteren Abend ging ich neben ihr nach Hause, Kiath und Saboa folgten uns schweigend. Ich hatte Yaqob nicht in die Augen sehen können, als ich mich von ihm verabschiedet hatte.

Die Erinnerung an Hadone tauchte immer wieder in meinen Gedanken auf. Auch er hatte mich besessen, aber er hatte versucht, sanft zu sein und mir nicht zu sehr weh zu tun. Nach dem zu urteilen, wie ich Boaz erlebt hatte, und was mir Isphet erzählt hatte, konnte ich von ihm keine Schonung erwarten.

Nun, ich hatte Hadone überstanden, ich würde auch Boaz überstehen. Und vielleicht würde mir ja ein sorglos dahingesagtes Wort den Schlüssel zu unserer Freiheit in die Hand geben.

Am Abend schob ich das Essen beiseite, das Kiath mir anbot, dann ging ich nach draußen, um mich zu waschen. Als ich zurückkehrte, wartete bereits ein Wächter mit einem weißen Stoffbündel in der Hand auf mich.

»Für dich. Seine Exzellenz will dich nicht in deinen schmutzigen Arbeitsgewändern empfangen.«

Isphet nahm es ihm ab, dann zog sie mich nach draußen, damit ich mich umziehen konnte. Es handelte sich um ein wunderschönes Gewand, ein aus weißem plissiertem Leinen geschnittenes eng anliegendes Kleid, das an einen breiten, runden Kragen aus blauen Perlen angeschnitten war, der über meine Schultern fiel. Es paßte wie angegossen, schmiegte sich an meine Taille und Hüften, und reichte bis zur Wade. Ein wunderschönes Gewand, aber ein Hurenkleid. Und in Blau und Weiß, den Farben der Magier.

So gezeichnet würde ich durch die Straßen von Gesholme zu seinem Haus gehen müssen.

Isphet kämmte mein Haar und ließ es lose auf meine Schultern fallen. Dann gab sie mir einen zarten Kuß auf die Wange. »Geh«, sagte sie. »Ich werde auf dich warten.«

Ich nickte, zu keinem Wort fähig, und folgte dem Wächter.

Die Straßen lagen fast völlig verlassen da. Nach Einbruch der Abenddämmerung waren nur noch wenige Einwohner unterwegs, ausgenommen denjenigen, die einen guten Grund dafür hatten. Es gab einige Patrouillen, mehrere neugierige Blicke, die mir aus hohen Fenstern folgten, und den abendlichen Chor der Frösche im Flußschilf, aber das war es auch schon.

Der Wächter sprach nicht. Er ging ein Stück hinter mir, mißtrauisch, wartete auf einen Fluchtversuch.

Aber dazu hatte ich jetzt keinen Willen mehr. Es gab keinen Ort, an den ich hätte fliehen können.

Schließlich erreichten wir die Siedlung der Magier.

»Halt«, sagte der Wächter, und er sprach kurz mit dem Sondertrupp, der am Tor Posten stand. Zu Ta'uz' Zeiten waren das nur zwei Mann gewesen. Jetzt waren es mindestens sechs schwerbewaffnete Männer, die entschieden, wer hineindurfte und wer hinaus.

Der Wächter – die Männer am Tor hatten ihn Kiamet genannt –, führte mich durch die Siedlung. Seit der Nacht meiner Ankunft war ich nicht mehr hier gewesen, und ich hatte vergessen, wie süß und kühl die Luft war, von Blumenduft erfüllt, wie weich das Licht war. Ich sah die sorgfältig angelegten Gärten, aber in der Nacht verbargen Schatten sie vor meinen Augen.

Ein paar Magier gingen an mir vorbei, aber ich wandte den Kopf ab, und ich weiß nicht, ob sie lächelten oder mich lüstern ansahen oder ob sie mich einfach ignorierten.

Kiamet führte mich an der Residenz vorbei, die Ta'uz als Herr der Baustelle benutzt hatte. Also wurde ich nicht hier erwartet? Ich erinnerte mich an sie, und Raguel hatte sie mir oft genug beschrieben. Überrascht hob ich den Kopf und schenkte meiner Umgebung mehr Aufmerksamkeit. Vielleicht konnte ich etwas Nützliches herausfinden.

Er führte mich zu einem kleineren, weitaus weniger anspruchsvollen Haus als dem von Ta'uz, eines, das beinahe unter der Mauer der Siedlung verschwand. Es war lang gezogen und niedrig, mit einer breiten Veranda und sahneweiß mit einer Spur Zitronengelb getüncht. Warmes Licht kam von den Verandasäulen und beleuchtete rosafarbene und blaue Büsche, die die gekachelten Wege einrahmten.

Es sah sehr schön und anmutig aus.

»Hier ist es«, sagte Kiamet und zeigte auf eine offene Tür, aus der Licht herausfiel. Dann bezog er unterhalb der Veranda Posten, zweifellos um darauf zu warten, daß man sich meiner bediente und wieder entließ.

Ich glaube, zu diesem Zeitpunkt fühlte ich nichts mehr. Ich zögerte, dann trat ich durch die Tür und blinzelte in das Licht.

Der Raum hatte die Breite des Hauses und führte tief hinein. Auf einer Seite verliefen breite Fenster von der Decke bis zum Boden, die alle geöffnet standen. Der Raum war riesig, nicht nur seiner Größe wegen, sondern vor allem weil er nur spärlich möbliert war. Mehrere Stühle, ein kleiner Tisch, an einer der Wände Regale für Papyrusbücher und -rollen, ein Schreibtisch und zwei Kommoden an der gegenüberliegenden Wand der Tür, durch die ich eintrat. Auf einer Kommode standen eine Kanne und eine große Schüssel, daneben ein paar Tücher.

Und da ein Bett, breit und bequem.

Ich wandte den Blick ab.

Boaz saß an dem Schreibtisch, beobachtete mich. Vor ihm lagen Papyrusrollen und -blätter. In einer Hand hielt er eine Rohrfeder aus Schilf, die an einem Ende angespitzt war; seine Finger waren tintenverschmiert. Er war in ein loses weißes Gewand gekleidet, und mir wurde klar, daß er das blaue Übergewand ausgezogen hatte.

Neben seinem Ellbogen brannte eine Lampe, und sein Gesicht lag im Schatten. Er legte die Feder zur Seite.

»Du bist da. Gut.«

Er zeigte auf einen Stuhl neben dem Schreibtisch. »Setz dich.«

Ich setzte mich, wischte mir nervös die Hände an meinem Gewand ab, dann ballte ich die Fäuste, voller Angst, daß ich das feine Material beschmutzt hatte.

»Ich muß dir erst einmal ein paar Dinge erklären. Hast du verstanden?«

»Ja, Exzellenz.« Nimm mich und laß mich dann gehen, flehte ich im Stillen, aber offensichtlich mußte er seine Ansprache halten.

»Ich werde dich wieder zu mir befehlen, sei versichert.«

»Ja, Exzellenz.«

»Wenn du eintrittst, wirst du diese Schüssel und diese Kanne holen und mir Hände und Füße waschen. Hast du das begriffen?«

»Ja, Exzellenz.«

»Gut. Dann tu es.«

Ich tat, was er verlangte, holte die Schüssel und die Kanne und kniete neben ihm nieder. Ich war froh, daß die Kanne nicht in meinen Händen zitterte, als ich etwas Wasser eingoß, und daß meine Hände nicht bebten, als ich das Tuch hob.

Er hatte hübsche Hände, die Hände eines Handwerkers, mit breiten Handflächen und langen Fingern, und sie waren hellhäutiger als bei vielen seines Volkes. Sie waren sehr warm.

Ich trocknete sie ab, dann wandte ich meine Aufmerksamkeit seinen Füßen zu.

Als ich das Tuch zusammenfaltete, reichte er mir eine Phiole Öl, und ich massierte ihm das Öl in Hände und Füße ein. Es war stark duftend, von den Gerüchen und Lauten eines Waldes erfüllt, und es ließ mich an die nördlichen Länder meiner Heimat denken. Ich war froh, als ich fertig war, die Phiole verstöpseln und sie zurückgeben konnte.

Ich brachte Schüssel und Kanne an ihren Platz zurück, dann setzte ich mich auf ein Zeichen von ihm wieder hin.

»Du wirst nicht sprechen, es sei denn, ich wünsche es.«

»Ich verstehe, Exzellenz.«

»Du wirst keine Fragen stellen.«

»Nein, Exzellenz.«

Er hielt inne und betrachtete meine Knöchel. »Warum sind deine Knöchel so vernarbt?«

»Ich war sechs Wochen lang auf einem Walfänger angekettet, Exzellenz. Meine Knöchel haben sich entzündet und Narben bekommen.«

»Nun, sie sind abstoßend. Du wirst alles tun, sie zu verbergen, solange du bei mir bist.«

»Ja, Exzellenz.« Ich überkreuzte sie und schob die Füße unter den Stuhl. Mehr konnte ich nicht tun.

»Du wirst dein Bestes tun, um erfreulich für mich auszusehen, Tirzah. Du wirst Isphet fragen, wie du deine Augen mit Kohol schminkst.«

»Ja, Exzellenz.«

»Du wirst tun, was auch immer ich von dir verlange. Ganz egal was. Wann auch immer. Egal, wie widerlich es auch ist.«

Ich holte tief Luft. »Ja, Exzellenz.«

»Gut.« Er beugte sich vor. »Tirzah, du wirst niemandem erzählen, was in diesem Raum geschieht. Ist das klar?«

»Ja, Exzellenz.«

»Wenn du es irgend jemandem sagst«, sagte er jetzt sehr leise, »dann werde ich es erfahren, und ich werde Vergeltung üben. Nicht nur du, sondern jede Person, der du es erzählt hast, wird gefoltert und noch lebend an die großen Wasserechsen verfüttert. Hast du mich verstanden?«

In seinem Gesicht flackerte die Macht der Eins auf, und ich konnte in seinen Augen meinen Tod lesen. Meine Stimme zitterte, als ich antwortete. »Ich habe Euch verstanden, Exzellenz.«

Er starrte mich an, dann ließ seine Anspannung nach. »Gut. Nun, warum bist du hier?«

»Um für Euer Wohlergehen zu sorgen, Exzellenz.«

»Gut, sehr gut. Auf welche Weise?«

Ich konnte nichts dagegen tun, ich errötete. »Ihr wünschtet meine Dienste, Exzellenz.«

Er schwieg, ein Finger klopfte auf den Schreibtisch. »Ja, aber nicht auf die Weise, die du denkst. Ich habe keine Zeit für die Art von Schwäche, die Ta'uz zeigte.«

Meine Augen weiteten sich.

»Ich bin eins mit der Eins, Tirzah«, sagte er. »Ich muß keine Frau ›besitzen‹, um das zu erreichen. Die Eins wird immer besser sein als zwei, und zwei ist nichts anderes als eine armselige Vereinigung, die den Versuch unternimmt, die Perfektion der Eins zu imitieren. Ta'uz war wie alle Magier, die versuchen, durch eine Frau die Vereinigung mit der Eins zu erlangen, ein Narr. Nein. Ich werde dich lehren zu schreiben.«

Jetzt war mein Schock vollkommen. Ich erinnerte mich an das, was Yaqob mir über die Zauber erzählt hatte, die mich binden würden, falls ich das Schreiben erlernte, und ich schüttelte sehr langsam den Kopf, reagierte ohne nachzudenken. »Nein!«

Ich hatte ihn wieder wütend gemacht. »Doch!«

»Ja, Exzellenz!« Ich hatte meine Lektion an diesem Morgen gut gelernt.

»Warum fürchtest du dich?«

Yaqobs wütendes Gesicht schwebte vor mir – er würde es vorziehen, daß mich Boaz aufs Bett warf statt mich im Schreiben zu unterrichten. »Ich ... ich werde benötigt, um Glasnetze zu schleifen, Exzellenz. Das braucht viel Zeit. Um auch noch schreiben zu lernen ...«

»Du wirst weiter in Isphets Werkstatt arbeiten, aber du wirst an drei Abenden in der Woche herkommen. Vier, wenn ich es befehle. Verstehen wir uns recht?«

»Ja, Exzellenz.«

»Wovor hast du sonst noch Angst?«

Ich zögerte, dachte über Yaqobs Haß auf das Schreiben hinaus an die blutigen Inschriften, die quer durch die Kammer zur Unendlichkeit zuckten. »Schreiben ist Zauberei, Exzellenz. Ihr paart Schriftzeichen und Symbole mit Zahlen, und schafft so Berechnungen und Zaubereien mit Euren Worten.«

Mein Wissen ließ ihn die Brauen heben. »Glaubst du, ich würde meine Zaubereien zu deiner Erbauung an dich weiterreichen, Mädchen? Damit du sie an deine Freunde in der Glaswerkstatt weitergibst?«

»Ich ...«

Seine Lippen verzogen sich verächtlich. »Ich werde dir nichts geben, das du dazu benutzen könntest, um mich zu vernichten, Tirzah. Ist das klar?«

Ich ließ den Kopf hängen. »Ja, Exzellenz.«

»Du hast eine Frage, Tirzah. Sprich sie aus.«

»Ihr unterrichtet mich im Schreiben. Warum, Exzellenz?«

»Du bist jung und hast eine schnelle Auffassungsgabe – deine Fähigkeit, Ashdods Sprache zu verstehen, ist der Beweis dafür –, und ich brauche Leute mit schneller Auffassungsgabe um mich herum. Genauso wichtig ist, daß du vermutlich mindestens zwei der nördlichen Sprachen kennst und die allgemeine Handelssprache. Habe ich recht?«

»Ja, Exzellenz.« Ich zögerte. »Ich spreche meine Muttersprache Vilandi und das benachbarte Geshardi. Weniger gut aber ausreichend spreche ich Alari und Befardi. Und, wie Ihr sagt, die Händlersprache.«

»Dann wird dir auch das Schreiben leichtfallen«, sagte er. »Und jetzt hör mir zu.« Sein Ton wurde härter, Haß formte seine Lippen zu einem schmalen Strich. »Du wirst deinem Liebhaber Yaqob sagen, daß ich dich in den Künsten der Hure unterrichte, nicht in denen der Gelehrten. Hast du verstanden?«

Er wußte über Yaqob Bescheid? Ich schaute ihn verblüfft an, und er lehnte sich zufrieden in seinem Stuhl zurück. »Ich weiß alles, Tirzah. Am Ende wird es sicherer für dich sein, wenn du Yaqob belügst, denn er wird die Wahrheit niemals glauben. Und wird er dir vertrauen, sobald er weiß, daß du schreiben kannst? ›Sie hat mich in dem Augenblick verraten, als sie das erste Mal die Rohrfeder in die Hand nahm‹. Das wird er glauben.«

Er ergriff meine Hand. Ich verkrampfte mich, setzte ihm aber keinen Widerstand entgegen, als er sie über den Schreibtisch zog. Langsam öffnete er meine Finger, einen nach dem anderen.

Ich kniff die Augen zu, und eine Träne quoll hervor.

»Mach die Augen auf, Tirzah.«

Ich zwang sie auf.

»Nimm die Feder vom Tisch.«

Ich zögerte, und seine Finger umfaßten mein Handgelenk fester. »Hast du mich verstanden, Tirzah?«

Trotz seines Griffes zitterten meine Finger, aber ich nahm das Schreibgerät.

»Gut.«

Ich verabscheute ihn, und ich fand widerlich, was er mir beibringen wollte. Ich verabscheute es, daß er mich auf so wohlüberlegte Art gezwungen hatte, Yaqob zu verraten. Doch meine Furcht war noch größer als mein Abscheu, weil er genau gewußt hatte, wie er mich dazu bringen konnte, meinen Geliebten zu verraten. Warum hatte ich mich nicht gegen ihn gewehrt? Getreten und geschrien? Aber hier saß ich nun, kämpfte darum, die Feder auf die Weise zu halten, die ihm gefiel, kämpfte damit, das zu begreifen, was er mir sagte, und mir drehte sich der Magen vor Ekel um.

Der Magier behielt mich bei sich, bis das Licht der Morgendämmerung durch die Fenster drang. Er lehrte mich, alle

Zahlen und Schriftzeichen zu schreiben, und er ließ sie mich immer wieder von neuem schreiben, bis ich seinen Anforderungen genügte.

Ich wurde immer entmutigter und zusehends wütender; beide Gefühle wurden von Müdigkeit und Selbstekel noch verschärft, aber ich wagte es nicht, sie mir anmerken zu lassen. Also biß ich mir auf die Lippen und gab mir alle Mühe und versuchte seinen Wünschen nachzukommen.

Es war einfacher für mich, als es für Isphet oder Yaqob gewesen wäre. Ich war daran gewöhnt, auf Glas zu zeichnen und die Muster zu kopieren, die die Magier in die Werkstatt sandten. Ich entdeckte, daß ich eine gewisse Vertrautheit mit den Zahlen hatte, und das ängstigte mich und vertiefte meinen flammenden Haß auf diesen Mann.

Ich fragte mich, was er wirklich von mir wollte. Es ging ihm nicht nur darum, mich schreiben zu lehren, davon war ich überzeugt. Es gab keinen Grund, mir schreiben und rechnen beizubringen, denn die Magier hatten genügend Schreiber. Ich versuchte, in seinem Benehmen einen Hinweis darauf zu finden, fand aber nichts als Kälte und Ungeduld.

Möglicherweise gehörte er zu jenen, die Vergnügen darin fanden, eine Frau gegen ihren Willen zu etwas zu zwingen.

Schließlich riß er mir bei einem besonders mißlungenen Schriftzeichen gereizt die Feder aus der Hand und kritzelte ein Wort – es war nur einfach hingeworfen, aber seine Schriftzeichen waren trotzdem makellos.

»Was steht da?« wollte er wissen.

Ich sah das Wort an. »Es ist mein Name. Tirzah.«

Seine Lippen kräuselten sich verächtlich, und ich senkte den Blick. »Und du fragst dich«, sagte er sehr leise, »welchen Zauber dein niedergeschriebener Name birgt?«

Er starrte mich an, dann legt er die Rohrfeder zur Seite und verschloß die Tintenphiole.

»Ich erinnere dich noch einmal daran«, sagte er, »solltest du etwas von dem erzählen, was du bei mir machst, dann werde ich das in Erfahrung bringen. Ich glaube nicht, daß ich dich an die Konsequenzen erinnern mußt.« Er hielt inne. »Du darfst gehen.«

»Ich danke Euch, Exzellenz.«

Bei meinem Ton kniff er die Augen zusammen, und er suchte in meinem Gesicht sorgfältig nach irgendeinem Anzeichen für Spott, aber ich behielt meine ausdruckslose Miene bei, und mit einer flüchtigen Handbewegung entließ er mich.

Kiamet, der noch immer so gerade wie eine Verandasäule dastand, begleitete mich zurück zu meiner Unterkunft, wo Isphet mir mit sorgenvoller Miene die Tür öffnete.

»Tirzah!«

Sie knallte dem Wächter die Tür vor der Nase zu. »Und? Wie war es?«

»Ich habe überlebt, Isphet.« Aber das stellte sie nicht zufrieden.

»Du bist so lange fortgewesen.«

»Er hat mich lange Zeit dort sitzen lassen, Isphet.« Ich hatte das brennende Verlangen, ihr zu erzählen, daß er mich nicht angefaßt hatte, daß er mich nicht für sein Bett haben wollte, aber dann hätte sie wissen wollen, warum er mich dort haben wollte. Wie sollte ich erklären, daß ich meinen Schwur gebrochen hatte, daß ich mit der Schreibfeder möglicherweise einen Zauber der Magier bewirkt hatte? Und ich hatte Angst, daß, wenn ich es ihr erzählte, Boaz es erfuhr, und wir alle sterben würden. Es war sicherer, wenn ich Stillschweigen bewahrte, und sicherlich würde dadurch kein Schaden entstehen. »Er ... ich ...«

»Schon gut, Tirzah, du mußt keine Einzelheiten erzählen. Ich habe es selbst erlitten.« Sie zog mir das Gewand aus und faltete es ordentlich zusammen. »Wenigstens hat er dich nicht verletzt. Jetzt zieh dein Wickelkleid an. Gut. Setz dich hin und trink das hier so schnell du kannst. Wir müssen bald in die Werkstatt.«

Ich setzte mich, erleichtert, daß ich Isphet nicht direkt angelogen hatte, und nahm den dampfenden Kräutertrank von ihr entgegen. Ich trank das bittere Gebräu, ohne – in diesem Augenblick – zu erkennen, daß es zu trinken eine so offenkundige Lüge war, als hätte ich die Unwahrheit gesagt.

»Hast du Koholstifte, Isphet?«

In der Werkstatt lächelte mich Yaqob verlegen an und wandte sich dann ab. Ich stand da, unsicher, was ich sagen sollte, fragte mich, welche Bilder wohl in seinem Kopf herumspukten. Aber lieber diese als die Wahrheit. Ich hatte keine Gelegenheit, mit ihm zu sprechen, denn Isphet scheuchte mich die Treppe hinauf, teilte Zeldon und Orteas mit, daß ich nicht hatte schlafen dürfen, und drängte mich auf einen Stapel aus Säcken.

»Wir passen auf«, sagte sie, und die beiden Männer nickten. »Schlaf. Jetzt wärst du sowieso nicht in der Lage, Glas zu schleifen.«

Ich ließ mich dankbar ins Vergessen sinken, getröstet vom Flüstern des Glases um mich herum.

In der Mitte des Vormittags schüttelte mich Zeldon heftig wach. »Tirzah! Boaz ist unten. Wach auf!«

Ich kämpfte mich hoch und rieb mir den Schlaf aus den Augen, obwohl die Angst, die mich bei Zeldons Worten durchzuckte, mich mit einem Schlag wach gemacht hatte.

»Schnell! Er hat nach dir gefragt.«

Ich zog mein Kleid schnell zurecht, blinzelte ein paarmal, um nicht so verschlafen auszusehen, und ging hinunter in die Werkstatt.

Der Magier prüfte die Glasplatten, die Yaqob zurechtgebrochen hatte, damit sie auf der Westseite der Pyramide angebracht werden konnten. Er hatte ein Maßband hervorgeholt und maß sie sorgfältig nach.

Yaqob stand mit ausdruckslosem Gesicht neben ihm – aber sein Blick flackerte unsicher, als ich zu ihnen trat.

Schließlich richtete sich Boaz auf. »Ja. Gut. Man kann sie einsetzen, Yaqob. Ah, Tirzah.«

Er kam auf mich zu, zögerte, dann strich er mit den Fingern mein Gesicht entlang, meinen Hals, dann schob er eine Stoffbahn zur Seite, um meine Brust in der Hand zu wiegen.

»Ja«, sagte er sehr leise und schaute mir in die Augen. »Wie schnell Kurzweil einem die Sorgen vertreibt. Du hast mich sehr erfreut, Tirzah, und ich habe durch deinen Körper eine gute Vereinigung mit der Eins erreicht. Du wirst heute abend wieder zu mir kommen.«

Seine Finger strichen ein letztes Mal über meine Brust, der Ausdruck in seinen Augen war unergründlich, dann schob er den Stoff wieder zurück und verließ die Werkstatt ohne ein weiteres Wort.

Jeder in der Werkstatt hatte betreten weggeschaut, auch Yaqob!

In meinem ganzen Leben war ich noch nie so gedemütigt worden. Mein Gesicht brannte, aber weniger vor Wut und Haß als vor Scham.

Ich wußte, warum Boaz das getan hatte. Jetzt würde Yaqob mir niemals mehr glauben, daß Boaz nicht mit mir geschlafen hatte, ja keinerlei Anzeichen gezeigt hatte, mit mir schlafen zu wollen. Boaz' Handlungen waren die eines Mannes gewesen, der auf intime Weise mit dem Körper einer Frau vertraut war.

Ich erinnerte mich, wie wir Raguel betrachtet hatten, wie wir sie bemitleidet, sie hinter ihrem Rücken ›Arme Raguel‹ genannt hatten, und meine Augen füllten sich mit Tränen, als ich mich abwandte.

14

Wie befohlen, ging ich an jenem Abend wieder hin. Ich säuberte mich und zog das weiße Gewand ein, betonte mit dem Kohol, den Isphet mir gab, meine Augen, dann ging ich allein zum Tor der Magiersiedlung. Die Wächter ließen mich wortlos ein. Vor der offenen Tür zögerte ich, dann trat ich ein. »Exzellenz?«

»Gut. Da bist du ja.«

Er rückte von seinem Schreibtisch ab, und ich holte das Wasser und wusch ihm Hände und Füße, trocknete sie, dann rieb ich sie mit Duftöl ein. Als ich fertig war, wies er auf den Stuhl neben dem Schreibtisch, wartete, bis ich die Feder aufgenommen hatte, und fuhr mit seinen Lektionen fort.

Er ließ mich alles, was er mir in der vorangegangenen Nacht beigebracht hatte, erneut niederschreiben und erklären. Ich bemühte mich nach Kräften, mich an alles zu erinnern. Ich hatte in der Nacht etwa sieben Stunden an seinem Schreibtisch verbracht, und ich konnte mich nur noch sehr ungenau und verschwommen erinnern.

Als mir die Rohrfeder aus meinen nervösen Fingern rutschte, brüllte er mich an, und ich zuckte zusammen, rechnete fast mit einem Schlag. Aber er musterte mich nur, dann befahl er mir, ein paar Ziffern zu schreiben, die er zuvor nur flüchtig erwähnt hatte.

Zumindest diese stellten ihn zufrieden. »Gut. Du hast mich nicht enttäuscht.«

Ich blinzelte erstaunt – und verspürte eine sehr schwache Dankbarkeit, daß ich ihn erfreut hatte. Ich verabscheute die Schriftzeichen von ganzem Herzen, aber ich war in einem Handwerk ausgebildet, und mein Stolz trieb mich dazu, jede mir gestellte Aufgabe so gut wie möglich zu lösen.

»Heute nacht«, fuhr Boaz fort, »werde ich dich in der Kunst unterrichten, mit den Schriftzeichen, die du bereits gelernt hast, einfache Worte zu bilden. Sieh, hier ist wieder dein Name – weißt du, wie er geschrieben wird?«

Ich sah ihn an und war überrascht zu sehen, daß seine Miene weder Verachtung noch Unwillen zeigte.

»Ja«, beeilte ich mich zu erwidern, als ich bemerkte, wie mein Zögern einen Hauch Gereiztheit hervorrief. »Ich weiß es, Exzellenz.«

»Dann schreibe ihn.«

Ich tat es, und er schien zufrieden zu sein. »Jetzt meinen Namen. Welche Schriftzeichen würdest du nehmen, um ihn zu bilden?«

Ich runzelte die Stirn. »Für Exzellenz?« Es war ein langes Wort, und ich war mir bei einigen Zeichen alles andere als sicher.

Er lachte. »Boaz!«

Ich ließ vor Erstaunen beinahe die Feder fallen, nicht nur des Lachens wegen, das völlig ungezwungen klang, sondern daß Boaz überhaupt zu einem Lachen fähig war. Dann vergaß ich meinen tief sitzenden Abscheu vor dem Mann und seinen Machenschaften, und meine Lippen zuckten. Exzellenz, wie albern!

Ich schrieb die Schriftzeichen nieder, und er nickte und seine Heiterkeit verschwand wieder. Er führte mich durch mehrere andere Wörter, dann hieß er mich die Feder niederzulegen.

»Tirzah. Du brauchst das, was ich dir gerade beigebracht habe, nicht zu fürchten. Ja, ich kann Wörter als Zauber benutzen, genau wie Zahlen und Symbole, um meinen Willen durchzusetzen, aber ich habe nicht vor, dir das beizubringen. Ich werde dich auch nicht dazu zwingen, unbeabsichtigt Zauber durch schreiben zu wirken. Das ist nicht der Grund, warum ich dich hergebeten habe. Fürchte das Schreibgerät nicht so.«

Ich atmete auf, was sehr gefährlich war, und lächelte. »Danke, Boaz.«

Die Veränderung kam augenblicklich.

»Du wirst mich mit Exzellenz anreden!« zischte er. »Solltest du es je wieder wagen ...«

»Nein, Exzellenz!« Ich rutschte vom Stuhl auf die Knie. »Vergebt mir!«

Er wandte sich wieder dem Schreibtisch zu. »Gut. Du darfst gehen. Du bist zu müde, um heute nacht noch etwas zu lernen.«

»Danke, Exzellenz«, brachte ich hervor und floh.

Isphet hieß mich froh zu Hause willkommen und gab mir den Kräutertrank. Ich lag stundenlang wach und versuchte in dem, was geschehen war, einen Sinn zu erkennen. Er hatte über mein dummes Nichtbegreifen gelächelt und gelacht, und dann hatten wir freundschaftlich zusammengesessen und er hatte mir meine ersten Worte beigebracht. Während dieser Zeit war ich nicht ängstlich oder wütend gewesen, nicht einmal haßerfüllt. Dann ...

Ich starrte zur dunklen Decke hinauf. Ich begriff, was ich falsch gemacht hatte. Ich hatte mir etwas angemaßt. Ich hatte die unsichtbare Grenze dessen überschritten, was erlaubt war und was nicht.

Ich schlief ein, und in dieser Nacht schallte der Chor der Frösche in den Schilfbänken laut durch meine Träume.

Am nächsten Tag gelang es mir, etwas Zeit mit Yaqob allein zu verbringen; ich glaube, die ganze Werkstatt hatte sich miteinander verschworen, um uns diese Gelegenheit zu ermöglichen. Als man sie zur Nacht zusperrte, fanden wir uns allein in dem oberen Raum wieder.

»Tirzah.« Er zögerte, dann sah er meinen Gesichtsausdruck und drückte mich an sich. Arme Tirzah, dachte ich und fragte mich, ob er mich mehr bemitleidete als er mich liebte.

»Tirzah, ich muß es fragen ... du und Boaz ...«

Ja, dachte ich, ja, es stimmt. Es kümmerte ihn.

»... glaubst du, du wirst etwas von Boaz oder in seinem Haus herausfinden ... Raguel war so nützlich, und wenn du irgend etwas für uns finden könntest, das uns hilft, ihn zu verstehen, das uns das Wissen gibt, wie wir ihn vernichten und diesem Ort entfliehen können ...«

Ich löste mich von ihm und ging ein paar Schritte weit weg. »Yaqob, ich weiß es nicht. Seine Räume sind so leer, so nüchtern ...«

Yaqob ergriff mich an den Schultern und drehte mich um. »Sagt er nichts über Waffen oder Patrouillen?«

Er bemerkte den Ausdruck auf meinem Gesicht und ließ los.

»Er verlangt nicht aus diesem Grund nach mir, Yaqob.«

»Es tut mir leid.« Jetzt war es Yaqob, der sich abwandte. Er setzte sich auf eine Bank, dann schaute er zu mir hoch. »Tirzah, trotz Boaz' Anwesenheit bin ich davon überzeugt, daß wir die Chance für einen erfolgreichen Aufstand ...«

»Aber die zusätzlichen Soldaten. Und keine Patrouille hat mehr eine feste Route, Yaqob.«

»Hör mir zu! Ich glaube, ich habe einen anderen Mann gefunden, der uns genauso gut wie Ishkur dienen wird, wenn nicht sogar besser – einen Anführer namens Azam. Er ist skrupellos und entschlossen, und er haßt die Magier genau wie wir. Die Steinmetze haben mir ihre Unterstützung zugesagt, genau wie die Zimmerleute und die Wasserträger. Bald werde ich Gesholme geschlossen hinter mir haben. Boaz wird ins Straucheln kommen. Er muß es. Er wird einen Fehler machen oder selbstzufrieden werden.«

Ich schüttelte den Kopf. Ich konnte mir nicht vorstellen, daß Boaz einen Fehler machen würde, und das Wort »selbstzufrieden« paßte nicht zu der Aura der Gefahr, die ihn umgab.

»Bei den Soulenai! Du weißt, daß die Pyramide am Ende unser aller Tod sein wird. Willst du nicht entkommen? Willst du nicht, daß unsere Kinder in Freiheit geboren werden?«

Ich brach in Tränen aus, und er hielt mich wieder fest umschlungen, streichelte mir übers Haar, küßte mich auf die Stirn. »Tirzah, wir verlassen uns auf dich. Du kannst uns Boaz ausliefern. Sorge dafür, daß du es schaffst.«

Eine Woche verging, dann noch eine. Boaz schickte jeden zweiten Abend nach mir, und bei mehreren Gelegenheiten arbeiteten wir fast bis zur Morgendämmerung.

Er trieb mich an, so schnell zu lernen, wie ich konnte, und ich fand es mit jeder weiteren Nacht einfacher. Bald konnte ich nach seinem Diktat schreiben, und das erfreute ihn, vorausgesetzt, ich schrieb ein Schriftzeichen nicht falsch oder nicht so sauber und gerade, wie er wünschte. Er gab mir kleine Zettel zum lauten Vorlesen, und ich bemühte mich, es ohne zu stocken und mit angenehmer Stimme zu tun, denn er brüllte, wenn ich über ein Wort stolperte.

Ich war noch immer sehr mißtrauisch, aber ich rang mich dazu durch, mich darauf zu verlassen, daß er mich keine Zauber schreiben oder lesen lassen würde, und ich zwang meinen ganzen Willen dazu, die Kunst des Schreibens zu erlernen. Auf ihre Weise waren Schriftzeichen faszinierend, und ich genoß die Herausforderung, ein paar ihrer Geheimnisse zu erlernen. Außerdem war das eine Fertigkeit, mit der ich Yaqob sicherlich helfen konnte. Vielleicht würde Boaz ja eines Tages so unvorsichtig sein, Patrouillenpläne herumliegen zu lassen, oder vielleicht eine Liste mit den Waffenlagern.

Aber vielleicht auch nicht. Boaz gab mir nur unbedeutende Passagen zu entziffern. Manchmal spielte er auch mit mir, gab mir Dinge zu lesen, die Gesholme oder die Pyramide betrafen. Dann funkelte mein Blick, überflog den Text, versuchte zu erkennen, als wie nützlich er sich erweisen würde, nur um dann zu erkennen, daß er mir absurde Dinge gegeben hatte, und wenn ich aufschaute, begegnete ich seinem forschenden Blick.

»Spionierst du für Yaqob?« fragte er mich eines Nachts.

»Exzellenz, was meint Ihr?«

»Stellt dir Yaqob Fragen über das, was zwischen uns passiert?«

Wenigstens das konnte ich geradeheraus beantworten. »Nein. Exzellenz. Er nimmt an, er weiß es ... und er will die Einzelheiten nicht wissen.«

»Sklaven besitzen nichts«, sagte er, »nicht einmal ihr eigenes Leben. Yaqob sollte nicht erwarten, ein Anrecht auf deine Liebe oder deinen Körper zu haben.«

Ich senkte den Kopf und erwiderte nichts, aber ich war zornig. Liebe war ein Geschenk, das aus freien Stücken gemacht wurde, nicht verlangt oder besessen werden konnte. Mein Körper mochte mir vielleicht nicht mehr gehören, aber ich behielt mir das Recht vor, meine Liebe zu vergeben, wie ich es wollte.

Er lachte nie wieder in meiner Anwesenheit. Was ich in meiner zweiten Nacht in diesem Raum erlebt hatte, war nichts als eine momentane Verirrung gewesen.

»Tirzah, Orteas hat eine Arbeit, die er hier fertigstellen muß. Hilfst du mir in der Kammer zur Unendlichkeit?«

Ich legte das Stück Glas nieder, an dem ich gearbeitet hatte. Zeldon und Orteas versuchten mich so oft vor der Kammer zur Unendlichkeit zu schützen, wie sie konnten, aber sie spürten den Schrecken genauso sehr wie ich, und es war ihnen gegenüber nicht gerecht, daß sie die Last allein trugen.

Wir machten uns rasch auf den Weg zur Pyramide. Nun war fast die gesamte Südseite verglast, und sie leuchtete in der Sonne. Das Glas bedeckte sämtliche Schachtmündungen, die nach innen führten, aber manchmal ... manchmal an den Abenden, wenn die Sonne etwas schwächer geworden war, glaubte ich auf der graugrünen Südseite Lichtblitze sehen zu können, als gäbe es im Inneren ein Feuer, das Licht die Schächte hinaufschickte.

Das Innere der Pyramide war kühl, aber das stimmte mich nicht froh. Jedesmal, wenn ich herkam, wurde das Gefühl in mir stärker, daß die Pyramide lebte. Ihr Schatten wurde jeden Tag dunkler, und ihr gefräßiges Maul schien jedesmal, wenn ich mich ihm näherte, weiter aufzuklaffen.

Wann würde sie wieder fressen müssen? Fünf. Ta'uz hatte gesagt, es würden fünf sein, und ich dachte über die Bedeutung der Zahlen nach. Wie hatte er die Drei vorhersehen können?

Ich folgte Zeldon den Gang hinauf. Farben wirbelten durcheinander, aber das Glas war stumm.

»Zeldon, kannst du etwas hören?« flüsterte ich.

»Nein. Nichts. Obwohl das Glas auf diesen Wänden in Isphets Werkstatt angemischt und herstellt worden ist, und sie mir erzählt hat, daß sie bei seiner Herstellung nichts getan hat, das es hätte töten können.«

»Dann ist es die Pyramide«, sagte ich und wünschte sofort, ich hätte es nicht gesagt. Selbst wenn keine Wächter oder Magier in der Nähe waren, die Pyramide selbst konnte es sicherlich hören. Wieviel wußte sie über meine Beteiligung an dem Plan, Boaz zu töten, oder über Yaqobs Beteiligung oder Zeldons? Waren wir bloß verschont worden, weil die Pyramide an jenem Tag auf drei ›Mahlzeiten‹ beschränkt gewesen war?

»Ja«, sagte Zeldon, »es ist die Pyramide.«

Und wir verstummten, weil wir uns der Kammer zur Unendlichkeit näherten.

Mehrere Arbeiter warteten mit den Glasplatten, die angebracht werden mußten, und der Magier Kofte stand mit verträumtem Gesicht da und strich behutsam über die goldenen Wände. Sobald er uns sah, nahmen seine Augen den Ausdruck der üblichen Arroganz an.

»An die Arbeit!« fauchte er.

Es war eine schwierige Arbeit, und Zeldon und ich konzentrierten uns so gut darauf, wie es ging, denn so dämpften wir die Verzweiflung des bereits an die Wände genagelten Glases.

Die Konzentration half, aber selbst sie geriet ins Schwanken, als jede mit unserer Hilfe neu angebrachte Platte ihr Entsetzen zu dem des anderen Glases hinzufügte. In dem Augenblick, in dem eine Platte an den Stein angepaßt wurde, der sie halten würde, verwandelte sich ihr Flüstern in einen angstvollen Aufschrei und dann ... in etwas anderes. Etwas, das die Verzweiflung des Glases ununterbrochen schürte und wie in Fieber versetzte. Ich wußte, daß einige Platten seit über einem Jahr dort hingen, dennoch waren ihre Schreie noch genauso schrill wie am ersten Tag, und ihre Qual war womöglich noch schlimmer.

Ich wünschte, ich wüßte den Grund für ihre Schmerzen, ihr Klagen und könnte den Soulenai damit helfen.

Als die letzte Platte an Ort und Stelle angebracht worden war, richtete ich mich auf und drückte den Rücken durch, blickte mich dabei um. Kofte war noch immer da, aber er beachtete uns nicht und wandte seine Aufmerksamkeit wieder den Wänden zu. Mein Blick streifte die Inschriften und hielt dann inne. Völlig gebannt. Ich war auf eine Passage gestoßen, die ich lesen konnte.

Verblüfft hielt ich den Atem an. Ich hatte nie für möglich gehalten, diese fürchterlichen Schriften lesen zu können! Aber ich konnte nicht alles verstehen. Obwohl ich die Worte im Geist bilden konnte und sie auch mit den Lippen hätte formen können, wenn ich gewollt hätte, verstand ich bei einem Großteil von ihnen die Bedeutung nicht. Sie waren fremd. Hart. Unverständlich. Aber da waren ein oder zwei Worte … ein Satz … etwas, das ich verstand.

Ich senkte den Blick, erleichtert, daß ich das meiste von dem, was ich gelesen hatte, nicht hatte verstehen können. Was wäre geschehen, hätte ich sie laut ausgesprochen? Wären Zauber zum Leben erwacht? Hätte die Unendlichkeit nach mir gegriffen und mich gepackt?

Ich zuckte zusammen, als Zeldon mir die Hand auf die Schulter legte. »Wir sind fertig, Tirzah.« Wir verbeugten uns vor Kofte, und er entließ uns.

Am folgenden Tag ging ich zu Isphet. Ich mußte mit jemandem über das sprechen, was geschehen war – aber nicht mit ihr. Das betrübte mich mehr als die Unmöglichkeit, mit Yaqob sprechen zu können. Isphet war eine gute Freundin geworden, eine Freundin, die glaubte, daß ich mit jedem Problem zu ihr kommen würde. In den vergangenen zwei Wochen hatte sie mich gedrängt, darüber zu sprechen, was ich über Boaz dachte, über die Art und Weise, wie er über mich verfügte, aber das hätte nur die Lügen zwischen uns vertieft und kompliziert.

»Rede mit mir«, pflegte sie zu sagen und mir das Haar aus der Stirn zu streichen. »Es wird dir helfen.«

Und ich wandte dann immer den Kopf ab, damit sie nicht den Betrug in meinen Augen lesen konnte. »Ich kann nicht, Isphet. Es tut mir leid.«

Und ich nahm ihren Kräutertrank und schluckte ihn überflüssigerweise, denn Yaqob hatte jegliches Verlangen nach mir verloren, da er glaubte, ich würde mit Boaz ins Bett gehen.

Anfangs hatte ich nicht mit Isphet geredet, weil ich Angst vor dem hatte, was Boaz tun würde, wenn er es herausfand. Jetzt konnte ich nicht mit ihr reden, weil ich Angst vor dem Mißtrauen hatte, das sich auf Isphets Gesicht malen würde, wenn sie erkannte, was hier vor sich ging.

Boaz war mehr als nur berechnend gewesen. Ich wurde immer mehr von meinen Freunden und meinem Geliebten entfremdet, gefangen in meinen eigenen Lügen, zu denen er mich gezwungen hatte. Ich konnte mit niemandem sprechen. Außer ...

»Isphet, ich würde gern mit den Soulenai in Verbindung treten. Aber ich möchte allein sein, wenn das geschieht. Wirst du mir dabei helfen?«

Seit meiner Einführung in die Elementenkünste hatte mir Isphet bei einigen Gelegenheiten erlaubt, mich den Soulenai zu nähern. Jedesmal waren sie und einige andere dabei gewesen, und es hatte mich nicht gestört. Aber jetzt mußte ich es allein tun.

»Warum allein, Tirzah? Was willst du ihnen sagen, das nicht vor mir oder jedem anderen Elementisten, der am Ritus teilnimmt, gesagt werden kann?«

»Ich ... ich ...«

»Was hast du zu verbergen, Tirzah? Ich mag in meiner Werkstatt keine Geheimnisse!«

»Ich bin verwirrt, Isphet, und ich habe Angst, und ich mag es nicht, wenn andere meine intimen Probleme anhören, wenn ich sie den Soulenai mitteile. Isphet, bitte!«

Sie konnte sehen, daß ich es ernst meinte, aber sie war trotzdem verletzt. »Du kannst immer zu mir kommen, Tirzah. Ich habe das gleiche durchgemacht wie du jetzt.«

»Isphet, bitte. Nur dieses eine Mal. Es wird mir Frieden schenken.«

Am Ende entschied sie sich, mir zu vertrauen, und dafür werde ich sie immer lieben.

Hinter einem Brennofen war eine kleine, tiefe Nische, gerade groß genug für eine Schale mit Glas und mich. Niemand würde mitbekommen, was ich dort tat, und Isphet sorgte dafür, daß niemand unsere Vorbereitungen sah.

Sie war eine Meisterin der Elementenkünste, und ich staunte über ihre Fertigkeiten. Nicht nur in der Vorbereitung des Schmelzglases, sondern daß sie eine Schale tragen konnte, die fast genauso viel wie sie selbst wog und die Hitze der Sonne enthielt.

Doch keine Schweißperle trat auf ihre Stirn, als sie die Schale vor mir abstellte, und auch ihre Hände waren nicht einmal gerötet, als sie sie von den glühenden Metallseiten löste.

»Löse dein Haar«, sagte sie kurz angebunden, noch immer böse auf mich, und ich beeilte mich zu gehorchen. Dann stellte sie mehrere Töpfchen neben mich, die das Metallpulver enthielten, das ich brauchen würde.

»Laß dir nicht zu viel Zeit, denn ich weiß nicht, was passieren wird, wenn ein Wächter oder ein Magier kommt.« Sie zögerte, und ihre Stimme wurde weicher. »Und sei vorsichtig.«

Dann ging sie.

Ich hatte viel von Isphet gelernt, und ich wußte, was ich jetzt zu tun hatte. Ich starrte lange in das Glas. Mittlerweile wußte ich, daß das Glas aus dem Grund geschmolzen blieb, weil ich es geschmolzen brauchte. Dann beschrieb meine Hand einen großen Bogen darüber.

Das Glas wirbelte umher, und ich fühlte mich in die Bewegung hineingezogen.

Meine Hand fuhr wieder darüber, und das Glas flammte blau auf, dann rot, golden und grün, als ich nacheinander die Pulver hinzufügte.

Die Farben sangen leise und süß, und ich ließ mich von ihnen verführen.

»Meine Freunde«, flüsterte ich, meiner Stimme kaum bewußt, und ich sah in die Zuflucht im Jenseits.

Tirzah!

Ich weinte, denn das war alles, was ich im Moment tun konnte, und die Gegenwart der Soulenai hüllte mich ein.

Tirzah! Was ist passiert?

Endlich konnte ich sprechen, und ich erzählte ihnen alles, das geschehen war, seit unser Plan, Boaz zu töten, so schrecklich schiefgegangen war. Es war eine Erleichterung, einfach reden, alles erzählen zu können, und als ich geendet hatte, stellte ich fest, daß meine Tränen getrocknet waren und ich mich ruhig und erfrischt fühlte.

Ihr habt versucht, Boaz zu ermorden? Das war voreilig. Es

würde gefährlich für euch sein, es erneut zu versuchen, sagten die Stimmen.

Das war kein Ratschlag. Es kam einem Befehl näher, als ich das von den Soulenai kannte.

Und wir fuhren fort, miteinander Gedanken auszutauschen.

Tirzah, wir glauben nicht, daß es so von Übel ist, daß Boaz dich an seine Seite gerufen hat.

Aber ich kann nichts Gutes darin erkennen …

Es ist nicht immer einfach, den Grund oder das Gute in einem Grund zu erkennen, Tirzah. Halte durch. Warte und sieh, was er von sich enthüllt.

Was er von sich enthüllt?

Warte, Tirzah. Warte.

Er will mich benutzen. Das gefällt mir nicht. Ich glaube, er will, daß ich mich selbst und meine Freunde verrate.

Dazu sagten sie nichts.

Wenn er von sich selbst spricht, Tirzah, dann hör zu. Und du sagst, er bringt dir das Schreiben bei. Wie ungewöhnlich. Und aus welchem Grund, Tirzah?

Ich kann es nicht sagen. Aber …

Aber?

Aber vielleicht wird diese Kunst des Schreibens uns helfen zu verstehen, warum das Glas in der Kammer zur Unendlichkeit wehklagt und schreit – und vielleicht hilft sie uns sogar zu verstehen, was es ist, das über die Pyramide gekommen ist.

Erkläre uns das!

Ich hielt inne, um meine Gedanken und meinen Mut zu sammeln. Ich würde Worte sprechen müssen, die ich in der Kammer gesehen hatte. Ich erzählte den Soulenai kurz von meinem Erlebnis.

Sie hatten Bedenken, so wie ich es erwartet hatte. Aber sie wollten auch unbedingt verstehen, was mit dem Glas nicht stimmte, so daß sie mich schließlich baten, einige der Worte auszusprechen

... aber sei vorsichtig, Tirzah, denn wir wollen nicht, daß du oder wir verzaubert werden.

Ja, ich weiß. Ich habe an zwei Stellen das Wort »Unendlichkeit« gesehen, aber das hat mich nicht überrascht.

Nein. Was sonst noch?

Ich habe das Wort »Brücke« gelesen.

Brücke? Brücke wohin?

Ich schätze, in die Unendlichkeit. Isphet hat gesagt, daß die Pyramide ihrer Meinung nach als Mittel für die Magier konstruiert wird, um in die Unendlichkeit eintreten zu können.

Eine lange Pause trat ein.

Was noch, Tirzah?

Ein Satz. Da war ein ganzer Satz, den ich lesen konnte und der einen Sinn ergab. Der ganze Rest war Kauderwelsch.

Ja? Ein Satz?

Da stand wieder das Wort »Brücke«. Es hieß »... aus dem Tal über die Brücke nach ...«. Mehr stand da nicht, da die Tafel dort endete.

Die Soulenai schrien vor lauter Qualen, und ich fuhr in meiner kleinen Nische vor Schreck zusammen und schlug mir den Kopf an den Ziegelsteinen der Mauer an. Meine Sicht verschwamm, und nur mit größtmöglicher Anstrengung schaffte ich es, die Verbindung mit den Soulenai und der Zuflucht aufrechtzuerhalten.

Was habe ich gesagt? Was habe ich getan?

Nicht du, liebe Tirzah, nicht du! Oh, was haben sie getan? Was können wir tun?

Was ist denn?

Oh, Tirzah, wir haben große Angst, daß die Magier etwas entfesselt haben, daß nicht einmal sie beherrschen können. Das Tal … das Tal …

Was ist das Tal?

Ein Ort der Dunkelheit und der Verzweiflung, Tirzah. Wir gehen nie in seine Nähe, und wir wünschen auch nicht darüber zu sprechen. Kein Wunder, daß das Glas entsetzt ist. Berührt die Kammer zur Unendlichkeit das Tal? Tut sie das?

Ich verstehe nicht …

Aber sie waren fort, und ich blinzelte und schaute mich um, und ich sah, daß das Glas erkaltet und die Farben trübe geworden waren, also band ich mein Haar wieder zusammen und trat in die Werkstatt zurück.

15

»Heute«, sagte er, »werden wir uns etwas Schwierigeres vornehmen. Du kannst die Schriftzeichen gut genug schreiben und hast die läppischen Blätter gelesen, die ich dir gegeben habe. Ich glaube, die Zeit für etwas Anspruchsvolleres ist gekommen.«

Wir saßen an einem der hohen Fenster. Es stand weit offen und ließ die Nacht herein. Vor der Veranda war ein achteckiger Teich voller Lilien und Blumen, und die kühle Brise wehte einen sanften Duft herein, der sich mit dem Geruch des Öls auf Boaz' Händen und Füßen vermengte. Es war sehr still, und schwer vorstellbar, daß wir von einer Siedlung mit Tausenden von Sklaven umgeben waren.

Boaz stand von seinem Stuhl auf und ging zu einer der Truhen. Er trug nur ein langes Tuch aus leuchtend blauem Stoff, das an den Hüften verknotet war und in lockeren Falten bis zu seinen Knöcheln fiel. Er trug keinen Schmuck, kein Metall. Ich hatte ihn noch nie zuvor so leicht bekleidet gesehen, und es beunruhigte mich. Dieser Magier tat nichts ohne Grund.

Er suchte eine kleine, von einem Flachsfaden zusammengehaltene Schriftrolle heraus, brachte sie mir, setzte sich wieder und lehnte sich in seinem Stuhl zurück. Das einzige Licht kam von einer Lampe an der Wand hinter ihm und dem strahlenden Mondlicht, das durch das Fenster fiel. Sein Gesicht lag im Schatten.

»Lies!«

Ich fummelte an dem Knoten herum, bis sich der Faden löste und entrollte das Schriftstück mit zitternden Fingern, denn er hatte mich noch nie zuvor etwas so Kostbares halten lassen. Der Papyrus war dünn und doch fest, und die Schriftzeichen waren in kühnen Strichen ausgeführt.

Ich erkannte die Schrift. Es war Boaz', aber ohne die Schönheit, mit der ich ihn zuvor hatte schreiben gesehen.

»Ich habe das geschrieben, als ich neun war«, sagte er. »Lies!«

Ich überflog die Worte. Zuerst konnte ich nicht viel damit anfangen, dann begriff ich, daß es auf erschreckende Weise einen Sinn ergab.

Ich räusperte mich und las, betete, daß meine Stimme fest blieb und ihn nicht durch Stottern verärgerte.

Eins, drei, neun, einundachtzig. Eine Formel in sich
selbst. Drei Reihen aus drei, neun Reihen aus neun, das
Quadrat der Schönheit, aus dem noch mehr Schönheit
geboren wird. Das Leben ist von der Empfängnis
bis zum Tod voller Zahlen, erhebt sich aus Eins und
geht darin auf. In Zahlen liegt Schönheit. Ihre Schönheit
ist die Ordnung, und ihr innerstes Wesen ist berechenbar.
Alles andere ist von Übel. Einundachtzig, neun, drei, Eins.
Das Leben besteht aus Zahlen, das ganze Leben kann
auf Zahlen reduziert werden, Leben ist nichts als
Zahlensystem. Es gibt nichts anderes als
Zahlen. Nichts. Nichts als die Eins.

Ich hielt inne. Ich konnte nicht weiterlesen. Tränen füllten meine Augen.

»Ich war neun, als ich das geschrieben habe. Das Alter der Schönheit, glaube ich, denn die Neun ist selbst eine besondere Zahl. Ein Alter, in dem ein Kind begreift.«

Seine Stimme klang wie aus weiter Ferne, in Erinnerungen verloren. »Sag mir, was du davon hältst, Tirzah.«

Ich sagte die Wahrheit. »Ich finde es traurig, Exzellenz.«

»Warum?«

Ich zögerte.

»Sprich. Habe keine Angst.«

»Ich finde es traurig, Exzellenz«, sagte ich langsam, »daß ein solch kleiner Junge das Leben so nüchtern und öde empfindet und beschreibt.«

Ich wartete auf den Ausbruch, aber er kam nicht. Statt dessen lehnte er sich zu mir herüber und nahm mir die Rolle aus der Hand. Er überflog den ersten Absatz, dann rollte er sie zusammen und legte sie neben sich auf den Boden.

»Ich verstehe nicht, was du damit meinst«, sagte er, und ich fragte mich, ob er sich einen Scherz mit mir erlaubte. Aber sein Gesicht blieb im Schatten verborgen und verriet mir nichts. »Ich verstehe nicht, warum du diese Worte nüchtern findest. Sind Zahlen denn nicht schön? Beantwortet einem denn ihre innige Betrachtung nicht die Fragen des Lebens?«

»Exzellenz, ich finde es traurig, daß ein Junge von nur neun Jahren so etwas schreiben konnte. Ein Kind in diesem Alter sollte die Wunder des Lebens entdecken, draußen mit seinen Freunden spielen.«

»Und hast du in diesem Alter draußen mit deinen Freundinnen gespielt?«

Ich schwieg.

»Nein, das hast du nicht. Du warst drinnen und hast die

Schönheiten des Glases entdeckt, während ich drinnen die Zahlen und ihre Formeln studiert habe. Du hast Glasnetze geschnitten, ich habe gerechnet. Wer von uns hat recht, Tirzah? Wer hat die wahre Schönheit entdeckt?«

Er steuerte die Unterhaltung auf ein gefährliches Gebiet, und ich versuchte, ihn davon abzuhalten. »Exzellenz, wie können Zahlen, kalte Formeln die unzähligen Wunder des Lebens erklären, das Leben selbst erklären?«

Die Frage war gewagt, aber ich hatte sie respektvoll und leicht verblüfft gestellt, und er akzeptierte sie.

»Zahlen sind die Bausteine des Lebens, Tirzah. Alles wird von Zahlen beherrscht, und alles entspringt der Eins und endet auch wieder in der Eins. Laß es mich dir erklären.«

Er stand auf und nahm meine Hand, zog mich hoch. Ich verkrampfte mich, aber er führte mich nur zur Tür hinaus.

Kiamet verschwand von seinem Posten und dann waren wir ganz allein.

Boaz hielt meine Hand fest. »Siehst du diese Kletterpflanze?«

Ich nickte. Vor uns stand ein großer Tontopf mit einer dickstämmigen Kletterpflanze. Der Stamm wuchs eine Verandasäule hinauf. Blätter zweigten davon ab, bis er sich in der Dunkelheit jenseits des Lichtes verlor.

»Sieh.« Seine Stimme klang sehr leise in meinem Ohr, und ich konnte die Wärme seines Körpers spüren. »Ganz unten am Stamm ist ein Blatt. Nicht wahr?«

Ich nickte.

»Und dann bildet der Stamm einen Knoten, und dann kommt ein weiteres Blatt. Am zweiten Knoten ist ein weiteres Blatt. Beim dritten ist wieder ein Blatt. Dann fünf Knoten beim nächsten Blatt, dann acht, dann dreizehn, dann … nun, ich könnte damit fortfahren. Aber die Anordnung ist eins,

eins, zwei, drei, fünf, acht, dreizehn, einundzwanzig und so weiter. Vorhersagbar. Verstehst du die Vorhersagbarkeit dieser Anorndung?«

»Ja«, sagte ich langsam. »Die nächste Zahl ergibt sich aus der Addition der beiden vorherigen Zahlen.«

»Ja, sehr gut. Und nun sieh dies hier.«

Er zog mich zu einem Busch, der ein Stück weiter wuchs. Er bückte sich und brach einen kleinen Zweig ab. »Schau, hier zweigt er von dem Hauptstamm ab, dann teilt er sich zweimal, dann dreimal, dann fünfmal ...«

»Aber ich dachte, es wäre eins, eins und dann ...«

Er lächelte. »Der Hauptstamm ist die erste eins, dieser abgebrochene Stamm ist die zweite eins, der sich dann wiederum teilt.«

Er warf den Zweig weg. »Es gibt noch andere Anordnungen in der Natur. Viele Pflanzen teilen sich in eins, zwei, vier, acht, sechzehn und so weiter. Ist das nicht wunderbar? Leben wird von Zahlen diktiert. Dafür gibt es überall Beispiele.«

Er hielt inne und betrachtete mein Gesicht im Mondlicht. »Aha, ich sehe, du glaubst mir immer noch nicht. Wir sind aus nichts als Zahlen zusammengesetzt, und unsere Formen werden von mathematischen und geometrischen Formeln diktiert – sind nicht abhängig von den Launen von Göttern oder dem Schicksal.«

»Ich kann Euch nicht glauben, Exzellenz.«

»Dann werde ich es dir beweisen.« Er hob einen meiner Arme und strich langsam mit den Fingern von meinem Halsansatz über den Perlenkragen des Kleides den Arm entlang bis zur Spitze meines Mittelfingers. Seine Berührung war sehr sanft.

»Von deinem Halsansatz bis zur Spitze deines längsten Fingers mißt dein Arm genau die Hälfte deiner Körpergröße.

Wie deine Beine. Ganz genau. Aber, Tirzah, gemessen von der Spitze deines schönen Kopfes bis zu den Sohlen deiner Füße, wo teilt sich dein Körper genau in zwei Hälften?«

Ich schwieg.

Boaz' Hand glitt meine Taille entlang, fest und sehr warm. Er zog mich sanft an sich.

»Hier nicht, Tirzah.« Seine Hand strich langsam tiefer über meinen Bauch, kräuselte dabei den Stoff meines Leinenkleides. Mich fröstelte. »Ob Mann oder Frau, ihre Körper teilen sich in der Höhe der Organe für sexuelles Vergnügen und Fortpflanzung.«

Ich glaubte, er würde mit der Hand tiefer wandern, aber nur ihr Druck verstärkte sich. Ich konnte den Blick nicht von seinem Gesicht wenden.

Er lachte leise. »Passend, nicht wahr? An der Stelle, an der ein Körper genau halbiert wird, vereinigen sich zwei Körper, um einen neuen zu bilden, und schließlich wird sich ein Körper teilen, um zwei Leben zu erschaffen. Vielleicht ist es doch nicht verwunderlich, daß manche Magier eine Frau suchen, um die vollkommene Vereinigung mit der Eins zu finden.«

Er hob die Hand von meinem Bauch zu meinen Brüsten. »Und an der Brust wird der Körper wieder halbiert, geviertelt. Soll ich fortfahren? Es gibt noch andere Stellen, die wir erforschen könnten.«

Ich konnte nicht sprechen. Ich hatte Angst, daß was auch immer ich sagte, wie auch immer ich mich bewegte, ihn nur noch weiter ermutigen würde, aber zugleich ... Er war so nah, seine Hände so sicher, und das Öl, das ich einmassiert hatte, duftete so stark. Ich konnte seinen Herzschlag durch seine Rippen spüren. Ich fragte mich, ob er mich in dieser Nacht schließlich doch in sein Bett holen würde, und ich wunderte mich, daß diese Vorstellung keinerlei Abscheu in mir hervorrief.

Er berührte mein Haar.

»Du hast so schönes Haar, Tirzah. Es ist wie gebündeltes Sonnenlicht. Ich bin so froh, daß du es offen trägst, wenn du zu mir kommst.« Er nahm eine Strähne und drückte sie an seinen Mund, und ich konnte seinen Atem auf der Wange spüren. Ich schloß die Augen und gab der wohligen Ermattung meines Leibes nach. Es würde erträglich sein.

Er küßte sanft meine Stirn, dann mein Ohr, dann strich sein Mund meinen Hals entlang. »Trägst du es so offen, wenn du zu den Soulenai gehst?«

Und tatsächlich war ich zu diesem Zeitpunkt so benommen, daß ich beinahe ja gesagt hätte.

Aber ein Instinkt ließ mich zögern, als ich schon das Wort mit den Lippen formen wollte ... und ich riß entsetzt die Augen auf und löste mich ganz vorsichtig aus seinen Armen. »Wovon sprecht Ihr, Exzellenz?«

»Weißt du nicht, was ich mit Soulenai meine?«

»Nein.« Meine Brüste wogten, aber ich hoffte, daß er es körperlichem Verlangen zuordnete statt Furcht.

»Auch gut, mein süßes Mädchen.« Seine Augen und seine Stimme waren eiskalt. »Denn hättest du ›ja‹ gesagt, hätte ich dich getötet.«

Oh, bei allen Göttern und Soulenai und verdammten Zahlen und verfluchten Brüchen, in diesem Augenblick haßte ich ihn! Er war so nahe daran gewesen, mich einzufangen, hatte meine eigene Schwäche dazu benutzt. Und mit diesem »Ja« hätte ich nicht nur mich selbst getötet, sondern vermutlich auch all jene, die mir am Herzen lagen.

Er ließ mich nicht aus den Augen, dann wies er mit einer einladenden Geste in den Raum. »Setz dich, Tirzah.«

Wir gingen wieder hinein, und ich setzte mich langsam und gewann mein inneres Gleichgewicht zurück.

Er setzte sich auch, und sein Gesicht verschwand wieder im Schatten. »Ich bin mir völlig bewußt, daß mich jemand an dem Tag, an dem Ta'uz starb, töten wollte. Aber ich bin eine solch vollkommene Verbindung mit der Eins eingegangen, daß die Pyramide mich beschützt. Tirzah, wer hat meinen Tod geplant?«

»Exzellenz, ich habe keine Ahnung. Es war doch sicher ein Unfall.«

»Waren es vielleicht die Elementisten, die ihre Künste in Gesholme ausüben?«

»Exzellenz!« flehte ich, und meine Stimme brach bei dem Wort. Er kannte meine Schuld, davon war ich überzeugt. Er hatte mich von Anfang an nur dazu benutzen wollen, die anderen zu überführen. Scheusal!

»Tirzah, hör mir gut zu.« Seine Stimme kam scharf und kalt aus dem Schatten. »Ich weiß genau, daß mehr als die, die gestorben sind, meinen Tod geplant haben. Wenn ich einen Beweis finde, der jemanden belastet, egal wen, dann werde ich alle hinrichten lassen. Hast du verstanden?«

»Ja, Exzellenz«, flüsterte ich.

Dann saßen wir lange Zeit wortlos da. Ich wagte keine Bewegung, atmete so flach, wie ich nur konnte.

Dann beruhigte sich Boaz, und seine Stimme wurde wärmer. »Ich habe dir Angst eingeflößt. Es tut mir leid.«

Er stand auf, und das ließ mich zusammenzucken. Aber er ging nur zu der Truhe und füllte Wein in zwei hölzerne Becher, gab mir einen und setzte sich wieder.

Er hatte mir noch nie zuvor Wein angeboten, aber als er trank und aus dem Fenster starrte, hob ich den Becher zum Mund und nahm vorsichtig einen Schluck.

Der Wein war außergewöhnlich. Es war der Wein der Adligen und besser als alles, was ich je zuvor gekostet hatte. Ich nahm noch einen Schluck. Noch immer herrschte Schweigen zwischen uns, aber jetzt war es ein Schweigen der Vertraulichkeit. Nicht kalt oder gefährlich.

Es war, als säße mir ein anderer Mann gegenüber.

Meine Wut und mein Abscheu schwanden, und ich setzte mich etwas bequemer auf dem Stuhl zurecht. Ich trank noch einen Schluck Wein und fragte mich, warum er keine Glasbecher benutzte. In diesem Raum war so wenig aus Glas oder Metall. Ich trank erneut.

»Sprich mit mir, Tirzah«, sagte er, und ich zuckte leicht zusammen.

»Exzellenz?« Ich war verwirrt. Sprechen, worüber? Wovor mußte ich mich hüten?

Sein Becher war leer, und er stand auf, um sich nachzugießen, und er brachte den Weinkrug mit, um auch meinen wieder zu füllen. »Diese Stille ist unerträglich, Tirzah, und du hast doch sicher Fragen. Stell mir eine oder zwei.«

Ich sagte kein Wort, dachte nach, vermutete eine weitere Falle. Aber Yaqob hatte mich erst kürzlich wieder bedrängt, und mir wurde klar, daß ich Boaz etwas fragen konnte, das im Zusammenhang mit unserer vorausgegangenen Unterhaltung einigermaßen ungefährlich war. Etwas, das nützliche Informationen für Yaqob bringen würde, vielleicht sogar für die Soulenai.

»Exzellenz ...«

»Frag, was du willst, Tirzah.«

»Exzellenz, Ihr habt mir mathematische Anordnungen gezeigt, Formeln, die die Natur beherrschen. Ich habe von einer anderen Merkwürdigkeit gehört, und ich frage mich, ob Ihr sie mir vielleicht erklären könntet.«

»Ja?«

Ich holte tief Luft, dann sprang ich mitten hinein. »Ich habe einmal gehört, wie zwei Magier kurz die Zahlen eins, drei, fünf, sieben und elf erwähnten. Vermutlich eine weitere Zahlenordnung.« Ich betete, daß Boaz die Lüge nicht aus meiner Stimme heraushörte, denn das waren die Zahlen, die Ta'uz in Zusammenhang mit der Anzahl jener erwähnt hatte, die auf der Baustelle sterben würden. Ich hoffte nur, daß sich Boaz nicht an seine Unterhaltung mit Ta'uz erinnern oder sie mit meiner Frage in Zusammenhang bringen würde. Selbst die Lüge, daß ich Magiern zugehört hatte, war schon gefährlich.

Aber Boaz schien sich nicht daran zu stören. »Du hast mir nur fünf Zahlen gesagt, und allein für sich genommen bilden sie keine Progression. Was folgt der elf?«

»Das weiß ich nicht, Exzellenz.«

»Nun, dann kann ich nicht sagen, zu welcher Ordnung diese Zahlen gehören.«

»Oh, aber ich danke Euch für Eure Mühe, Exzellenz.«

Die Lampe schwang in der Nachtbrise, und ich sah ein winziges Lächeln in seinen Mundwinkeln. »Du bist sehr höflich, Tirzah.«

Ich bin sehr vorsichtig, dachte ich, denn ich will dich nicht aus dieser Stimmung aufschrecken. Und im nächsten Augenblick fragte ich mich, warum ich »aufschrecken« gedacht hatte. Warum nicht reißen? Oder bringen? Und warum wollte ich nicht, daß diese Stimmung endete? Ich ließ den Kopf sinken, hielt es für das Beste, nichts darauf zu erwidern.

Er seufzte und ließ den Rest Wein in seinem Becher kreisen. »Diese Zahlen haben nur eins gemeinsam.«

»Ja, Exzellenz?«

»Es sind alles Primzahlen, außer der Eins natürlich, die außerhalb und jenseits aller anderen existiert.«

Ich mußte nicht so tun, als wäre ich verwirrt. »Exzellenz?«

Er setzte sich so hin, daß ich sein Gesicht jetzt sehen konnte. »Primzahlen sind natürliche Zahlen, die größer als Eins sind und nur durch sich selbst oder durch die Eins geteilt werden können. Sonst sind sie ohne Rest unteilbar.«

»Dann müssen sie eine besondere Beziehung zur Eins haben, Exzellenz.«

»Du bist sehr gut, Tirzah«, sagte er leise und mit scharfem Blick, und ich glaubte, zu weit gegangen zu sein. Aber er griff nach dem Krug und schenkte sich wiederum Wein ein. Diesmal bot er mir keinen an.

»Und du hast recht. Primzahlen stehen in einer ganz besonderen Beziehung zur Eins. Sie haben nicht nur eine direkte Beziehung zur Eins, im gewissen Sinn sind sie andere Ausdrucksformen der Eins.«

»Also ... nach elf kommt dann dreizehn? Dann ... siebzehn?«

»Genau, Tirzah. Und so geht es immer weiter. Vielleicht machen wir ja doch noch einen Magier aus dir.«

Sein Lächeln war jetzt breit und offen. Ich hatte ihn noch nie zuvor so heiter gesehen. Aber ich blieb weiterhin auf der Hut, denn auf diesem Weg lag Gefahr. »Und bei Primzahlen gibt es kein Ende?«

»Nein. Wie alle Zahlen reichen sie in die Unendlichkeit.«

Ich bekam eine Gänsehaut. Würde die Pyramide letztlich auch die Unendlichkeit verschlingen? Wie würde sie es schaffen, ihren Hunger zu stillen, wenn die Primzahlen in die Tausende reichten und dann in die Zehntausende?

»Du siehst sehr finster aus, Tirzah. Vielleicht habe ich dich nicht von der Bedeutung von Zahlen und Formeln im Leben überzeugen können.«

»Ich glaube, das ist mir zu hoch, Exzellenz. Ich ziehe es

vor, das Leben durch weniger anspruchsvolle Mittel zu verstehen.«

»Und welche Mittel könnten das sein, Tirzah?«

Wieder überkam mich das Gefühl von Gefahr, aber er sah mich nicht mit den flachen und kalten Augen eines Magiers an. Sie blickten lediglich neugierig, als würde es ihn tatsächlich interessieren.

»Ich habe meine vilandischen Götter. Exzellenz. Sie erklären die Welt und alles, was darin geschieht, mit Mythen. Vielleicht möchtet Ihr, daß ich Euch erzähle ...«

»Nicht heute nacht«, unterbrach er mich, und seine Stimme bekam einen härteren Unterton. Doch als er fortfuhr, war sein Tonfall weicher geworden. »Aber deine Götter sind sehr weit von hier entfernt. Es muß schwer für dich sein, mit ihnen in Verbindung zu treten.«

»Ja«, gab ich zu. »Sie sind sehr weit weg, Exzellenz. Die Sonne ist zu heiß für sie, und es gibt keine wogenden graue Meere, in die sie eintauchen können.«

»Aber du bist sehr wißbegierig, Tirzah. Du denkst viel nach, und stellst dir sicher viele Fragen. Wie beantwortest du sie, wenn deine vilandischen Götter in diesem Land stumm sind?«

Ich sah ihm direkt in die Augen und wagte ein winziges Lächeln.

»Ich frage Euch, Exzellenz, wenn Ihr erlaubt.«

Er starrte mich an, dann lachte er schallend.

Ich war zuerst entsetzt, aber sein Lachen war ansteckend, und so wuchs mein Lächeln.

»Du hast ein schönes Lächeln, Tirzah. Es läßt deine Augen strahlen. Du solltest öfters lächeln.«

Dann beugte er sich vor und küßte mich. Er nahm mein Gesicht in die Hände, und seine Finger waren sanft, und sein

Mund schmeckte nach dem Wein, den er getrunken hatte. Sowohl seine Berührung wie auch sein Kuß waren sehr zärtlich und sehr süß. Das war nicht der Mund oder die Hände des Magiers, der versucht hatte, mich auf der Veranda in eine Falle zu locken.

Dann lehnte er sich zurück, und das Licht schien so direkt in sein Gesicht, daß ich genau erkennen konnte, was sich in ihm abspielte.

Seine Augen weiteten sich, die Furcht in ihnen war echt. »Geh«, flüsterte er heiser. »Geh, verlaß mich, bevor ...«

Aber ich war noch immer von der Süße seines Kußes gefangen und nicht schnell genug. Als ich zögerte, überkam ihn eine Veränderung. Der Magier trat wieder zum Vorschein, Kälte ersetzte Wärme und Humor ... und dann brodelte Zorn hervor.

»Raus!« schrie er. »Hinaus mit dir!«

Und ich floh und stieß in meiner Hast den Stuhl um.

Mein Verstand war in Aufruhr, und es dauerte lange, bis ich einschlafen konnte. In dieser Nacht hatte ich mit zwei Menschen gesprochen, einem Magier und einem Mann. Und der Magier konnte den Mann nicht besonders leiden. Unter dem einschüchternden, außerordentlich gefährlichen Antlitz des Magiers war ein Mann verborgen, den ich für das genaue Gegenteil des Magiers hielt. Ich fragte mich, wann der Magier in ihm entstanden war, und ich erinnerte mich an die Schriftrolle, die er mir gezeigt hatte. Schon mit neun hatte er den Weg der Magier betreten, war von den Zahlen und der Macht der Eins verführt worden, und in den darauffolgenden Jahren hatte er so hohe Mauern errichtet, daß der Mann Boaz kaum eine Chance hatte.

Aber gelegentlich kam er an die Oberfläche. Ich dachte angestrengt nach, runzelte die Stirn in der nächtlichen Dunkelheit von Isphets Haus. Boaz würde das Gesicht des Mannes nur dann zeigen, wenn er es für sicher hielt … wenn er der Meinung war, daß ich genug Angst hatte, um nicht zu versuchen, mir diesen Vorteil zunutze zu machen.

In der zweiten Nacht bei ihm hatte ich mich bei dem Versuch, Zahlen und Schriftzeichen niederzuschreiben, sehr ungeschickt angestellt, und er hatte mich angebrüllt, bis ich mich zusammenduckte.

Dann hatte er sich wieder beruhigt und gelacht, als ich seinen Namen als »Exzellenz« schreiben wollte. Aber in dem Augenblick, in dem ich ihn Boaz genannt hatte, hatte er sich augenblicklich in den Magier zurückverwandelt und mir so lange Angst eingejagt, bis ich mich ihm wieder unterworfen hatte.

Heute abend hatte er die Wirkung seiner Drohungen an mir beobachten können, dann war er wieder er selbst gewesen, in der festen Überzeugung, daß ich eingeschüchtert war und nicht versuchen würde, einen Vorteil daraus zu ziehen, wenn er seinen wahren Charakter zeigte.

Und ich war so vorsichtig gewesen und hatte mir keine Freiheiten gegen ihn herausgenommen, als er gelacht hatte, nicht einmal, als er mich geküßt hatte. Meine Erwiderung war zögernd und mehr als vorsichtig gewesen, und ich hatte den Kuß nicht über das hinaus erwidert, was er gefordert hatte.

Dann hatte ihn etwas geängstigt, hatte den Magier so erschreckt, daß er mich wieder von sich stieß.

Es waren nicht meine Handlungen gewesen, sondern seine. Er war derjenige gewesen, der sich vergessen hatte, der die Grenzen überschritten hatte, und der Magier war außer sich vor Zorn darüber gewesen – mehr über sich selbst als meinetwegen, wie ich glaubte.

Ich trieb dem Schlaf entgegen, haßte den Magier, interessierte mich aber für den Mann. Nachdem wir miteinander gelacht hatten und unter der Süße des Kußes hätte ich vermutlich jede Frage ehrlich beantwortet.

Aber der Magier hatte nie eine Chance gehabt, die Fragen zu stellen, weil Boaz daran gedacht hatte, mich zu warnen.

16

Yaqob legte die Arme um mich und zog mich auf seinen Schoß. Ich wurde ganz ruhig, genoß seine Nähe und Wärme. Es war zu lange her gewesen ...

Boaz hatte mich über eine Woche nicht mehr zu sich gerufen, und ich glaubte, daß er so verstört über das war, was er von sich enthüllt hatte, daß ich möglicherweise nie wieder zu ihm gebracht werden würde. Nun, vermutlich würde mich das nicht besonders stören. Yaqobs Berührung tat gut, und zum ersten Mal seit Wochen erlaubte ich mir etwas zu träumen. Wenn wir endlich unsere Freiheit gewonnen hatten, würden wir alle Zeit haben, die wir zusammen brauchten; sein Mund berührte mein Haar, und ich erinnerte mich daran, wie sehr ich ihn liebte. Ich konnte es nicht erwarten, frei und seine Frau zu sein.

Wir waren in dem Raum über Isphets Werkstatt. Zeldon war eilig von einem Besuch in einer der benachbarten Werkstätten zurückgekommen und hatte Isphet und Yaqob gebeten, zu uns hochzukommen. Jetzt saß Isphet mit Orteas und Zeldon an dem Tisch, während Yaqob und ich auf der Bank an der Wand nebeneinander saßen.

»Vor zwei Nächten ist eine neue Schiffsladung Sklaven eingetroffen«, sagte Zeldon, und Isphet zuckte mit den Schultern.

»Neue Sklaven kommen doch ständig.«

»Aber auf diesem Schiff waren vier Glasmacher. Vier Männer, die in der Kunst der Glasnetze ausgebildet sind.«

Wir horchten auf, und ich fühlte, wie Yaqob meine Schultern umklammerte.

»Sind sie …?« Er zögerte, die Gefahr in Worte zu kleiden.

»Elementisten?« Zeldon hatte da keine Skrupel. »Nein. Das sind sie nicht.«

»Hast du ihre Arbeit gesehen?« fragte Isphet. Wie konnten Männer, die keine Elementisten waren, überhaupt Glasnetze schleifen?

»Ja. Nachdem Izzali mir die Pottasche gegeben hat, erwähnte er die neuen Arbeiter und hat sie mir dann vorgestellt. Sie hatten die Arbeit vom Vortag vor sich liegen, und ich habe sie inspiziert. Sie war wohlgeformt, aber sie hat kein eigenes Leben. Das Glas singt nicht wie das, das von Elementisten gemacht wird.«

Er hielt inne und sah mich an. »Es waren Glasnetze für die Kammer zur Unendlichkeit. Izzalis Werkstatt hat ebenfalls das Goldglas gebrannt. Boaz verteilt die Arbeit an unterschiedliche Werkstätten.«

»Er verteilt die Arbeit und auch die, die Glasnetze machen können«, sagte Isphet. Ihr professioneller Stolz war verletzt, daß eine andere Werkstatt ebenfalls das Goldglas brennen durfte. »Warum wohl?«

Ich befeuchtete die Lippen. Ich hätte früher etwas dazu sagen sollen, aber es hatte sich einfach keine Gelegenheit ergeben, und sowohl Yaqob als auch Isphet waren sehr distanziert gewesen.

»Er vertraut dieser Werkstatt nicht«, sagte ich. »Er hat uns im Verdacht, an dem Mordversuch an ihm beteiligt gewesen zu sein. Ich glaube, wenn er Beweise dafür findet, wird er uns hinrichten lassen. Aber bis jetzt konnte er sich das nicht leisten. Diese Werkstatt war zu wichtig.«

»Wie lange weißt du das schon?« fauchte Yaqob, und ich konnte seine Anspannung fühlen. »Du bist seit einer Woche nicht mehr in Boaz' Quartier gewesen!«

»Das hat er mir in der letzten Nacht gesagt, in der ich bei ihm war. Es tut mir leid. Ich hätte es sagen sollen ... aber da war keine Gelegenheit ... und ich habe dich kaum gesehen ...«

Yaqob sah Isphet an, dann wechselten sie Blicke mit Zeldon und Orteas.

»Tirzah«, sagte Yaqob sehr sanft, »Isphet hat mir erzählt, daß du Geheimnisse hast. Sie sagt, daß sie sie förmlich riechen kann.«

»Ich ...«

»Geheimnisse, Tirzah«, fuhr er fort. Er streichelte meinen Arm, aber es tröstete mich nicht. »Und doch erzählst du uns nichts von dem, was in Boaz' Haus vor sich geht. Bis vor einer Woche hast du viele Nächte mit ihm verbracht, warst häufiger und länger bei ihm, als Raguel bei Ta'uz, und wir fragten uns nach dem Grund dafür. Jetzt finden wir heraus, daß Boaz uns verdächtigt ...«

»Das hast du bereits gewußt«, sagte ich. »Warum sollte er sonst unsere Werkstatt besuchen und uns davor warnen, die Kunst der Elemente auszuüben?«

»Mag sein. Aber wir haben nicht gewußt, daß ihm klar ist, daß das fallende Glas kein Unfall sondern ein Anschlag auf sein Leben war, und es mit dieser Werkstatt in Verbindung gebracht hat«, sagte Yaqob wütend. »Hat er einen Verdacht, daß ein Aufstand geplant ist? Hast du ihm die Einzelheiten erzählt?«

»Yaqob!« Ich entzog mich ihm mit Tränen in den Augen.

»Manche Frauen reden im Bett eines Mannes«, sagte er. »Gehörst du zu ihnen?«

Ich starrte ihn an. Ich erinnerte mich daran, wie mich der Magier in seine Arme genommen hatte, mich gestreichelt und geküßt, und mich beinahe so getäuscht hatte, daß ich nicht nur mich selbst verraten hätte, sondern jeden einzelnen von ihnen. Vielleicht war ich wirklich schwach.

»Nein«, flüsterte ich. »Yaqob, wie kannst du mich das fragen? Du warst derjenige, der darauf bestanden hat, daß ich sein Bett mit ihm teile. Wie kannst du mich verdächtigen?«

»Dann sag uns, was du so viele Stunden und Nächte bei dem Magier gemacht hast?« sagte Isphet. »Sag es!«

Sollte ich ihnen sagen, daß er mich schreiben lehrte und mich zärtlich küßte?

Nein, wie konnte ich das? »Er benutzt mich ...«

»Acht, neun Stunden, Tirzah?« sagte Isphet. »Kein Magier braucht so lange, um sich mit der Eins zu verbinden!«

»Und manchmal will er, daß ich stumm dasitze. Auf einem Hocker, so wie es Ta'uz von Raguel verlangte. Und er versucht mir etwas über die Lehre der Eins beizubringen.« Wenigstens das konnte ich ihnen verraten.

Das akzeptierten sie, und Isphet lächelte sogar grimmig, voller Erinnerungen.

»Er fängt an, sich in meiner Gegenwart wohl zu fühlen. Das letzte Mal hat er etwas gesagt, das nützlich sein könnte.«

»Und das fällt ihr jetzt ein«, sagte Yaqob, aber er klang mild.

Ich erzählte ihnen von den Primzahlen und ihrer seltsamen, starken Beziehung zu der Eins. »Er sagt, sie sind andere Ausdrucksformen der Eins.«

»Und sie erstrecken sich in die Unendlichkeit«, murmelte

Yaqob. Alle waren entsetzt. Sieben würden sterben, dann elf, dann …

»Er hat auch ein Tal erwähnt, aber ich weiß nicht, was das bedeutet.« Bei dieser dreisten Lüge krümmte sich in mir etwas zusammen und starb. Aber ich konnte nicht sagen, daß ich die Inschriften in der Kammer zur Unendlichkeit lesen konnte. Gestand ich das, mußte ich auch gestehen, daß ich lesen und schreiben konnte, und dann würden sie sich fragen, wie weit ich der Macht der Eins verfallen war.

Und Yaqob würde mich nie wieder im Arm halten. Sei verdammt, Magier Boaz, dachte ich, sei verdammt wegen deiner Spielchen!

Die drei Männer schüttelten den Kopf, aber Isphet runzelte die Stirn.

»Isphet?« sagte Yaqob. »Weißt du etwas darüber?«

»Ich habe nur einmal von dem Tal gehört, als ich ein Kind war«, sagte sie langsam. »Die Anführer unserer Gemeinde in den Bergen – die Weisen –, sind so von den Soulenai durchdrungen, daß ich manchmal glaube, sie haben mehr Zeit damit verbracht, sich mit der Zuflucht im Jenseits zu beschäftigen, als mit der realen Welt. Mein Vater hat in seiner Jugend bei ihnen gelernt. Er hat ein Tal erwähnt, und ich glaube, er hat es von den Weisen erfahren. Das Tal …«

Ihre Stimme verlor sich, als sie sich genau zu erinnern versuchte, was ihr Vater gesagt hatte. »Ich glaube, das Tal ist ein Ort, der Dunkelheit und Schatten beherbergt. Und doch enthält es Macht. Mein Vater hat nie gern davon gesprochen. Es ist kein Gefängnis, aber es ist ein Ort, der absichtlich von dieser Welt und der Zuflucht im Jenseits abgetrennt ist. Es hat nichts mit der Magie der Elemente oder den Soulenai zu tun. Es existiert einfach irgendwo.«

»Und doch hat keiner von uns hier je davon gehört, mit Ausnahme von dir«, sagte Zeldon.

Isphet sah ruckartig auf. »Die Weisen der Berggemeinschaft verstehen viel mehr als die meisten Elementisten, Zeldon. Wir sind Handwerker, sie sind Weise.«

»Tirzah«, sagte Yaqob, »in welchem Zusammenhang hat Boaz das Tal erwähnt?«

»Ah, es hatte etwas mit der Kammer zur Unendlichkeit zu tun. Und einer Brücke.«

»Eine Brücke?« rief Isphet. »Bei den Soulenai! Wollen die Magier tatsächlich das Tal mit Hilfe der Kammer zur Unendlichkeit betreten?«

»Wir brauchen mehr Informationen«, sagte Yaqob. »Tirzah, warum hat Boaz dich diese Woche nicht zu sich gerufen?«

»Äh ... ich bin unpäßlich«, sagte ich und schaffte es, zu erröten.

»Das hat sie sonst nicht abgehalten«, murmelte Isphet, sagte dann aber nichts mehr dazu.

»Nun, er wird dich bald rufen. Tirzah, die Sache mit den Primzahlen ist beunruhigend. Und auch die Erwähnung des Tals. Bist du sicher, daß er sonst nichts für uns Nützliches gesagt hat?«

Ich schüttelte den Kopf.

»Dann mußt du dich anstrengen, mehr herauszufinden«, sagte er. »Da neue Arbeiter für die Magier Glasnetze herstellen, ist die Pyramide nur noch wenige Monate von ihrer Vollendung entfernt. Bald wird man uns befehlen, mit der Arbeit an dem Schlußstein zu beginnen. Dann ...«

Er erschauderte. »Ich werde noch heute mit Azam sprechen. Ich fürchte, wir müssen unsere Pläne schneller vorantreiben.«

Dann lächelte er und zog mich fest an seine Brust. »Und dann werden wir frei sein, Tirzah, über die Ebene auf Isphets magische Bergheimat zuwandern und Boaz tot und vergessen hinter uns lassen.«

Ich bemühte mich zu lächeln und war froh, als er sich über mich beugte, um mich zu küssen.

17

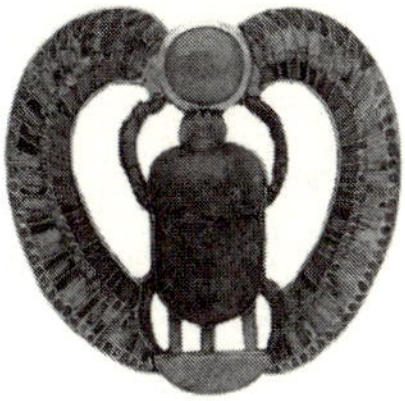

Er befahl mich am nächsten Tag zu sich, und in der Werkstatt hatte es dadurch noch mehr den Anschein, daß es tatsächlich meine monatliche Blutung gewesen war, die ihn abgehalten hatte. Als ich zu ihm ging, fand ich mich allein dem Magier gegenüber, unnahbar, leicht in Wut zu bringen, und sehr, sehr vorsichtig.

»Es war dreist von dir, deinen Körper so vor mir zur Schau zu stellen, Mädchen«, sagte er, als ich ihm Hände und Füße wusch.

»Ich werde es nie wieder tun, Exzellenz«, flüsterte ich.

»Und mich dann zu küssen!« fuhr er fort. »Habe ich nicht klar gemacht, daß ich nicht Ta'uz Schwächen teile?«

»Es tut mir leid, Exzellenz!«

»Du warst abstoßend, Tirzah.«

»Ich weiß, Exzellenz.«

Zufrieden setzte er mich an die Übersetzung einer auf Geshardi verfaßten Abhandlung über die Eigenschaften des Quadrates, dann schickte er mich in dem Augenblick fort, in dem ich es wagte, über dem trockenen Text zu gähnen.

Aber er rief mich in der nächsten Nacht wieder zu sich, und der übernächsten, bis ich so müde war, daß Zeldon und Orteas mich an den Vormittagen schlafen lassen mußten.

»Und was sagt er?« fragte mich Yaqob eines Nachmittags,

als wir in einem geschützten Winkel standen. Ich beugte mich zu ihm und berührte seinen Körper in der Hoffnung, daß er mich lieben würde, aber er wich gereizt zurück, und ich ließ die Hände sinken.

»Er sagt nichts«, antwortete ich wahrheitsgemäß. »Er ist kalt und unnahbar und denkt nicht daran, darüber zu plaudern, welche Patrouillen er morgen wo hinschickt.«

Yaqob lachte nicht über meinen armseligen Versuch, witzig sein zu wollen, und brachte mich schweigend zur Werkstatt zurück.

Innerhalb einer Woche zeigte die Verstärkung durch die vier Glasmacher ihre Wirkung. Wir mußten nicht mehr so lange arbeiten, und eines Nachmittags hatte ich tatsächlich so gut wie nichts zu tun.

Ich ging nach unten, um mich mit meinem Vater zu unterhalten.

Druse inspizierte ein Dutzend Kelche, mit deren Herstellung ihn ein Magier beauftragt hatte. Sie waren aus rubinrotem Glas und wunderschön, und mein Vater hatte gute Arbeit geleistet.

Er lächelte, als ich sie bewunderte, dann griff er nach einer Ablage unter seiner Werkbank.

»Tirzah, sieh mal. Das hier ist nicht so sauber gebrannt wie die anderen. Kannst du etwas damit anfangen?«

Er drückte mir einen unvollendeten Kelch in die Hände. Er war geblasen, aber nicht fertiggestellt worden, und ich sah den Grund. Das Glas hatte beim Brennen die Farbe von Bernstein angenommen und war nicht mehr rot. Und die Kelchwände waren zu plump für die erlauchten Hände eines Magiers.

»Es ist nichts für ein Glasnetz«, sagte Druse, »aber es ist zu schade, ihn wegzuwerfen ...«

Ich küßte ihn auf die Wange. »Es würde mir Freude machen, an etwas anderem zu arbeiten als an dem verfluchten Glas für die Kammer zur Unendlichkeit, Vater. Danke.«

Ich nahm es mit nach oben. Orteas und Zeldon überwachten die Glasanbringung in der Pyramide. Ich setzte mich mit untergeschlagenen Beinen vor die offene Balkontür, drehte das Gefäß langsam in den Händen, lauschte seinen Stimmen, lernte seine Schwächen und Stärken kennen und fragte mich, was ich damit machen sollte.

Ich ertappte mich dabei, daß ich an die Zärtlichkeit von Boaz' Kuß dachte. Ich dachte an den Mann, der hinter dem Magier verborgen war, und ich mußte lächeln. Dann wurde mir bewußt, daß Boaz in seinem Haus nur Holzbecher hatte. Er würde ein Glasgefäß zu schätzen wissen, und dieses Bernsteinglas war wirklich schön – und würde in seinen Händen wunderbar aussehen.

Ich fragte mich, welches Motiv ihm gefallen würde, und ich erinnerte mich, wie seine Finger das Glas gestreichelt hatten, das ich in Setkoth für ihn erschaffen hatte.

An der Werkbank griff ich nach dem Wachsstift, zögerte und zeichnete dann ein Muster aus hüpfenden Fröschen im Schilf. Ein Frosch spähte verschmitzt hinter dem Schilfrohr hervor; ein anderer sprang in die Höhe, als wolle er in den Kelch hineinhüpfen; einer hockte da, als würde er über Geheimnisse nachsinnen, und zwei weitere jagten einander durch das Schilf, die Gesichter zu einem freundlichen Grinsen verzogen.

Während ich arbeitete, stellte ich mir vor, vom Quaken der Frösche umgeben zu sein, als würde ihr Lied vom Lhyl herübertreiben, aber es war heller Nachmittag, und die Frösche sangen nur in der Morgendämmerung und in der Abenddämmerung.

Als ich an diesem langen Nachmittag mit der aufwendigen Arbeit an dem Froschkelch begann, fragte ich mich nicht einmal, warum ich so viel Sorgfalt und Mühe für ein Geschenk für einen Magier aufwandte. Und ich fragte mich auch nicht, warum ich mir so viel Mühe gab, ihn vor den neugierigen Blicken Zeldons und Orteas' zu verbergen, oder warum ich in freien Augenblicken immer nur dann an dem Kelch arbeitete, wenn ich allein war.

Eines Tages überraschte Boaz mich und die anderen damit, daß er mich an einem Nachmittag in sein Haus befahl.

Verblüfft starrte ich den Wächter an, der den Befehl überbracht hatte, dann nickte ich und ging zurück in meine Unterkunft, um mich zu säubern und umzuziehen. Es fühlte sich seltsam an, im enthüllenden Licht des Tages in dem Leinenkleid durch die Straßen zu gehen, und ich spürte die Last der Blicke: da geht Tirzah, die arme Tirzah.

Ich schaute zur Pyramide hinauf und wich den Blicken der Passanten aus. Süd- und Westseite waren nun völlig verglast – und an jedem anderen Bauwerk wäre es ein wunderschöner Anblick gewesen.

Als ich sie betrachtete, glaubte ich helle Lichtfunken unter der Glasverkleidung sehen zu können, fast so etwas wie Blitze. Ich runzelte die Stirn und sah genauer hin.

Da, ein Flackern, und ein Stück weiter unten ein Blitz, vielleicht aus einer der Schachtöffnungen.

Dann hörte ich die grobe Stimme eines Wächters, und ich senkte den Blick. Ich hatte das Tor zur Siedlung erreicht, und die Wächter warfen mir einen flüchtigen Blick zu und ließen mich eintreten.

Dies war das erste Mal, daß ich mich tagsüber in der Siedlung aufhielt, und ich verlangsamte meine Schritte etwas, um meine Neugier zu befriedigen. Die Gärten wirkten nun häßlicher, da Dunkelheit und Mondlicht ihre strenge Geometrie nicht mehr verbergen konnten. Selbst die Bäume hatte man in präzise Formen geschnitten, und die Wege waren zu schnurgeraden Linien geharkt, deren Abzweigungen stets im rechten Winkel verliefen.

Boaz' Haus sah am Tag ebenfalls weniger hübsch aus als in der Nacht. Ich hatte mich daran gewöhnt, es nur in dem pastellfarbenen Licht zu sehen, das seine Linien weicher machte, und jetzt mußte ich erkennen, daß es massiv und kalt und lieblos aussah – vielleicht ein Spiegelbild der Seele des Magiers selbst war.

Fünfzehn Schritt von dem Haus entfernt blieb ich verblüfft stehen. Als Boaz mich das erste Mal zu sich gerufen hatte, hatte ich mich gefragt, warum er nicht Ta'uz' Residenz übernommen hatte, die viel größer und prächtiger war und sich in der Mitte der Siedlung der Magier erhob. Boaz' Haus war an eine der Mauern gebaut, und die tiefe Veranda ließ es verschlossen und geheimnisvoll aussehen.

Und sicher.

Dieser Gedanke ließ mich abrupt stehenbleiben.

Es war eins der wenigen Gebäude in der ganzen Siedlung, das von dem Schatten der Pyramide geschützt war! Die Mauer der Siedlung war hoch, und dieses Haus niedrig. Es lag immer im Schatten – aber es war der Schatten der Mauer und nicht der Pyramide. Seine Veranda vergrößerte diesen Schutz noch. Raguel hatte erzählt, daß Ta'uz viele Stunden lang aus dem Fenster seines Hauses die Pyramide angestarrt hatte. Boaz konnte das nicht tun, selbst wenn er es gewollt hätte; sowohl Veranda als auch Mauer versperrten den Blick auf die Pyramide – und verbargen das Haus vor der Pyramide.

Ich mußte an die – zugegeben seltenen – Momente denken,

in denen ich einen flüchtigen Blick auf den Mann hatte werfen können, der in Boaz verborgen war. Das war immer in dem Haus geschehen, niemals draußen.

Im Haus, wo er vor der Pyramide sicher war.

Mir wurde bewußt, daß ich nicht nur starrte, sondern auch am ganzen Leib zitterte, und ich zwang meine Beine, sich in Bewegung zu setzen. Möglicherweise beobachtete Boaz mich. Möglicherweise steigerte er sich in diesem Augenblick in eine mörderische Wut, weil er dachte, ich würde seine Befehle nicht befolgen.

Ich lief los und blieb dann vor der Tür stehen. »Exzellenz?«

Er trat aus einem Nebengemach. »Du kommst spät, Tirzah.«

»Ich mußte in mein Quartier, um mich zu säubern und umzuziehen, Exzellenz.«

»Dann wasch meine Hände und Füße und setz dich an den Schreibtisch und verschwende nicht noch mehr Zeit.«

»Ja, Exzellenz.«

Er ließ mich die Abhandlung über das Quadrat aus dem Geshardi weiter übersetzen, und ich beugte mich über den Papyrus und bemühte mich, so sauber und präzise zu schreiben, wie ich nur konnte. Ich hörte, wie Boaz sich hinter mir auf einen Stuhl setzte, dann raschelte ein Papyrus, als er eine Rolle öffnete und las.

Ich arbeitete schweigend etwa zwei Stunden lang, wie ich anhand des im Garten länger werdenden Schattens feststellen konnte, und dieser Schatten erstreckte sich immer weiter über die Siedlung.

Aber er konnte dieses Haus an keiner Stelle berühren.

»Du konzentrierst dich nicht.«

Er stand direkt hinter mir, und ich konnte ein überraschtes Zusammenzucken nicht verhindern. Ich hatte ihn nicht aufstehen gehört.

»Exzellenz, ich habe die Abhandlung fast fertig. Seht, ich bin am letzten Absatz angekommen.«

Er nahm die Seite, auf der ich geschrieben hatte, und überflog sie kurz. »Stimmt. Es wird mich freuen, endlich diese Abhandlung lesen zu können.«

»Ihr könnt kein Geshardi lesen, Exzellenz?« Wieder hatte er mich so überrascht, daß ich ohne Erlaubnis eine Frage stellte.

»Die nördlichen Sprachen sind primitiv und ohne Finesse, Mädchen, und ich habe meine Zeit nie damit verschwendet, sie zu erlernen! Hast du verstanden?«

»Ja, Exzellenz.« Darum also hatte er mich schreiben gelehrt. In Ashdod würden überhaupt nur wenige diese Sprachen beherrschen. Ich wunderte mich, daß er sich überhaupt für eine nördliche Abhandlung interessierte.

»Du hast eine Frage, Mädchen. Sprich.«

»Exzellenz, ich wußte nicht, daß die Geshardi die Macht der Eins anbeten.«

»Das tun sie auch nicht.« Er legte das Blatt wieder auf den Tisch zurück. »Aber sie verfügen über einige halbwegs gebildete Geometer. Vielleicht werden sie eines Tages die Eins verstehen.« Er sah, daß ich noch eine Frage hatte. »Ja?«

»Ihr betet die Eins als Gott an, Exzellenz. Das ist mir nie zuvor klar geworden.«

»Wir beten die Macht der Eins an, dummes Mädchen, nicht die Eins selbst. Sie selbst hat keine Persönlichkeit in sich. Vielleicht betrachten die niederen Kasten die Eins als Gott, Tirzah, denn die Zahl, aus der alle Zahlen entspringen, um dann wieder in ihr zu enden, ähnelt göttlicher Vorsehung. Aber glaube nicht einen Augenblick lang, daß die Eins einen eigenen Verstand und Willen hat ...«

»Exzellenz!« Der entsetzte Ruf eines Wächters ließ Boaz verstummen und herumfahren.

»Exzellenz!« Der Wächter stürzte außer sich vor Erregung über die Veranda auf uns zu. »Exzellenz ... die Pyramide ... ein Problem ... Ihr müßt ...«

Aber Boaz war bereits draußen und stieß im Laufen die Arme durch das blaue Übergewand. Der Wächter holte ihn ein, Worte sprudelten aus seinem Mund, und ohne nachzudenken eilte auch ich hinaus.

Fünf.

Wer?

Niemand hielt mich auf, als ich hinter Boaz zur Baustelle der Pyramide hineilte. Alle wußten, daß er mich oft holen ließ, und meine Anwesenheit wurde nicht in Frage gestellt.

»Wo ist es geschehen?« fragte Boaz, und der Wächter führte uns die Rampe hinauf in das abscheuliche Ungeheuer hinein.

Überall standen die Arbeiter stumm und blaß herum.

Der Wächter führte uns nur ein Stück den Hauptgang hinauf, bevor er in einen der nach unten abzweigenden breiten Gänge abbog.

In dem Augenblick, in dem ich den Gang betrat, spürte ich sofort, daß etwas Unfaßbares geschehen war – etwas, das mit tobender Kraft gewütet hatte.

Boaz blieb stehen, und wir beide betrachteten die verglasten Wände. Ich zögerte, dann streckte ich meine zitternde Hand aus, voller Unglauben über das, was sich meinen Blikken bot.

»Tirzah?« Boaz sah mich an, als würde ihm jetzt erst bewußt, daß ich ihm gefolgt war, aber er schalt mich nicht, denn auch er stand vor der Wand und strich ungläubig darüber.

Was einst Glas gewesen war, war noch immer warm. Es war gleichzeitig auch tot, und das überraschte mich nicht.

Eine Art Hitze, die so gewaltig gewesen war, daß ich mir nicht vorstellen konnte, was sie hatte entstehen lassen, hatte das Glas mit dem Stein der Pyramidenwände verschmelzen lassen. Die Steinmetzarbeit war jetzt deutlich durch diese funkelnde schwarze Substanz sichtbar, die Glas ähnelte und wiederum auch nicht.

Der ganze Gang war auf diese Art geschmolzen. Jetzt war er ein Tunnel, so schwarz wie die Nacht, und gab dennoch überall Licht ab.

»Hier entlang«, sagte der Wächter und führte uns tiefer in die Pyramide hinein.

Die fünf Männer waren einfache Arbeiter gewesen, die man ausgesandt hatte, um ein scheinbar blockiertes Tor zu überprüfen. Sie hatten den Gang betreten, dann waren die Tore vor und hinter ihnen zugeschlagen.

Keiner der drei Magier, die auf Boaz warteten, hatte dafür eine Erklärung.

»Wir waren nicht einmal in der Nähe des Schaltraums, Boaz«, sagte einer.

»Niemand war dort«, bestätigte ein anderer.

Ihre Worte trieben an mir vorbei. Ich starrte wie gebannt auf die fünf Leichen. Die Gluthitze, die durch diesen Gang getost war, hatte sie verbrannt, aber nicht so sehr, daß man sie nicht mehr hätte erkennen können, und ich konnte immerhin sehen, daß niemand unter ihnen war, den ich kannte.

Und ich konnte deutlich sehen, was die Glut mit ihren Körpern gemacht hatte. Sie hatte ihre Körper zu entsetzlichen Gebilden werden lassen mit verkrümmten Gliedern, und ihre Hände waren zu schwarzen Klauen geworden. Sie dampften noch, und der Geruch war unerträglich.

Ich wandte mich ab, konnte den Anblick nicht länger ertragen. Vier oder fünf Schritt entfernt lagen die geschwärzten Überreste einer ihrer Werkzeugtaschen, die Werkzeuge selbst lagen auf dem Boden verstreut.

Ich sah genauer hin, dann ging ich darauf zu, bückte mich und hob einen Hammer auf.

Ich keuchte auf, nicht nur wegen seines Gewichtes, sondern vor allem deswegen, weil er sich so merkwürdig anfühlte. Er war vollständig in Stein verwandelt worden, so wie auch alle anderen Werkzeuge. Selbst Holzgriffe waren in schwarzen, glasigen Stein verwandelt worden. War das Glas, das von den Wänden und der Decke geschmolzen war, auf diese Werkzeuge getropft? Oder war hier eine Macht am Werk gewesen, die ich nicht begreifen konnte?

»Boaz?« sagte ich unvorsichtigerweise, aber in einem Zustand solchen Entsetzens, daß ich nicht daran gedacht hatte, ihn mit seinem Titel anzusprechen. »Was ist mit dem Hammer passiert?«

Und ich hielt ihn ihm hin.

Er fluchte und schlug mir den Hammer aus der Hand. Er landete mit einem hellen, sauberen Klirren auf dem Boden. »Was machst du hier, Mädchen? Scher dich zurück in meine Residenz!«

»Ich … Boaz …« Ich bewegte mich nicht, aber ich brach in Tränen aus, verzweifelt über das, was ich um mich herum sah, und über die Kälte in seinen Augen.

»Verflucht!« zischte er, grub die Finger in meine Arme und stieß mich dem Wächter zu. »Schaff sie hier raus!«

Dem Wächter kam das sehr gelegen. Er ergriff mich leicht am Arm und zog mich den Gang entlang. Aber ich konnte noch hören, daß Boaz zu den anderen Magiern sagte: »Das ist wesentlich besser, als ich mir hätte träumen lassen. Viel mächtiger. Sehr viel mächtiger.«

Der Wächter begleitete mich zum Haus des Magiers. Ich setzte mich an den Schreibtisch, die geshardische Abhandlung über Geometrie erwartete ihre Vollendung, meine Augen waren sinnloserweise tränenblind.

18

Bei Einbruch der Dunkelheit kam er zurück. Sein Diener Holdat war gekommen und hatte mir etwas zu essen gebracht, aber ich hatte nichts anrühren wollen, außerdem verspürte ich sowieso keinen Hunger.

»Bist du fertig?« fragte er, als er eintrat.

Ich nickte teilnahmslos. Irgendwann hatte ich mich dabei ertappt, daß ich schrieb, ohne daß ich bewußt die Feder aufgenommen hatte. Überrascht hatte ich die Seite angestarrt, dann mit den Schultern gezuckt. Ich brauchte etwas, um meine Gedanken zu beschäftigen.

»Dann steh auf!«

Ich kämpfte mich in die Höhe.

»Wie kannst du es wagen, dich einzumischen!« schäumte er, und ich blinzelte ängstlich.

»Exzellenz?«

Er blieb vor mir stehen und beugte sich drohend vor, sein Finger stach in die Luft zwischen uns.

»Wie kannst du es wagen, mir aus diesem Raum zu folgen!«

»Exzellenz, ich hatte Angst!«

»Angst?«

»Angst, daß jemand, den ich kenne, tot in der Pyramide liegen würde, Exzellenz. Ich mußte es wissen.«

Er hielt inne, und der Ausdruck, der über sein Gesicht

flackerte, gefiel mir gar nicht. »Der Wärter hatte nichts von Toten gesagt.«

»Exzellenz, warum sollte er sonst so blaß und entsetzt ausgesehen haben? Alle Sklaven fürchten auf einer Baustelle instinktiv Tod und Unfälle. Es ist unser Schicksal, und es war das erste, an das ich dachte.«

»Hast du geglaubt, Yaqob läge dort von Glas durchbohrt, mein Schatz?«

Genau das hatte ich befürchtet – sicherlich hatte uns die Pyramide mittlerweile gekennzeichnet? Ich öffnete den Mund, um etwas zu erwidern, brach statt dessen aber in Tränen aus und versuchte sie genauso schnell zu unterdrücken. Ich schluckte, die Hand vor dem Mund und angsterfüllt.

Meine Furcht war wohl deutlich sichtbar, und sie stillte sein Bedürfnis, mich zu unterwerfen. Ich hatte mir zu viel herausgenommen, indem ich ihm in die Pyramide gefolgt war, und ich mußte gezüchtigt und auf meinen Platz verwiesen werden.

Seine Miene hellte sich etwas auf, aber erst nachdem er mich noch einmal zurechtgewiesen hatte. »Mach das noch einmal, Tirzah, und ich überlasse dich den Wächtern zu ihrem Vergnügen, denn bei der Eins, du verschaffst mir wenig genug davon. Hast du verstanden?«

»Ich habe verstanden, Exzellenz!« Ich schluchzte, zitterte jetzt am ganzen Leib.

Dann herrschte lange Zeit Stille. Dann ...

»Ach, Tirzah. Warum weinst du so? Hier.« Er gab mir ein Mundtuch, damit ich mir das Gesicht abwischen konnte.

Es war nicht die Hand des Magiers.

Ich trocknete meine Tränen und warf einen verstohlenen Blick auf ihn. Er war noch immer voller Mißtrauen, aber jetzt stand der Mann vor mir und nicht der Magier.

Da mußte ich wieder weinen, diesmal jedoch vor Erleichterung und gleichzeitig erfüllt von Angst, etwas zu sagen oder zu tun, das den Magier wieder die Oberhand gewinnen lassen würde.

Boaz machte eine ungeduldige Geste und riß mir schließlich das tränenfeuchte Tuch aus der Hand. »Geh und wasch dir das Gesicht. Das Kohol ist ganz verschmiert, und du siehst aus wie eine Fünfjährige, die man bei irgendwelchem Unfug ertappt hat.«

Als ich dankbar mein Gesicht mit kaltem Wasser gekühlt hatte und endlich die Tränen versiegt waren, fragte ich mich, ob ich Boaz bei seiner Rückkehr hätte anbieten müssen, ihm Hände und Füße zu waschen.

»Exzellenz?« Unsicher, wie ich die Frage in Worte kleiden oder ob ich überhaupt etwas sagen sollte, deutete ich unbeholfen auf die Schüssel.

»Das ist nicht nötig«, sagte er und stand plötzlich neben mir, hängte sein Übergewand auf einen Ständer neben der Waschgelegenheit, wusch sich die Hände und nahm mir das Handtuch ab, um sie zu trocknen.

»Gut. Nun, hast du etwas gegessen?«

Ich schüttelte den Kopf.

»Dann setz dich.«

Es war eine schlichte Mahlzeit. Eine Schale mit kaltem Getreidebrei. Obst. Ungesäuertes Brot mit einem Schälchen Öl. Eine Auswahl Käse. Eine Kanne Wein mit zwei Bechern.

Er legte etwas Obst auf einen Teller, brach ein Stück Brot ab, gab etwas Öl darauf, löffelte etwas Getreide daneben, dann gab er mir den Teller. »Iß. Seit deinem Frühstück ist viel Zeit vergangen.«

Er schenkte mir auch Wein ein. »Bitte trink und iß, Tirzah. Ich würde mich darüber freuen.«

»Ja, Exzellenz.«

Er wollte sich nicht unterhalten, worüber ich froh war, und so saßen wir einige Zeit in angenehmer Stille da. Es erstaunte mich, daß hinter dem Magier ein solcher Mann existierte, und ich hoffte, daß der Mann eine Weile bleiben würde, nachdem der Magier mir solche Angst eingejagt hatte. Ich war entschlossener denn je, nichts Ungebührliches zu sagen oder zu tun.

Nachdem Holdat das Geschirr abgeräumt hatte, stützte Boaz den Ellbogen auf den Tisch, trank einen Schluck Wein und lächelte mich an.

»Worüber denkst du nach, Tirzah?«

»Ich denke darüber nach, daß ich noch immer viel zu lernen habe, Exzellenz.«

»Eine diplomatische Antwort. Ich wünschte, du würdest mir eine durchsichtige Glasplatte machen, die ich in deinem Kopf befestigen könnte und die dann verrät, was hinter deinen schönen Augen vorgeht. Komm, setz dich zu mir ans Fenster.«

Er nahm den Wein mit und stellte ihn auf einem kleinen Tisch neben unseren Stühlen ab. Wir saßen sehr nahe beieinander.

»Du kannst ruhig mit mir sprechen, Tirzah. Habe keine Angst.«

Aber es brauchte einigen Mut, um das zu sagen, was ich sagen wollte, denn ich hatte große Angst, daß er sich wieder in den Magier verwandelte.

»Exzellenz, ich frage mich, warum Ihr mich hergebeten habt. Ich weiß, daß Ihr nicht meinen Leib wollt« – als er das hörte, ging in seinen Augen eine Veränderung vor – »sondern mir die Kunst des Schreibens beibringen wollt. Denn sicherlich gibt es am Hof oder unter den Dienern und Schreibern der Magier wenigstens einen, der Geshardi für Euch übersetzen kann?«

»Hast du noch immer Angst vor dem Schreiben?«

»Manchmal, Exzellenz.« Und noch mehr Angst vor dem, was Yaqob tun würde, wenn er es herausfand, was sicherlich über kurz oder lang passieren würde.

»Dazu gibt es keinen Anlaß, Tirzah. Das letzte was ich will, ist, dir einen Schaden zuzufügen.«

Ich ließ mir nichts anmerken, aber im Inneren spürte ich heißen Zorn in mir hochschießen. Wie konnte er das behaupten, wenn er Stunden damit verbrachte, mich und meine Freunde zu bedrohen und mich immer wieder demütigte? Wie konnte er es wagen, das zu sagen, wo er mich doch in der Werkstatt fast mit dem Schmerz verkrüppelt hatte, als ich sein Bitte abgelehnt hatte?

Ich wandte das Gesicht ein wenig zur Seite, damit er die Gefühle nicht sehen konnte, die in mir tobten. Er mußte sich dessen bewußt sein, was er tat, auch wenn er sich in das Gewand und in das Verhalten eines Magiers kleidete.

Er stand auf, und ich zuckte erneut zusammen, überzeugt davon, daß er meine Wut doch gesehen hatte. »Exzellenz?«

»Sei ruhig, Tirzah. Bleib sitzen und warte ein paar Minuten.«

Er blieb kurz fort, und als er zurückkehrte, waren das weiße Gewand und die Schärpe des Magiers verschwunden und das lange blaue Tuch um seine Hüften geschlungen. In den Händen hielt er einen Kasten, und sein Gesicht zeigte einen so argwöhnischen Ausdruck, daß ich fürchtete, jeden Augenblick würde wieder der Magier zum Vorschein kommen.

»Exzellenz«, rief ich leise und sprang auf die Füße, »laßt mich das für Euch tragen.«

Aber er entriß es mir, und blickte dabei höchst beunruhigt.

Verzweiflung erfüllte mein Herz von neuem, ich fiel auf die Knie. »Vergebt mir, Exzellenz! Ich wollte nur helfen.«

»Zurück auf deinen Stuhl, Tirzah.« Es erleichterte mich, daß er zwar streng klang, aber nicht die Stimme des Magiers benutzte.

Ich ging langsam zurück, mein Herz hämmerte noch immer. Dann setzte er sich und sah mich fest an.

»Solltest du jemals jemandem verraten, was ich dir jetzt zeige, werde ich dich töten. Hast du das begriffen?«

Und was die Drohung so furchteinflößend machte, war, daß sie von Boaz kam und nicht von dem Magier.

Ich wußte, er würde seine Drohung wahr machen, und dieses Wissen zeigte sich auf meinem Gesicht. »Ja, Exzellenz.«

»Gut.« Er seufzte, dann beruhigte er sich langsam und starrte den Kasten an; seine Finger trommelten sanft darauf.

Ich begriff, daß wir den Punkt erreicht hatten, zu dem er mich gesteuert hatte, seit er mich das erste Mal in sein Haus befohlen hatte. Jetzt, da wir angekommen waren, hatte er es nicht eilig, weiterzumachen.

Seine langen Finger trommelten noch immer ganz sanft auf den Kastendeckel; er lehnte den Kopf gegen die Stuhllehne und betrachtete mich. Es war ein wohlwollender Blick, und mir wurde wieder leichter ums Herz, und ich trank einen Schluck Wein.

»Erzähl mir von deinem Land im Norden, Tirzah.«

»Exzellenz, wo soll ich anfangen?«

»Mit dem Land selbst. Ich habe es nie gesehen.«

»Viland ist sehr flach, Exzellenz. Vom Sturm gebeutelt. Es ist ein schmales Land, das von Norden nach Süden verläuft. Im Westen ist ein stürmisches graues Meer, an den Grenzen im Osten erheben sich hohe Berge und Wälder.«

»Und die Menschen? Ist deine Hautfarbe die aller Vilander?«

»Ja, Exzellenz. Alle haben helle Haare und blaue Augen.«

»Und sind die Männer so ansehnlich, wie du schön bist?«

Ich errötete, und er grinste.

»Sie verstecken sich hinter großen Bärten, Exzellenz. Es ist schwer zu sagen.«

»Noch eine diplomatische Antwort, Tirzah. Du verschwendest deine Fähigkeiten als Arbeiterin. Was ist mit Geshardi? Du sprichst die Sprache gut. Bist du jemals da gewesen?«

Jetzt hatte seine Stimme einen harten Unterton. Er hatte die ganze Zeit über Geshardi sprechen wollen. Die Fragen nach meiner Heimat waren zum Teil sanfte Ablenkung, zum Teil Täuschung gewesen.

»Ich habe die Sprache von den Händlern gelernt, mit denen mein Vater und ich zu tun hatten, Exzellenz, aber ich bin nie da gewesen.«

»Sicherlich haben sie dir ihr Land beschrieben.«

»Geshardi liegt jenseits der östlichen Wälder von Vilands Grenze, Exzellenz. Die Händler erzählten von einem milderen Klima als dem unseren und sanften Hügeln, die sich in der Ferne verlieren, bedeckt mit Stechginster und Büschen und voller Hirschen und Hasen.« Ich hielt inne, dann gab ich ihm das, was er meiner Meinung nach wissen wollte. »Die Händler aus Geshardi hatten helles braunes Haar, waren aber nicht so hell wie Vilander, doch sie hatten im allgemeinen blaue oder graue Augen. Unsere Völker sind miteinander verwandt.«

Ich zögerte erneut. »Sie trugen keine großen Bärte, Exzellenz, sondern sie hatten offene Züge und waren sehr redegewandt.«

Er schwieg lange, den Blick in die Ferne gerichtet. Ich nutzte die Gelegenheit, den Kasten zu betrachten. Er war ziemlich groß und außerordentlich schön gearbeitet. Ich schaute genauer hin, konnte die Holzart aber nicht erkennen. Es hatte beinahe den Anschein, als bestünde er aus Jusserine, einem dunkelroten Holz aus den Wäldern zwischen Geshardi und Viland.

»Mein Vater war ein Prinz von Geshardi«, sagte Boaz schließlich.

Ich glaube, er hätte nichts sagen können, das mich mehr verblüfft hätte. Boaz' Vater kam aus Geshardi?

Ich kniff die Augen zusammen. Konnte das Yaqob weiterhelfen? Und dann fühlte ich, wie sich mein Magen aus Selbsthaß wegen eines so verräterischen Gedankens verkrampfte.

Er sah mich wieder an. »Meine Mutter war Chad Nezzars Schwester.«

»Ja, Exzellenz. Ich habe gehört, daß Ihr der Neffe des Chads seid.« Ich musterte ihn jetzt aufmerksamer. Sein Gesicht und seine Arme waren von der Sonne gebräunt, aber die Haut seiner Brust und seines Bauches war bedeutend heller, als ich sie bei Leuten mit ausschließlich südlichem Blut gesehen hatte. Und seine grauen Augen ...

»Sie wurde in ihrer Jugend mit einem Adligen aus Ashdod verheiratet. Ich habe einen älteren Halbbruder, Zabrze – der ist jetzt der Thronerbe. Als ihr Gemahl starb, verheiratete Chad Nezzar sie mit einem Prinzen aus Geshardi, der am Hof von Ashdod weilte, um ein Handelsabkommen mit ihm zu schließen.

Sie wurden zu Fanfarenklängen, dem Rascheln von kostbarer Seide und edlem Geschmeide verheiratet. Sie zogen sich in ihre Gemächer zurück, wo sie der Tradition von Ashdod gemäß sieben Tage und sieben Nächte blieben, bis sie wieder herauskamen, um an Banketten teilzunehmen und Einladungen zur Jagd anzunehmen.

Mein Vater war anscheinend ein Mann der Tat, und die sieben Tage und Nächte in der Abgeschiedenheit ließen ihn nach Abenteuern dürsten.«

Boaz sah wieder in meine Richtung, und in seinen Augen lag ein amüsiertes Funkeln. »Auch wenn er diese sieben Nächte nicht vollkommen untätig verbracht hatte, Tirzah, denn in einer von ihnen wurde ich gezeugt.« Er blickte wieder in die dunkle Nacht hinaus. »Auf seiner ersten Jagd auf dem Lhyl war er so aufgeregt, daß er, als er in seinem Boot aufstand, um in ein Jagdhorn zu blasen, das Gleichgewicht verlor und ins Wasser stürzte. Eine große Wasserechse fraß ihn auf.«

»Oh, Exzellenz, es tut mir so leid ...«

»Ich habe ihn nie kennengelernt, und das betrübt mich, Tirzah, denn ich glaube, er war ein Mann, der es wert gewesen wäre. Meine Mutter wurde beinahe wahnsinnig, als sie es erfuhr. In den sieben Tagen hatte er ihr Herz gewonnen, und sie erholte sich nie von dem Verlust. In diesem Jahr kam ich auf die Welt, und als ich sechs war, starb sie. Vor Verzweiflung, glaube ich.«

Meine Augen hatten sich mit Tränen gefüllt, und Boaz mußte sich sammeln, bevor er fortfahren konnte.

»Dieser Kasten enthält das Hochzeitsgeschenk meines Vaters an meine Mutter. Sie hat es geehrt, denn es war alles, was sie von ihm hatte, abgesehen natürlich von mir. Er enthält ... ein Buch.«

Und plötzlich wußte ich, warum all das Schreiben, Lesen, Übersetzen nötig gewesen waren. Boaz wollte das Buch lesen, konnte es aber nicht, also hatte er mich dazu ausgebildet, es für ihn zu tun.

Ich fragte mich kurz, warum er mich nicht einfach gebeten hatte, ihm Geshardi beizubringen.

»Sie erzählte mir, und mit sechs Jahren war ich noch nicht

alt genug, um es richtig verstehen zu können, daß er sie mit Geschichten aus diesem Buch verführt hatte. Sie konnte es auch nicht lesen, denn während ihres ganzen Lebens kam niemand aus Geshardi nach Ashdod, und sie hatte nur die Erinnerungen an diese Geschichten. Da war eine ...«

»Ja, Exzellenz?« Ich konnte nur noch flüstern, Tränen liefen meine Wangen herab.

»Eine liebte ich ganz besonders, und die hat sie mir immer wieder erzählt. Aber seit ihrem Tod sind dreißig Jahre vergangen, und die Geschichte ist fast vollständig aus meinem Gedächtnis verschwunden. Tirzah, würdest du sie mir vorlesen?«

»Es wäre mir eine Ehre, Exzellenz.«

Er seufzte, löste die Riegel des Kastens und hob ein großes Buch heraus.

Mir stockte der Atem, als er es herüberreichte. Es war eine wundervolle Arbeit. Eingebunden in Kalbsleder wiesen Einband und Rücken Einlegearbeiten aus Gold, Silber und Edelsteinen auf, die in Kupfer- und Golddraht und Bronzebeschlägen gefaßt waren.

Ich streckte die Hände aus und nahm das Buch entgegen.

Und ließ es beinahe fallen. Nicht nur wegen seines Gewichts, sondern weil es zu mir sprach.

Oh schönes Weib erhöre mich! Komm, fürchte mich nicht. Ich bin dein, küß mich, erhöre mich, umarme mich ... umarme mich ...

Ich werde nie erfahren, wie ich es schaffte, mir nichts anmerken zu lassen, denn die Stimme fuhr fort zu sprechen.

Umarme mich, laß mich dich lieben, laß mich neben dir liegen, laß mich dich lieben ...

Das Buch war ein Werk großer Elementenmeister. Größer in seiner Kunst als jede andere Magie, mit der ich unter

Isphets Anleitung je in Berührung gekommen war. Was ich durch die Elemente Metall und Edelstein auf dem Buch hörte, waren nicht die Stimmen der Elemente oder etwa der Soulenai, sondern … sondern die Stimme von Boaz' Vater, seine sanfte Verführung, als er Gemahlin zu sich ins Bett gerufen hatte …

Oh schönes Weib, laß mich dich berühren, dich lieben … Oh! Du Wunderschöne!

Fragen über Boaz' Vater und seine Beziehung zu dem Buch schossen mir durch den Kopf, raubten mir fast den Verstand.

Hatte er das Buch geschaffen? Hatte er gewußt, was das für ein Buch war? War er selbst ein Elementenmeister gewesen?

Ich blinzelte die Tränen fort, die Stimmen verstummten jetzt langsam, während das Buch in der Glut ihrer Leidenschaft pulsierte. Meine Hände zitterten, aber ich beherrschte mich und betrachtete das Buch erneut. Es war sehr alt, uralt, und es konnte unmöglich von Boaz' Vater stammen. Vielleicht war es durch einen Handel in seinen Besitz gekommen, und er hatte gar nichts über seine Magie gewußt. Vielleicht hatte er keine Ahnung gehabt, daß das Buch die Leidenschaft ihrer Hochzeitsnacht am Leben erhalten hatte.

Vielleicht. Vielleicht auch nicht.

Wußte Boaz, worum es sich bei diesem Buch handelte?

Falls er meine Gefühle bemerkte, ließ er es sich nicht anmerken.

»Tirzah. Schlag das Buch auf. Bitte. In ihm steht eine Geschichte. Bitte lies sie mir vor.«

Ich schlug das Buch auf. Die Schrift war kostbar, in Scharlachrot ausgeführt und mit Gold umrahmt, auf einem glatten, zartgetönten Pergament, nicht Papyrus. Die Schriftzeichen waren ungewöhnlich, aber ich konnte sie lesen. Ich überflog den Inhalt und fragte mich, welche Geschichte Boaz vorgelesen haben wollte.

»Exzellenz, welche ist es denn?«

Und dann fand mein Blick sie, und ich hatte keinen Zweifel, welche Boaz nennen würde. Welche Geschichte ihn nie losgelassen hatte.

»Das Lied der Frösche«, flüsterte er.

19

Ich hob den Blick und sah ihn an, in der Gewißheit, daß eine stärkere Magie als das Schicksal mich nach so viel Not und Elend in diesem Augenblick zu diesem Mann geführt hatte.

War es dieses Buch?

»Wie Ihr wünscht, Exzellenz«, sagte ich, schlug die Seite auf und fing an zu lesen und zu übersetzen.

Das Lied der Frösche

Es war einmal vor langer Zeit. Eine Zeit, in der alles noch im dichten Nebel der Vorzeit lag. Eine Zeit, in der alle Menschen, alle Völker und alle Lebewesen glücklich zusammenlebten und alles miteinander teilten.

Es war dieselbe Welt, in der wir jetzt leben, aber sie war doch anders.

Der Frieden konnte nicht dauern und tat es auch nicht, denn er war so schön wie ein Traum. Und ein Traum kann niemals Wirklichkeit sein. Ein Volk wandte sich gegen ein anderes, dann schlossen sie sich zusammen, um gegen ein Drittes vorzugehen, und als fast alle ausgerottet waren, schlichen sich die wenigen Überlebenden in andere Völker ein und säten Zwietracht und Haß.

Krieg breitete sich aus mit der grausamen Unbarmherzigkeit des Bösen.

Und die Menschen lernten mit dem Krieg zu leben. Sie paßten sich ihm an. Manchmal wütete der Krieg mehr, mal wütete er weniger. Manche Völker überlebten ihn nicht, andere, die mehr Glück hatten, anpassungsfähiger, kriegerischer waren, blühten auf.

Aber unter allen Völkern gab es ein Volk, das man Soulenai nannte, und das es schwerer fand, als andere, sich an diese neue Welt, die Welt des Krieges, zu gewöhnen …

Oh, bei den Göttern. Verstohlen warf ich einen Blick auf Boaz, aber der Name schien ihm nichts zu sagen.

… Die Soulenai waren Meister der Magie, von hohem Ruf und Geschick, aber sie liebten den Frieden, und die Vorstellung, Krieg zu führen, war ihnen zuwider.

Zuerst glaubten sie, wenn sie keine Partei ergriffen, wenn sie freundlich wären zu jedermann, dann wären auch die anderen freundlich zu ihnen.

Doch ihre Länder wurden überrannt, ihre Kinder gemordet.

Also wollten sie weit weg ziehen, in ein Land ziehen, in dem es keinen Krieg gab.

Und das taten sie auch. Sie fanden ein friedliches Land, wenngleich es wenig fruchtbar war und von zehntausend Kieseln bedeckt, aber ein Land, in dem ihr Volk mit viel Arbeit wieder aufblühen konnte. Doch innerhalb eines Jahrzehnts hatte der Krieg sie aufgespürt und das Land verwüstet, in dem die Soulenai sich niedergelassen hatten. Das mit großer Mühe bestellte Land wurde wieder zur Wüste, Felder verwandelten sich in Stein, Ackerfurchen in Erdspalten. Selbst wenn ihre Körper nicht von Stahl durchbohrt wurden, legten sich viele Soulenai zum Sterben nieder. Sie taten es aus Trauer.

Die, die weiterlebten, weinten und fragten sich, ob sie verflucht seien.

Und aus ihren Tränen ward ein breiter Strom. Er floß durch die Kieselsteine und die Felsspalten und füllte die Erdspalten, teilte die Wüste und spendete Leben an seinen Ufern.

Die Soulenai setzten sich an das Ufer des Stroms und hörten auf zu weinen, aber ihre Herzen schmerzten noch immer. Denn wohin sie auch immer gingen, was sie auch taten, der Krieg würde ihnen folgen, und am Ende würden sie alle sterben. Welchen Nutzen hatte die Schönheit dieses Flusses, wenn keiner mehr blieb, sie zu bewundern?

Aber als sie erneut trauerten, und sie keine Tränen mehr vergießen konnten, erhob sich um sie herum ein Lied. Es war ein garstiges Lied, und die Soulenai dachten, daß es zu der Strenge der Wüste und den schroffen Felsen um sie herum paßte.

Da kam einer von ihnen auf die Idee zu fragen. »Wer singt denn da?«

»Wir singen!« Und zehntausend Frösche hoben die Köpfe über das Flußufer und grüßten die Soulenai.

»Was sind das für seltsame Wesen?« fragten die Soulenai, denn noch keiner von ihnen hatte jemals einen Frosch gesehen.

Da vereinten die Frösche ihre Stimmen zu einem gewaltigen Chor der Freude.

»Soulenai! Erlöser! Jahrtausende waren wir, die Frösche, in den unzähligen Kieselsteinen eingeschlossen, gefangen durch Zauberei. Aber dann kam eine Feuchtigkeit, wie wir sie nie zu träumen gewagt hätten, und es waren eure Tränen. Der Fluß entstand, und wir sprangen ins Leben. Und so ist unser Lied unser Dank an euch.«

Die Soulenai lächelten, froh darüber, wenigstens einem

Volk geholfen zu haben. »Wir danken euch, Froschfreunde. Ihr singt ein wunderschönes Lied.«

Die Frösche lachten. »Ihr haltet es für garstig, aber das macht nichts. Soulenai, Erlöser, unser Lied ist ein Geschenk an euch, und wir würden euch gern sagen, wie ihr es nutzen könnt.«

»Ein Geschenk?«

»Wir werden euch ein Land geben, in dem ihr für alle Zeiten in Frieden leben könnt.«

»Oh! Was ist das für ein Land?«

»Wir kennen es nur als die Zuflucht im Jenseits ...«

Ich hielt inne, gab vor, eine Pause zu machen, um meinen trockenen Mund mit Wein zu befeuchten. Das war gefährlich. Ich warf rasch einen weiteren Blick auf Boaz. Er saß mit geschlossenen Augen da, atmete ruhig, und ich konnte seine Gedanken nicht lesen. Der Magier, der darauf wartete, die Falle zuschnappen zu lassen, oder der Mann, der sich nach dem Trost seiner verlorenen Mutter und des unbekannten Vaters sehnte?

»Bitte, lies weiter«, sagte er und öffnete die Augen. Tränen glitzerten darin.

Ich wandte mich wieder der Geschichte zu.

... Die Soulenai waren zurückhaltend. Die Frösche sangen von Hoffnung, aber die Hoffnungen der Soulenai waren schon so oft enttäuscht worden.

»Seht doch nur!« riefen die Frösche und hoben an zu singen.

Die Soulenai sahen. Sie sahen ein Land in den Nebeln der Vorzeit. Sie sahen ein Land voller Meere und Sterne, steiler Klippen und großer Ebenen. Ein Land, in dem man sie nicht stören würde. Sie sahen ein Land von solchem Frieden, daß es wie Magie war. Es war ein Land, in dem sie die Unvergänglichkeit erwartete. Ein Land, in dem die Ungeborenen mit den Verstorbenen ausgelassen herumtollten, und keiner konnte einen Unterschied zwischen ihnen erkennen.

»Wir glauben, uns gefällt diese Zuflucht, die im Jenseits liegt«, sagten die Soulenai. »Aber wie erreichen wir sie?«

»Folgt unserem Lied«, riefen die Frösche. »Hört ihm zu, laßt euch von ihm rühren, laßt euch von unserem Lied wiegen und trösten. Laßt euch von ihm umarmen und führen.«

Und das taten sie.

Die Soulenai folgten dem Weg, den das Lied der Frösche erschuf, denn sie selbst waren so voll eigener Magie, daß sie das Lied verstehen konnten, und sie reisten zu der Zuflucht im Jenseits, und seither hat keiner mehr etwas von ihnen gehört.

Aber ich glaube, wenn du dich von dem Lied der Frösche wiegen und trösten läßt, wenn du dich von ihm trösten und leiten läßt, dann wirst auch du diese Zuflucht im Jenseits erreichen können, denn es ist wahrhaftig ein Land der Wunder.

»Ich hoffe, mein Vater hat meine Mutter dorthin gebracht«, sagte Boaz in die Stille hinein, die nun folgte. »Ich glaube, daß er das Lied der Frösche verstanden hat. Ich glaube, darum ist meine Mutter auch an Trauer gestorben. Sie hatte nicht nur ihren Geliebten verloren, sondern auch die Zuflucht im Jenseits.«

»Vielleicht sind sie ja jetzt dort zusammen, Exzellenz«, sagte ich leise.

»Vielleicht, Tirzah, vielleicht.« Er seufzte. »Ich wünschte, ich könnte das Lied der Frösche verstehen. Ich glaube, ich würde dieses Land namens Zuflucht im Jenseits gern besuchen.«

Selbst jetzt dachte ich noch an eine Falle, aber ich mußte ihm einfach eine Frage stellen.

»Exzellenz?«

»Ja?«

»Exzellenz, wie hieß Eure Mutter?«

Boaz beugte sich auf seinem Stuhl vor, nahm mir das Buch aus den Händen und legte es wieder in den Kasten zurück.

»Der Name meiner Mutter war Tirzah.« Sein Blick war noch immer auf den Kasten gerichtet.

Ich wurde von solchen Gefühlen überwältigt, daß es mir schwerfiel zu sprechen. »Exzellenz, warum habt Ihr mir den Namen Eurer Mutter gegeben?«

»Wegen der Frösche, die du an diesem Tag für mich in das Glas geschliffen hast, Tirzah.«

Und doch hatte er es auf dem Boden zerschmettert. Die Frösche getötet. Würde ich diesen Mann jemals verstehen?

»Tirzah?«

»Ja, Exzellenz?«

»Es würde mich freuen, wenn du mich als meine Geliebte Boaz nennen würdest.«

Und das tat ich.

Er brachte mich nicht zu der Zuflucht im Jenseits, aber er brachte mich dennoch an einen anderen Ort. Yaqob und ich hatten niemals die Zeit oder die Abgeschiedenheit gehabt, unsere Liebe ausleben zu können. Boaz und ich hatten beides im Überfluß. Und Boaz war auch voller Fröhlichkeit, die bei Yaqob gefehlt hatte. Er neckte mich mit den Händen, seinem Mund, seinem Körper, bis ich – getrieben zur Wollust – ihn anflehte, es zu beenden und in mich einzudringen.

»Es zu beenden?« sagte er. »Wenn noch die ganze Nacht vor uns liegt?«

Aber er tat, worum ich ihn gebeten hatte, mit der Zärtlichkeit und Süße, die er mir in diesem Kuß gegeben hatte, daß ich ihn bat, niemals damit aufzuhören. Zu diesem Zeitpunkt war er zu atemlos, um lachen zu können.

Aber es mußte ein Ende geben, und es brachte mir genauso viel Erfüllung wie ihm – was mich überraschte, denn ich hatte nicht gedacht, daß eine Frau aus einer Vereinigung genauso viel Befriedigung ziehen kann wie ein Mann.

Er verließ mich nicht, sondern blieb schwer auf mir liegen, küßte zärtlich, streichelte, flüsterte …

… erhöre mich, umarme mich, liebe mich …

… bis wir beide in Schlaf sanken.

Wir schliefen, dann erwachten wir, und Boaz, der noch immer auf mir lag, setzte fort, was er begonnen hatte, und es war schneller, härter und wilder als beim ersten Mal, und es war gut, und diesmal waren meine Schreie voller besinnungsloser Wollust.

Wir schliefen wieder ein, und als ich erwachte, war der Magier zurückgekehrt.

20

Ich griff nach dem Laken, der Magier sollte meine Blöße nicht sehen, aber er riß es mir aus der Hand, dann packte er meinen Arm und zerrte mich aus dem Bett.

Er trug das vollständige Gewand seines Amtes, sein Haar war wieder zu Zöpfen geflochten, und in seinen Augen glitzerte die Wut.

»Dreckige Hure!« zischte er. »Was hast du getan?«

Ich brachte keinen Ton heraus, denn ich hatte Angst, daß alles was ich sagte oder tat, ihm einen Grund geben würde, mich zu töten.

»Hast du geglaubt, mich dazu bringen zu können, die Eins zu teilen, so wie es Raguel bei Ta'uz getan hat?«

Als er die Angst in meinen Augen sah, verzog sich sein Mund zufrieden zu einem schmalen Strich. »Ja, Ta'uz' Schande ist bis zu uns nach Setkoth gedrungen. Glaube ja nicht, du könntest mich oder die Eins entehren.«

Er zog mich näher zu sich heran. In seinem Gesicht war nichts mehr von dem Mann zu finden, der die Nacht mit mir verbracht hatte.

»Trotzdem habe ich eine gute Vereinigung mit der Eins erreicht«, fuhr er mit leiser Stimme fort. »Vielleicht hätte ich diese Art der Meditation schon eher erforschen sollen.«

Diese Worte schmerzten mehr als sein Griff. Boaz hatte die

Eins weit hinter sich gelassen, als er mich in sein Bett geholt hatte. Aber ich konnte verstehen, warum er sich selbst belog.

Er legte den Arm um meine Schultern, um mich eng an sich zu ziehen, dann legte er die Hand auf mein Gesicht. Seine Finger krallten sich schmerzhaft in meine Haut, und ich kämpfte vergeblich gegen ihn an.

»Ich kann dafür sorgen, daß du nicht empfangen wirst«, sagte er. »Mit absoluter Sicherheit ...«

»Nein, Exzellenz!« rief ich, »es gibt Kräuter, die ich ...«

»Absolute Sicherheit«, flüsterte er, und die Macht der Eins strömte durch meinen Körper.

Nichts, was ich jemals zuvor gespürt hatte, hatte mich auf das vorbereitet, was nun folgte. Selbst der Schmerz, den er mir in der Werkstatt zugefügt hatte, war lächerlich, verglichen mit dem, was jetzt geschah.

Ich schnappte nach Luft, um schreien zu können, aber die Qual war so groß, daß ich den Schrei nicht ausstoßen konnte. Die Macht verbrannte mich wie eine Flamme, wühlte sich durch meinen Unterleib, zerschnitt mich wie eine wahnsinnig gewordene scharfe Klinge. Sie riß mich auseinander.

Ein weitere Welle kam, und mein Körper geriet in unaufhaltsame Zuckungen. Ich weiß nicht, wie er es schaffte, mich festzuhalten, denn die Krämpfe hatten sich verselbständigt.

»Absolute Sicherheit«, glaubte ich ihn von sehr weit weg flüstern zu hören, dann ließ er mich auf das Bett fallen.

Ich kam vielleicht eine Stunde später wieder zu mir. Ich wimmerte, denn die Schmerzen waren noch immer beinahe unerträglich.

»Du wirst dich anziehen, und dann wirst du verschwinden.«

Ich klammerte mich an den Laken fest und zog mich zur Bettkante. Mein ganzer Körper rebellierte gegen die Behandlung, der er ausgesetzt gewesen war, und die Mißhandlung, die ich ihm jetzt zufügte, aber ich mußte hier raus. Ich mußte es.

Mein Blick verschwamm, und ich tastete halb blind nach meinem Gewand, zog es über den Kopf. Dann kämpfte ich mich auf die Füße und krümmte mich zusammen, einen Arm vor den Bauch gedrückt, mit der anderen Hand die Wand entlang nach der Tür tastend.

»Ich werde dich wieder rufen lassen«, sagte er, und ich stolperte in den gesegneten Sonnenschein hinaus.

Kiamet trug mich zurück zum Wohnhaus. Dafür werde ich ihm ewig dankbar sein. Er hatte freundliche Hände und eine noch freundlichere Stimme, und ich glaube, er sagte unterwegs ein paar unfreundliche Dinge über Boaz.

Isphet war entsetzt, genau wie die beiden anderen Frauen in unserer Unterkunft.

»Was hat er nur getan?« flüsterte sie, als sie mir auf die Pritsche half.

»Dafür gesorgt, daß ich die Eins nicht teile«, sagte ich und verlor das Bewußtsein.

Sie wusch mich und gab mir einen Trank, der die Schmerzen zu lindern half, dann wickelte sie mich in eine Decke und half mir, mich wieder hinzulegen.

»Du mußt heute hier bleiben«, sagte sie. »Nicht einmal Boaz würde darauf bestehen, daß du in die Werkstatt gehst.«

»Danke, Isphet«, sagte ich und ergriff ihre Hand. Abgesehen davon, daß sie wissen wollte, was er getan hatte, um mich so zu verletzen, hatte sie keine weiteren Fragen gestellt.

»Schlaf«, sagte sie.

Ich wachte am frühen Nachmittag auf und blieb eine Zeit lang liegen; ich dachte an nichts, ich wollte nicht denken. Die Schmerzen hatten beinahe nachgelassen, aber als ich die Decke anhob, sah ich dunkle Blutergüsse auf meinem Unterleib, der äußerliche Beweis für meine inneren Verletzungen.

Da weinte ich, denn ich war fest davon überzeugt, daß er mir jede Möglichkeit genommen hatte, jemals Kinder zu bekommen. Es war meine Strafe dafür, daß ich gesehen hatte, was ich gesehen hatte.

»Tirzah?«

Die Hoftür hatte sich einen Spaltbreit geöffnet, und eine Gestalt schlüpfte herein. »Tirzah?«

»Yaqob!« Und dann hielt er mich in den Armen, tröstete mich und weinte mit mir zusammen.

Er sah die Blutergüsse und den Schmerz in meinen Augen, und er wiegte mich in den Armen und versprach mir einen Tod für Boaz, der ihm zehnmal mehr Schmerzen bereiten würde, als die, die ich erlitt.

Aber das tröstete mich nicht besonders, denn ich war mir nicht sicher, ob ich ihn tot sehen wollte – nicht einmal nach dem, was er mir an diesem Morgen angetan hatte.

»Yaqob, wie ist es dir gelungen, hierherzukommen?«

»Pst, Geliebte«, murmelte er. »Ich war vorsichtig. Alle glauben, ich sei in der Pyramide, um Glasplatten anzubringen. Aber nach dem, was Isphet mir heute morgen erzählt hat, mußte ich kommen ...«

»O Yaqob!« Ich schluchzte erneut, und er küßte mich und ließ mich weinen.

»Ich muß gehen«, sagte er nach einer Weile. »Ich wage es nicht, länger zu bleiben.«

»Ich danke dir«, flüsterte ich. »Aber jetzt geh, denn ich

könnte es nicht ertragen, wenn du meinetwegen aufgegriffen würdest.«

Er küßte mich erneut und schenkte mir noch ein Lächeln, auch wenn seine Augen dabei grimmig blickten, und dann war er weg.

Ich blieb vielleicht noch eine Stunde liegen, dann quälte ich mich in mein Wickelgewand, kämmte mein Haar, bis es halbwegs ordentlich aussah, und tastete mich vorsichtig auf die Straße hinaus. Ich blinzelte in den Sonnenschein hinein. Es erschien seltsam, daß alles wie immer seinen normalen Gang nahm.

Aber ich hatte eine Aufgabe vor mir, die keinen Aufschub duldete. Ich mußte etwas vernichten, so wie Boaz mich heute morgen beinahe vernichtet hatte.

Ganz langsam machte ich mich auf den Weg zu Isphets Werkstatt.

Sie war entsetzt, daß ich meine Bettstatt verlassen hatte.

»Du brauchst mindestens einen Tag und eine Nacht, um dich zu erholen, Tirzah. Und wir schaffen es heute auch ohne dich.«

»Ich bleibe nicht lange. Aber ich muß etwas Wichtiges erledigen.«

Da ließ sie mich gehen.

Einige der Arbeiter nickten mir zu, als ich den Raum zur Treppe hin durchquerte, und Druse nahm mich am Ellbogen, aus Angst, mir wehzutun, wenn er mich umarmte. »Tochter …«

»Ach, Vater. Mir wird es wieder gut gehen. Laß mich jetzt gehen.«

Und er tat es.

Die Stufen waren beschwerlich, aber die Schmerzen hatten

sich immer mehr verflüchtigt, und so schaffte ich es halbwegs mit Würde. Zeldon und Orteas umarmten mich und murmelten etwas, dann löste ich mich sanft von ihnen.

»Laßt mich gehen, ich habe etwas zu erledigen.«

Ich ging dorthin, wo ich den Kelch versteckt hatte. Ich hatte ihn in dicke Stofflappen eingewickelt, und Zeldon und Orteas konnten nicht wissen, was in dem Bündel war, das ich an ihnen vorbeitrug, aber sie stellten keine Frage.

Ich ging die Treppe wieder hinunter, hin zu den Öfen.

Was ich tun würde, würde das Glas töten, und das machte mich traurig, aber es mußte sterben. Ich konnte es jetzt nicht mehr leben lassen. Nicht nach dem, was er getan hatte.

Ich konnte es auch nicht auswickeln, denn ich wollte sein leises Flüstern nicht hören, seine Fragen, warum ich es so nahe an die Flammen und die Hitze trug.

»Tirzah? Was machst du da?« fragte Isphet hinter mir.

»Glaube nicht, daß ich mich umbringen will, Isphet. Bitte, laß mich in Ruhe.«

Und sie ging zurück in die Werkstatt.

Die Hitze des Ofens brannte heiß auf meinem Gesicht, aber sie war auch tröstlich, und ich verstand jetzt, warum Raguel so gern in der Nähe des Feuers gearbeitet hatte. Irgendwie würde es vielleicht die Qual wegbrennen, die man auch ihr zugefügt hatte.

Ich stand so nah an den Flammen, daß die Tränen auf meinen Wangen verdampften. Ich nahm das Bündel fest in meine Hände und trat vor eine der großen Öffnungen. Dahinter wogten rote und gelbe Flammen und Hitzeschleier, so unglaublich lebendig, als ob sie mich riefen.

Ich machte mich bereit, den Kelch hineinzuwerfen, so wie Raguel einst das Bündel hineingeworfen hatte, das ihr Kind gewesen war.

Süße, süße Tirzah, laß uns dich trösten, dich lieben, riefen sanfte Stimmen.

»Nein!« rief ich mit fester Stimme und hob das Bündel.

Süße Tirzah, laß uns dich lieben, laß uns deine Verletzung lindern, laß uns zu dir sprechen …

»Nein!« schluchzte ich, aber ich hatte das Bündel langsam wieder gesenkt, und ich ließ den Kopf hängen.

Sprich mit uns, Tirzah, laß uns dich lieben, dich trösten …

Und es gab nichts, nach dem ich mich mehr sehnte. Nichts.

Mein ganzer Körper wurde jetzt von Schluchzen geschüttelt, ich drückte das Bündel an die Brust und floh in die winzige Nische hinter dem Brennofen. Dann rollte ich mich zu einer Kugel zusammen, krümmte mich um den verhüllten Kelch.

Dich umarmen mit unserer Liebe, dich trösten …

Und das taten sie auch, auch wenn ich mir bis heute nicht sicher bin, wie sie das schafften. Nach langer Zeit wickelte ich den Kelch aus und betrachtete ihn von allen Seiten.

Der Froschkelch war fast fertig. An dem Flußschilf fehlte noch ein wenig Feinschliff, aber die Frösche waren vollendet, und die Netzmaschen des Glasnetzes waren gut und stark, und es war das schönste Werk, das ich je geschaffen hatte.

Die bernsteinfarbenen Frösche waren lebendig, krochen durch das Schilf, ihre schwarzen Augen glänzten vor Mitleid; sie griffen mit ihren kühlen, feuchten Zehen zwischen dem

Schilf hindurch und berührten meine Hände und streichelten meine Haut, um sich dann, plötzlich wieder ganz schüchtern, in dem wogenden Schilf zu verbergen, bis sie wieder Mut gefaßt hatten und erneut nach mir tasteten.

Hallo Tirzah.

Die Stimmen der Soulenai, die durch die Münder der gläsernen Frösche zu mir sprachen.

Ich blinzelte, bis die letzten Tränen getrocknet waren.

Ich grüße euch, Soulenai.

Das ist ein wunderschöner Kelch, Tirzah. Voller Magie. Zerstöre ihn nicht.

Nein. Nein, das werde ich nicht tun.

Du hast ihn … für ihn gemacht.

Ja. Aber ich glaube nicht, daß ich ihn ihm geben …

Pst, und hör zu, was wir dir zu sagen haben, Tirzah.

Ich schwieg.

Wir haben vergangene Nacht zugesehen und zugehört. Uns hat erfreut, was wir gehört haben.

Sie schwiegen eine Weile, und ich glaubte, daß sie noch immer überwältigt waren von dem, was sie gehört und gesehen hatten. Nach einer langen Zeit ergriffen sie wieder das Wort.

Tirzah, das ist das Buch der Soulenai.

Euer Buch.

Ja, Tirzah. Sei still. Laß uns sprechen, aber wir müssen uns leider beeilen, und wir können dir nicht alles sagen. Hör zu. Boaz ist ein Elementenmeister.

Nein, nein, das kann nicht sein …

Doch, es stimmt, Tirzah. Sein Vater hat dieses Buch dazu benutzt, ihn zu zeugen, hat Magie in seine Zeugung und die Frau, die Boaz zur Welt bringen sollte, gewebt und einen Elementisten in ihren Schoß gepflanzt. Natürlich hat er nicht damit gerechnet, kurz nach der Zeugung von einer Wasserechse gefressen zu werden. Der Junge wurde geboren und ist ohne Vater aufgewachsen, der ihn anleiten konnte, ist in einer freudlosen und verderbten Umgebung aufgewachsen, in der ihn die Magier schon als Kind verführten.

Ich dachte an das, was er als neunjähriges Kind geschrieben hatte. Vielleicht hatten die Magier sich seiner bemächtigt, als seine Mutter starb. Und sie hatten nie begriffen, wen sie da in ihrer Obhut hatten.

Er war ein Prinz am Hof. Die Magier verführten ihn in der Hoffnung, daß sie durch ihn ihre Macht über den Chad und seinen Erben vergrößern konnten. Er hat ihre Erwartungen sogar weit übertroffen. Boaz ist ein Magier von großer Macht, von Ehrgeiz und Einfluß geworden, und er arbeitet gut für ihre Sache. Für die Pyramide.

Aber …

Aber unter allem schlummerte die Seele eines außergewöhnlichen Elementenmeisters, Tirzah. Der heranwachsende Junge, der eins mit der Eins sein wollte, war über das Flüstern entsetzt, daß er um sich herum hörte. Entsetzt von den Gaben, die sich bei ihm zeigten. Also begrub er sie tief. Begrub sein wahres Ich tief.

Ich dachte an sein Haus. Es war bar von allem, das ihm etwas zuflüstern konnte. Wenig Metall, keine Edelsteine, kein Glas. Holzbecher.

Tirzah, der Magier weiß sich fast immer völlig zu beherrschen. Nur selten läßt sich Boaz gehen – und immer nur in deiner Gesellschaft –, um seine wahre Natur zu enthüllen. Aber selbst mit dir ängstigen ihn solche Enthüllungen. Entsetzen ihn.

»Dann gibt es für ihn keine Hoffnung. Er wird den Elementenmeister niemals durchkommen lassen.« Ich sprach jetzt laut, wollte Boaz mit meiner Stimme verneinen.

Und doch muß es sie geben, Tirzah. Es muß Hoffnung geben, denn Boaz ist der einzige, der das Ungeheuer zerstören kann, zu dem die Pyramide wird.

Was meint ihr damit?

Er wurde zum Magier ausgebildet, und du hast selbst die Macht der Eins gespürt, über die er gebietet. Er versteht die Pyramide auf eine Weise, wie wir oder du es niemals können. Aber er ist auch ein Elementenmeister. An dem Tag, an dem er lernt, beide Seiten seiner Natur miteinander zu verbinden, wird er über eine mächtige Magie gebieten. Er muß der Schlüssel für die Vernichtung der Pyramide sein.

Mein Mund verzog sich zu einem bitteren Lächeln.

Er wird sie niemals zerstören …

Du mußt ihn dazu verleiten, süße Tirzah. Du mußt ihn dazu bringen, daß er erkennt, wer er ist, ihn lehren, sein verborgenes Ich nicht zu fürchten, ihn den Elementen öffnen, ihn uns öffnen, dem Lied der Frösche.

Er wird niemals auf mich hören. Er wird niemals zulassen, der zu sein, der er wirklich ist. Ihr wißt, was er mir angetan hat. Ihr wißt es.

Ja, wir wissen es, süße Tirzah, aber es gibt dennoch eine Hoffnung.

Jetzt lachte ich bitter.

Hoffnung? Hoffnung? Nach dem, was er mich hat durchmachen lassen? Er wird den Teil seines Wesens als Elementist immer verneinen. Immer.

Das glauben wir nicht, Tirzah. Denke nach. Er hat das Buch der Soulenai behalten, obwohl er wissen muß, daß es mit der Magie der Elemente erschaffen wurde.

Ja, räumte ich zögernd ein.

Er hätte dich heute morgen töten können, Tirzah, es tun müssen. Welcher wahre Magier hätte eine Frau leben lassen, die genug von ihm gesehen hat, um ihn für einen Elementisten zu halten? Die weiß, daß er einen Talisman elementistischen Ursprungs besitzt? Und von der er weiß, daß sie selbst eine Elementistin sein muß?

Was er getan hat, war schlimm genug.

Ja, das war es. Aber selbst das war nicht so schlimm, wie es hätte sein können.

Ach ja? Und wieviel schlimmer hätte es sein können? Er hat jede Möglichkeit zerstört, daß ich jemals Kinder bekomme. Mein Schoß ist innerlich zerfetzt worden.

Nein, Tirzah. Er hat dich schwer verletzt, aber er hat das Äußerste seiner Macht zurückgehalten. Dein Schoß wird sich erholen, auch wenn es Jahre dauern kann.

Mittlerweile weinte ich. Selbst wenn sich mein Schoß erholte, es würde nicht den Verrat lindern, den er an mir begangen hatte.

Tirzah, wenn jemand einer anderen Person einen solchen Schmerz zufügt, dann wird dieser Schmerz eines Tages auf ihn zurückfallen. Das ist der Preis, den er schließlich zahlen muß. Er hätte dich töten können, er hätte dich für immer verkrüppeln können, aber das hat er nicht getan.

Ich schüttelte den Kopf, wollte ihm nicht vergeben.

Du mußt ihm nicht vergeben, Tirzah. Das ist etwas, das er selbst erreichen muß. Aber hör uns zu. Es besteht Hoffnung für einen Elementisten, der in dem grausamen Kreislauf steckt, und sich selbst Magier nennt. Hat er sich nicht vor der Pyramide verborgen? Hat er nicht das Lied der Frösche Jahr für Jahr in seinem Herzen bewahrt? Tirzah, du mußt ihm helfen, sein wahres Erbe anzunehmen. Er kämpft mit sich, ruft um Hilfe. Sei diejenige, die sie ihm gibt. Hilf ihm. Denn du weißt genauso gut wie wir, daß es nur eine Person gibt, von der er sich helfen lassen wird. Du.

Der Magier ist zu mächtig …

Du mußt einen Weg finden, Tirzah. Tu alles, was du kannst. Sei da. Geh zu ihm, wenn er dich ruft. Vollende diesen Kelch und gib ihn ihm.

Er hat das andere Glas zerbrochen.

Dann müssen wir hoffen, daß er dieses nicht zerbricht. Tirzah, tu das für uns. Hilf ihm, denn er ist der einzige, der die Pyramide zerstören kann – und wir glauben, daß niemand von euch weiß, wie furchtbar die Pyramide schließlich sein wird. Hilf ihm. Tröste ihn, liebe ihn. Versprich uns das. Versprich es.

Ja, ich verspreche es.

Ich weinte eine lange Zeit, doch dann hatte ich irgendwann genug von meinen Tränen, und ich beschloß, nicht mehr zu weinen. Ich seufzte und ging durch die Werkstatt, die Treppe hinauf, und setzte mich neben Zeldon und Orteas an die Werkbank.

Ich nahm Schleifpapier und saß die fünf Stunden da, die ich brauchte, um den Kelch zu vollenden.

Zeldons und Orteas' Augen weiteten sich beim Anblick des Glases vor Verwunderung, aber sie sagten kein Wort, und so schwieg auch ich.

21

Ich sah Boaz mehrere Wochen lang nicht wieder, was mich nicht überraschte. Er hatte so viel enthüllt, so viel Gefährliches, daß er mich nicht rufen würde, bis er seiner selbst wieder ganz sicher war. Bis sich der Magier unverwundbar fühlte.

Aber ich lebte und würde auch weiterhin leben. Und dafür war ich vermutlich dankbar.

Meine Verletzungen heilten, so gut es eben ging, aber wenn ich mit den Fingern auf meinen Unterleib drückte, konnte ich fühlen, daß er statt aus weichem Fleisch aus einem harten Klumpen bestand. Ich fragte mich, ob die Soulenai recht damit hatten, daß ich eines Tages Kinder bekommen können würde, aber im Augenblick blieb mir nur die Hoffnung.

Ich verriet weder Isphet noch sonst jemandem, was die Soulenai mir gesagt hatten. Denn dann hätte ich alles enthüllen müssen, und ich war jetzt zu tief in meine Geheimnisse verstrickt, um auch nur ein einziges preisgeben zu können. Außerdem brauchte ich Zeit zum Nachdenken. Ich wollte Boaz wiedersehen. Mir Sicherheit über ihn verschaffen.

Ich setzte meine Arbeit fort, half oft beim Anmischen und Brennen der blaugrünen Glasplatten aus, denn ein großer Teil der Arbeit an der Kammer zur Unendlichkeit wurde nun von Izzalis Werkstatt ausgeführt. Wir würden bald mit dem

Schlußstein beginnen. Und dann wäre die Pyramide so gut wie fertig.

Die Verkleidung bedeckte jetzt die ganze Ostseite. An einem Morgen begleitete ich Yaqob und einen Arbeiter namens Fust in aller Frühe, um bei einem besonders schwierigen Abschnitt der Verglasung zu helfen. Ich würde das erste Mal bei einer solchen Arbeit mitmachen, und ich war etwas nervös. Aber ich wollte es so. Die Freundlichkeit, mit der mich alle in der Werkstatt behandelten, war erdrückend.

Yaqob war besorgt, aber ich war beweglich genug und hatte keine Höhenangst, und er würde da sein, um mir zu helfen. Und es würde schön sein, Zeit miteinander verbringen zu können. Boaz verwirrte mich, und Yaqob war so offen. In seiner Seele lauerten keine Abgründe, die an der meinen zerrten.

Es war ein schöner Morgen. Als wir die von der Spitze herabhängenden Seile benutzten, um uns in die Höhe zu ziehen, lachte ich über Yaqobs Scherze und das Keuchen des in den mittleren Jahren sich befindenden Fust hinter mir. Selbst die Gefahr der Pyramide schien gedämpft, fern. Wir kletterten zu einer Stelle hinauf, die sich etwa auf Zweidrittel der Höhe befand, und als wir uns endlich an einer sicheren Stelle festmachten und darauf warteten, daß man das Glas mit der Winde zu uns hinaufbeförderte, schaute ich in die Landschaft hinaus.

Sie verblüffte mich. Ich hatte nicht gewußt, daß ich so weit und so viel sehen würde. Und ich hatte auch nicht gewußt, daß der Anblick schön sein würde.

Im Osten floß der große Lhyl in Schlangenlinien durch das Land; grüne Schilfbänke säumten ihn, und er bewässerte Felder und Gärten, die sich zu beiden Seiten eine halbe Meile weit erstreckten. Hinter ihnen kam die Wüste, nur gelegentlich von einem grünen Farbtupfer, Dattelpalmen, unterbrochen, die sich um eine Quelle oder einen Brunnen scharten. In der Ferne glaubte ich eine Karawane erkennen zu können, die gen Norden zog. Ich fragte mich, ob sie Sklaven oder nicht lebende Ware beförderte. Ich richtete den Blick wieder auf den Fluß. Mehrere anmutige Flußschiffe trieben gemächlich über das Wasser nach Süden. Der Lhyl war ein wunderbares Geschenk an das Land. Kein Wunder, daß die Frösche für die Soulenai gesungen hatten.

»Sieh«, sagte Yaqob und zeigte nach Norden. Dort war am Horizont verschwommen etwas zu erkennen. Setkoth. Näher, als ich gedacht hätte, aber immer noch eine gute halbe Tagesreise mit dem Flußschiff.

Unmittelbar im Osten und Süden von uns lag Gesholme. Von oben sah es noch häßlicher aus als von unten. Im Südwesten lag, jetzt von der Pyramide hinter mir verborgen, die Siedlung der Magier. Sie ließ mich an Boaz denken, und Yaqob stieß mich an.

Diesmal zeigte er nach unten. Tief unter uns befestigte eine winzig aussehende Gruppe von Arbeitern die Glasplatten an den Seilen, mit denen man sie hinaufbefördern würde. Neben ihnen standen einige Magier. Auch Boaz war unter ihnen.

Ich hätte ihn aus dieser Höhe nicht erkennen dürfen, denn seine Kleidung und das schwarze Haar unterschieden sich nicht von denen der anderen Magier. Aber seine Bewegungen waren so vertraut, seine Handbewegungen, wie er das Gewicht in den Hüften verlagerte; ich wußte, daß er es war.

Ich schloß die Augen, holte tief Luft, dann öffnete ich sie wieder.

»Boaz?« fragte Yaqob leise an meiner Seite.

»Ja, dort links. Siehst du ihn?«

»Er verdirbt die Schönheit des Morgens, Tirzah.«

Ich nickte, wollte etwas erwidern, dann ertönte über uns ein Ruf, und alle Gedanken wandten sich dem Glas zu, das die anderen Sklaven jetzt nach oben hievten.

Das Glas kam immer näher, und wir machten uns bereit, es in Empfang zu nehmen, suchten uns in den Einkerbungen des Mauerwerks einen festen Stand.

Der Schatten der Pyramide flackerte.

Es dauerte nur kurz, aber ich war mir sicher. Ich spürte es zugleich in der Magengrube.

»Yaqob!« rief ich entsetzt, und er legte die Arme so fest um mich, wie er nur konnte – als würde mich das retten, wenn ich erwählt war. Er hatte das gleiche wie ich gesehen und gefühlt.

Wer würde es diesmal sein?

Das nach oben schwebende Glas näherte sich einer der Schachtöffnungen. In dem Augenblick barst aus der Öffnung eine Explosion – Licht und Hitze ... und die massive Glasplatte schmolz.

Schmolz zu der bösartigen schwarzen Substanz zusammen, die die Wände und Decke des Gangs bedeckt hatte, der die fünf getötet hatte.

Sieben wären es diesmal. Aber wer?

Hauptsächlich die armen Männer, die sich unten abgemüht hatten, das Glas in die Höhe zu ziehen, und einen Eselstreiber in ihrer Nähe.

Große, geschmolzene Glasklumpen klatschten auf die Männer.

Es dauerte lange, qualvolle Minuten, bis sie tot waren, und ich glaube, die Pyramide hatte es so gewollt. Das Glas brannte große Stücke aus ihrer Haut und ihrem Leib. Einem Mann wurde das Gesicht weggeschlagen, einem anderen die Brust weggebrannt. Ein anderer wiederum hatte nur noch die blanken Knochen statt Arme und rannte schreiend durch das Lager, hilflos mit verkohlten, stockähnlichen Gliedern gestikulierend. Rauchschwaden stiegen von ihnen auf.

Ich drückte mich fest an Yaqob und verbarg das Gesicht, und er hielt mich fest, bis die Schreie verstummt waren.

Erst dann wagte ich es, wieder nach unten zu sehen.

Boaz starrte zu mir herauf.

Ich zitterte am ganzen Leib und konnte nicht arbeiten. Doch das konnte niemand, die Arbeit eines Tages war zerstört und man würde neues Glas zur Baustelle transportieren müssen.

Als wir wieder unten angelangt waren, war Boaz verschwunden.

Yaqob entdeckte unter den vielen Arbeitern, die sich versammelt hatten, einen hochgewachsenen, hünenhaften Mann mittleren Alters und nickte ihm kaum merklich zu.

Dieser nickte verstehend und war gleich darauf wieder in der Menge verschwunden. Yaqob, Fust und ich gingen schweigend zur Werkstatt zurück.

Am Nachmittag, als sich die Aufregung gelegt hatte, besuchte uns der hünenhafte Mann.

Sein Name war Azam, und er war derjenige, auf den sich Yaqob nun verließ, die Arbeiter für einen Aufstand auf seine Seite zu bringen. Azam war ein beeindruckender Mann, mit durchdringenden Augen, scharf geschnittenen Zügen und ergrauendem Haar. Meiner Meinung nach sah er überhaupt nicht wie ein Arbeiter aus, und ich fragte mich, ob er in die Sklaverei hineingeboren worden oder durch unglückliche Umstände versklavt worden war.

Wieder versammelten wir uns in dem Raum im ersten Stock.

»Dieses Mal hat die Pyramide uns einen Vorteil verschafft«, sagte Azam.

»Wieso?« wollte Yaqob wissen.

»Unter den Arbeitern wächst das Gefühl, daß sie bloß Futter für die Pyramide sind«, sagte Azam. »Ich habe den Leuten von den Primzahlen erzählt, wie sie anwachsen, bis sie unendlich sind, und daß wir alle schließlich sterben werden. Sie stehen nun fast alle geschlossen hinter dir, Yaqob. Selbst wenn mich die Pyramide verschlingen sollte, werden sie dir folgen. Sie wissen, daß bei einer Revolte viele sterben werden, aber sie wissen auch, daß viele entkommen werden, und das reicht ihnen.«

»Das sind gute Neuigkeiten.«

»Und ich habe sogar noch bessere.«

»Ja?«

»Vergangene Nacht hat einer meiner Männer ein Ersatzwaffenlager der Wache entdeckt.«

»Was?« Yaqob beugte sich vor. »Erzähl mir mehr!«

Als Azam den Ort beschrieb, beobachtete ich die um mich herum versammelten Gesichter. Seit Boaz mich so schrecklich mißhandelt hatte, war jedes Mißtrauen mir gegenüber verschwunden, und jetzt zögerten sie nicht mehr, in meiner Anwesenheit über ihr Vorhaben zu sprechen.

Hätten sie nur geahnt, welche Geheimnisse ich hütete!

Ich sehnte mich danach, ihnen zu erzählen, daß Boaz als Elementenmeister geboren war, und daß sich hinter dem Antlitz des Magier ein freundlicheres Gesicht verbarg, aber sie hätten mich mit Erstaunen betrachtet, aus dem sehr schnell Argwohn geworden wäre. Ich war die einzige, die je hinter die Maske des Magier geblickt hatte, und sie würden niemals glauben, daß er ein Elementenmeister war. Sie würden sich fragen, ob sich die arme Tirzah nicht in ihren Gefangenenwärter verliebt hatte, und dann würden sie sagen, daß so etwas schon vorgekommen sei.

Und wenn es so ist, wird sie uns dann an ihn verraten?, würden sie sich fragen. Dann würden sie in meiner Nähe schweigen und mir nicht länger vertrauen, und das war das letzte, was ich wollte.

Wenn man Boaz dazu bringen konnte, sein Erbe als Elementist anzunehmen, dann würde ich ihn sicherlich um Hilfe bitten können, bevor Yaqobs Pläne für eine Revolte in die Tat umgesetzt wurden. Und dann könnte er uns helfen. Wir könnten alle zusammen fliehen, und niemand würde sein Leben verlieren müssen.

Wenn Boaz nicht überzeugt werden konnte, bevor Yaqob seine Männer anführte, wenn der Magier in ihm stärker war, dann würde er ein hoffnungsloser Fall sein und ich würde das den Soulenai mitteilen. Und wir würden ohne ihn in die Nacht und die Freiheit fliehen.

Aber ich wollte wissen, was Yaqob plante. Ich wollte wissen, wann und wie er zuschlagen wollte. Ich würde ihn oder einen meiner Freunde niemals an Boaz verraten, niemals. Aber mir war der Gedanke zuwider, daß sie Boaz ermordeten, wenn ich kurz davor stand, ihn dazu zu bringen, uns zu helfen.

Das wäre eine ... Schande.

»Tirzah?«

Ich zuckte zusammen; ich war so in meine Gedanken versunken gewesen, daß ich die letzten Worte der Unterhaltung nicht mitbekommen hatte. Isphet.

»Tirzah, wir alle finden es furchtbar, dich das zu fragen, das weißt du, aber glaubst du, daß Boaz dich wieder zu sich befiehlt?«

Wieder fragte ich mich, ob sie mich nur dazu brauchten, Informationen zu beschaffen. Dann verwarf ich den unfreundlichen Gedanken. Boaz hatte mich die vergangenen Wochen hindurch nicht beachtet, und alle waren freundlich und großzügig zu mir gewesen – Isphet und Yaqob sogar am meisten.

»Früher oder später, ja. Er hat es gesagt.« Ich seufzte. »Es ist nur so, das letzte Mal, als ich bei ihm war, habe ich ihn so sehr verstimmt ...«

Wieder legte Yaqob den Arm um mich. »Ein Waffenlager ist nicht genug, und es ist im Augenblick zu gut bewacht, daß wir wirklich an die Waffen herankämen. Tirzah, du weißt, wie sehr wir sie brauchen. Wenn du nur herausfinden könntest, wo andere Lager sind, und die Zahl der Wachen, die dort patrouillieren. Mit mehr Waffen könnte es sicher gelingen. Es könnte ganz sicher gelingen.«

»Ich weiß, Yaqob.«

»Gut.« Isphet lächelte. »Wir dürfen nicht den ganzen Tag hier untätig herumstehen. Azam, paß auf, daß man dich auf dem Rückweg nicht sieht.«

Er nickte und verschwand lautlos.

»Ich frage mich, ob ihr uns noch mehr Pottasche aus Izzalis Werkstatt holen könnt?« Sie lächelte Yaqob und mich an. »Es gibt keinen Grund zur Eile. Laßt euch Zeit.«

Wir ließen uns Zeit. Yaqob führte mich zu einem unserer Lieblingszufluchtsorte, ein kleiner Ort, der zur Lagerung von Wasserkrügen genutzt wurde und sich in einer relativ abgelegenen Gasse befand. Er zog das Segeltuch vor den Eingang, dann nahm er mich in seine Arme.

»Tirzah, es ist so lange her.« Seine Stimme war rauh vor Verlangen. Ich fühlte mich etwas überrumpelt. Es war Monate her, seit Boaz mich das erste Mal in seine Residenz gerufen hatte, und Yaqob hatte mich die ganze Zeit nicht angerührt. Vielleicht vertraute er mir erst jetzt, war sich meiner sicher, vielleicht war das alles, was er gebraucht hatte, um sein Verlangen wiederzufinden.

Er drückte mich hart gegen die Wand, zog den Stoff meines Gewandes zur Seite, berührte meine Brüste, meinen Rücken, mein Gesäß; seine Lippen waren hart, verlangend.

Ich versuchte seinem Verlangen nachzukommen – hatte ich ihn das nicht zahllose Male zuvor tun lassen? Aber ich war verkrampft und mir war unbehaglich zumute, und Yaqob war noch nicht so von seinem Verlangen erfüllt, daß er es nicht bemerkte.

»Oh, Tirzah, alles ist gut. Ich werde dir nicht wehtun. Komm schon, mach es mir nicht so schwer.«

Ich versuchte es, die Götter wissen, daß ich es versuchte, aber als er mich zu Boden zog und sich auf mich legte, schrie ich auf und versuchte ihn wegzustoßen.

»Nein, Tirzah, es ist zu spät«, keuchte er. »Ich kann jetzt nicht mehr aufhören. Bitte, laß mich ...«

Aber jetzt war ich nicht mehr bereit, mich mit der Unbequemlichkeit und der Erniedrigung des Erdbodens abzufinden. Mit letzter Kraft gelang es mir, unter ihm fortzurollen.

»Yaqob, es tut mir leid ... aber es tut weh ... es tut weh ...«

Er griff wieder nach mir, rollte mich zurück, und ich dachte schon, er würde mich zwingen. »Du hast gesagt, du hättest keine Schmerzen mehr. Daß du geheilt bist.«

»Ja, aber ich wußte nicht ... bis ich dich spürte ... Yaqob, bitte, du tust mir weh.«

Er fluchte und rollte sich ganz weg, setzte sich auf und wandte mir den Rücken zu. Nach langer Zeit sprach er über die Schulter. »Tirzah, es tut mir leid. Aber ich dachte ...«

»Es ist Boaz«, sagte ich, »und das, was er mit mir gemacht hat.«

Yaqob seufzte und half mir auf. Glaubte zu verstehen, was ich gemeint hatte. »Wenn er tot ist, wird es keine Rolle mehr spielen«, sagte er. »Dann wird es nicht mehr wehtun.«

In dieser Nacht schickte Boaz nach mir. Ich hatte eigentlich schon damit gerechnet, denn die Pyramide hatte an diesem Tag jeden in Angst versetzt, und der Magier würde sicherlich das Gefühl haben, seiner wieder ganz sicher sein zu können.

Es war schon spät, und alle schliefen, als der Wächter schließlich an die Tür pochte.

»Aufmachen!« rief er, als Isphet verschlafen zur Tür ging. »Aufmachen!«

»Ja?«

Eines Tages, dachte ich, werde ich dieses herrische »Ja?« auch beherrschen.

Als Isphet zu mir kam, war ich bereits aufgestanden und so gut wie fertig. Sie gab mir einen Kuß auf die Wange. »Sei vorsichtig, Tirzah. Sei sehr vorsichtig.«

Ich erwiderte den Kuß und verharrte lange genug, daß sie mich schnell in den Arm nehmen konnte. »Danke, Isphet«, sagte ich, dann ging ich.

Draußen in der stillen Nachtluft gingen die Nerven mit mir durch. Mir drehte sich der Magen um, und ich mußte die Arme verschränken, um sie am Zittern zu hindern.

»Was ist los?« fragte Kiamet.

»Nichts. Die Nachtluft. Sie ist kalt.«

»Er ist in einer bösen Stimmung. Sei vorsichtig.«

Ich starrte ihn an, wunderte mich über seine Offenheit. Und ich fragte mich, wieviel er auf seinem einsamen Posten auf der Veranda gehört und gesehen hatte.

Kiamet sagte sonst kein Wort mehr und lieferte mich in Boaz' Residenz ab.

Wieder fröstelte mich. Ich zögerte, dann trat ich in den Lichtschein.

»Exzellenz?«

»Tritt ein.«

Ich trat ein, verbeugte mich, dann holte ich Kanne und Wasser und wusch ihm Hände und Füße. Er war stumm, starrte mich an. Ich hielt den Blick gesenkt, atmete so leise, wie ich konnte, und hoffte, daß ich weder die Kanne zerbrechen noch das Wasser verschütten würde. Ich spürte, daß er geradezu auf einen Patzer wartete.

Er passierte mir nicht, und schließlich hielt er mir das Öl hin, um es einzumassieren.

Der Geruch war wohltuend, aber ich ließ nicht zu, daß er mich beruhigte.

Er nahm die Phiole wieder in Empfang, stellte sie auf den Tisch. »Steh auf.«

Ich erhob mich.

Er starrte mich an, so sehr der Magier, daß ich nicht nur spüren konnte, wie er die Macht der Eins ausstrahlte, sondern es sogar sehen konnte. »Hast du gelernt, wo du hingehörst?«

»Ja, Exzellenz.«

»Gut. Dann zieh dich aus und warte auf mich im Bett. Ich komme gleich zu dir.«

Er ließ mich dort fast drei Stunden liegen: stumm, verkrampft, verängstigt. Er saß an seinem Schreibtisch, seine Feder kratzte auf und ab und immer wieder auf und ab.

Alle paar Minuten wurden mir die Lider schwer, dann riß ich sie weit auf, von der Angst erfüllt, einzuschlafen. Das hätte ihn wütender gemacht als alles andere. Es wäre eine Anmaßung gewesen.

Schließlich lehnte er sich zurück, wischte die Feder sauber, räumte sie weg, stand auf und löschte die beiden Lampen, so daß der Raum nur noch vom schwachen Mondlicht erhellt wurde. Er trat an das Bett und betrachtete mich.

Ich wußte nicht, was ich tun sollte. Ich hatte mich nicht bedeckt, und ich fragte mich, ob das ein Fehler gewesen war. Aber gerade, als ich nach dem Laken greifen wollte, wandte er sich ab und entkleidete sich, legte die Sachen über einen Hocker.

Er setzte sich auf die Bettkante, seufzte, dann rieb er sich die Augen. Als er die Hand fallen ließ, konnte ich die Müdigkeit auf seinem Gesicht sehen.

»Tirzah, ich mußte es tun«, sagte er, und die Kälte war aus seiner Stimme gewichen. »Ich mußte es tun.«

»Ich weiß, Exzellenz«, flüsterte ich.

Er nickte, zögerte, dann legte er sich neben mich, berührte mich aber nicht, verkrampft wie ich war. »Tirzah …«

Dann seufzte er erneut, drehte sich um und zog mich in seine Arme.

Ich blieb ganz still und erwiderte seine Liebkosungen nur sehr verhalten, da ich nichts tun wollte, was ihn verschrecken konnte. Trotzdem war es gut.

Wieder erwachte ich und starrte in die Augen des Magiers. Entrückt, höhnisch. Ich spannte jeden Muskel an, wartete auf den Schmerz.

Aber er kam nicht. Er hielt mir mein Gewand hin. »Zieh dich an.«

Ich zog es mir schnell über, dann zögerte ich, unsicher, als Holdat eintrat und eine Mahlzeit aus Brot, Öl und Käse sowie einen Krug Ziegenmilch auftrug.

Boaz setzte sich, dann bedeutete er mir, mich ebenfalls zu setzen und zu essen.

Bei jeder Bewegung, die ich machte, glaubte ich, gleich etwas fallen zu lassen oder mit dem Geschirr zu klappern, und ich weiß nicht, wie ich es schaffte, ein Stück Brot hinunterzuwürgen. Mit der Milch war es einfacher.

»Ich habe entschieden, daß die Vereinigung mit der Eins durch den Gebrauch eines Frauenkörpers einen gewissen Nutzen hat«, sagte er.

Bei meiner derzeitigen Anspannung war das fast zu viel, und trotz der Gefahr, die durch den Raum schlich, mußte ich mir auf die Lippe beißen, um nicht loszukichern. Einen gewissen Nutzen, in der Tat. Nun, vermutlich mußte es der Magier vor sich rechtfertigen, wie er es für angebracht hielt. Ich hielt den Blick auf meinen Teller gerichtet. »Ja, Exzellenz«, murmelte ich.

»Ich habe entschieden, es weiter zu erforschen.«

Ich sah auf, fragte mich, worauf er hinauswollte. Er musterte mich sehr nachdenklich, und mir wurde klar, daß er sich seiner selbst genauso unsicher war, wie er sich meiner unsicher war.

»Aber ich kann nicht jedesmal, wenn ich dich benötige, Kiamet durch Gesholme hetzen.«

Ich holte ungläubig Luft.

»Also habe ich entschieden, daß du hier einziehst. Hinten ist eine kleine Vorratskammer, in der du dich aufhalten wirst, wenn ich keine Verwendung für dich habe.«

Ich stieß langsam die Luft aus. »Ja, Exzellenz.« Ich bezweifelte, diese »Vorratskammer« jemals von innen sehen zu müssen.

»Abgesehen von dem Schlußstein ist die Arbeit an den Glasnetzen fast abgeschlossen, und die anderen sechs Glasnetzmacher können sie erledigen. Ich glaube, ich werde dich hier arbeiten lassen. Es gibt mehrere andere Geshardi-Abhandlungen, die ich übersetzt haben möchte.«

»Ja, Exzellenz.« In mir tobte ein Sturm der Gefühle, aber ich versuchte weiterhin, ausdruckslos und unterwürfig auszusehen. Der Magier hätte das niemals erlaubt, niemals. Hatten die Soulenai recht? Wollte er, daß ich ihm half?

»Hast du noch Fragen?«

»Exzellenz, ich habe ein paar Sachen, die ich aus meiner Unterkunft brauche, und es gibt da etwas, das ich gern aus Isphets Werkstatt holen würde.«

»Sklaven haben keine Besitztümer, Tirzah.«

Ich senkte den Blick, wieder unsicher.

»Aber du darfst gehen. Sei in der Mitte des Vormittags wieder hier.«

»Danke, Exzellenz.« Ich stand auf, verbeugte mich und ging nach draußen, dabei versuchte ich zu verhindern, daß ich vor Hoffnung hüpfte. Vergangene Nacht hatte er mir wieder ein Stück von sich gezeigt, hatte ein gewisses Bedauern für seine Taten gezeigt, und doch hatte der Magier es an diesem Morgen nicht für nötig befunden, mich dafür zu bestrafen, daß ich Zeugin einer solchen Schwäche geworden war. Für einen Magier war er sogar ziemlich freundlich gewesen.

Und sein Haus mit ihm zu teilen! Kein Magier hatte das je mit einer Frau getan!

Ich fragte mich, ob der Mann, der so lange unterdrückt worden war, näher an die Oberfläche herankam, hoffte es. Ob es der Magier eines Tages wagen würde, ihn freizulassen?

Als ich an Kiamet vorbeikam, lächelte ich und blinzelte ihm zu, und dann lachte ich über sein bestürztes Gesicht.

Ich saß den größten Teil des Nachmittags an der Übersetzung. Es war eine noch trockenere Abhandlung als die vorherige – ist jede beliebige Linie aus einer endlichen oder unendlichen

Zahl von Punkten zusammengesetzt? –, aber ich saß glücklich dort, und die Stunden vergingen wie im Flug.

Boaz verbrachte den ganzen Tag an der Baustelle der Pyramide. Holdat servierte mir kurz nach Mittag eine leichte Mahlzeit, und ich dankte ihm, was ihn überrascht aufsehen ließ, aber er schaffte es, das Lächeln zu erwidern, bevor er ging.

Ich summte bei meiner Arbeit eine Zeitlang vor mich hin. Die Nachricht, daß ich bei Boaz einziehen würde, hatte alle in der Werkstatt verblüfft. Mein Vater hatte mich umarmt und mir befohlen, vorsichtig zu sein. Isphet war still gewesen, und Yaqobs Blick hatte sich verdunkelt, aber beide hatten es für eine gute Gelegenheit gehalten, etwas Nützliches herauszufinden.

Und hier war ich nun, und ich hoffte, daß es ein gutes Ende nehmen würde. Ich würde auf des Messers Schneide leben, ständig auf der Hut sein müssen, den Magier nicht zu provozieren, zugleich aber die Hoffnung haben, daß er sich immer mehr gehen ließ, bis ich die meiste Zeit mit dem Mann verbrachte, der mir das Buch seines Vaters gezeigt hatte.

Ich glaubte, daß mir das gefallen würde.

Jemand trat ein, und ich drehte mich um – mit ganz behutsamen Bewegungen.

Boaz. Er zog das Übergewand aus, dann erkundigte er sich, wie ich mit der Übersetzung vorankam. Er verspürte kein Bedürfnis für grobe Worte.

»Exzellenz, ich komme gut voran.«

»Und findest du es faszinierend, Tirzah?«

»Ja, Exzellenz, es ist wirklich eine erstaunliche Arbeit.«

»Wirklich, Tirzah? Dann muß ich dir die falsche Abhandlung zum Übersetzen gegeben haben.«

Ich sah ihn an, aber seine Augen waren ausdruckslos, und

sein Gesicht völlig humorlos. Ich richtete den Blick wieder auf den Schreibtisch.

»Du darfst dich auf die Veranda setzen oder im Garten herumgehen, bis Holdat das Essen bringt.«

»Ich danke Euch, Exzellenz.«

Als ich Holdat mit seinem Tablett herankommen sah, verließ ich die Veranda, und diesmal lächelte er als erster. Aber mir entging nicht, daß es von seinem Gesicht verschwunden war, bevor er eintrat.

Die Mahlzeit verlief schweigend. Boaz bediente mich, und das gab mir den Mut, den ich für mein Vorhaben brauchte. Es würde keinen guten Zeitpunkt geben, nur eine Zeit, die schlechter als gewöhnlich war, und diese hier war nicht schlechter.

Nachdem Holdat die Reste der Mahlzeit abgeräumt hatte, gab mir Boaz mit einer Geste zu verstehen, mich auf einen der Stühle am Fenster zu setzen. Auf dem Weg dorthin holte ich ein Bündel aus einer im Dunkel liegenden Stelle zwischen den Papyrus-Rollen auf den Regalbrettern, die die Wand einnahmen.

Er sah es und erstarrte.

Ich fiel vor ihm auf die Knie und neigte den Kopf. »Exzellenz, vergebt mir meine Anmaßung.«

»Du solltest es besser wissen, Tirzah.«

Aber seine Stimme klang eher angespannt als wütend, und ich schaute auf. »Exzellenz. Ich weiß, daß ich Euch bei vielen Gelegenheiten verärgert habe, bei denen Ihr mir nur beibringen wolltet, was richtig ist, und dafür erbitte ich Eure Verzeihung. Exzellenz, ich habe so viel von Euch gelernt, daß es mir schwer fällt, meine Dankbarkeit auszudrücken. Mir fehlen die Worte dafür, aber vielleicht wird das hier etwas von dem wiedergeben, was ich empfinde.«

Und ich hielt ihm das Bündel hin.

Ich glaube, er nahm es nur, weil meine Hände zitterten, als ich es ausstreckte, und er konnte sehen, wie in meinen Augen die Furcht loderte.

Ich hatte Angst, denn was ich ihm da gab, war eine derartige Anmaßung, daß er möglicherweise einen solchen Wutanfall bekam, daß er mich tötete.

Mein Herz hämmerte wie wild, als er langsam das Tuch aufschlug; dann fiel es zu Boden und er drehte den Froschkelch in den Händen.

Er schaute nach unten, und ich konnte seinen Blick nicht deuten, also schaute ich den Kelch an. Er sang zu mir, und ich fragte mich, ob auch Boaz ihn hören konnte. Ich konnte die Frösche sich beinahe bewegen sehen; ich konnte die Soulenai beinahe den Atem anhalten hören.

Boaz wog ihn nun in einer Hand, dann hielt er ihn hoch, so daß das bernsteinfarbene Glas im Licht funkelte.

Er würde ihn auf dem Boden zerschmettern!

»Ich habe den anderen fallen gelassen«, sagte er ruhig.

»Ja, Exzellenz.«

»Und ich habe jedes Recht, das mit dem hier auch zu tun.«

»Ja, Exzellenz. Sklaven besitzen nichts.«

Er quälte mich noch einen Moment lang, dann senkte er seine Hand mit dem Kelch schließlich, und ich stieß – wie die Soulenai – die angehaltene Luft aus. Wieder drehte er ihn in den Händen, betrachtete ihn intensiv. »Warum Frösche, Tirzah? Diese Tiere sind wirklich zu garstig, um damit einen Kelch zu verzieren.«

»Ihr Lied ist tröstlich, Exzellenz. Es ist der erste Laut, den man beim Aufwachen höre, und der letzte, den ich beim Einschlafen höre.«

»Aber jetzt wird es meine Stimme sein, mit der du einschlafen und aufwachen wirst, Tirzah!«

»Ja, Exzellenz. Ich bitte um ...«

»Ach, sei still«, sagte er, »und nimm dieses häßliche Stück Glas und stell es zurück ins Regal, wo ich es nicht sehen muß.«

»Ja, Exzellenz. Danke, Exzellenz.«

Und so verging ein Monat. Boaz öffnete sich mir nie mehr so weit wie in der Nacht, in der er mich aus dem Buch der Soulenai hatte vorlesen lassen, aber er verwandelte sich auch nicht wieder in den hassenswerten Mann, der an jenem Morgen mein Inneres auseinandergerissen hatte. Ich glaube, ich hatte mir ein gewisses Vertrauen verdient, denn er hatte niemals Grund zur Annahme, ich würde diesen Augenblick schrecklicher Schwäche, dessen Zeugin ich geworden war, ausnutzen. Dennoch konnte er tagelang kalt und abweisend sein. Dann arbeitete ich stumm an der Übersetzung, die er mir gegeben hatte, und ich lernte seine Gewohnheiten kennen, so daß ich jedes seiner Bedürfnisse vorherahnen konnte. Langsam pflegte er dann aufzutauen, bis es nur noch das übliche Desinteresse und die gelegentliche Zurechtweisung gab.

Wie ich mir schon gedacht hatte, wurde ich nie in die Abstellkammer verbannt (die sich als kleiner Lagerraum im hinteren Teil des Hauses entpuppte). Er ließ mich in dem Haus nach Lust und Laune umherstreifen, wie auch in den umliegenden Gärten. Das Gemach, das ich so gut kannte, war der Hauptraum des Hauses. Davon zweigten mehrere kleinere Räume ab, doch sie enthielten nichts Interessantes. Aber hinter dem Haus gab es etwas, mit dem ich nie gerechnet hätte – ein reizendes Badehaus. Es wies ebenso wie das Haus selbst eine Veranda auf und war von der Mauer geschützt, und an den Abenden befahl mir Boaz, zusammen mit ihm in dem großen, rechteckigen Becken zu baden. Es war mit Glasplatten von solch lebhaftem Grün ausgelegt, daß das Wasser wie von unten erhellt leuchtete, und nach der Hitze des Tages war es köstlich. Niemand sonst benutzte das Becken, und wir waren völlig für uns. Oft tauchte ich auf den Beckengrund, um Hände und Wange auf das Glas zu legen und seine kühle Freude zu spüren, bis Boaz mir nachtauchte, um mich zu holen.

Aber in der Nacht, in der Dunkelheit und der Intimität des Bettes, da war die Nähe zu ihm am größten, geistig wie körperlich. Manchmal lag er nur da und redete stundenlang sehr leise, erzählte mir Geschichten vom Hof. Niemals persönliche, niemals gefährliche, aber es waren Geschichten, die mir einen kurzen Blick auf den Mann gestatteten, der er wirklich war.

Ich stellte ihm niemals Fragen. Ich nannte ihn auch niemals bei seinem Namen.

Manchmal bat er mich, ihm Geschichten über das Leben in Viland zu erzählen. Während ich sprach, rückte er näher an mich heran und nahm mich in den Arm, und ich bettete meinen Kopf auf seine Brust und kämpfte darum, meine Stimme ausdruckslos zu halten. Er stellte mir nie Fragen über Geshardi, aber in diesen Nächten liebte er mich immer mit einer solchen Zärtlichkeit, daß ich manchmal danach weinte, und das schien ihn nicht weiter zu kümmern.

Am Morgen nach all den Zärtlichkeiten war er stets kurz angebunden und kalt, und ich mußte besonders vorsichtig sein. Schließlich war er wieder er selbst, manchmal dauerte es einen Tag lang, manchmal auch zwei oder drei. Aber es gelang ihm.

Gelegentlich legte sich der furchterregende Magier neben mich, aber er drehte sich um und schlief sofort ein, tat so, als würde es mich nicht geben. Er »benutzte« mich nie, er »vereinigte« sich nie durch mich mit der Eins. Der Magier rührte mich nicht einmal an.

Und der Froschkelch blieb auf dem Regal stehen. Ich sah ihn ihn nie betrachten oder gar berühren, aber er zerstörte ihn nicht – und mir fiel auf, daß sich auf ihm kein Staub ansammelte.

Manchmal erlaubte er mir, Isphet zu besuchen. Gelegentlich bestand er darauf, daß Kiamet mich begleitete, hin und wieder beauftragte er auch Holdat damit. Nur selten durfte ich allein zu Isphets Werkstatt oder Unterkunft, und das auch nur, wenn Boaz wußte, daß Yaqob an der Pyramide beschäftigt war.

Entweder mißtraute er Yaqob noch immer oder er war eifersüchtig auf ihn. Mir wurde klar, daß ich hoffte, daß es letzteres war.

An einem Tag in der Woche mußte ich Boaz bei seiner Inspektion der Pyramide begleiten. Die Götter allein wissen, was die Leute über einen Magier dachten, der auf der Baustelle seine Geliebte hinter sich herschleppte, aber sie hielten die Blicke nach unten geschlagen und ihre Gesichter blieben respektvoll. Auf diesen Ausflügen war Boaz immer sehr abweisend, manchmal sogar gehässig. Es tat weh, bis mir klar wurde, daß er immer nur in der Abgeschiedenheit und Sicherheit seiner Residenz freundlich zu mir war, und daß er an jedem anderen Ort, an dem ihn die Pyramide sehen konnte, kaum etwas anderes als sein Magiersgesicht zeigen würde – nicht nur mir gegenüber.

Am Ende des Monats hatte die Verkleidung der Nordwand begonnen. Isphet erzählte mir, daß Orteas und Zeldon mit der Herstellung der Platten für den großen Schlußstein beschäftigt waren, genau wie die Arbeiter in Izzalis Werkstatt.

Die Kammer zur Unendlichkeit war fertig, und bis auf die Magier durfte keiner hinein.

Fast vollendet, fing die Pyramide an, sich zu verändern, und ich wußte nicht, was ich davon halten sollte.

Die blaugrüne Außenwand blieb unverändert, und die Kammer zur Unendlichkeit funkelte noch immer golden, aber die restlichen Innenräume der Pyramide verwandelten sich in rutschiges, glänzendes Schwarz. Werkzeuge, die man über Nacht dort vergessen hatte, waren am Morgen in Stein verwandelt.

Keiner der Magier schien besorgt, und Boaz im Gegenteil über die Fortschritte mehr als zufrieden zu sein.

»Das ist noch besser, als ich mir hätte träumen lassen«, hatte er an dem Tag gesagt, an dem er das erste Mal den schwarzen Gang und die fünf verkohlten Leichen gesehen hatte. »Mächtiger. Viel mächtiger.«

Und Boaz wurde immer vertrauter mit mir und machte keinen Hehl mehr aus seiner Begeisterung über die Pyramide. Eines Abends, als er zusammen mit einem anderen Magier auf der Veranda gesessen, getrunken und gelacht hatte, fragte ich mich, ob er jemals seine Sucht nach der Macht, die die Pyramide darstellte, überwinden konnte.

Ob am Ende die Verlockungen der Pyramide nicht zu groß sein würde.

22

Ich räumte den Schreibtisch auf, als ich es bemerkte. Am vorangegangenen Abend waren einige Magier zu Besuch gewesen – ich hatte stumm in der Ecke gesessen und war nur aufgestanden, um Wein nachzuschenken – und hatten sich mit Boaz über das Datum der endgültigen Fertigstellung der Pyramide unterhalten und dabei mehrere Papyrusrollen und -blätter ausgetauscht. Schließlich hatte mich Boaz ein paar Stunden in den Garten geschickt, als sie Dinge besprechen wollten, die nicht für meine Ohren bestimmt waren, und als ich zurückgekehrt war, waren die Magier gegangen und Boaz schlief.

Es war bloß ein Stück Papyrus, und ich hätte es zur Seite gelegt, wäre mir nicht das Wort »Waffen« ins Auge gesprungen.

Mein Herz schlug schneller. Das war keine beiläufige Notiz über Mathematik oder Geometrie.

Ich ließ es sofort fallen und fuhr mit dem Kopf herum, in der festen Überzeugung, daß Boaz in der Tür oder am Fenster stand und mich beobachtete.

Aber ich war allein. Boaz war auf der Baustelle der Pyramide, und Kiamet begleitete ihn. Selbst Holdat war irgendwo anders in der Siedlung beschäftigt.

Ich nahm das Stück Papyrus erneut auf und las, mein Herz schlug nun schmerzhaft schnell.

Ich wußte, daß Boaz Yaqob immer wieder zuvorgekommen war; das erste Mal, als er die Suche angeordnet hatte, bei der die Klingen, die Yaqob und seine Mitverschwörer über eine Zeitspanne von vielen Monaten gehortet hatten, entdeckt worden waren, dann, indem er ständig die verschiedenen Waffenlager verlegte.

Was ich in Händen hielt, war der Standort eines provisorischen Lagers. Über zweihundert Lanzen, fünfhundert Schwerter und einhundert Piken wurden heute dort hingebracht und eine Woche lang aufbewahrt, bevor sie an einen anderen Ort geschafft wurden.

Ich legte das Papier zitternd zurück.

Es war kein besonders großes Lager, aber genau das war das Verführerische. Ich wußte, daß Yaqob und Azam nur die Standorte der Lager wissen wollten, so daß sie am Tag des Aufstands gegen die Magier die Waffen ergreifen konnten. Es war ein riskanter Plan. Aber hier war ein Waffenlager, dessen Inhalt man, wenn es jetzt ausgeräumt wurde, in ganz Gesholme ohne Aufsehen verteilen konnte. Ein oder zwei Schwerter hier, eine Pike oder Lanze dort. Bei einer Suche würde man viele finden, aber eben nicht alle.

Ich betrachtete den Standort erneut. Es würde so einfach für sie sein. Vielleicht einen oder zwei Wächter, die man ausschalten mußte, und zwei Dutzend Männer konnten die Waffen in wenigen Minuten fortschaffen.

Sie würden so nützlich sein. Es würde den Unterschied zwischen einem zum Scheitern verurteilten Aufstand bedeuten und einem, der möglicherweise gerade eben gelingen könnte.

»Yaqob«, keuchte ich und stolperte zurück zum Bett.

Was sollte ich tun? Genau das hatte Yaqob die ganze Zeit gehofft. Das war die Information, die er von mir haben wollte.

Und genau auf diese Weise würde Boaz mir möglicherweise eine Falle stellen. Er war ein vorsichtiger Mann, oh so vorsichtig. Er würde niemals eine solche Information einfach herumliegen lassen.

Aber andererseits war es nur ein Notizzettel, so als sei er unbemerkt aus einem Blätterstapel herausgefallen. Und vergangene Nacht waren sehr viele Blätter herumgereicht worden.

»Yaqob«, flüsterte ich wieder, barg den Kopf in den Händen, dachte nach.

War in Boaz noch immer genug von dem Magier, um zu versuchen, mir auf diese Weise eine Falle zu stellen? Ja. Aber was, wenn es keine Falle war, was, wenn ich es Yaqob sagte und er mit seinem Aufstand Erfolg hätte? Würde ich Boaz verraten, indem ich den Ort der Waffen enthüllte? Oder würde ich Yaqob verraten, indem ich schwieg? Ich wußte nicht, was ich tun sollte. Es war wie der Versuch, einer Viper auszuweichen. Sie würde zubeißen, egal welchen Weg man nahm.

Sie hatten eine Woche. Ich konnte einen oder zwei Tage darüber nachdenken, es ihnen dann sagen. Boaz beobachten, herausfinden, ob er mich schärfer im Auge behielt als sonst.

Das viel drängendere Problem war, was mit dem Papyrusfetzen geschehen sollte. Am Ende verbrannte ich ihn. Wenn Boaz nicht darüber Bescheid wußte, dann würde er ihn auch nicht vermissen. Wußte er, daß er hier lag, dann würde er sowieso erwarten, daß ich ihn verbrannte.

»Sei verdammt, Boaz«, murmelte ich, als ich zusah, wie die Worte zu Asche verbrannten. »Sei verdammt, ob du es nun absichtlich dort hingelegt oder verloren hast.«

Ich ließ die Asche verschwinden, dann machte ich mich an mein Tagewerk und beobachtete Boaz so genau, wie ich konnte, ohne Verdacht zu erregen.

Aber er gab mir keinen Fingerzeig. Der einzige, falls man ihn so bezeichnen wollte, kam am dritten Tag der Woche, als er mir die Erlaubnis gab, Isphets Werkstatt ohne Begleitung zu besuchen. Irgendwie überraschte es mich nicht, Yaqob dort vorzufinden.

»Tirzah!« Er nahm meine Hand und lächelte, unternahm aber keine Anstalten, mich zu küssen. »Du siehst, nun, verwöhnt aus.«

Ich errötete. Boaz fand das weiße Gewand, das ich jeden Tag getragen hatte, im Laufe der Zeit langweilig, und so besaß ich jetzt mehrere Kleider von unterschiedlicher Pracht, die aber alle vom gleichen Schnitt und der gleichen Mode wie das weiße Gewand waren. Heute trug ich ein zitronenfarbenes Gewand mit dunkelgrünen und roten Mustern am Saum und auf der Brust, das von einem Kragen aus roten und goldenen Perlen herabfiel. Meine Haut glänzte vor Gesundheit nach einem Monat guter Mahlzeiten und einem bequemen Bett. Ich hatte ein neues Kohol in Hellgrau entdeckt, das das Blau meiner Augen besser zur Geltung brachte. Ich sah wie eine Frau aus, die mit ihrem Schicksal zufrieden war.

Vermutlich war das ein Fehler. Ich hätte die Mundwinkel nach unten ziehen und mir die Augen rotreiben sollen, bevor ich Yaqob unter die Augen trat.

»Wie ich sehe, tut er dir nicht ›weh‹«, sagte er ausdruckslos, und ich zuckte zusammen.

»Yaqob, bitte ...«

»Tirzah.« Jetzt stand Isphet auf und küßte mich auf die Wange. »Was gibt es Neues?«

»Oh, ich langweilte mich bei meiner ...« Bei den Soulenai! Beinahe hätte ich »Übersetzung« gesagt, und dann dachte ich: Wissen sie es? Holdat war ebenfalls ein Sklave und hatte Verbindungen außerhalb der Magiersiedlung; möglicherweise hatten auch die Wächter getratscht. »Ah, meine erzwungene Faulheit langweilt mich, Isphet. Ich sehne mich danach, wieder bei euch zu sein.«

Ich hoffte, daß sie mir die Lüge nicht vom Gesicht ablesen konnten. Ich genoß ihre Gesellschaft, und ich besuchte sie gern, aber ich gewöhnte mich auch langsam an die kleinen Annehmlichkeiten des Lebens bei Boaz.

So wie ich mich an Boaz selbst gewöhnte. Auch an seine abweisende Magierhaltung. Mir wurde klar, daß ich das Leben mit ihm schätzte. Es würde sehr schwer werden, es wieder aufzugeben, sollte ich gehen müssen.

»Ich hoffe«, sagte Isphet sehr bedächtig, »daß du dich nicht so sehr an dein Leben des Nichtstuns gewöhnt und vergessen hast, wie das Leben einer Sklavin aussieht?«

»Und daß du nicht vergessen hast, wofür wir alle kämpfen«, sagte Yaqob und befühlte den feinen Stoff meines Kleides.

»Für die Freiheit«, sagte ich sehr leise.

Er nickte. »Erzähl es uns.«

»Oh, Yaqob, es gibt nicht viel zu erzählen. Wir stehen jeden Morgen auf, Boaz geht zur Pyramide, ich staube ab und döse bis zu seiner Rückkehr, wir essen, wir gehen zu Bett.« Ich lachte unsicher. »Ich könnte die Frau eines langweiligen Bürgers sein, würde sich Boaz nicht wie ein Magier benehmen und auch so kleiden.«

Yaqob und Isphet blickten sich an.

Ich suchte Zuflucht in Wut. »Er sagt mir gar nichts! Er vertraut mir nicht! Wäre es euch lieber, wenn er mich schlägt, mich so verletzt wie an jenem Morgen, statt mich größtenteils in Ruhe zu lassen? Wollt ihr mir nicht mehr vertrauen, bloß weil ich ihn bei Laune halten will? Wollt ihr ...«

»Pst«, sagte Isphet und sah beschämt aus, wodurch ich mich nur noch schlechter fühlte. »Tirzah, es tut mir leid. Es muß schwer für dich sein.«

»Nun«, sagte ich, »ich weiß nicht, ob das von Nutzen sein wird oder nicht, aber ...«

»Ja?« Isphet und Boaz beugten sich vor.

»Boaz und seine Gefährten haben über das Datum der Fertigstellung der Pyramide gesprochen. Es wird einen Einweihungsakt geben.«

»Wann?«

»In acht Wochen, gerechnet vom letzten fünften Tag. Eine große Zeremonie. Sie waren sehr heikel, was das Datum anging. Aus irgendeinem Grund ist es sehr wichtig. Ich glaube, Boaz ist in den vergangenen Monaten so gereizt gewesen, weil er befürchtet hat, daß die Pyramide nicht rechtzeitig fertiggestellt wird.«

»Danke, Tirzah«, sagte Yaqob. »Das könnte sehr nützlich sein. Acht Wochen. Uns bleibt nicht mehr viel Zeit. Gibt es noch etwas?«

»Nein.«

Auf dem Rückweg zu Boaz' – unserer – Residenz, versuchte ich mein Schweigen zu rechtfertigen. Ich beschützte Yaqob nur. Wenn es eine Falle war, würde er sterben. Aber selbst wenn es das nicht war, dann würde es eine Unternehmung voller Gefahren sein, und viele würden möglicherweise ihr Leben dabei verlieren. Vielleicht würde Kiamet dort in dieser Nacht postiert sein – auch wenn er seit Monaten nicht von seinem Posten abgelöst worden war –, und er hatte mich mit einer solchen Freundlichkeit behandelt, daß ich ihn nur ungern verletzt sehen wollte. Yaqob könnte eine Waffe ergreifen und etwas Dummes tun.

Er könnte beispielsweise versuchen, Boaz zu töten. Ich schauderte und eilte ins Haus.

Fünf Tage vergingen.

Es war sehr spät am Abend. Boaz war den ganzen Tag über wohlwollend wenn auch nicht unbedingt freundlich gewesen, und ich hegte große Erwartungen für die Nacht.

»Exzellenz, wie fühlt sich das an?«

Wir waren im Bett, Boaz lag nackt auf dem Bauch, ich kniete ebenfalls nackt neben ihm. Ich rieb langsam Öl in die Muskeln seines Rückens und seiner Beine. Ich weiß nicht, wem es mehr Vergnügen bereitete, Boaz oder mir.

Er murmelte zufrieden.

»Habe ich eine Stelle übersehen, Exzellenz?«

»Nein.« Er drehte sich herum. »Stell die Phiole weg, Tirzah.«

Ich lächelte und gehorchte, wartete darauf, daß er nach mir griff. Aber er tat es nicht.

»Tirzah, ich habe mir in dieser Woche große Sorgen gemacht.«

»Exzellenz?«

»Anscheinend habe ich ein Stück eines sehr wichtigen Papyrus verlegt.«

Das Lächeln auf meinem Gesicht gefror.

»Er enthielt Informationen, die, wären sie in die Hände gewisser Sklaven gefallen, viel Ärger hätten bedeuten können.«

»Exzellenz, ich weiß nicht, wovon Ihr sprecht.«

»Doch, Tirzah, ich glaube, du weißt es sehr wohl. Sag es mir.«

Ich versuchte fieberhaft nachzudenken, drehte einen Zipfel des Lakens immer wieder in der Hand herum. Er wußte es.

Aber sollte ich gestehen? Oder weiterhin Nichtwissen vorspiegeln?

»Exzellenz«, sagte ich mit sehr leiser Stimme, sah ihm aber in die Augen, »ich habe das Blatt verbrannt. Ich habe seine Gefahr erkannt.«

»Warum hast du es mir nicht einfach zurückgegeben?«

»Ich bin in Panik geraten, Exzellenz. Ich dachte, wenn Ihr wüßtet, daß ich es gesehen habe, dann könntet Ihr auf den Gedanken kommen, daß ich mein Wissen weitergebe ...«

Oh, ihr Götter, jeden Satz, den ich sagte, genau überlegen zu müssen, war eine Qual, auf die ich gern verzichtet hätte!

»An wen, Tirzah? An Yaqob?«

»An jeden, der Euch verraten könnte«, sagte ich leise.

Er ergriff mein Handgelenk. »Ich mußte wissen, ob du mich verraten würdest.«

Wut stieg ihn mir auf, daß er erneut versucht hatte, mich in eine Falle zu locken ... aber gleichzeitig erkannte ich, daß ich eine entscheidende Prüfung bestanden hatte. Er hatte sich nie sicher sein können, ob meine wahre Treue ihm oder Yaqob gehörte. Jetzt hatte ich es ihm gezeigt, und vielleicht würde er mir jetzt mehr vertrauen.

»Schläfst du noch mit ihm, Tirzah?«

»Nicht, seit Ihr mich das erste Mal in Eure Residenz befohlen habt, Exzellenz.«

»Gut«, sagte er und zog mich zu sich hinunter. »Sehr gut.«

Und ich hatte das Gefühl, in dieser Nacht zwei Prüfungen bestanden zu haben.

23

Ich wartete, während Boaz mit dem Vorarbeiter über die Verkleidung sprach, dann folgte ich ihm, während er langsam um die Pyramide herumging und sie mit in den Nacken gelegtem Kopf betrachtete. Ich fragte mich, wie er überhaupt etwas sehen konnte, denn das Glas spiegelte die Sonne so grell wider, daß ihm die Augen weh tun mußten.

Der Wind zupfte an meinem Kleid, und ich strich es wieder glatt. Dieses Kleid stand mir besonders gut; ein dunkles Violett mit einem feinen Goldmuster. Ich lächelte, als meine Finger den seidigen Stoff berührten. Ob ich Boaz wohl überreden konnte, mir ein scharlachrotes Gewand zu schenken, das bestimmt ebenfalls sehr gut zu meiner Hautfarbe passen würde.

Ich schaute mich um. Gruppen von Arbeitern waren damit beschäftigt, den Platz um die Pyramide herum zu pflastern und zu fliesen, statt an der Pyramide selbst zu arbeiten. Viele Hunderte legten eine breite Prachtstraße vom Flußufer durch Gesholme bis zur Pyramide an; es waren viele Gebäude abgerissen worden, um sie bauen zu können und ungezählte Sklaven schliefen jetzt im Freien oder waren zusätzlich in den benachbarten Wohnhäusern untergebracht worden.

Sieben Wochen bis zum Einweihungstag, und die Vorbereitungen waren in vollem Gang.

Ich lächelte verstohlen einen jungen Mann an, der ein paar Schritte entfernt den Boden pflasterte. Er sah besonders gut aus, und ich konnte Bewunderung in seinen Augen lesen, als er mich ansah.

Ich seufzte. Das war alles so langweilig. Ich wußte nicht, warum Boaz darauf bestand, daß ich ihn bei diesen Inspektionen begleitete. Vielleicht wollte er mich einfach nur vorzeigen. Das rief ein kleines Lächeln in mir hervor, und ich schüttelte mein Haar kokett. Boaz mochte es, wenn ich mein Haar offen trug, und es wuchs zusehends. Würde es noch einen Monat brauchen, bis es mir bis zur Taille reichte? Oder nur drei Wochen?

Ein paar Magier drängten sich an mir vorbei zu Boaz und sprachen leise mit ihm. Sie lächelten und nickten gelegentlich; alle waren mit der Pyramide zufrieden.

Wir hatten jetzt die Südrampe erreicht, und Boaz führte uns zum Eingang der Pyramide hinauf. Der inzwischen stärker gewordene Wind bauschte mein Kleid, und ich runzelte vor Anstrengung die Stirn, als ich versuchte, es immer wieder neu zu ordnen. Vielleicht hätte ich praktischere Kleidung zu diesem Anlaß anziehen sollen.

Dann traten wir ein.

»Was tust du hier?« fragte Boaz scharf, und ich schaute überrascht auf, in dem Glauben, daß er mich gemeint hatte.

Aber vor ihm stand eine Gruppe Arbeiter, die offensichtlich nach getaner Arbeit gehen wollten.

»Im Osthauptschacht ist Glas zerbrochen, Exzellenz«, antwortete ihr Anführer.

Ich grinste. Mein Vater war unter ihnen, auch wenn die Götter allein wußten, was er bei dieser Gruppe zu suchen hatte. Aber Arbeiter wurden oft zu Aufgaben abkommandiert, für die sie überqualifiziert waren, wenn sie mit ihrer eigentlichen Arbeit fertig waren, und vielleicht war das der Fall bei Druse.

»Nun«, sagte Boaz, »ihr hättet schon vor einer Stunde fertig sein sollen. Ich wollte, daß das Innere für diese Inspektion geräumt ist. Ich werde nicht ...«

Er hielt inne und starrte sie an, genau wie ich und die anderen Magier, der Vorarbeiter und die verschiedenen Wächter.

Jeder Mann dieser Gruppe, mein Vater eingeschlossen, hatte gewimmert. Verängstigt. Verloren.

Ich runzelte die Stirn. Was ging hier vor? Boaz war nicht einmal nahe dran gewesen, die Geduld zu verlieren, und ...

... und dann ließ mich ein Instinkt die Männer in dieser dicht zusammengedrängt stehenden, unterwürfigen Gruppe zählen.

Elf. Die nächste Primzahl nach der sieben.

»Nein«, flüsterte ich. »Vater, bitte komm da weg ...«

Boaz warf mir einen scharfen Blick zu, dann richtete er die Aufmerksamkeit wieder auf die Männer.

»Vater!« rief ich und machte einen Schritt nach vorn.

Boaz gestikulierte, und Kiamet hielt mich fest.

»Nein«, sagte Boaz. »Nein. Es gibt nichts, was wir tun könnten.«

Er wollte nichts tun.

Die elf Männer zitterten jetzt am ganzen Leib, die angsterfüllten Augen weit aufgerissen. Druse blinzelte, dann starrte er mich an. »Tirzah!« schrie er und streckte die Hand nach mir aus.

Ich schluchzte auf und versuchte, mich aus Kiamets Griff zu befreien, aber er war stark und hielt mich immer noch fest.

»Tirzah!«, mein Vater hörte nicht auf zu schreien. Dann begann er zu sterben.

Die Pyramide genoß das alles sicherlich sehr. Sie hatte jetzt vier Mal den Tod geschmeckt und gelernt, daß je länger das Mahl dauerte und je qualvoller es war, desto süßer die Lust für sie wurde.

Ich war außer mir und schrie, während die anderen mit Entsetzen oder Neugier zusahen, wie die Männer starben.

Die Pyramide verwandelte sie langsam und erbarmungslos in Stein.

Zuerst die Füße. Sie waren alle barfuß, weil sie das zerbrechliche Glas des Schachtes hatten betreten müssen, die Sandalen hatten sie am steinernen Eingang der Pyramide zurückgelassen. Also standen ihre Füße auf dem Stein, ihre bloßen Füße, und die Pyramide drang durch ihre Fußsohlen in sie ein.

Die Haut ihrer Füße wurde grau, dann steinern stumpf. Das Übel arbeitete sich in kriechenden, sich windenden grauen Schlangen in die Höhe, die Schienbeine hinauf, die Unterschenkel, die Oberschenkel.

Die Männer litten Qualen. Sie wanden sich und versuchten wegzulaufen, aber sie konnten es nicht, denn ihre Füße waren aus Stein und mit der Pyramide fest verwachsen.

Das Grau kroch erbarmungslos höher. Ihre Hüften, ihre Bäuche, und jetzt rissen ihre Schreie ihr Inneres auseinander, aus einem Mund sah ich Blut hervorschießen. Ein Mann schnappte nach Luft, um zu schreien, und er würgte daran, dann versuchte er es erneut, und seine Augen quollen hervor, und er würgte und erbrach sich, und das Erbrochene waren Steinsplitter.

Ich wollte wegsehen, ich wollte mich abwenden und mein Gesicht an Kiamets Brust verbergen, aber ich konnte es nicht, denn es war mein Vater, der da vor mir starb, mein Vater, der mich geliebt und der mich großgezogen hatte und den ich trotz seiner Fehler liebte.

»Ys …«, flüsterte er, und seine Stimme war rauh und krächzend, als würde er sie durch eine aufgerauhte Kehle zwingen. »Ys …«

Bei den Göttern! Er wollte mich mit meinem Geburtsnamen ansprechen!

Er konnte nicht mehr atmen, denn der Stein hatte seine Brust erreicht; die Adern in seinem Hals traten hervor und pochten wild, dann verblichen auch sie zu Grau, und seine Augen, die mich noch immer anstarrten, traten hervor, und aus einem Augenwinkel sickerte Blut, das sich auf seinen Wangen in Steintränen verwandelte, und dann zerplatzte das eine Auge, und dann, glaube ich, war es vorbei, denn sein Gesicht war nur noch eine Skulptur … die Skulptur eines Mannes, der unter solchen Qualen gestorben war, daß sie für alle Ewigkeit in sein Gesicht gemeißelt war.

Stille.

»Solche Macht!« flüsterte Boaz, und das löste das Entsetzen, das mich gelähmt hatte.

»Du kaltblütige Echse!« schrie ich. »Fließt denn nur Stein in deinen Adern?«

Er drehte sich um und starrte mich an. Das tat jeder, und ich glaube, meine Stimme mußte bis zu den vielen Männern gedrungen sein, die auf der Rampe oder in ihrer Nähe standen und die elf zu Stein erstarrten Männer anstarrten.

»Das war mein Vater, der da vor deinen Augen gestorben ist, und du stehst einfach nur da und teilst uns deine Bewunderung mit?« Ich hatte keine Angst. Nicht die geringste.

»Die Pyramide ist ein Ungeheuer, Boaz! Ist es gut, daß sie zerstört und tötet? Ist das gut? Gefällt dir das? Ist es das, was dein Vater gewollt hätte?« Oh, bei den Soulenai, ich hätte erkennen müssen, daß ich damit nichts erreichen würde – außer meinen eigenen Tod herbeizurufen.

Ich riß meinen Arm aus Kiamets Umklammerung und beschrieb damit einen großen, allumfassenden Bogen. »Wie kannst du dastehen und das Böse preisen, während du dich zur gleichen Zeit danach verzehrst, das Lied der Frö ...«

Er schlug mich.

Mein Kopf prallte mit solcher Wucht gegen Kiamets Brust, daß er bestimmt eine Prellung davontrug.

Dann packte Boaz mein Haar und riß mein Gesicht zu sich heran. In seinen Fingern wogte der Zorn und die Macht der Eins.

»Gut, daß die Glasnetze so gut wie fertig sind«, zischte er durch die zusammengebissenen Zähne, »denn jetzt kann ich es mir leisten, mich von der unverschämtesten aller Glasschleiferinnen zu befreien!«

Er stieß meinen Kopf wieder gegen den Wächter. »Steck sie in den Kerker, Kiamet, und sperr sie ein. Kein Essen. Kein Wasser. Sag mir Bescheid, wenn sie tot ist.«

Ich hörte, wie er wegging. »Und holt jemanden, der diese nutzlosen Felsklötze in den Lhyl wirft. Weit weg von den Anlegestellen. Ich will nicht, daß die Schiffe ihren Kiel daran beschädigen.«

Die Zellen im Kerker der Siedlung waren aus dickem Stein gebaut, um auch die widerspenstigsten Sklaven von einer Flucht abhalten zu können. Es gab keine Fenster, und die wenige Luft, die hereinkam, drang durch einen Spalt zwischen zwei Steinblöcken hoch oben in einer der Wände.

Es gab eine dicke Holztür, die fest verriegelt war. Sonst nichts. Keine Pritsche, keine Decken. Und kein Wasser. Nicht einmal einen Eimer, in den ich mich hätte erleichtern können.

Ich rollte mich zu einer Kugel zusammen und weinte. Mein

Vater war tot. Und es war alles meine Schuld. Die Soulenai hatten mich mit der Aufgabe betraut, Boaz dazu zu bringen, seine Herkunft als Elementist anzunehmen und die Pyramide zu zerstören. Aber ich hatte nichts anderes getan, als mich an das bequeme Leben einer ausgehaltenen Geliebten zu gewöhnen. Ich hatte meine seidenen Kleider gestreichelt und das gute Essen genossen. Ich hatte stundenlang geübt, meine Augen mit Kohol zu schminken und meine Lippen rot anzumalen. Ich war durch die Gärten geschlendert und hatte den Fischen in den Teichen zugesehen. Ich hatte an den Übersetzungen gearbeitet und die Herausforderung genossen – das verfluchte, verzauberte geschriebene Wort! Ich war anschmiegsam und unterwürfig gewesen und hatte mich in dem Beifall des Magiers gesonnt. Und nachts hatte ich das Krebsgeschwür in meinem Unterleib, das mein zerstörter Schoß darstellte, in die Tiefen meines Bewußtseins gedrängt und mich ihm hingegeben, in dem verzweifelten Verlangen, daß er mich packte und an sich zog.

Alles das hatte ich getan, und in der Zwischenzeit war die Pyramide gewachsen.

Und hatte meinen Vater verschlungen.

Ich hatte Druse und die Soulenai verraten, und ich hatte mich selbst verraten. Ich hatte meinen Leib für ein leichtes, bequemes Leben dargeboten.

Ich krümmte mich zusammen und hoffte, daß der Tod schnell kommen würde.

Aber das tat er nicht. Am Tag war die Zelle glühend heiß, in der Nacht eiskalt. Am Abend des ersten Tages war mein Hals rauh und verlangte nach Wasser. Es war mir gleichgültig. Ich weinte und weinte und wußte gar nicht mehr, woher all die Tränen kamen.

Die Nacht währte eine Ewigkeit. Ich glaube, irgendwann fiel ich ins Delirium, denn ich fand mich in der Unendlichkeit gefangen, und ich rief nach Boaz, der mich retten sollte, und dann verfluchte ich mich für diese Schwäche.

Der Morgen kam und mit ihm die Hoffnung. Vor der Tür ertönte ein Geräusch, und ich glaubte, sie würde sich öffnen, aber es war bloß der Wechsel der Wache. Also ließ ich mich wieder zu Boden sinken, lag da und starrte die Steinmauer vor mir an.

War Druse dazu verurteilt, für alle Ewigkeit im Schlamm des Flußbettes zu liegen? Raguels Seele war verlorengegangen, weil wir ihre sterblichen Überreste nicht zur Zuflucht im Jenseits hatten schicken können. Genauso würde Druses Seele verloren sein. Er war kein Elementist gewesen, aber das hätte Isphet nicht davon abgehalten, ihn in die Zuflucht zu verabschieden.

Würde Druses Seele bis in alle Ewigkeit mit seinen steinernen Augen in das schlammige Leben des Flußgrundes starren müssen?

»Es tut mir so leid«, flüsterte ich heiser, aber das war kein großer Trost für eine Seele, die durch die Schwächen einer Tochter im Stich gelassen worden war.

Der Tag war ein Alptraum. Die Zelle verwandelte sich fast in einen Backofen, und mein Durst wurde zu einem wilden Tier. Am späten Nachmittag saß ich an der Tür, hämmerte dagegen, flehte, schrie mit dem Rest Stimme, der mir noch geblieben war, nach nur einem Becher Wasser, nur einem kleinen. Boaz würde es auch gewiß nie erfahren ...

Ich wollte sterben, aber nicht auf diese Weise. Ich wollte einen schnellen Schwertstreich. Einfach. Voll Erbarmen.

Und nun flehte und bettelte ich am frühen Abend darum.

Die Wächter rührten sich nicht.

Mein Hals schwoll so an, daß ich keine Laute mehr hervorbrachte, und ich fiel in ein weiteres Delirium, um mitten in der Nacht zitternd und frierend aufzuwachen.

Ich versuchte aufzustehen, schluchzte trocken.

Ich blinzelte, dann blinzelte ich noch einmal. Durch die Spalten im Mauerwerk drang schwach das Mondlicht, und rief ein Funkeln auf den Wänden hervor.

Es war Eis.

Ich glaubte zu halluzinieren, aber schließlich streckte ich die Hand danach aus und berührte es ... eine hauchdünne Schicht hochwillkommenen Eises. Ich erhob mich auf die Knie, wäre beinahe umgefallen, und leckte das Naß von den Steinen, wimmerte wieder, als die Flüssigkeit durch meinen geschwollenen Hals sickerte, segnete die Götter, die mir dieses Geschenk geschickt hatten.

Vor Fieber und Kälte zitternd kroch ich die Wände entlang, schabte mir an Händen, Kinn und Nase die Haut ab, leckte hemmungslos vor Angst und Gier, gleichgültig darüber, daß ich zusammen mit der Feuchtigkeit den Schmutz von Jahren in mich hineintrank.

Ich wollte nicht sterben.

Der Tag verging, aber er dauerte eine Ewigkeit. Ich lag auf dem Boden und bettelte darum, daß die Sonne unterging und die Nacht hereinbrach.

Als es soweit war, schaffte ich es, mich auf Hände und Knie aufzurichten, fast wie ein Tier, und ich wartete darauf, daß sich das Eis bildete.

Ich glaubte, es würde nie geschehen. Suchend glitt meine Zunge über die Wände; ich glaubte, es würde nicht kalt genug, wurde von der Angst erfüllt, daß meine rauhe Zunge verhinderte, daß sich das Eis bildete. Aber schließlich fand ich eine feuchte Stelle, und ich fing an zu schluchzen vor Erleichterung, und ich verbrachte eine Stunde vergeblich damit, die Tränen aufzuhalten, denn ich wollte sie nicht verschwenden.

Ein weiterer Tag verging, dann eine weitere Nacht, und dann vielleicht noch mehr Tage und Nächte, aber da bin ich mir nicht sicher, denn ich starb.

»Sie ist tot, Exzellenz. Seht Ihr?«

Das hörte ich wie in einem Traum, aber ich schlug die Augen nicht auf, denn sie waren verklebt. Davon abgesehen war ich wirklich tot und verspürte keine Neugier mehr.

Aber es war seltsam, daß die Stimme Kiamets Stimme so sehr ähnelte. War Kiamet mir in die Ewigkeit gefolgt? So ein netter Mann. So freundlich.

Eine Hand ergriff meine Schulter und drehte mich herum. Mein Kopf schlug gegen den Steinboden. Das tat weh, und ich war wütend. In der Ewigkeit hatte Schmerz keinen Platz.

Ein Schritt ertönte, dann kniete jemand neben mir nieder.

Stille.

»Du bist ein Narr, Kiamet. Sie atmet noch.«

»Exzellenz, ich war mir ganz sicher! Es sind acht Tage vergangen. Niemand …«

»Geh, Kiamet, und schließ die Tür. Öffne sie nicht, bevor ich dich rufe.«

»Ja, Exzellenz.«

Also war ich nicht tot. Wäre es mir möglich gewesen, hätte ich geweint.

Er kniete dort eine lange Zeit, und ich glaubte, er wartete darauf, daß ich starb. Dann vergrub sich eine rauhe Hand in meinem Haar und zog meinen Kopf hoch, und dieses Mal gelang mir ein protestierendes Krächzen.

»Du dummes Mädchen«, sagte er, und ich glaubte seine Stimme brechen zu hören. Aber das konnte nicht stimmen.

Das war nur eine Ausgeburt meiner Phantasie. »Mein armes dummes Mädchen.«

Und dann wurde mir Wasser ins Gesicht gespritzt.

Jemand trug mich zurück in seine Residenz. Nicht Boaz, denn er hätte niemals zugelassen, daß ihn jemand so sah. Vermutlich Kiamet. Ja, ich glaube, es war Kiamet. Ich wurde auf Boaz' Bett niedergelegt, und konnte es kaum glauben, denn ich muß völlig verdreckt gewesen sein. Dann ertönte Boaz' Stimme.

»Geh und laß niemanden herein.«

»Ja, Exzellenz.« Ich hörte, wie sich Kiamets Schritte entfernten.

Ich hatte die Augen noch immer nicht geöffnet, denn ich war der festen Überzeugung, daß das den Zauber brechen würde. Ich wurde von Fieber und Schmerzen eingehüllt und war wohl dem Tode sehr nahe. Doch ich war zu mutlos, um um mein Leben zu kämpfen.

Er beugte sich über das Bett und zog mir das Kleid aus, warf es mit einem Laut des Ekels zur Seite. Mein Körper war in eine Schicht aus getrocknetem Schweiß und Blut gehüllt, von der nächtlichen Suche nach Wasser an den Wänden zerschunden; meine Haut hatte eine Farbe zwischen gelb und grau angenommen.

So hatte sie zumindest ausgesehen, als ich sie das letzte Mal betrachtet hatte, und das war ... wie lange her? Zwei Tage? Drei? Ich bezweifelte, daß die Zeit ihr Aussehen verbessert hatte.

Dann hob er mich auf seine Arme, was mir sehr weh tat, denn seine Berührung war grob und mein ganzer Körper schmerzte. Er trug mich durch das Gemach, dann in einen der hinteren Räume. Hier war es kühler, und ich versuchte mir vorzustellen, wo wir uns befanden.

Er ließ mich fallen.

Ich wollte mich an ihm festklammern, aber ich war zu schwach, und ich schaffte es nicht.

Im nächsten Augenblick wurde ich von kühlem, duftenden Wasser eingehüllt, und ich mußte mich an die Oberfläche kämpfen und rang keuchend und spuckend nach Luft, als mein Kopf das Wasser durchbrach. Ich war in dem großen Schwimmbecken gelandet.

»Also willst du doch leben.« Er sprang in das Becken, dann fühlte ich, wie er mich ergriff und festhielt. »Dann lebe, verflucht noch mal. Lebe!«

Und ich trank das Wasser in großen Zügen. In der Zelle hatte er mir ein paar Tropfen eingeflößt, aber das hier ... das ... Ich nahm noch einen großen Schluck.

»Das reicht.« Er griff wieder in mein Haar und zog meinen Kopf nach hinten, damit ich nicht mehr trinken konnte. »Zu viel auf einmal, und du wirst dich umbringen. Hast du verstanden?«

»Nein, Exzellenz, das tue ich nicht«, schaffte ich hervorzustoßen. »Nennt mir einen Grund, Exzellenz, warum sollte ich mich nicht umbringen, wenn Ihr damit nur eine weitere Chance bekommt, mich zu töten?«

Die kleine Ansprache war fast zu viel für mich, und ich würgte; das getrunkene Wasser brachte meinen Magen in Aufruhr.

Er zog mich näher zu sich heran, stützte mich in dem tiefen Wasser. »Tirzah ...«

»Ertränkt mich jetzt!« sagte ich. »Es wird Euch später viel Mühe ersparen!«

Er starrte mich an und öffnete den Mund, um etwas zu sagen, aber Kiamets Eintreten – der gute, treue Kiamet – hielt ihn davon ab.

»Exzellenz« – der Mann lag vor Angst fast auf den Knien – »Exzellenz, ich habe mir etwas angemaßt, ich dachte ... jemand, der sich im Heilen auskennt ... Kräuter ...«

»Isphet!« keuchte ich.

Und dann war Isphet in dem Raum und verneigte sich, warf eine Tasche auf den Fliesenboden. »Exzellenz«, sagte sie und hob den Kopf. Bei meinem Anblick riß sie entsetzt die Augen auf. Ohne auf einen Befehl von Boaz zu warten, sprang sie ins Wasser.

»Wir werden sie waschen, Exzellenz, und dann muß sie sich unbedingt hinlegen. Kiamet, raus hier. Exzellenz, Ihr werdet sie halten müssen, während ich sie wasche.«

Und beide Männer gehorchten.

Als mich Boaz später wieder zu Bett gebracht hatte, gab mir Isphet etwas zu trinken, dann rieb sie meinen ganzen Körper mit lindernden Salben ein.

»Exzellenz«, sagte sie und drehte den Kopf ein Stück zur Seite, wo Boaz stumm und unergründlich am Fuß des Bettes stand, »sie muß von jetzt an jede halbe Stunde eine kleine Menge Flüssigkeit zu trinken bekommen. Heute abend, wenn es ihr dazu gut genug geht, etwas leichtes Essen. Ich werde einen Kräutertrank mischen, der ihre Schmerzen etwas lindern wird, und einen anderen, damit sie traumlos durchschläft. Ich werde bei ihr bleiben ...«

»Nein«, sagte Boaz. »Du hast genug getan. Misch die Kräuter und geh.«

Isphet wollte aufgebracht etwas erwidern, schlug aber den Blick nieder und gab nach. »Wie Ihr wünscht, Exzellenz. Aber sie braucht Pflege. Wenn ...«

»Ich werde dafür sorgen.«

»Dann ruft mich, wenn Ihr mich braucht, Exzellenz.« Sie stand auf und beschäftigte sich eine Weile damit, die Kräuter zu mischen und sie in zwei Schalen bereitzustellen. Dann gab sie mir noch etwas zu trinken und strich mir das Haar aus der Stirn.

»Tirzah«, sagte sie mit tränenverschleierten Augen. »Lebe.«

Ich gab mir Mühe zu lächeln und ergriff ihre Hand. »Danke dir, Isphet. Ich versuche es.«

»Nun.« Sie brachte ein zittriges Lächeln durch die Tränen zustande. »Wenigstens habe ich es heute geschafft, seit sechs Jahren das erste vernünftige Bad zu nehmen.«

Das ließ auch mich lächeln, und sie wischte sich die Tränen ab, stand auf, verbeugte sich vor Boaz und ging.

Stille kehrte ein.

An diesem Tag fühlte ich mich sehr unbehaglich, aus vielerlei Gründen. Als mich Kiamet zu Boaz' Residenz zurückgetragen hatte, war ich dem Tod so nahe gewesen, daß ich mir nur des Unbehagens meines Körpers bewußt gewesen war. Während ich mich erholte, meine Lebensgeister erwachten, flammten stechende Schmerzen in mir auf. Aber ich lag stumm da, während sich die Schmerzen ausbreiteten, denn ich wollte ihnen nicht nachgeben, wollte Boaz nicht die Befriedigung verschaffen, daß ich litt.

Er saß an seinem Schreibtisch, schrieb wie wild. So fern von mir, als trennten uns Meilen statt nur Schritte. Er hatte dort ein kleines Stundenglas stehen, und wenn es anzeigte, daß ich trinken mußte, dann kümmerte er sich darum. Er hielt mir den Kopf und erlaubte mir kleine Schlucke des mit Honig gesüßten Wassers, das Isphet für mich angerührt hatte. Stumm, mich beobachtend.

Am späten Nachmittag kam er wieder einmal, um mich zu versorgen, blieb diesmal aber stehen, als er sah, daß ich große Schmerzen litt.

»Du hättest etwas sagen sollen.«

»Ich wollte Euch nicht stören, Exzellenz«, sagte ich mit nur wenig Respekt in der Stimme.

Er setzte sich auf die Bettkante und richtete mich auf, hielt mich mit einem Arm, während er mir mit der anderen Hand Isphets Schmerzmittel gab. Dann bettete er meinen Kopf behutsam zurück in die Kissen.

»Ich bleibe bei dir«, sagte er, und das tat er auch, saß neben mir, hielt meine Hand und streichelte sie sanft.

Die Schmerzen ließen nach, und dankbar sank ich in Schlaf.

Ich erwachte am frühen Abend. Ohne ein Geräusch, wie ich glaubte, aber Boaz bemerkte es dennoch und kam zu mir herüber.

»Die Pyramide wird Euch vermissen, Exzellenz. Ihr habt den ganzen Tag mit mir verbracht.«

Seine Lippen wurden schmal. »Kannst du etwas essen?«

Ich nickte, und er verließ den Raum. Ich hörte ihn leise mit Holdat sprechen, und ich hörte auch, daß dieser und auch Kiamet sich nach mir erkundigten.

Beinahe hätte ich gelächelt. Boaz mußte sich wie belagert fühlen.

Holdat kehrte mit einer kleinen Schale zerdrückter Früchte zurück, wie sie Mütter ihren Kleinkindern zu essen geben. Mit etwas Sirup verdünnt waren sie fast zu Brei geworden. Er lächelte mich an, dann ging er.

Boaz fütterte mich. Ich wollte seine Hand wegstoßen, er machte eine gereizte Geste, und so ließ ich ihn weitermachen. Vielleicht linderte das seine Schuldgefühle.

Ich aß das Obst auf, ein wenig überrascht, daß mein Magen nicht rebellierte.

»Wir müssen uns unterhalten«, sagte er.

»Wenn Ihr wollt, Exzellenz.«

»Hör auf damit, mich in diesem Tonfall Exzellenz zu nennen!« fauchte er.

»Wie soll ich Euch dann anreden? Wieviel Freundlichkeit soll ich denn Eurer Ansicht nach in meine Stimme legen?«

»In diesem Raum darfst du mich Boaz nennen. Draußen sprichst du mich mit Exzellenz an. Aber wenn du nicht etwas Respekt in deine Stimme legen kannst, würde ich es vorziehen, wenn du mich gar nicht ansprichst.«

»Ich erinnere mich, daß Ihr mich schon einmal gebeten habt, Euch Boaz zu nennen – in diesem Bett. Am nächsten Morgen habt Ihr mich für diese Anmaßung Todesqualen leiden lassen.«

Das ließ ihn verstummen. Dann ... »Ich hatte Angst. Ich war ...«

»Du warst ehrlich dir selbst gegenüber gewesen, Boaz. Ehrlich genug, um mich etwas von dem Mann sehen zu lassen, der du wirklich bist. Aber ich glaube, wenn du in Zukunft so ehrlich sein willst, würde ich es vorziehen, anderswo zu sein. Noch einen Angriff von dir werde ich nicht überleben.«

»Wenn du willst, daß ich aufhöre, dir wehzutun«, erwiderte er, »dann hör auf, mir einen Grund dafür zu liefern!«

»Was? Es hat dich niemand gezwungen, mir dieses Buch zu zeigen! Es hat dich niemand gezwungen, mir ...«

»Was hast du dir nur dabei gedacht, mitten in der Pyramide mir diese Dinge an den Kopf zu werfen?«

»Ich war gerade Zeugin geworden, wie mein Vater einen Tod starb, den nicht einmal der schlimmste Verbrecher erleiden sollte. Ich habe zugesehen, wie elf Männer einen solchen Tod starben, ganz zu schweigen von den anderen, die vorher schon gestorben sind. Mein geliebter Vater hat mich angefleht, ihn zu retten, und ich konnte es nicht. Und du hast nur die Macht der Pyramide bewundert. Ich ...«

»Hätte ich dich noch mehr sagen lassen, hätte die Pyramide keinen von uns am Leben gelassen.«

»Hättest du dort zugegeben, daß ich recht habe, hätte uns die Pyramide bestimmt nicht am Leben gelassen«, erwiderte ich leise.

Er warf mir einen finsteren Blick zu, dann stand er auf; der Stoff seines Gewandes rauschte ärgerlich. Er setzte sich wieder an den Schreibtisch, nahm die Feder und fuhr fort zu schreiben.

Die Feder kratzte unentwegt über den Papyrus. Auf und ab. Der Abend wurde zur Nacht. Holdat kam und holte das Tablett, aber diesmal lächelte er nicht.

Kratzte auf und ab, in einem fort.

Schließlich warf Boaz die Feder hin und bedeckte sein Gesicht mit den Händen. Er saß ein paar Minuten so da, dann erbebten seine Schultern, und er stand auf.

Ich rechnete damit, daß er zu mir kam, aber er begab sich zu dem Regal und nahm den Froschkelch. Er stand da, betrachtete ihn, schließlich kam er doch zu mir.

»Ich habe mehr als acht Tage hier gesessen und diesen Kelch in Händen gehalten«, sagte er, den Blick auf das Glas gerichtet. »Wenn Kiamet mir die Nachricht deines Todes überbrachte, wollte ich ihn hochheben und an der Wand zerschmettern. Ich glaubte, das würde meinen Schmerz lindern.

Aber als Kiamet dann kam, mit eingefallenen Augen und einer so grauen Haut, als hätte er selbst diese acht Tage in der Zelle verbracht, und sagte: ›Exzellenz, ich glaube, sie ist tot‹, da glaubte ich durch meinen Schmerz die Frösche aufschreien zu hören.«

»Was haben sie gesagt, Boaz?«

Er holte tief Luft und erwiderte meinen Blick. Ich glaube nicht, daß ich jemals in den Augen eines anderen Menschen eine solche Qual gesehen habe. »Sie sagten: *Umarme sie, tröste sie, liebe sie, umarme sie, tröste sie, schütze sie, liebe sie.* Und ...« Er brach ab und sammelte sich. »Und ich stellte den Glaskelch behutsam ab und eilte zu dir. Tirzah ...«

Er stellte den Kelch auf den Tisch, und er legte sich an meine Seite und nahm mich in die Arme. »Tirzah, das ist alles, was ich jemals wirklich wollte. Dich zu umarmen, zu trösten, zu hüten, zu lieben. Alles, was ich je wollte.«

»Du hast die Frösche gehört?« fragte ich.

Er antwortete nicht.

»Boaz«, sagte ich schließlich, »es gibt andere Wege, Macht zu erlangen, als die Eins und die Pyramide sie bieten.«

Wenn ich weiterleben durfte, dann würde ich mein Versprechen an die Soulenai nicht länger hinausschieben.

»Tirzah, ich werde mich nicht kindlichen Phantasien hingeben.« Sein Tonfall war jetzt hart, und ich fühlte, wie sich sein Körper versteifte. Dann jedoch zwang er etwas Humor in seine Stimme. »Wie ich sehe, waren meine vielen Predigten über die Eins doch umsonst.«

»Zahlen und starre Parameter besitzen nicht die Schönheit, nach der ich mich sehne«, sagte ich leise. »Wenn du willst, erzähle ich dir eines Tages, wie ich die Welt verstehe.«

Er dachte darüber nach, dann wandte er sich abrupt von mir ab und setzte sich auf. »Eines Tages, Tirzah. Aber nicht heute. Ich will es jetzt nicht wissen.«

Er nahm den Becher mit Isphets Kräutertrank und schenkte etwas ein ... in den Froschkelch. »Komm jetzt, es ist Zeit, daß du schläfst.«

Ich lächelte, als das Glas meine Lippen berührte *(laß uns dich umarmen, trösten, lieben)*, dann trank ich gehorsam. Ein traumloser Schlaf würde schön sein. »Boaz?«

»Hmmm?«

»Warum berührt die Kammer zur Unendlichkeit das Tal?«

Er versteifte sich, zog sich aber nicht in sich zurück. »Woher weißt du das?«

»Du hast mich lesen gelehrt.«

»Ach ja, nun gut.« Er dachte darüber nach. »Das Tal enthält die Macht, die wir brauchen.«

»Es ist eine finstere Macht. Bestimmt haben die Todesfälle ... die Art und Weise der Todesfälle dir das gezeigt. Weißt du, was du da tust?«

Ich hatte mich zu weit vorgewagt. »Nichts wird mich von der Pyramide abbringen, Tirzah. Keine kindischen Hoffnungen, nicht Mythen noch Legenden. Nichts. Ich habe den größten Teil meines Lebens auf dieses Ziel hingearbeitet. Ich werde meinen Traum auch jetzt nicht aufgeben.«

Dann schwieg er, aber er saß bei mir, bis ich einschlief.

Am Morgen ging er zurück zur Pyramide.

24

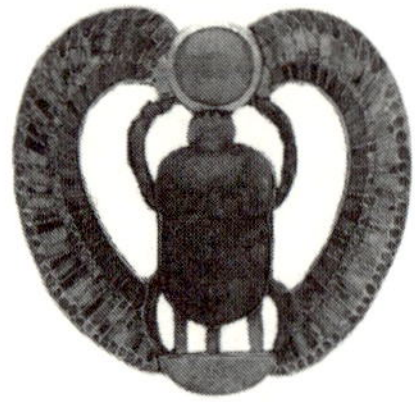

Die Pyramide war meine Nebenbuhlerin, die Geliebte, mit der ich nicht mithalten konnte. Im Verlauf der nächsten Tage versuchte ich ganz sanft und behutsam, Boaz zu der Einsicht zu bewegen, daß die Pyramide eine Bedrohung darstellte, ihn dazu zu bringen, daß er es zugab, aber er weigerte sich. Die Pyramide war der Gipfel, die Erfüllung allen Machtstrebens. Er behauptete, ich könne nicht verstehen, welche Macht sie über die Magier bringen würde, und deshalb würde er auch nicht erst versuchen, mir zu erklären, worin sie bestand.

Nachdem ich leidlich sicher war, daß Boaz mich nicht mehr umbringen würde, ergriff ich jede Gelegenheit über all das zu sprechen, was zuvor verboten gewesen war. Natürlich war ich auch weiterhin vorsichtig. Ich benutzte das Wort »Elementist« nie, aber ich bat ihn, mir von seiner Mutter zu erzählen, was sie ihm über seinen Vater berichtet hatte, und ob er je andere Geschichten über die Soulenai gehört hatte. Ich erzählte ihm von meiner Liebe zu Glas, und auch wenn ich nie direkt sagte, daß es mir etwas zuflüsterte, kam ich dem doch gefährlich nahe. Ich fragte ihn immer wieder, was die Frösche denn zu ihm »gesagt« hatten, und während er mich in jeder Nacht in seinen Armen hielt, bis der Schlaftrunk wirkte, bat ich ihn immer wieder, mir diese Worte zu wiederholen.

Boaz ertrug das alles mit unterschiedlicher Geduld ... oder

Ungeduld. Manchmal ließ er mich links liegen, oft besuchte er die Pyramide. Manchmal befahl er mir, endlich zu schlafen – und einmal flößte er mir völlig verzweifelt den Schlaftrunk ein, damit ich den Mund hielt. Manchmal ließ er mich auch reden, während er am Schreibtisch saß, und manchmal redete auch er.

Ich glaube, in den drei oder vier Tagen, nachdem ich aus der Zelle herausgebracht worden war, hatte Boaz eine Entscheidung getroffen. Meiner Meinung nach hätte sie weiterreichen können, aber er machte sich selbst gegenüber doch große Zugeständnisse. Er gestand sich ein, daß seine wahre Natur nicht der kalten, berechnenden Magiermaske entsprach, die er der Welt zeigte. Er besaß Wärme und Humor, und er bestritt das nicht länger. Er hatte mich in seine Residenz befohlen, und dann hatte er mich in sein Bett gebeten, aber nicht, um nur meinen Körper zu besitzen, sondern um mich zu lieben. Soviel gab er zu. Seine andere Hälfte als Magier würde lernen müssen, damit umzugehen. In meiner Gegenwart würde er immer er selbst sein und nicht von mir erwarten, daß ich so tat, als würde ich jemand anderen sehen oder etwas anderes erwarten. Jetzt entledigte er sich des Magiergewandes, wenn er bei mir war, und trug nur das einfache blaue Tuch um die Hüften.

Trotz aller Fortschritte gab er jedoch nicht zu, daß in ihm die Magie der Elemente schlummerte. Vielleicht erkannte er sie auch einfach nicht, und ich vermutete, daß er noch mehr Zeit brauchen würde, bevor man ihn dazu bringen konnte, daß er sie wahrnahm und dann vielleicht akzeptierte.

Ich fragte mich, wieviel Zeit wir noch hatten.

Viel besorgniserregender war die Tatsache, daß seine Faszination über die Pyramide und der durch sie zu erwartenden Macht nicht nachließ. Er war freundlich und unbekümmert in meiner Gegenwart und lachte mit mir, vielleicht gestattete er sich die liebevolle Erinnerung an seine Mutter und betrauerte den tragischen Verlust seines Vaters, aber nichts davon würde sein Verhältnis zu der Pyramide oder ihren abartigen Bedürfnissen beeinflussen.

Ich glaube nicht, daß es jemanden gab außer mir, der um die tiefgehenden Veränderungen in Boaz wußte. Außerhalb der Sicherheit seiner Residenz blieb er der furchteinflößende, berechnende, überlegene Magier. Es war sicherer so.

Und so trat er nach wie vor der Pyramide gegenüber, und sogar Isphet, die einmal am Tag kam, hatte keine Ahnung, welche Veränderungen meine Begegnung mit dem Tod in dem Magier hervorgerufen hatten.

Ich war jung und erholte mich relativ schnell. Acht Tage der Erholung im Bett entsprachen den acht Tagen, die ich in der Zelle wie ein Tier eingesperrt gewesen war, dann stand ich wieder auf. Ich war schwach, aber ich hatte keinen sichtbaren körperlichen Schaden davongetragen. Selbst mein Schoß war noch das harte Geschwür, das er gewesen war. Ich hatte gehofft, daß die viele Flüssigkeit, die Boaz und Isphet mir aufgezwungen hatten und die im Schwimmbecken verbrachten Stunden ihn möglicherweise aufgeweicht hätten. Aber anscheinend war das nicht der Fall.

Nun, Boaz hatte sich nicht so sehr verändert, daß er mir gestattet hätte, die Eins zu teilen, also seufzte ich und strich alle Gedanken an Kinder aus meinem Bewußtsein. Das hier war sowieso nicht der richtige Ort, und ich war noch immer eine Sklavin.

In der neunten Nacht, wir saßen am Fenster und blickten in den Garten hinaus, bat ich Boaz, mir noch einmal das Buch seines Vaters zu zeigen. »Möchtest du, daß ich dir daraus vorlese? Dort stehen noch viele andere Geschichten, und ich würde sie gern kennenlernen.«

Er dachte eine Weile darüber nach. Alte Gewohnheiten sind schwer zu überwinden. Aber schließlich holte er den Kasten und legte ihn mir auf den Schoß.

»Ist das nicht zu schwer für dich? Ich kann einen Tisch holen ...«

»Er ist nicht zu schwer. Danke.«

Ich untersuchte den Kasten eingehend. Er war wirklich ganz außerordentlich. Der Handwerker mußte ein wahrer Künstler gewesen sein. Der ursprüngliche rubinrote Glanz des Holzes war mittlerweile nachgedunkelt. Aber man hatte viel Sorgfalt auf ihn verwandt, ihn regelmäßig eingewachst, und er war in gutem Zustand. Ich fuhr mit den Fingern über die Scharniere und das Schloß. Sie bestanden aus einer Bronzelegierung und flüsterten einander schläfrig zu. Sie waren so alt, daß sie außer an ihrem eigenen trägen vor sich hin Träumen an nichts anderem Interesse hatten.

Ich öffnete den Kasten, und Boaz nahm ihn mir ab, während ich das Buch heraushob.

»Es ist so schön, Boaz.«

»Ja.«

»Du hast es die ganzen Jahre behalten und stets mit dir mitgeführt?«

»Nein. Ich habe eine Residenz in Setkoth, nicht das Haus, das du kennengelernt hast, und für gewöhnlich liegt es dort in einem verschlossenen Schrank. Es lag jahrelang unberührt an diesem Ort. Aber nachdem ich die Frösche sah, die du an jenem Nachmittag geschliffen hast ... sie haben mein Gedächtnis wachgerüttelt ... und als ich die Vorbereitungen traf, hierherzukommen, habe ich es mitgebracht, auch wenn ich es nicht lesen konnte.«

»Aber du hast gedacht, ich könnte es vielleicht.«

»Ja. Irgendwo in meinem Hinterkopf schlummerte das Wissen, daß du und dein Vater hier seid, und daß vielleicht einer von euch mir die Geschichte noch einmal vorlesen könnte.«

Ich lächelte. »Einer von uns?«

»Du.« Er konnte mein Lächeln erwidern. »Lies mir vor.«

Und ich tat es. Ich las wieder das Lied der Frösche, und als ich in der Mitte der Geschichte angekommen war, stand Boaz auf und holte den Froschkelch vom Regal. Er setzte sich wieder und drehte ihn unablässig in den Händen, während die Geschichte sich ihrem Ende näherte.

Umarme mich, tröste mich, liebe mich.

Die lieblichen Stimmen summten durch den Raum, und als ich schwieg, saßen wir da und lauschten ihnen. Ich wußte, daß auch er sie hören konnte. Ich wußte es einfach.

»Mir machen diese Worte immer Mut«, sagte ich. »Dir muß es doch auch so gehen.«

Schweigen.

»Ja«, erwiderte er zögernd.

»Das hat dein Vater deiner Mutter vorgesungen. Ich glaube, das ist ein Teil des Liedes der Frösche.«

»Ja.«

»Glaubst du, wenn wir eines Tages das ganze Lied verstehen können – wenn du es mir einmal nachts vorsingen würdest –, dann könnten wir diese Zuflucht im Jenseits finden?«

»Treib es nicht zu weit, Tirzah!«

»Ich fürchte dich nicht mehr, Boaz.«

Er seufzte. »Sei vorsichtig. Wenn wir unter uns sind an diesem Ort gibt es Worte, die du sagen kannst, die anderswo nicht ausgesprochen werden dürfen.«

»Bestimmt nicht im Schatten der Pyramide.«

Da stand er gereizt auf und starrte aus dem Fenster. Dann goß er Wein in den Kelch. »Ich glaube, dir geht es gut genug, um einen Schluck davon zu vertragen.«

Er hielt mir den Kelch an die Lippen, so wie er mich auch in den vergangenen Tagen versorgt hatte, und ich nahm einen Schluck und lächelte, als er ebenfalls aus dem Kelch trank. Er setzte sich, zog den Stuhl heran, und ein paar Minuten lang teilten wir uns den Wein, teilten ihn uns aus dem Froschkelch.

»Soll ich noch eine andere Geschichte vorlesen?«

»Ja, ich glaube, das würde mir gefallen.«

Und so schlug ich das Buch an einer beliebigen Stelle auf und las eine Geschichte vor. Es war eine Geschichte aus der Frühzeit der Soulenai und wie sie ihre Magie entdeckt hatten. Anscheinend hatten sie eine Neigung zu Metallen und Edelsteinen entwickelt und den Reiz von Glas entdeckt.

Wieder ein sehr gefährliches Thema, und als die Geschichte zu Ende war, stand Boaz auf, füllte den Kelch erneut mit Wein und trank ihn mit vier großen Schlucken aus.

Für dieses Mal hatte ich es weit genug getrieben. Ich schlug das Buch zu, strich zum Dank sanft darüber, und legte es in den Kasten zurück.

»Boaz? Wo kommt der Kasten hin?«

»Ich stelle ihn hier in die Truhe. Vielleicht bitte ich dich einmal nachts, mir daraus vorzulesen. Und vielleicht, jetzt, da deine Übersetzung zur Seite gelegt wurde« – wir hatten beide aufgegeben, so zu tun, als sei ich hier, um trockene geometrische Abhandlungen zu übersetzen – »kannst du ja tagsüber selbst darin lesen.«

Boaz reinigte den Kelch und stellte ihn neben den Kasten. Nicht zurück in das vollgestellte Regal.

Dann holte er einen kleinen Kasten aus einer verschlossenen Schublade seines Schreibtisches.

Ich hatte nie zuvor dort hineingesehen, und den Kasten hatte ich auch noch nie zu Gesicht bekommen.

Wie in jener ersten Nacht, als er mit dem Kasten, der das Buch der Soulenai enthielt, auf dem Schoß dagesessen hatte, saß er geistesabwesend wieder da und trommelte mit den Fingern sanft auf dem Kasten.

»Tirzah, wenn ich dir diesen Kasten und seinen Inhalt gebe, versprichst du mir, mir niemals, aber auch wirklich niemals zu sagen, was du damit tust?«

»Natürlich, Boaz. Was ist es denn?«

Er hielt mir den Kasten hin, und ich nahm ihn mit zitternden Händen entgegen. Mir war übel, unbehaglich zumute, als wüßte ich aus einem unerfindlichen Grund über die Wichtigkeit seines Inhalts Bescheid.

Ich öffnete ihn ... und starrte hinein, bis mein Blick vor Tränen verschwamm.

Dort lagen drei Locken aus schwarzem Haar, die mit dünnem Golddraht zusammengehalten waren ... und eine Locke, die in Stein verwandelt war.

»Ich weiß«, sagte er langsam, »daß andere ... manchmal gern den Toten selber oder sonst eine Erinnerung an ihn haben möchten, damit sie sich auf die richtige Weise von ihm verabschieden können ... Sieh, diese Locke gehörte Raguel.«

Ich schluckte und mußte den Kasten fester halten, um meine Hände am Zittern zu hindern.

»Und diese hier ist von Ishkur.«

Ich holte zittrig Luft.

»Die ... die gehörte Ta'uz«, sagte er.

Ich starrte ihn an.

»Tirzah, ich weiß nicht, wie sie zueinander standen, aber

sie sind zusammen gestorben, und ich weiß, was ich für dich empfinde. Ich dachte ...«

»Danke, Boaz«, flüsterte ich, und meine Tränen flossen jetzt unaufhaltsam.

»Und das.« Er nahm die Steinlocke. Er mußte mir nicht erklären, wem sie gehörte. Seine Finger schlossen sich darum. Er starrte seine Faust an, und etwas in seinem Gesicht veränderte sich.

Etwas geschah. Ich weiß nicht, wie ich es erklären soll, aber in diesem Raum geschah etwas.

Als er die Faust wieder öffnete, lag eine Locke aus angegrautem blonden Haar in seiner Hand.

Er legte sie in den Kasten zurück und schloß den Deckel.

»Das hast du nicht gesehen«, sagte er, und zum ersten Mal seit vielen Tagen hörte ich einen gefährlichen Unterton in seiner Stimme. »Es ist nichts passiert.«

»Nein, natürlich nicht, Boaz. Aber ich danke dir für diesen Kasten. Sobald er ... leer ist, werde ich ihn wohl für meine Koholstifte benutzen.«

Er stieß den Atem aus. »Ja, das scheint ein vernünftiger Verwendungszweck dafür zu sein. Morgen darfst du Isphet in ihrer Werkstatt besuchen, aber ich will nicht wissen, was dort vor sich geht, und ich will nicht, daß du lange dort bleibst.«

Kiamet begleitete mich zur Werkstatt und beschwerte sich den ganzen Weg darüber, daß solch ein Ausflug noch zu früh für mich sei.

»Ich werde mich in die Arme des Wahnsinns werfen, wenn ich nicht endlich ein Stück zu Fuß gehen kann, Kiamet, und so weit ist es wirklich nicht.«

Er wartete draußen. »Beeil dich«, sagte er, und in seiner Stimme lag Furcht.

»Kiamet, ich brauche so lange, wie es dauert. Warte. Folge mir nicht.«

Er nickte und sah unglücklich aus.

Kaum hatte ich die Tür hinter mir geschlossen, wurde ich in eine feste Umarmung gerissen.

Yaqob! Ich war überrascht, nicht nur über die Heftigkeit seiner Umarmung, sondern weil ich seit Tagen nicht mehr an ihn gedacht hatte. Viele Tage. Armer Yaqob.

Ich küßte ihn sanft und bat ihn, mich loszulassen.

»Bald«, flüsterte er wild. »Bald haben wir dich von diesem Stück Käferscheiße befreit. Ich selbst werde ihn töten!«

»Yaqob! Nein!«

»Nein?« Sein Griff lockerte sich. »Nein?«

»Nein. Äh, ich meine, wir müssen vorsichtig sein. Sicher. Wann soll der Aufstand stattfinden?«

»Bald«, sagte er und küßte mich auf die Wange. »Bald.«

»Wann?«

»Pst, mein Liebling. Wir warnen dich vorher. Sagen dir, wann du dich bereithalten sollst.«

Ich wollte ihn weiter befragen. Sicherlich würde er doch nichts tun, ohne es mir vorher zu sagen! Aber die anderen kamen heran, umarmten mich, küßten mich, sagten mir, wie sehr sie mich vermißten.

Schließlich rettete Isphet mich und brachte mich zusammen mit Yaqob und Zeldon in den ersten Stock hoch.

»Was trägst du da, Tirzah?« fragte sie.

»Oh, Isphet!« Ich öffnete den Kasten und zeigte ihnen die Haare. »Locken von Raguel, Ishkur, Druse ... und Ta'uz!«

Ich bezweifle, daß ich sie irgendwie mehr hätte schockieren können, es sei denn, ich hätte verkündet, daß Boaz ein Elementenmeister war.

Isphet griff mit zitternden Händen nach dem Kasten. Sie

starrte ihn an, dann sah sie mich scharf an. »Wie bist du daran gekommen?«

Oh, wie würde ich froh sein, wenn diese ganze Schauspielerei ein Ende fand. »Ein Sklave hat geholfen, die meisten Leichen fortzuschaffen. Er hat ihnen die Locken abgeschnitten.«

»Druse auch?« fragte Yaqob. »Wie denn nur? Wir alle haben ihn gesehen.«

»Als sie seine Leiche wegtrugen, brach ein Stein ab.« Ich mußte den Schmerz in meiner Stimme nicht vortäuschen. »Der Sklave hob ihn auf, und über Nacht verwandelte er sich abseits der Pyramide zurück in Haar.«

»Welcher Sklave?« wollte Isphet wissen.

Konnte sie denn nicht Ruhe geben! »Isphet, ich kenne seinen Namen nicht. Ein Sklave. Mittleren Alters. Ich habe ihn in der Dunkelheit kaum sehen können.«

»Und Ta'uz?« sagte Zeldon. »Ta'uz? Warum sollten wir eine Locke von ihm ...«

»Sie sind zusammen gestorben, Zeldon«, sagte ich voller Anspannung wegen meines Täuschungsmanövers. »Sie haben ein Kind gezeugt, das wir zu der Zuflucht im Jenseits geschickt haben. Ich hielt es für passend, daß wir ihn gemeinsam mit der Mutter seines Kindes losschicken.«

»Und keine anderen Locken?« bohrte Isphet. »Mehr hat er nicht gesammelt?«

»Verdammt, Isphet! Mehr hat er mir nicht gegeben! Ich weiß nicht, warum er bei dem einen eine Locke abgeschnitten hat und bei dem anderen nicht. Vielleicht hat er gewußt, daß sie mir möglicherweise etwas bedeuten könnten, vielleicht war es auch purer Zufall! Wenn du willst, nehme ich den Kasten wieder mit und werfe ihn ...«

»Nein. Nein, es tut mir leid, Tirzah. Ich wollte nicht undankbar klingen. Ich frage mich, wann wir sie verabschieden können.«

»Jetzt«, sagte ich. »Man wird uns nicht stören. Boaz ist an der Pyramide beschäftigt und erwartet mich vor einer Stunde ganz sicher nicht zurück.«

Isphet sah mich wieder an, und ihr Blick war durchdringender als je zuvor.

Wir sandten sie mit der angemessenen Andacht und mit frohem Herzen auf ihre Reise in die Zuflucht im Jenseits. Mir gefällt der Gedanke immer noch, daß Ta'uz überrascht, aber dennoch froh war, in eine solche Ewigkeit geschickt zu werden, und daß seine Tochter da sein würde, um ihn in diesem Land willkommen zu heißen, in dem alle miteinander fröhlich waren.

Selbst die Ermordeten mit ihren Mördern. Aber ich glaube, daß solche Vorstellungen an diesem Ort keine Rolle spielten. Druse war auch überrascht, aber dankbar, und ich war dankbar – nein, mehr als dankbar –, daß Boaz mir zu dieser Tat verholfen hatte.

Die Soulenai schauten zu und nickten mir zu. Sie würden durch den Froschkelch beobachtet haben, was Boaz mit der Steinlocke gemacht hatte.

Überzeuge ihn, liebe Tirzah. Nur er kann die Pyramide zerstören, raunten sie mir zu.

Nachdem die wirbelnden Farben sich wieder beruhigt hatten, wandte ich mich Yaqob zu. »Wann ist der Aufstand? Ich kann es kaum erwarten. Ich muß es wissen.«

»Pst, Tirzah.« Ich nahm einen Kuß in Kauf. »Vor dem Einweihungstag. Es muß vorher geschehen.«

»Ja, aber wann?«

»Es ist sicherer für dich, wenn du es nicht weißt. Ich fürchte jede Nacht, daß Boaz dich so lange schlägt, bis dir dann doch etwas entschlüpft ...«

»Yaqob! Ich habe acht Tage in dieser Zelle verbracht und nichts ist mir ›entschlüpft‹!«

»Ach, meine Geliebte. Ich weiß ja. Aber ich fürchte um dich, weil du bei ihm bist. Glaube mir. Ich werde dich retten. Hast du noch etwas gehört, das nützlich sein könnte?«

In der Residenz legte ich mich erst einmal eine Stunde lang hin, denn die Unternehmungen des Nachmittags hatten mich ermüdet. Dann bereitete ich mich auf Boaz' Rückkehr vor.

Er kam erst nach Einbruch der Dunkelheit, und das paßte mir gut.

»Hat Holdat kein Essen vorbereitet?« fragte er. »Ich bin müde und hungrig und will nicht mehr warten.«

Ich bat ihn, sich zu gedulden und führte ihn durch das Haus in das schöne Schwimmbad mit der Kuppeldecke. Der Duft der brennenden Kerzen und der nachtblühenden Glyzinie, der aus den Gärten hereinwehte, empfing uns. Ich hatte die Fenster ein wenig geöffnet. Niemand konnte hereinsehen. Kerzen schwammen auf dem Wasser und warfen weiche Schatten.

Ein kleiner Tisch stand mit einer Mahlzeit bereit und mit Wein, aber es gab nur einen Kelch. Den Froschkelch.

Ich führte Boaz dorthin und entkleidete ihn, bevor er sich setzte, vorher schlang ich das blaue Tuch um seine Hüften und knotete es. Dann drückte ich ihn sanft auf den Stuhl nieder und wusch ihm Füße und Hände, wie er es einst von mir verlangt hatte, bevor wir mit dem Schreibunterricht begannen.

»Fühlt sich seine Exzellenz wohl?« fragte ich mit einem Lächeln.

Er nickte, und der Blick in seinen Augen war so schattenhaft und intim wie der Raum selbst.

Dann setzte ich mich und bediente ihn; eine Umkehr der Rollen, denn für gewöhnlich bediente Boaz mich. Ich schnitt zarte Scheiben von einem Filet aus kalten, mit Honig gesüßten Lamm, daneben legte ich Brot, Gemüse und Obst.

»Willst du nichts essen?« fragte er, als ich das Messer ergriff und das Fleisch schnitt.

»Ich habe bereits gegessen. Laß mich dich bedienen.«

Und so wie er mich mit zarten Bissen verwöhnt hatte, so verwöhnte ich ihn nun, aber ich benutzte meine Finger statt Besteck, und wischte ihm den Mund mit einem Zipfel meines Gewandes statt mit einem Mundtuch ab.

»Trink«, sagte ich und goß Wein in den Kelch.

Er gehorchte, aber dann hielt er den Kelch an meine Lippen, damit auch ich trank.

Umarme mich, tröste mich, behüte mich, liebe mich. »Ich habe heute nachmittag noch eine Geschichte aus dem Buch deines Vaters gelesen, Boaz«, sagte ich. »Möchtest du, daß ich sie dir erzähle?«

»Gerne.«

»Aber nicht hier. Komm und nimm den Wein mit.«

Ich stellte Kanne und Kelch an den Beckenrand, dann schlüpfte ich aus meinem Gewand.

Seine Hände glitten zu dem verknoteten Tuch um seine Hüften.

»Nein«, sagte ich. »Laß mich das machen.« Und ich löste die Knoten.

Das Wasser war kalt und roch sehr süß, ich nahm ein Tuch

und wusch ihn, lächelte, als er sich an den Beckenrand lehnte und aus dem Froschkelch trank.

Umarme mich, tröste mich, behüte mich, liebe mich.

»Warum machst du das alles?«

»Weil ich dir für den Kasten danken wollte. Meine Koholstifte sehen sehr hübsch darin aus. Und jetzt sei still, ich will dir eine Geschichte erzählen.«

Ich legte die Arme um ihn und bettete den Kopf auf seine Brust, trieb sanft neben seinem Körper, und ich erzählte ihm eine Geschichte von den Soulenai, die keine gefährlichen Zwischentöne hatte, sondern nur von ihrer Liebe füreinander und für ihr Volk und ihre Hoffnungen auf eine friedliche Welt berichtete. Und als ich geendet hatte, nahm ich seine Hände und legte sie dorthin, wo ich fand, daß sie am besten aufgehoben waren.

»Umarme mich, tröste mich, behüte mich, liebe mich«, flüsterte ich, und das tat er.

25

In zwei Tagen würde der Schlußstein gesetzt werden, am darauffolgenden Tag sollte die Pyramide der Macht der Eins geweiht werden. Heute sollten Chad Nezzar, der größte Teil seines Hofstaats, die meisten Adligen, sämtliche Magier und Tausende Zuschauer aus Setkoth eintreffen.

Ich war sehr unruhig. Ich fürchtete mich vor der Fertigstellung der Pyramide, fürchtete mich vor dem Tag, an dem sie mit Macht erfüllt sein würde. Aber ich fürchtete ihre Fertigstellung auch, weil das das Signal zu Yaqobs Aufstand war. Ich konnte beinahe spüren, daß die Vorbereitungen weiter fortschritten, aber ich hatte nicht die geringste Ahnung, wann es soweit war ... oder wie es geschehen sollte.

Ich sah mich nach Boaz um, konnte ihn aber nicht sofort entdecken. In unserem Haus war er ein glücklicher Mann, aber was nutzte das, wenn jenseits der Veranda noch immer der Magier herrschte? Er war noch immer keinen Schritt weitergekommen, die Seite seiner Natur zuzugeben, die ihre Kräfte aus den Elementen schöpfte, geschweige denn sie zu erforschen.

Tatsächlich war er davon weiter entfernt als je zuvor, während sich die Pyramide ihrer Fertigstellung immer schneller näherte. Er war von ihr und der Macht, die sie versprach, so in Bann geschlagen, daß er keinen anderen Gedanken mehr zulassen konnte. Im Verlauf der letzten Wochen hatte er den

Froschkelch nicht mehr angefaßt, und ich hatte ihm auch nicht aus dem Buch der Soulenai vorlesen dürfen.

Die Soulenai quälte das genauso wie mich, wenn nicht noch mehr. Ich hörte sie in der Nacht aus dem Froschkelch flüstern, aber Boaz ließ sich nicht in seinem Schlaf stören.

Ich seufzte und lächelte dem Jungen hinter mir dankbar zu, der den Sonnenschirm über meinen Kopf hielt. Die Sonne war eine große, rote Kugel am Himmel, die sich in einem Hitzeflimmern wälzte.

Ich wartete direkt vor den Toren von Gesholme, stand unauffällig direkt an der Mauer. Der Kai vor mir funkelte im Sonnenlicht. Sklaven hatten seine Steine vier Tage lang geputzt und mit Sand gescheuert, um ihn für zahllose königliche und adlige Füße präsentabel zu machen. Zu beiden Seiten des Kais standen Wächter, ihre Waffen und Rüstungen funkelten, die unterschiedlich bunten Quasten ihrer Einheiten flatterten im leichten Wind in allen Farben des Regenbogens. Vor den Wächtern standen die Magier, etwa zwei Dutzend; ihre blauen und weißen Gewänder saßen tadellos, ihr Haar war streng zu Zöpfen geflochten.

Boaz hatte mir erlaubt, die Ankunft Chad Nezzars miterleben zu können. Der Chad traf für das Anbringen des Schlußsteins spät ein, so wie jeder andere mit auch nur dem geringsten Anspruch auf Vornehmheit, und würde bis zum Einweihungstag bleiben. Der Bau der Pyramide hatte acht Generationen gedauert und den größten Teil von Ashdods Reichtum verschlungen. Ich vermutete, daß jeder Gast, egal ob Magier oder Adliger, hier war, um seinen wie auch immer gearteten Anteil an der Macht zu ergreifen.

Ich hoffte, sie waren wirklich auf das vorbereitet, was auf sie zukommen würde, denn der Schatten der Pyramide war jeden Tag dunkler und bedrohlicher geworden.

Seit dem Tod der elf Männer war niemand mehr gestorben. Als nächstes würden es dreizehn sein, und ich glaubte zu wissen, was die Pyramide für den Einweihungstag geplant hatte.

Da trat Boaz durch das Tor auf den Kai. Er war der Magier, der große Magier, und er übersah mich. Ich fragte mich, wie er Chad Nezzar meine Anwesenheit erklären würde. Vielleicht würde er das auch gar nicht tun. Vielleicht würde man mich für die Dauer des königlichen Besuchs wieder in die Sklavenunterkünfte verbannen.

Aber das glaubte ich nicht.

Boaz sprach ein paar Worte mit dem Hauptmann der Wache, dann mit zwei oder drei Magiern, um sich zu vergewissern, daß alles bereit war.

Für diesen Tag waren alle Sklaven außer Sichtweite gebracht worden, man hatte sie in die schwer bewachten Unterkünfte gesperrt. Alle bis auf mich, und ich existierte nun in dem Niemandsland zwischen Sklaverei und Dienerschaft. Ich fragte mich, was Yaqob dachte. Sicherlich würde er seinen Plan zum Aufstand aufgeben müssen, jetzt, da Chad Nezzar und ein großer Teil seines Heeres nur noch wenige Minuten entfernt waren.

Bestimmt hatten sie weder die Waffen noch waren sie so dumm, gegen die Soldaten des Chad kämpfen zu wollen. Bestimmt nicht.

Ich warf einen Blick durch das Tor. Die Prachtstraße, die Boaz durch Gesholme bis zur Pyramide hatte bauen lassen, wurde von Soldatenreihen flankiert. Ich wußte, daß man Gesholme eines Tages bis auf die Grundmauern abreißen würde, denn welchen Nutzen hatten die Sklaven und deren Unterkünfte noch, sobald die Pyramide fertig war, und daß die Pyramide von Säulengängen und Alleen umgeben sein würde.

Dann würde die Pyramide durch nichts mehr an den Schweiß und den Schmerz erinnert werden, der für ihren Bau aufgebracht worden war.

Ich fragte mich, ob die Frösche dann noch immer bei Sonnenaufgang und Sonnenuntergang ihr Lied singen würden.

Ein Ruf riß mich aus meinen Gedanken, und ich blickte zurück zum Kai. Alle waren jetzt voller Erwartung und schauten den Lhyl hinauf. Ein großes Flußschiff kam in der breiten Flußbiegung in Sicht, und ich schnappte überrascht nach Luft, denn im ersten Moment hielt ich es für eine Geistererscheinung.

Sämtliche Flußschiffe, die ich bis jetzt gesehen hatte, waren aus großen Schilfbündeln konstruiert gewesen, die zusammengebunden waren, und ich vermutete, daß das trotz seiner Größe auch bei diesem so war, denn es wies den gewöhnlichen anmutigen Schwung der Linie sowie den hohen Bug und das hohe Heck auf. Aber die Seiten waren bis zum Wasser mit großen Seidentüchern behängt; sie schimmerten in Gold und Rot, und hier und dort leuchtete himmelblauer und silberner Flitter. Ich habe keine Ahnung, wie es die Ruderer schafften, zu manövrieren.

Es wölbten sich drei schmucke Segel in der Brise. Dunkelblau, blutrot und smaragdgrün, und ein jedes wies Streifen aus purem Gold aus.

An den Masten flatterten große Banner, Glöckchen und Glockenspiele klingelten und klangen, überall trieben Wolken aus Weihrauch, vermutlich um die königliche Nase vor Insekten und den Gerüchen der auf engstem Raum zusammengepferchten Sklaven zu schützen. Am Bug spielten Musiker, und ich konnte ein Tanzäffchen unter ihnen entdecken.

Es war der schönste von Menschenhand geschaffene Anblick, den ich je gesehen hatte.

Dem Schiff folgten Dutzende andere, einige kleine, andere etwa von der Größe der königlichen Barke, und sie alle waren mehr oder weniger aufwendig geschmückt, sogar die Schiffe mit den Soldaten.

Männer liefen los, um Taue aufzufangen und am Kai festzumachen, und Ruderer nahmen die Ruder auf, so daß sie einen funkelnden, stummen Salut beschrieben. Ich wich zur Mauer zurück und kam mir in solcher Pracht ganz unbedeutend vor.

Eine Rampe glitt auf den Kai, und Boaz trat vor. Eine kleine Ehrenwache marschierte in steifer Formation von Bord, baute sich zu beiden Seiten der Rampe auf und stieß ihre Speere in den Himmel.

»Ruhm und Ehre dem unsterblichen Chad!« brüllten sie, und der Ruf wurde von jedem der Wächter und Soldaten aufgenommen. »Ruhm und Ehre dem unsterblichen Chad!«

Mir fiel auf, daß die Magier schwiegen.

Der gar nicht so unsterbliche Chad kam oben an der Rampe in Sicht. Seine Haut war noch mehr geschmückt und durchbohrt und mit Schmuck behängt als bei seinem vorherigen Besuch, und er trug einen Kopfschmuck aus Bronze und Kupfer, der mit mehr Juwelen besetzt war als aller anderer Schmuck auf seinem Leib zusammen.

Er schwankte, als er die Rampe betrat, und einen Augenblick lang glaubte ich, er würde in den Lhyl stürzen, aber Chad Nezzar hatte offensichtlich ein Leben lang Erfahrung mit solchen kleinen Unbillen gesammelt, denn er fing sich auf majestätische Weise und kam mit so viel Würde die Rampe hinunter, wie er nur aufbringen konnte.

Ich war froh, daß ich weit genug wegstand, um nicht das Geschnatter seiner Edelsteine und des Metalls hören zu müssen, denn ich konnte mir sehr gut ihre Aufregung über diesen Pomp und Majestät vorstellen.

Boaz trat vor und küßte einen der Juwelen auf der Hand, die Chad Nezzar ihm gnädig überließ, und hieß seinen Onkel mit einer Ansprache willkommen, die sorgfältig darauf hinwies, daß die Magier ihn zwar respektierten – und seine Schatzkammer vermutlich noch mehr –, ihn aber als Gast betrachteten, der nur aufgrund des Wohlwollens der Magier selbst eingeladen worden war.

Chad Nezzar hörte sich diese etwas sonderbare Begrüßung ohne eine Miene zu verziehen an, aber wie ich noch entdekken sollte, vertrat er eine ganz andere Meinung.

Nachdem alle formellen Grüße und blumigen Reden ausgetauscht worden waren, kamen der Chad Nezzar und Boaz auf die Pyramide zu sprechen.

»Ihr habt gute Arbeit geleistet, Neffe«, sagte Chad Nezzar mit einer vagen Handbewegung, und Boaz neigte den Kopf.

Was auch immer Boaz erwidern wollte, wurde von der Ankunft eines anderen Mannes auf der Rampe unterbrochen. »Zabrze!«

Sofort wandte sich meine Aufmerksamkeit diesem Neuankömmling zu. Zabrze war Boaz' älterer Halbbruder, der Sohn aus der ersten Ehe seiner Mutter. Und der eigentliche Thronerbe, da Chad Nezzar nie geheiratet hatte.

Nun, welche Frau hätte Chad Nezzar auch mit dieser stacheligen Rüstung aus Edelsteinen eine Annäherung gestattet?

Zabrze mochte der Thronerbe des Chads von Ashdod sein, aber sein Auftreten und sein Erscheinungsbild waren das genaue Gegenstück zu Chad Nezzar.

Er war ein außergewöhnlich ansehnlicher Mann. Mitte vierzig, schlank und gesund, mit dunkler Haut, dunklen Augen und dunklem Haar. Er war zweifellos ein Prinz, aber Zabrze setzte lediglich Haltung und Selbstbewußtsein ein, um darüber niemanden im unklaren zu lassen, nicht den halben Staatsschatz. Er trug ein knielanges, dunkelblaues Gewand mit Goldstreifen, das an den Hüften geknotet war, und einen breiten Goldreifen am rechten Oberarm. Sein Haar war zu Zöpfen geflochten und im Nacken mit Goldband zusammengehalten. Aber das war alles. Selbst seine Füße waren nackt.

Er trat von der Rampe und ergriff Boaz' Hand. Ihre gegenseitige Zuneigung war offensichtlich, und ich begriff, daß nur die Förmlichkeit des Anlasses verhinderte, daß sich die Brüder umarmten.

Zabrze folgte eine Frau, die etwa sechs oder sieben Jahre jünger war als er. Sie war eher ansehnlich als schön, strahlte aber das gleiche Selbstbewußtsein wie ihr Gemahl aus; sie trug ein Gewand aus feinem weißen Leinen, das von einem Kragen aus Goldperlen herabfloß, der sich über ihre Schultern legte. Als sie sich bewegte, sah ich, daß sie hochschwanger war.

Furcht stieg in mir auf, als Zabrze die Hand der Frau ergriff und sich Boaz lächelnd vor ihr verbeugte. Zabrze hatte seine schwangere Frau hierher mitgebracht?

Ich hörte, wie Boaz sie als Neuf ansprach. Ein eleganter Name für eine elegante Frau, und ich seufzte und verdrängte die Angst und wünschte, ich hätte nur ein Zehntel dieser Eleganz und dieser Hoheit.

Weitere Adlige und Ehrenträger kamen von Bord, aber mein Interesse richtete sich allein auf Zabrze und Neuf. Boaz führte sie zusammen mit Chad Nezzar durch das Tor und dann die Straße entlang, während Diener herbeieilten, um die Gruppe mit quastenverzierten Sonnenschirmen vor der Sonne zu schützen und vor ihnen Weihrauch verbrannten, damit der Gestank alles Gemeinen nicht ihre königliche Nasen beleidigte.

Ich wartete an der Mauer, bis ich schließlich eine Gelegenheit fand, mich zu Boaz' Haus zu verdrücken.

Auf dem Weg dorthin blieb ich kurz stehen und starrte in eine dunkle Gasse. Ich konnte kaum glauben, was ich dort sah. Einer der Offiziere von Chad Nezzars Heer sprach leise und außerordentlich verstohlen ... mit Azam.

Mir drehte sich der Magen um, und ich eilte fort, bevor sie mich entdecken konnten.

Was mochte das nur bedeuten?

Das königliche Gefolge und viele der Adligen wurden in der Siedlung der Magier untergebracht. Chad Nezzar, Zabrze und Neuf wohnten in Ta'uz' alter Residenz. Andere Adlige und hohe Gäste schliefen an Bord ihrer Flußschiffe. Die meisten der Schiffe hatten feste Aufbauten, Gemächern gleich, denn die Adligen von Ashdod liebten es, jedes Jahr viele Wochen damit zuzubringen, zu vielen den Fluß zu befahren, wo sie manchmal jagten, manchmal Bankette abhielten und manchmal auch Intrigen schmiedeten. Die achttausend Soldaten, die Chad Nezzar begleiteten, errichteten in Gesholme und entlang des Ufers ein weitläufiges Lager.

Meine ursprüngliche Erleichterung über die Ankunft dieser Soldaten hatte sich verflüchtigt. Was hatte ein Offizier der Armee des Chad mit einem Sklaven zu besprechen?

Und dann noch mit einem Sklaven, einem Aufrührer, der Yaqobs rechte Hand bei seinem Aufbruch in die Freiheit war?

Ich saß den ganzen Tag allein in Boaz' Haus, sorgte mich abwechselnd um Azam und fragte mich beunruhigt, was ich sagen und tun sollte, falls ich Chad Nezzar oder Zabrze und seiner Gemahlin begegnen sollte.

Boaz blieb bei seiner Familie und kehrte erst spät in der Nacht zurück.

Ich drehte mich um, als ich fühlte, daß er sich ins Bett legte. »Boaz?«

»Schlaf weiter, Tirzah.«

Aber ich war viel zu neugierig. »Ich wußte nicht, daß du Zabrze so nahe stehst.«

»Als Kinder standen wir uns nahe. Er hat bei Hof auf mich aufgepaßt. Aber als ich sieben oder acht war, da war er fast achtzehn und verbrachte mehr Zeit bei der Armee als mit mir. Wir wurden uns fremd.«

Das war nicht das, was ich auf dem Kai gesehen hatte, aber ich beließ es dabei. Ich schmiegte mich an ihn. »Ich habe gehört, daß Zabrze Ashdods Armee befehligt.«

»Abgesehen von denen, die unter meinem Befehl stehen, Tirzah.«

»Ist er ein guter Befehlshaber? Ein populärer Befehlshaber?«

Boaz zögerte lange. »Zabrze ist ein guter Befehlshaber«, sagte er schließlich. »Aber die Armee ist groß, und für viele ist er vielleicht von zu kühler Natur.«

Mir ging der Offizier nicht mehr aus dem Kopf, den ich mit Azam hatte flüstern gesehen. »Und er ist der Erbe. Aber er teilt nicht die Vorliebe deines Onkels für Schmuck.«

»Er ist ein Mann von relativ schlichtem Geschmack.« Boaz hielt inne. »Er wird ein guter Chad.«

»Seine Gemahlin ist sehr elegant«, sagte ich wehmütig. »Aber ich bin überrascht, daß er sie herbringt, da sie doch ...«

»Ach, ihre Schwangerschaften verlaufen immer einfach. Das wird ihr achtes Kind sein.«

»Acht! Dann hast du ja fast eine Schwadron Neffen und Nichten zusammen!«

Boaz lachte. »Ja, und ich bin froh, daß Zabrze sie in Setkoth gelassen hat. Vier Neffen, drei Nichten, und was auch immer es diesmal wird. Zabrze tut sein Bestes, um die Thronfolge sicherzustellen.«

»Die Pyramide muß sehr wichtig sein, daß sich so viele Adlige hier versammeln.«

Er schwieg; vermutlich rechnete er damit, daß ich mit einer meiner zunehmend direkter werdenden Tiraden über das Bauwerk anfing. Aber nicht in dieser Nacht.

»Boaz, warum die Ungeduld, die Pyramide an einem bestimmten Tag fertiggestellt zu haben? Sicherlich hätten ein oder zwei Monate mehr doch nichts geschadet.« In den vergangenen Monaten hatte er alle hart angetrieben, und vor allem in den letzten sechs Wochen.

»Es gibt jedes Jahr nur einen Tag, an dem wir den Einweihungstag abhalten können«, sagte er. »Wären wir an diesem Tag nicht bereit gewesen, hätten wir ein weiteres Jahr warten müssen.« Er stieß ein kurzes, hartes Lachen aus. »Und ich glaube nicht, daß ich so lange hätte warten können. So nahe dran, und dann gezwungen sein, noch ein Jahr zu warten.«

Ein Jahr, dachte ich. Ein Jahr, um ihn so tief mit Liebe zu erfüllen, daß er schließlich sein Erbe als Elementist antreten würde, und sei es auch nur um meinetwillen.

»Was ist so besonders an dem dritten Tag von jetzt an?«

Ich fühlte, wie er unruhig wurde. »Das ist der Tag des Jahres, an dem die Sonne den Zenit ihrer jährlichen Reise am Himmel erreicht. In drei Tagen wird die Kraft der Sonne am Mittag ihren Höhepunkt erreichen, und eine Stunde lang wird sie stärker sein als zu jedem anderen Zeitpunkt des Jahres.«

»Die Pyramide ist auf Licht angewiesen, nicht wahr?«

»Ja.«

Seine Erwiderung war so kurz angebunden gewesen, daß ich ein anderes Thema anschnitt, das allerdings genauso gefährlich war. »Was wird nach dem Einweihungstag mit all den Sklaven hier in der Siedlung geschehen? Du wirst sie nicht mehr brauchen.«

»Machst du dir Sorgen um deine Freunde, Tirzah? Sorgst du dich darüber, was ich mit dir machen könnte?«

»Shetzah!« Seit meiner Ankunft hatte ich auch die Flüche Ashdods gelernt. »Natürlich mache ich mir Sorgen um alle meine Freunde. Sie bedeuten mir sehr viel; ohne ihre Liebe und Hilfe hätte ich nicht überlebt. Ich frage mich, ob du daran denkst, sie alle den großen Wasserechsen zum Fraß vorzuwerfen!«

»Du machst dir wirklich Sorgen, was? Keine Angst, süße Tirzah, sie sind viel zu wertvoll, um sie zu verschwenden. Wir werden einen Großteil ihres Wertes durch den Weiterverkauf wieder hereinbekommen. Man wird sie auf die Märkte von Setkoth schicken, vielleicht auch noch nach Adab und andere Städte im Norden, und zwar schon in den nächsten Wochen.«

»Boaz ...«

Er legte den Arm um meine Taille und zog mich auf sich. »Und ich muß zugeben, daß ich es kaum erwarten kann, sie gehen zu sehen, Tirzah. Denn dann weiß ich, daß ich deine ungeteilte Zuneigung habe ...«

»Die hast du jetzt schon, Boaz«, sagte ich leise.

»Und dann weiß ich, daß ich nicht mehr überall in Schatten und Nischen Ausschau nach Attentätern und Rebellen halten muß. Wann wollen sie zuschlagen?«

»Seit ich bei dir wohne, bin ich von den Sklaven und ihren Unterkünften isoliert. Glaubst du ernsthaft, sie würden mir ihre Hoffnungen auf Freiheit zuflüstern?«

»Mach dir nichts vor, Tirzah«, flüsterte er aufgebracht. »Du wirst deine Freunde niemals wiedersehen. Dein Leben spielt sich jetzt bei mir ab.«

»Boaz!«

»Ganz allein bei mir! Ich werde Kiamet und den anderen Wachen befehlen, daß du diese Siedlung nicht verlassen darfst, es sei denn in meiner Begleitung.«

»Boaz ...«

»Maße dir nicht zu viel an wegen der Vertraulichkeiten, die ich dir in den vergangenen Wochen erlaubt habe, Tirzah. Ich stehe zu kurz vor dem Ziel, um jetzt noch das Risiko eingehen zu können, die Pyramide an jemanden zu verlieren, gleichgültig an wen!«

Ich runzelte überrascht die Stirn. Was sollte das denn nun wieder bedeuten?

Aber dann griffen seine Arme wieder stärker zu und seine Stimme wurde sanfter. »Komm, Tirzah. Ich habe den ganzen Tag Höflichkeiten mit den Gästen ausgetauscht und auf jedes Wort achten müssen. Ich will dich nicht anfauchen müssen, vor allem hier nicht, im Bett. Komm schon.« Seine Hände wurden sanfter. »Komm.« Und er tat Dinge mit seinem Mund, die besser waren als reden.

»Boaz! Wieso liegst du noch im Bett? Ich dachte, wir könnten einen Spaziergang im Garten machen.«

»Zabrze!« Boaz hatte genau wie ich fast schon geschlafen, und jetzt schoß er hoch. »Was ...?«

»Ah«, sagte Zabrze leise und kam von der Tür zum Bett. »Jetzt verstehe ich. Eine sehr ungewöhnliche Situation für einen Magier, nicht wahr, Boaz?«

Ich rollte mich herum und griff nach meinem Gewand, da ich gehen wollte, aber Zabrze verhinderte es, indem er sich auf das Bett setzte und nach meinem Arm griff. »Nein. Tu das nicht. Ich hätte vor einem solchen Überfall nachdenken sollen.« Glücklicherweise glitt sein Blick von meiner Blöße zu der seines Bruders. »Aber ich war mir sicher, daß ich dich alleine vorfinden würde, Bruder.«

»Was ist denn, Zabrze?«

»Ich wollte mit dir unter vier Augen sprechen, Bruder. Aber jetzt ist wirklich nicht der richtige Zeitpunkt dafür.« Er lächelte mich an. »Ich würde bestimmt nicht aus dem Bett einer solchen Frau geholt werden wollen. Nein. Wir können später miteinander sprechen.«

Er stand auf und ging zur Tür.

»Zabrze!«

»Nein«, erwiderte er. »Später, Bruder. Was ich gerade gesehen habe, darüber muß ich in Ruhe nachdenken, glaube ich.«

Und dann war er weg.

26

Am nächsten Abend, dem Abend vor der Zeremonie, bei der der Schlußstein eingesetzt werden würde, bewirtete Boaz seine Familie.

Für ein königliches Bankett ging es relativ unförmlich zu. Mehrere Diener halfen Holdat beim Kochen und stellten im Badehaus einen Tisch auf. Er wurde mit feinstem Geschirr gedeckt, goldene Messer und Löffel glitzerten um die Wette.

Der Froschkelch glänzte durch Abwesenheit.

Die einzige Beleuchtung waren zahllose Duftkerzen, die auf dem Wasser schwammen, und ich warf zusätzlich Wasserlilien und tropfte aromatisches Öl hinein, um für noch mehr Schönheit und Duft zu sorgen.

Wächter umstellten das Haus, aber in respektvoller und diskreter Entfernung. Alles ging sehr still und gelassen zu, und ich überprüfte den Raum ein letztes Mal, bevor Chad Nezzar, Zabrze und Neuf eintreffen sollten. Dann wandte ich mich zum Gehen.

Boaz stand in der Tür, tadellos und unverwundbar in seinem Magiergewand.

»Ich will es ganz intim halten«, sagte er. »Das letzte, was wir brauchen, sind ein Dutzend Diener, die mit ihrem Herumgewusel das Auge beleidigen. Holdat serviert das Essen, du den Wein.«

Und dann war er weg.

Ich hatte vor lauter Aufregung einen Kloß im Hals. Dem Chad von Ashdod, einem Prinzen und seiner Frau Wein servieren? Aber ich war doch bloß eine unbedeutende Glasmacherin!

Aber ich hatte Holdat, der mich anleitete, und ich konnte nicht viel falsch machen, solange ich mich so unauffällig wie möglich verhielt und keinen Wein verschüttete. Ich war darin geübt, Boaz zu bedienen, und ich machte es auch bei seiner Familie recht ordentlich. Chad Nezzar übersah mich einfach, Neuf musterte mich zuerst neugierig, aber dann erlosch ihr Interesse an mir – also hatte Zabrze ihr nichts erzählt –, während Zabrze mich mit undurchdringlichen schwarzen Augen betrachtete und dann dem Beispiel seiner Gemahlin und seines Onkels folgte.

Den ersten Teil der Mahlzeit verbrachte ich größtenteils in einer dunklen Ecke des Raumes auf einem Hocker und bewegte mich nur, wenn ein Kelch nachgefüllt werden mußte. Holdat kümmerte sich um das Servieren, wechselte leise und unaufdringlich die mit Köstlichkeiten belegten Platten und reichte Mundtücher und Wasserschälchen. Ich bewunderte sein Geschick und fragte mich, wo Boaz ihn entdeckt hatte. Möglicherweise in Setkoth, denn ich konnte mir nicht vorstellen, daß in Gesholme solche Fertigkeiten gefragt waren.

Boaz und seine Familie erfreuten sich an dem Mahl, und soweit ich es verfolgen konnte, genossen sie den belanglosen Klatsch über Höflinge und Geschehnisse in Setkoth. Sie hoben nie die Stimmen, es sei denn, sie lachten über das Pech oder den gesellschaftlichen Ausrutscher eines Höflings, und sie mieden offenkundig jedes strittige Thema. Tatsächlich lenkte größtenteils Neuf die Unterhaltung, wandte sich einmal ihrem Mann zu, dann wieder Chad Nezzar, dann legte sie Boaz ihre schlanke Hand auf den Arm und lächelte ihn verführerisch an.

Ich fragte mich boshaft, ob all diese Nichten und Neffen tatsächlich nur entfernt mit Boaz verwandt waren. Unter ihrer Eleganz strahlte Neuf eine unverkennbare Sinnlichkeit aus, und ich verabscheute sie jedesmal, wenn sie sie auf Boaz richtete.

Während die Unterhaltung bei der Mahlzeit friedlich verlief, hatte der Schmuck an Chad Nezzar seine eigene Unterhaltung. Während ich an dem Tisch meine Pflichten erfüllte, konnte ich ihn über dieses und jenes plaudern hören, und einmal war ich erstaunt, die Edelsteine und das Metall über ihre Liebe zu Chad Nezzar flüstern zu hören. Er war ein alter Mann, aber noch vital, und sie wollten nicht, daß er starb. Ich verweilte ein wenig bei Neufs und dann Zabrzes Kelch und versuchte mehr zu verstehen.

Ach, sie liebten ihn, aber nicht so sehr um seinetwegen, sondern weil sie Angst hatten, daß nach seinem Tod ihre glückliche Gemeinschaft zerbrach. Anscheinend war Chad Nezzar seit Jahrzehnten auf diese Weise geschmückt, und das Metall und die Edelsteine hatten sich aneinander gewöhnt. Würde Prinz Zabrze sie tragen, wenn er den Thron bestieg?

Leider nicht, dachten sie, und ich stimmte ihnen lautlos zu. Lang lebe Chad Nezzar, wenn auch nur für die Geister der Elemente.

Je weiter der Abend voranschritt, desto häufiger wurden meine Dienste verlangt. Alle Männer tranken, zwar nicht übertrieben viel, aber beständig. Stimmen wurden lauter, Gelächter schärfer.

Schließlich stand Neuf vom Tisch auf. »Mein Gemahl. Morgen ist ein langer Tag, und ich muß im Moment für zwei schlafen. Ich bitte um dein Verständnis« – sie wandte sich Chad Nezzar zu – »und um die Erlaubnis des Mächtigen, mich zurückziehen zu dürfen.«

Chad Nezzar wedelte vornehm mit der Hand. Ich vermutete, das tat er so oft, um seine Juwelen richtig zur Geltung bringen zu können; soweit es die Juwelen betraf, liebten sie die Schwünge durch die Luft.

»Die habt Ihr, meine Liebe.«

»Neuf«, sagte Zabrze. »Das Mädchen kann dich zurückbringen.«

Ihr Blick glitt in meine Richtung. »Und vielleicht möchte uns das Mädchen seinen Namen nennen. Ich bin gespannt, wie sie heißt.«

Ich öffnete den Mund, dann schloß ich ihn wieder. Sollte ich ihnen meinen Geburtsnamen sagen? Er würde weitaus überraschender sein als ...

»Tirzah«, sagte Boaz. »Ihr Name ist Tirzah.«

Bis auf Boaz starrten mich alle an.

»Tirzah?« sagte Chad Nezzar langsam. »Tirzah?«

Neuf sah mich an, dann Boaz. »Sieh an«, sagte sie. »Ein seltsamer Name für eine Sklavin, Boaz. Mir ist neu, daß Sklaven erlaubt ist, die Namen von Adligen zu tragen. Auf dieser Baustelle geht es zwangloser zu, als ich gedacht hätte.«

Ich hatte keine Ahnung, wie ich mich verhalten sollte, aber da Boaz damit angefangen hatte, sollte er es auch zu Ende bringen. Die Wahl des Namens war nicht meine Schuld.

»Sie hatte einen schwierigen Namen unter den nordischen Wilden«, sagte Boaz. »Ich fand, ich sollte ihr einen hübscheren geben.«

»Aber den Namen meiner Schwester?« sagte Chad Nezzar.

»Ich sollte sagen«, meinte Zabrze mit einer gewissen Heiterkeit, »daß mich der Name des Mädchens interessierte, weil sie eine … nun, ich will es so ausdrücken, weil sie eine relativ intime Beziehung zu Boaz hat.«

Neufs Kopf ruckte zu mir herum. »Eine Anmaßung, Mädchen …«

»Meine Anmaßung, sowohl was den Namen als auch die Beziehung angeht!« fauchte Boaz seine Schwägerin an. »Laß sie in Ruhe.«

»Boaz«, sagte Zabrze, »dein Ton gefällt mir nicht.«

»Hohe Herren und Hohe Dame«, stieß ich hervor, »ich gehe …«

»Allerdings, Mädchen«, sagte Neuf und ging in Richtung Tür. »Du wirst mich zu meinem Quartier begleiten. Und zwar jetzt sofort.«

»Komm zurück, wenn Neuf dich entlassen hat«, sagte Chad Nezzar. »Ich glaube, nach diesem Vorfall werden wir alle noch Wein wollen.«

Neuf warf ihm einen finsteren Blick zu, dann stolzierte sie aus dem Raum. Ich eilte hinter ihr her.

Sie sagte kein Wort, bis wir die Residenz erreicht hatten. Dann wandte sie sich im Licht der Veranda um.

»Du bist ein sehr dummes Mädchen.«

»Hohe Dame, ich …«

»Er ist ein Magier. Er hat keine Zeit für dich.«

»Hohe Dame, ich …«

Kräftige Finger griffen unter mein Kinn und drehten mein Gesicht ins Licht. Ich fragte mich, ob mir jemals gestattet werden würde, außer dem »Ich« etwas hinzuzufügen.

»Vielleicht ist es dein nördliches Blut. Shetzah, aber er hat sämtliche Leiber ignoriert, die im Laufe der Jahre vor ihm umherstolziert sind. Das ist die einzige Erklärung.«

Mehr als Ihr denkt, Hohe Dame, dachte ich. Mehr als Ihr denkt.

Sie kniff mißtrauisch die Augen zusammen, und ihr Griff wurde fester. »Oder bist du eine Spionin? Sollst du ihn vernichten? Wie dem auch ist, du bist gefährlich.«

Ich wollte wieder protestieren, aber diesmal ließ sie mich nicht einmal ein Wort hervorbringen.

»Verstehst du nicht, was passiert, Mädchen? Weißt du das nicht?«

Ich schwieg.

»Boaz hat ein erstaunliches Talent ...«

Ich fragte mich, ob ich ein kleines Lachen wagen konnte.

»... und hat hart gearbeitet und noch härter gelernt, um dort hinzugelangen, wo er heute ist. Er hat sein Leben der Eins gewidmet, um der größte Magier zu werden, der je gelebt hat. Jetzt ist er wenige Tage davon entfernt, seinen Traum zu verwirklichen, und wir finden heraus, daß er alles für eine dürre und unverschämte Sklavin riskiert.«

Sie mußte die Wut in meinen Augen gesehen haben, denn sie verstärkte ihren Griff um mein Kinn. »Viele Magier planen, ihn zu stürzen, Mädchen. Vielleicht nicht die, die hier auf dieser Baustelle sind und dich bereits kennen, aber viele von denen, die aus Setkoth gekommen sind, würden diese Schwäche nur zu gern ausnutzen. Glaube mir, ich weiß das. Intrigen sind meine Spezialität. Ich will nicht zusehen müssen, wie Boaz alles verliert nur wegen der flüchtigen Lust auf eine hellhaarige Frau aus dem Norden. Hast du verstanden?«

»Ich habe verstanden, Hohe Dame.«

Sie nahm die Hand weg, aber ihr Blick blieb. »Ich wünschte, das würdest du, Mädchen. Ich wünschte, das würdest du wirklich.«

Und dann war sie weg.

Am ganzen Leib zitternd ging ich zurück zum Badehaus. Hier gab es Dinge, die ich nicht verstand.

Bei meiner Rückkehr bedeutete mir Boaz ungeduldig, die Becher zu füllen, und ich eilte zu ihnen, in Gedanken noch immer mit Neufs Warnung beschäftigt. Dann verdrängte jedoch ihre Unterhaltung jeden Gedanken an Neuf.

Chad Nezzar und Zabrze saßen jetzt zusammen an einer Seite des Tisches, Boaz genau gegenüber. Es lag Ärger in der Luft, die nur zum Teil von dem vielen Wein herrührte.

Sie sprachen über die Pyramide.

»Ich erinnere mich«, sagte Chad Nezzar, »daß die Magier seinerzeit vor den damaligen Chad traten, Ophal ... Zabrze, wie lange ist das jetzt her?«

»Fast zweihundert Jahre, Großmächtiger«, sagte Zabrze, den Blick fest auf seinen Bruder gerichtet.

»Richtig, zweihundert Jahre«, fuhr Chad Nezzar fort. »Die Magier versprachen Ashdod große Reichtümer durch den Bau dieser Pyramide. Doch bis jetzt hat diese Steinmonstrosität das Land bloß an den Bettelstab gebracht.«

»Es war eine riesige Anstrengung für ein monumentales Bauwerk, Großmächtiger«, sagte Boaz, und mir entging keineswegs die Förmlichkeit, die zuvor gefehlt hatte. »Natürlich hat sie die Reichtümer des Landes verschlungen. Doch seid versichert, daß sie viel mehr zurückgeben wird.«

»Das hoffe ich auch, Magier Boaz«, sagte Chad Nezzar. »Ich weiß auch, daß die Magier Chad Ophal versprochen haben, daß die Vollendung der Pyramide neue Macht mit sich bringen würde. Ist das der Fall?«

»Mit Sicherheit, Großmächtiger«, sagte Boaz vorsichtig.

»Aber für wen, Bruder?« fragte Zabrze. »Für wen? Soll die Pyramide Macht für Ashdod bringen oder für die Magier?«

Boaz wartete lange Zeit, bevor er antwortete. »Die Pyramide verspricht Macht für alle.«

»Kus, Boaz!« Zabrze lehnte sich auf seinem Stuhl zurück,

trank einen großen Schluck Wein und beobachtete die Wirkung, die seine obszöne Äußerung auf Boaz hatte. »Verzeih mir, wenn ich der Meinung bin, daß die Pyramide große Macht für die Magier bereitstellt, und nur für die Magier!«

In meiner Ecke dachte ich im Stillen, wie unkompliziert mein Leben doch bis zu dieser Nacht gewesen war.

Chad Nezzar beobachtete die Brüder sorgfältig, sagte aber nichts. Vielleicht war es besser, wenn Zabrze das allein mit Boaz klärte.

Jetzt beugte sich Zabrze vor. »Teile ihre Geheimnisse mit uns, Boaz«, sagte er. »Sag uns, wie es geht! Was wir erwarten können.«

»Macht, Zabrze. Aber es würde mir schwer fallen, es darüber hinaus zu erklären. Ihre mathematischen Formeln sind viel zu kompliziert für den vielen Wein, den du getrunken hast.«

»Boaz.« Zabrze versuchte sich zu beherrschen. »Vergib mir mein Mißtrauen. Ich würde dir mein Leben anvertrauen. Normalerweise. Aber ...«

Aber jetzt ist in jedem die Machtgier erwacht, dachte ich.

»... ich frage mich, ob deine Ergebenheit am Ende eher den Magiern gehört als deiner Familie. Vielleicht wäre es besser, der Chad fände einen anderen, der die Einweihungstagszeremonien durchführt. Ich ...«

Er kam nicht weiter. Boaz sprang auf die Füße, starrte Zabrze an, dann seinen Onkel. »Großmächtiger! Es gibt niemanden, der berechtigter ist als ich, um die Pyramide einzuweihen. Ich verlange ...«

Er bremste sich. »Ich bitte Euch, mir diese Ehre zu gewähren. Um Tirzahs willen wenn schon nicht um meinetwegen.«

Ich erschrak, doch dann erkannte ich, daß er von seiner Mutter sprach und nicht von mir. Doch um dieser Tirzah willen würde ich es vorziehen, wenn du am Einweihungstag so weit von der Pyramide entfernt bist, daß du dich nicht einmal mehr an ihre Form erinnern kannst, dachte ich.

»Vergib Zabrze«, sagte Chad Nezzar. »Manchmal ist er voreilig, und vielleicht war er heute abend zu temperamentvoll. Aber ich teile seine Bedenken«, sagte er wohlüberlegt. »Ich würde nur ungern denken, daß ich in zwei Tagen Zeuge werde, wie die ganze Macht von Ashdod an die Magier übergeht. Boaz, antworte mir, womit können, müssen wir rechnen?«

Holdat und ich hatten uns mittlerweile so dicht in den Schatten der Wand gedrückt, daß wir fast mit ihr verschmolzen waren.

»Was ist es, Boaz?« fragte Zabrze leise. »Was?«

Boaz schaute nachdenklich in seinen Kelch. Dann hob er den Blick. »Die Pyramide ist gebaut worden, damit sie die Macht der Schöpfung für sich nutzen kann.«

Stille kehrte in den Raum ein. Chad Nezzar und Zabrze waren verblüfft.

»Das ganze Leben wird von mathematischen und geometrischen Parametern und Formeln beherrscht. Vor dreihundert Jahren erkannte eine Gruppe Magier, die viel gelehrter als alle anderen waren, daß man die Schöpfung selbst – oder die Macht, die die Schöpfung benutzte – mit Hilfe einer Brücke erreichen könnte, die aus den entsprechenden mathematischen Formeln konstruiert ist. Die Magier, die als erste auf diese Möglichkeit stießen, konnten die Formeln bis zu ihrem Tod nicht fertigstellen, aber im Verlauf der nächsten drei Generationen arbeiteten die Magier weiter an den Berechnungen.«

Er winkte müde ab, eine unbewußte Nachahmung der Geste seines Onkels. »Schließlich lösten sie es. Die Pyramide ist diese Formel. Sie wird die Macht der Schöpfung für uns nutzbar machen.«

»Das klingt alles ganz großartig«, sagte Zabrze langsam. »Aber ich weiß, daß sich viele Magier gegen den Bau der Pyramide ausgesprochen haben. Es gab Meinungsverschiedenheiten. Große Meinungsverschiedenheiten.«

»Ein paar waren ängstlich, einigen war nicht sehr wohl bei dem Gedanken an so viel Macht«, gab Boaz zu. »Damals. Jetzt nicht mehr.«

»Jetzt wäre es auch zu spät«, murmelte Zabrze, und ich sah ihn nachdenklich an. War die Aufteilung der Macht das einzige, worum er sich Sorgen machte?

»Jetzt nicht mehr, da wir sicher wissen, daß die Pyramide funktionsfähig ist«, sagte Boaz und sah seinem Bruder in die Augen.

Zabrze verlor die Geduld. »Und wie wird sie funktionieren? Was wird geschehen, wenn deine verfluchte Formel über die Macht der Schöpfung verfügen kann?«

»Sie wird uns in die Unendlichkeit führen, Bruder. Sie bedeutet Unsterblichkeit.«

Kein Wunder, daß sich Boaz von seinem Ziel nicht abbringen lassen wollte. Unsterblichkeit war ein berauschender Gedanke.

Aber um welchen Preis? Niemand dachte daran, diese Frage zu stellen, und ich war bestimmt nicht bereit, mich aus dem Schatten zu lösen, um das zu tun.

Seine Worten erschütterten Chad Nezzar und Zabrze so sehr, daß einen Augenblick lang tiefes Schweigen herrschte.

Dann reagierten die beiden Männer auf sehr unterschiedliche Weise. Chad Nezzars Gesicht rötete sich vor Aufregung.

Er war ein alter Mann und hatte damit gerechnet, vielleicht noch fünf, bestenfalls zehn Jahre der Macht teilhaftig zu werden, die die Pyramide vermittelte.

Jetzt lockte auf einmal das ewige Leben.

Der Chor, mit dem man ihm am Kai begrüßt hatte, würde aus tiefster Überzeugung zu seinem Lob angestimmt und nicht länger nur Schmeichelei sein.

Zabrze war unsicher. Er las die Gier in den Augen seines Onkels, er las das Verlangen in denen seines Bruders, und dann sah er zu mir herüber und las die Furcht in meinen Augen.

»Allein die Vorstellung!« stammelte Chad Nezzar. »Als Unsterblicher könnte ich die ganze Welt beherrschen!«

»Dann dürft Ihr aber auf keinen Fall jemand anderen bitten, die Riten des Einweihungstages durchzuführen«, sagte Boaz leise. »Wem könnt Ihr sonst vertrauen, daß er diese Macht an Euch weitergibt?«

»Ja, ja, die Riten gehören dir! Zabrze! Unsterblichkeit! Was könnte es Größeres geben?«

Offensichtlich hatte Chad Nezzar noch nicht darüber nachgedacht, daß einem Thronerben möglicherweise der Gedanke nicht besonders gefallen würde, daß der derzeitige Herrscher ewiges Leben genoß, aber ich glaube, auch Zabrze dachte nicht daran.

»Glück«, sagte Zabrze. »Zufriedenheit. Liebe.«

Er sah auf einmal sehr traurig aus.

Sie unterhielten sich noch eine Stunde lang. Ich schenkte weiter Wein ein, aber ich glaube, Boaz und Chad Nezzar nahmen mich kaum wahr. Zabrze schaute ein paarmal unglücklich in meine Richtung, und er trank nichts mehr. Ich vermag nicht zu sagen, ob Boaz je daran gedacht hatte, die von der Pyramide gewährte Macht nicht zu teilen, aber jetzt schien er an der Idee Gefallen zu finden, sie mit seinem Onkel zu teilen. Vielleicht sorgte er sich wie Neuf wegen der rebellischen Magier und zog es vor, Chad Nezzars Armee hinter sich statt gegen sich zu haben.

Schließlich entschied Chad Nezzar, sich und seinen Schmuck zu Bett zu bringen, und er stand auf, gestützt von Zabrze.

»Tirzah?« sagte Boaz.

»Ich helfe Holdat beim Aufräumen. Ich bin bald bei dir.«

»Ich verlasse mich darauf, daß ihr beide Stillschweigen bewahrt. Hier sind heute Worte gefallen ...«

Es war Holdat, der darauf antwortete, und zwar mit der unbewußten Würde, wie sie manchmal nur Sklaven haben. »Wir sind Euer, Exzellenz«, sagte er, »und wir werden nicht den verraten, der Ihr seid.«

»Nun, dann seht zu, daß es auch dabei bleibt«, sagte Boaz und verließ den Raum.

Wir waren fast fertig, als ich vor einem der Fenster eine Bewegung sah.

Zabrze.

»Komm in den Garten«, sagte er und führte mich zu einer relativ geschützten Stelle, aber ich schaute mich unsicher um. »Hoher Herr«, sagte ich, »mir wäre lieber, wir würden ...« Ich zeigte auf einen wuchernden, breiten Ipaciabaum.

»Du magst die Pyramide nicht«, sagte Zabrze, sobald wir unter den Ästen des Baumes standen.

»Nein. Ich fürchte sie. Hoher Herr, es umgibt sie eine solch starke Ausstrahlung von Grauen, daß ich große Angst vor dem habe, was geschehen wird.«

»Morgen soll der Schlußstein gesetzt werden?«

»Ja, und am Einweihungstag, wenn die Pyramide ihre volle Macht bekommt.«

»Ich habe gehört, daß es Unfälle gegeben hat«, sagte er langsam und ließ den Blick über den Garten schweifen.

»Unfälle sind auf Baustellen alltäglich, Hoher Herr.«

»Verberge nichts vor mir«, fauchte er. »Erzähl es mir!«

»Die Pyramide vernichtet Leben, Hoher Herr. Niemand ist vor ihr sicher, ob Magier oder Sklave.«

Ich kannte diesen Mann kaum, dennoch vertraute ich ihm ohne zu zögern. Ich erzählte ihm, was ich über die Primzahlen wußte – und über die Todesarten. »Ta'uz machte sich wegen der Pyramide Sorgen. Also brachte sie ihn zum Schweigen, Hoher Herr.«

Zabrze starrte mich entsetzt an. »Und Boaz schließt die Augen davor?«

»Boaz wird nichts dagegen unternehmen, Hoher Herr. Ihr habt ihn heute abend erlebt. Er ist zu sehr geblendet von der Macht der Pyramide.«

»Es ist gefährlich, Tirzah«, meinte er, und der Name rollte auf seltsame Weise von seiner Zunge, »mir dies alles zu erzählen.«

»Ihr seid sein Bruder, Hoher Herr, und ich kann das Band zwischen euch sehen. Ich will ihm helfen.«

»Und du bist sehr freimütig für eine Sklavin. Vielleicht ist es ja dein nördliches Blut. Kein in Ashdod aufgewachsener Sklave würde so ungezwungen mit mir umgehen.«

Ich schwieg, aber nicht, weil ich besorgt war. Im Gegensatz zu Neuf, die unverhüllte Drohungen ausgesprochen hatte, war Zabrze bloß neugierig.

»Ich bin nicht immer Sklavin gewesen, Hoher Herr. In Viland, meiner Heimat, wurden mein Vater und ich durch Schulden in die Sklaverei gezwungen.«

»Manche werden durch Schulden versklavt«, sagte Zabrze leise, »andere durch die Vorstellung von Macht.«

»Hoher Herr, Eure Gemahlin. Bitte, es würde besser sein, wenn sie zurück nach Setkoth reiste.«

Sein Lächeln erstarb. »Warum, Tirzah? Was hat sie zu dir gesagt?«

»Das ist es nicht, Hoher Herr. Aber ich habe Angst um sie. Sie ist im Moment sehr verletzlich ... das Kind ...«

»Vielleicht hast du recht. Aber Neuf hat ihren eigenen Willen. Komm schon, was hat sie zu dir gesagt?«

»Sie war sehr über meinen Namen aufgebracht, Hoher Herr.«

»Es war ein Schlag, Tirzah. Sprich weiter.«

»Sie fürchtet, daß meine Anwesenheit Boaz bedrohen wird. Daß die Magier mich als Vorwand benutzen könnten, um ihn seiner Macht und seines Einflusses zu berauben.«

»Neuf denkt manchmal zu viel über Boaz nach«, murmelte Zabrze. Dann hob er die Stimme. »Möglicherweise macht sie sich zu viel Sorgen, Tirzah. Falls die Magier sich gegen ihn wenden, dann mit Hilfe Chad Nezzars. Ihn hat nur dein Name schockiert, nicht deine Anwesenheit. Und ich glaube, Boaz genießt seine volle Unterstützung. Vor allem nach dem, was er ihm heute abend erzählt hat.«

Zabrze verstummte und musterte mich sorgfältig. »Neuf hat gute Verbindungen.«

»Sie sagte, ihr besonderes Interesse gelte Intrigen.«

Er lachte. »Man sollte glauben, daß sie sich mit den Kindern, die ich ihr geschenkt habe, allein ihrem Wohlergehen widmen würde. Aber nein. Neuf wird immer Zeit für Intrigen finden. Sie hat hier so viele Freunde unter den Magiern wie bei Hof, und Boaz verdankt ihrer Unterstützung eine Menge.«

Ich hielt es für besser, den Mund zu halten.

»Also nun zu dir, Tirzah. Bist du sicher, daß du mich nur

aus dem Grund darum bittest, Neuf nach Setkoth zurückschicken, um sie aus dem Einflußbereich der Pyramide zu entfernen?«

»Hoher Herr, ich …«

»Du Schwindlerin! Aber hab keine Angst. Ich glaube, daß es Boaz sehr schwer fallen würde, an dir vorbeizukommen. Ich weiß, daß es mir so gehen würde.«

Ich starrte ihn an, aber weder seine Miene noch seine Stimme wiesen einen schmeichlerischen Unterton auf. Zabrze war lediglich freundlich.

»Also, Tirzah, eine Vilanderin. Wie lautet dein Geburtsname?«

Ich sagte ihn ihm.

Zabrze verzog das Gesicht. »Nun, ich kann gut verstehen, warum Boaz nicht mit ihm einverstanden war. Ich kann mir keinen häßlicheren Namen vorstellen. Der ist ja noch schlimmer als der seines Vaters.«

»Ich wußte zuerst nicht, daß Tirzah der Name Eurer Mutter war. Es hat lange gedauert, bevor Boaz es mir sagte.«

Zabrze schwieg eine Weile. »Spricht er zu dir über seinen Vater?« fragte er schließlich.

»Gelegentlich, Hoher Herr.«

»Gelegentlich.« Er seufzte. »›Gelegentlich‹ ist zu wenig für einen Mann wie Avaldamon.«

Bei diesem Namen erstarrte ich. Avaldamon? Das war ein wunderschöner Name! »Ihr habt ihn bewundert.«

»Ja, sehr.« Zabrze ließ mich nicht aus den Augen. »Er war ein sehr ungewöhnlicher Mann.«

»Das habe ich mir gedacht, Hoher Herr.«

»Er machte sich die Mühe, sich mit mir bei Hof zu unterhalten, lange bevor jemand von einer Verbindung zwischen ihm und meiner Mutter sprach. Er hatte graue Augen – Boaz'

Augen –, und in ihnen funkelte es verschmitzt. Vor allem wenn er sich in der Nähe von Chad Nezzar aufhielt.«

Meine Lippen verzogen sich zu einem winzigen Lächeln, und ich glaube nicht, daß es Zabrze entging.

»Ich war ein einsamer Junge, damals, neun oder zehn, und Avaldamon verbrachte Stunden damit, mir ... nun, von seltsamen Dingen zu erzählen. Ich glaube nicht, daß bei Hof viele zu schätzen wußten, daß er so ungewöhnlich war.«

Ich starrte in den Garten hinaus und lauschte dem Chor der Frösche.

»Meine Mutter liebte ihn. Zuerst hielt sie ihn für seltsam und fremdartig, aber dann sah ich, wie sie ihn ansah, als sie und Avaldamon aus ihrer siebentägigen Abgeschiedenheit kamen.« Er verzog das Gesicht. »Ich wünschte mir, mich würde eines Tages eine Frau so ansehen.«

Armer Zabrze.

»Ich war auf dem Boot, an dem Tag, an dem er starb.«

»Hoher Herr!«

»Ich glaube, nach allem, was ich seitdem erlebt habe, ist das noch immer der schlimmste Tag meines Lebens. Kannst du dir vorstellen, daß in dem Augenblick, in dem die verfluchte Wasserechse Avaldamon in ihrem Maul verschwinden ließ ... das Ufer aufschrie?«

»Was ...?«

»Die Frösche schrien, Tirzah. Es war Mittag, und doch schrien die Frösche.«

Ich war den Tränen nahe. »Ich verstehe, Hoher Herr.«

»Ja«, sagte er leise, »ich glaube, das tust du. Sag mir, Tirzah« – und nun zwang er etwas Fröhlichkeit in seine Stimme – »du warst doch einst frei. Hast du ein Handwerk ausgeübt, oder wurdest du nur wegen deiner Schönheit mitgenommen?«

»Mein Vater – er gehört zu jenen, die die Pyramide getötet hat, Hoher Herr – und ich waren Glasmacher. Ich stelle Glasnetze her.«

»Hmmm.« Er nickte. »Und um in deinem Alter Glasnetze machen zu können, dafür braucht man besondere Fähigkeiten. Habe ich recht?«

»Es bedarf einer engen Verbundenheit mit dem Glas, Hoher Herr.«

»Ja, natürlich.« Zabrze wechselte das Thema und steuerte uns in weniger gefährliche Gewässer. »Meine Mutter war durch Avaldamons Tod am Boden zerstört. Ich glaube, sie wäre damals gestorben, wenn sie nicht gewußt hätte, daß sie ein Kind erwartete, und das gab ihr Hoffnung weiterzuleben. Sie liebte Boaz sehr, aber das reichte doch nicht aus, um Avaldamon zu ersetzen, und so starb sie dann. Es mußte wohl so sein.

Der arme Boaz. Im Alter von sechs Jahren Waise. Er war ein sensibler Junge, so wie Avaldamon, und er konnte den Tod unserer Mutter nicht verwinden. Ich war damals sechzehn, und ich verbrachte so viel Zeit mit ihm, wie ich konnte, aber ...« Er schüttelte sich, und ich konnte erkennen, daß ihm die Schuld, nicht genug für Boaz da gewesen zu sein, immer noch zu schaffen machte. »Boaz, das arme Kind, verbrachte seine Zeit damit, die einzige Hinterlassenschaft seines Vaters an sich zu pressen, sich niemals von ihr zu trennen.«

»Das Buch der Soulenai«, sagte ich ohne nachzudenken.

»Ich weiß nicht, wie es heißt. Aber die Soulenai kamen in vielen seiner Geschichten vor. Sie und die Zuflucht im Jenseits.«

Er sah die Frage in meinen Augen. »Meine Mutter hat mir das erzählt. Ich weiß, daß sie Boaz ein paar der Geschichten erzählt hat. Sie hat auch mir welche erzählt. Wenn du davon weißt, dann nehme ich an, daß Boaz das Buch noch immer in seinem Besitz hat?«

Ich nickte.

»Nun, Boaz hat seine Mutter sehr vermißt. Er war schrecklich allein. Ich war immer häufiger fort, aber ich hätte da sein sollen, ich hätte es!«

»Hoher Herr, wir können nie all das sein, was wir wollen.«

Er lachte bitter. »Ein so kluger Kopf bei einer Sklavin! Nun, vielleicht macht einen ja Sklaverei klüger. Ich nehme an, daß du mit deinem Aussehen viel ertragen ... nun, daß du etwas ertragen mußtest. Aber Boaz. Die Magier bekamen ihn. Er war ihnen ausgeliefert und von großem Nutzen für sie. Sie boten ihm Trost und einen Ort, an den er sich flüchten konnte, gerade, als er sich am verlassensten fühlte.«

»Ich habe etwas von ihm gelesen, das er geschrieben hat, als er neun war. Es war ... traurig.«

»Ja. In diesem Alter hat er der Eins seine Seele vermacht. Sie verloren.«

»Er ist ein sehr mächtiger Magier, Hoher Herr. Er beherrscht die Macht der Eins auf außergewöhnliche Weise.«

»Er hat die von seinem Vater geerbten Fähigkeiten mißbraucht. Der Junge, den seine Mutter geboren hat, wurde einer Verwandlung unterzogen. Tirzah, willst du alles für ihn tun, was in deiner Macht steht?«

»Was in meiner Macht steht, Hoher Herr. Aber ich fürchte, es ist bereits zu spät. Ich weiß nicht, was ich tun soll.«

»Tu dein Bestes, Tirzah. Tu dein Bestes. Für Avaldamon, für sie, deren Namen du trägst, und für Boaz.«

Und damit ließ er mich stehen.

Ich blieb noch lange Zeit draußen und dachte staunend über den unerwarteten Verbündeten nach, den ich gefunden hatte. Aber was konnte er mir nutzen? Ich hatte das Gefühl, daß auch Zabrze nicht weiter wußte. Er hatte fast ebenso viel Angst vor der Pyramide wie ich, und konnte es nicht wagen, in der Öffentlichkeit über seine Befürchtungen zu sprechen.

Denn wer außer einer Sklavin würde ihm Glauben schenken?

Und nachdem ich ihm zugehört hatte, wer außer einer Sklavin würde ihm dann auch noch vertrauen?

Zabrze kämpfte wie ich gegen die Gier nach Unsterblichkeit.

Ich ging langsam zu Boaz' Haus zurück, als mir plötzlich wieder einfiel, daß ich Azam mit einem von Zabrzes Offizieren hatte sprechen gesehen.

Ich wollte sofort Zabrze nachlaufen, aber es war zu spät. Er würde mittlerweile bei Neuf sein, und sie würde mein Eindringen ganz gewiß nicht gutheißen. Ich sann über ihre Gleichgültigkeit Zabrze gegenüber nach. Er war ein Mann, den ich sehr leicht hätte lieben können.

Aber ich war nur eine Sklavin, mit dem Geschmack einer Sklavin, und ich hatte keine Ahnung, was eine adlige Dame an einem Mann begehrenswert fand.

Boaz wartete im Bett auf mich, aber er wartete nur darauf, die letzte Lampe löschen zu können. Er war kalt und ungeduldig, und ich konnte sehen, daß der Magier sich nach dem Morgen verzehrte. Er wandte mir den Rücken zu, sobald ich mich neben ihn legte, und so verbrachten wir die Nacht. Die Pyramide hatte sich zwischen uns gedrängt.

Am nächsten Tag sollte das Ungeheuer gekrönt werden.

PIPER

Sara Douglass

Der Herr des Traumreichs

Ein Weltenbaum-Roman. Aus dem australischen Englisch von Irene Holicki. 400 Seiten. Gebunden

Ihr Götter! Der Mann kann von Glück sagen, daß er noch lebt, denkt der junge Heiler und legt die Hände auf die vernarbte Schulter des Sklaven. Was er unter dem verhärteten Gewebe spürt, wird sein ganzes Leben verändern. Den sechzehnjährigen Garth, der die Gabe des Heilens besitzt, hat ein rasselnder Metallkäfig in das unterirdische Bergwerk gebracht, wo Sträflinge, zu lebenslanger Zwangsarbeit verurteilt, das kostbare, pechähnliche Glomm abbauen, dem das Land seinen Reichtum verdankt. Und nun entdeckt Garth, daß der Sklave unter der alten Verletzung das magische Königsmal trägt – daß er Maximilian ist, der längst für tot erklärte Thronfolger von Escator. Von Stund an wird Garth von einem einzigen Gedanken beherrscht: Er muß den Gefangenen befreien und ihm zu seinem rechtmäßigen Erbe verhelfen. Immer tiefer gerät er in ein Netz magischer Geheimnisse und tödlicher Intrigen …

01/1434/01/R

SERIE PIPER

Sara Douglass

Die Sternenbraut

Erster Roman des Zyklus
Unter dem Weltenbaum.
Aus dem australischen Englisch von Marcel Bieger. 388 Seiten. Serie Piper

In unversöhnlichem Haß stehen sich zwei Brüder gegenüber: Bornheld, der Thronerbe von Achar, und Axis, königlicher Bastard und Anführer der legendären Axtschwinger. Da erhält Axis den Auftrag, Bornhelds Braut auf einer gefahrvollen Reise zu begleiten. Schon bald fühlen sich die junge Faraday und der Axtherr magisch zueinander hingezogen. Doch eine uralte Prophezeiung zwingt die Liebenden zum Verzicht auf ihr Glück und drängt sie zur Erfüllung eines schicksalhaften Auftrags.

»Die australische Fantasy-Saga entfaltet neue Dimensionen und wurde schon in eine Reihe mit den Büchern von Tolkien gestellt.«
Für Sie

05/1495/02/L

Sara Douglass

Sternenströmers Lied

Zweiter Roman des Zyklus
Unter dem Weltenbaum.
Aus dem australischen Englisch von Marcel Bieger. 379 Seiten. Serie Piper

Im Bann einer uralten Weissagung tritt Axis, charismatischer Anführer der Axtschwinger, den schauerlichen Geschöpfen des dämonischen Widersachers Gorgrael entgegen. Als er tödlich verwundet wird, eilt seine Geliebte Faraday mutig an seine Seite und heilt ihn mittels ihrer zauberischen Gabe. Obwohl sie Axis liebt, fügt auch sie sich der Forderung der Weissagung und heiratet seinen verhaßten Halbbruder Bornheld. Der Axtherr erkennt indes seine wahre Bestimmung. Doch wird es ihm auch gelingen, das Geheimnis um seine Herkunft zu lüften?

05/1655/01/R

SERIE PIPER

Sara Douglass

Tanz der Sterne

Dritter Roman des Zyklus
Unter dem Weltenbaum.
Aus dem australischen Englisch von Marcel Bieger.
406 Seiten. Serie Piper

Axis, strahlender Held und Auserwählter der uralten Weissagung, bereitet sich darauf vor, den grausamen Herrn des Nordens in die Knie zu zwingen. Während ihn der geistige Führer der Unterwelt und die großen Zaubermächtigen seiner Familie in die Gesetze der Magie einweihen, fristet die junge Faraday ein freudloses Dasein an der Seite des grausamen Thronräubers Bornheld. Allein die Liebe zu Axis hält sie aufrecht, ahnt sie doch nicht, daß längst eine geheimnisvolle Meisterschützin das Herz des Axtherrn zu erobern versucht …

»Hier schreibt sich eine begnadete Erzählerin voll visionärer Kraft in die Herzen ihrer Leser.«
Fantasia

05/1801/01/L

Sara Douglass

Der Sternenhüter

Vierter Roman des Zyklus
Unter dem Weltenbaum.
Aus dem australischen Englisch von Marcel Bieger.
488 Seiten. Serie Piper

Als Aschures Sohn zum Erben des Axtherrn ausgerufen wird, erfährt Faraday von der Untreue des geliebten Freundes. Großmütig gibt sie ihn frei. Derweil läßt ihr Gemahl Bornheld nichts unversucht, den verhaßten Rivalen zu schwächen. Er verfolgt dessen Anhänger und zieht gegen ihn zu Felde. Ein Duell Bruder gegen Bruder scheint unausweichlich. Doch wie wird der Kampf enden? Und wem gedenkt der Axtherr sein Herz für immer zu schenken – der großmütigen Faraday oder der schönen Bogenschützin Aschure, deren Herkunft im Dunkel verborgen liegt?

»Eine wahre Lesedroge.«
Passauer Neue Presse

05/1802/01/R

SERIE PIPER

Sara Douglass

Das Vermächtnis der Sternenbraut

Unter dem Weltenbaum 5. Aus dem australischen Englisch von Marcel Bieger. 496 Seiten. Serie Piper

Eine uralte Weissagung hält für die drei Auserwählten Axis, Faraday und Aschure tödliche Gefahren bereit: Verrat und Treuebruch treiben den Sternenmann und seine Gefährten in die Fänge des finsteren Gorgrael. Wird es Faraday dennoch gelingen, endlich ihre wahre Bestimmung zu finden? Sara Douglass, die australische Bestsellerautorin, versteht es erneut, aus Romantik, Spannung und Magie einen Zaubertrank zu mischen, der süchtig macht.

»Grimms Märchen, ein wenig Herr der Ringe und ein Schuß wahre Liebe sind das Erfolgsrezept.«
Amica

05/1860/01/L

Monika Felten

Elfenfeuer

Roman. 476 Seiten. Serie Piper

Finsternis und Unterdrückung herrschen im Land Thale, seit Elfen und Druiden ermordet und die Gütige Göttin vertrieben wurde. Doch bevor er starb, prophezeite der letzte Druide die Ankunft eines Retters, der die dunklen Mächte besiegen und dem zerstörten Land Frieden und Freiheit schenken wird. Viele Jahre später, in einer einsamen Nacht, als sich die Monde verdunkeln, bringt eine Frau aus dem einfachen Volk ein Kind zur Welt: Sunnivah, ein Mädchen, das nichts von seiner großen Aufgabe ahnt. Noch ist sie ein wehrloser Säugling, der mit allen Mitteln vor den Soldaten und Kreaturen des dunklen Herrschers versteckt werden muß. Doch der Tag wird kommen, da sie als Kriegerin vor die Festung des Unbesiegbaren treten und ihn mit Hilfe ihrer Gefährten herausfordern wird.

»Märchenhaft gut!«
Flash Magazin

05/1498/01/R

Monika Felten

Die Macht des Elfenfeuers

Roman. 479 Seiten. Serie Piper

Seit nunmehr fünf Generationen gilt Asco-Bahrran, Meistermagier des finsteren Herrschers, als tot – doch in Wahrheit ist seine Macht unsterblich. Verborgen in den Gefilden der Finstermark, versammelt er ein Heer bestialischer Rächer, um ein Fürstentum des Grauens zu errichten. Die Gütige Göttin, seine erhabene Feindin, träumt derweil in den Gärten des Lebens – bis die Kunde eines schrecklichen Anschlags sie erreicht: Blutrünstige Bestien haben das Volk der Nebelelfen überfallen, und schon brennt das Grasland vor den Mauern der Festungsstadt …

»Spannende Unterhaltung ist garantiert!«
Kieler Nachrichten

05/1594/01/L

Monika Felten

Die Hüterin des Elfenfeuers

Die Saga von Thale 3.
464 Seiten. Serie Piper

Die Nebelelfe Naemy wird von der Gütigen Göttin in die Vergangenheit geschickt, um ihr Volk zu retten. Dort trifft sie auf alte und neue Verbündete und gerät mitten in eine grausame Schlacht. Zwar haben Naemy und ihre Schwester Shari die Macht, die Ereignisse zu ändern, doch dadurch bringen sie sich und ihre Welt in höchste Gefahr …

Dieser dramatische Abschluß der »Saga von Thale« liefert den Schlüssel zu allen Rätseln und Geheimnissen des preisgekrönten Zyklus.

05/1861/01/R

SERIE PIPER

Fiona Patton

Der Kelch der Flamme

Die Brandon-Saga. Aus dem Amerikanischen von Irene Bonhorst. 352 Seiten. Serie Piper

Einst wurde das Geschlecht der DeMarian mit der Gabe der Lebendigen Flamme gesegnet – oder verflucht, denn wer nicht stark genug ist, sich ihrer Kraft zu stellen, endet im Wahn. Noch herrscht die gnadenlose Melesandra über das Reich Brandon, aber ihr Sohn Demnor, Prinz von Gwyneth, entpuppt sich als Träger der Flamme und droht ihr den Thron streitig zu machen. Demnor ist ein Held voller Widersprüche, ein wagemutiger Ritter, doch Feinde lauern nicht nur auf den Schlachtfeldern, um ihm den Titel des Herrschers streitig zu machen …

»Kraftvoll und vielversprechend.«
Locus

05/1824/01/L

Fiona Patton

Im Zeichen des Feuerwolfs

Die Brandon-Saga 2. Aus dem Amerikanischen von Irene Bonhorst. 320 Seiten. Serie Piper

Als die hartherzige Herrscherin Melesandra von einer Abtrünnigen ermordet wird, droht das Reich Brandon im Chaos zu versinken. Demnor DeMarian, ihr Sohn, wird zum König ausgerufen. Auch er verfügt über die Gabe der Lebendigen Flamme, einer magischen Kraft, die ihrem Träger in Kriegszeiten übernatürliche Kräfte verleiht. Schon bald ist das Land auf diese Macht angewiesen, denn die dunklen Horden rüsten zum Krieg. Doch die Gabe ist Segen und Fluch zugleich – wer sich als zu schwach erweist, endet im Wahn.

»Ein gewaltiges Abenteuer voller Farbenpracht, spektakulärer Magie und mit einem Hauch Romantik.«
Locus

05/1825/01/R

SERIE PIPER

Cherith Baldry

Der venezianische Ring

Ein Mystery-Thriller. Aus dem Englischen von Irene Bonhorst. 480 Seiten. Serie Piper

In einer untergehenden Stadt voller religiöser Fanatiker und dunkler Intrigen: Graf Dracone ist auf der Suche nach einer uralten Reliquie – einem Ring, der angeblich ein Haar des »Christos« enthalten soll. Umgeben von den Genia, genetisch manipulierten Menschen, ersinnt Dracone einen aberwitzigen Plan: Aus dem Haar will er einen Klon Christos' erzeugen und absolute Macht erlangen. Doch im Meer vor den Toren der Stadt leben die letzten freien Genia, und auf ihnen ruht alle Hoffnung …

»Für Freunde erstklassig geschriebener, atmosphärischer Fantasy ist dieser Roman ein Fest!«
Infinity Plus

05/1842/01/L

Donna Boyd

Das magische Herz

Roman. Aus dem Amerikanischen von Birgit Reß-Bohusch. 318 Seiten. Serie Piper

Die Psychotherapeutin Anne Kramer hat einen neuen Patienten, dessen Charme sie rasch erliegt. Und er erzählt ihr seine ungeheuerliche Lebensgeschichte: Um im Alten Ägypten die Kunst der Alchemie zu erlernen, besuchen er und zwei Freunde die magische Schule im Haus des Ra. Obwohl sie bald über ungeahnte Kräfte verfügen, fühlen sie sich eher von der verbotenen dunklen Magie angezogen. Getrieben von der Sehnsucht, die ideale Welt zu erschaffen, durchstreifen sie die Jahrtausende und verlieren sich in den Wirren des Mittelalters. Bis sich zwei von ihnen im Venedig der Renaissance wiederbegegnen …

»Dieser fesselnde Roman über Magie und Unsterblichkeit erinnert an Anne Rice' große Erfolge.«
Publishers Weekly

05/1593/01/R